새벽의 사원

새벽의 사원

미시마 유키오

akatsuki no tera

曉の寺

유라주 옮김

민음사

일러두기

1. 본문의 각주는 모두 옮긴이 주이다.
2. 원작에서 강조점을 찍어 구분한 부분은 고딕체로 구분했다.

차례

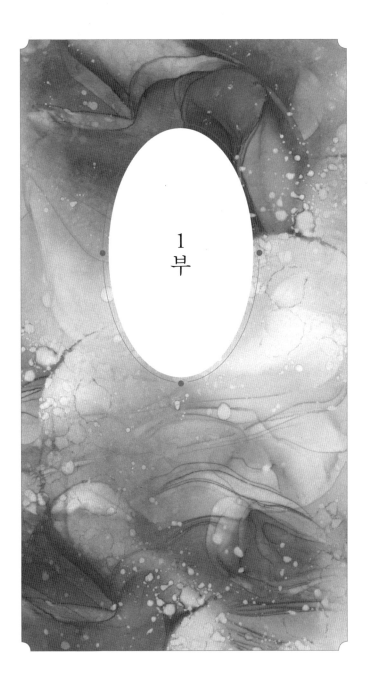

1
부

1

　방콕은 우기였다. 공기는 늘 가벼운 빗방울을 품었다. 강한 햇빛 속에서도 자주 빗방울이 흩날렸다. 하지만 하늘 어딘가에는 반드시 파란 하늘이 엿보였고, 구름이 걸핏하면 해 주변에 두껍게 끼었기에 구름 가장자리의 하늘은 찬란하게 빛났다. 소나기가 오기 전의 하늘, 깊은 조짐으로 가득 찬 검회색은 무시무시했다. 암시를 품은 그 검은색은 넓게 펼쳐진 녹음 사이사이 야자수를 점점이 심어 둔 낮은 도시를 뒤덮었다.

　방콕이란 이름은 아유타야 왕조 시대, 감람나무[1]가 많았던 이곳을 '방'(도시), '콕'(감람)으로 불렸던 데서 연유하는데,

----

1　올리브나무. 일본과 중국에서 올리브나무를 성서 등에서 감람나무로 번역한 과거 사례가 있는데 현재 두 나무는 식물학상 분류가 다른 나무라고 일컬어진다. 감람나무는 무환자나무목에 속하고 올리브나무는 물푸레나무목에 속하나 열매가 비슷하다고 한다.

새벽의 사원

옛 이름으로는 '천사의 도시'(끄룽텝. Krung Thep)라고도 하였다. 해발 2미터도 되지 않는 이 도시의 교통은 전부 운하에 기댄다. 운하라고 해도 길을 내려고 땅을 파면 그 부분이 강이 된다. 집을 지으려고 땅을 파면 연못이 생긴다. 그렇게 생긴 연못은 저절로 강으로 이어지고 그렇게 운하는 사방팔방으로 흘러 전부 그 '물의 어머니', 햇빛을 받아 이곳 사람들의 피부색과 똑같이 갈색으로 빛나는 메남강[2]으로 흘러간다.

도시 중심부에는 발코니가 달린 삼 층짜리 유럽식 건물이 있고, 외국인 거주지에는 이삼 층짜리 벽돌 건물도 많았다. 이 도시에서 가장 아름다운 특색을 지닌 가로수는 도로 보수 공사로 여기저기 베어졌고 일부는 포장도로가 만들어지고 있었다. 남은 자귀나무 가로수들은 강렬한 햇빛을 차단하며 도로 위를 깊게 덮고, 검은 베일 같은 나무 그늘을 드리워 애도를 표하였지만, 더위에 시들해진 이파리는 천둥을 동반한 소나기가 지나가면 갑자기 되살아나 씩씩하게 끄트머리를 뒤로 젖혔다.

도시의 번화함은 중국 남부의 어떤 도시를 생각나게 했다. 옆면과 뒷면의 덮개를 벗긴 이인승 삼륜차가 수없이 오갔고, 때로 방카피 주변의 무논에서는 까마귀를 등에 앉힌 물소가 끌려 갔으며, 나병에 걸린 거지들이 검게 반들거리는 얼룩처럼 그늘에서 피부를 빛내고 있었다. 남자아이들은 알몸으로 뛰어

---

2   1200킬로미터에 달하는 태국 최대의 강으로 정식 명칭은 '메남 짜오프라야'이며 '메남'은 '물의 어머니'란 뜻이다.

다녔고 여자아이들은 금속으로 된 주름 모양 덮개를 달아 다리 사이를 가렸다. 아침 시장에서는 희귀한 과일과 꽃을 팔았다. 중국인 거리에 있는 은행 앞에는 대나무 발처럼 걸린 순금 사슬이 눈부시게 반짝였다.

하지만 밤이 되면 방콕 거리는 오직 달과 별이 빛나는 하늘에 맡겨졌다. 자가 발전 시설이 있는 호텔을 제외하고, 승압 변압기가 있는 부잣집만 도시 이곳저곳에서 축제처럼 빛을 발했다. 대부분은 램프와 양초를 썼다. 강을 따라 서 있는 처마 낮은 민가들은 하나같이 불단에 올린 양초 한 자루로 밤을 보냈고, 불상에 입힌 금박만 대나무 마루 깊숙한 곳에서 어렴풋이 빛났다. 불상 앞에는 굵은 갈색 향을 피웠다. 강가 맞은편 집들의 촛불이 강에 비쳐 흔들리는 모습은 이따금 노를 저으며 지나가는 거룻배에 가려졌다.

작년에, 그러니까 1939년에 시암은 국명을 태국으로 바꾸었다.

— 방콕이 동양의 베니스로 불리는 것은 구조에서든 규모에서든 비교가 되지 않는 이 두 도시의 외형적 대비 때문이 아니다. 첫째는 수많은 운하를 수상 교통로로 쓰기 때문이고, 다음으로는 두 곳 모두 사원이 많기 때문이다. 방콕에는 약 칠백 곳의 사원이 있다.

초록을 뚫고 우뚝 솟은 것은 전부 불탑, 새벽빛을 가장 먼저 받고, 석양의 반영(反映)을 마지막까지 간직하며 하루 사이 온갖 색으로 변한다.

크기는 작으나 19세기에 라마 5세 쭐랄롱꼰 대왕[3]이 건립한 대리석 사원(왓 벤차마보핏)은 가장 최근에 지어진 화려한 사원이다.

현재의 라마 8세 아난타 마히돈 왕은 1935년 열한 살 나이로 왕위에 올랐는데, 얼마 지나지 않아 스위스 로잔으로 유학을 가 열일곱 살이 된 지금도 그곳에서 공부에 열심이다. 그동안 루앙 피분 수상[4]은 독재 권력을 쥐었고 형식상으로만 섭정 정부가 자문을 했다. 섭정은 두 사람이 맡았다. 제1섭정은 아팃 팁아파 전하인데 이른바 장식품일 뿐이고, 제2섭정 쁘리디 파놈용[5]이 섭정 정부의 실권을 잡았다.

국정에 바쁘지도 않고 신앙심도 깊은 아팃 팁아파 전하는 종종 각지의 사원을 참배했는데, 어느 날 저녁 대리석 사원에 납신다는 소식이 들렸다.

사원은 나콘빠톰 로드, 자귀나무에 에워싸인 작은 시냇가에 있었다.

한 쌍의 석조 사자상이 수호하는 대리석 사원은 하얀 불

3   1868년 왕위에 올라 1910년까지 사십이 년 동안 재위했다. 노예제를 폐지하고 정부 조직, 군대, 교육, 사법 등을 서양식으로 편제했다.

4   루앙 피분송크람(1897~1964). 1938년~1944년, 1948~1957년 동안 태국 수상을 지낸 군인이자 정치인.

5   1900~1983. 1932년 시암 혁명으로 팔백 년간의 전제군주제가 입헌군주제로 바뀌었다. 그 후 혁명의 주역이었던 문관파 파놈용과 무관파 피분송크람의 경쟁과 협력이 이어지는데 총리인 피분송크람은 2차 세계대전 중 일본과 동맹을 맺었고 이에 반대한 파놈용을 섭정 자리에 앉혔다. 일본 패망 이후 파놈용이 1946년에 총리를 맡고 아난타 왕이 귀국해 숨진 채로 발견된다. 이후 다시 피분송크람이 쿠데타를 일으켜 파놈용을 실각시키고 독재를 한다.

꽃의 결정체를 연상시키는 고대 크메르 건축 양식의 관식(冠飾) 아래 붉게 녹슨 문을 열어 놓고 있었다. 문에서 본당으로 곧장 이어지는 판석 길 양쪽에는 에메랄드빛으로 빛나는 잔디밭 한가운데에 고대 자바 건축 양식으로 만들어진 정자 같은 작은 누각이 한 쌍 있었다. 잔디밭에는 둥글게 깎아 손질한 관목이 꽃을 피우고, 누각 처마에는 불길을 밟은 하얀 사자가 뛰어올랐다.

본당 앞쪽의 흰 인도 대리석 원기둥과 이를 수호하는 한 쌍의 대리석 사자상, 낮은 유럽식 석조 난간은 대리석 벽면과 마찬가지로 지는 해를 눈부시게 반사했다. 하지만 그것들은 그저 금색과 붉은 색의 어마어마한 화려함을 돋보이게 하는 순백의 캔버스일 뿐이었다. 뾰족한 아치형 창문들은 안쪽에 붉은 테두리가 엿보이고, 그 창문을 감싸고 타오르는 자잘한 금색 불꽃으로 둘러졌다. 전면(파사드)의 흰 원기둥도 꼭대기에 이르러 갑자기 금색으로 번쩍이는 나가[6]가 똬리를 튼 장식을 둘렀고, 몇 겹이나 층이 난 중국식 기와지붕에는 머리를 치켜든 금색 뱀들이 줄지어 테두리를 둘렀고, 솟을지붕 각각의 뾰족한 부분에는 마치 하늘로 차올린 여자 구두의 날카로운 굽처럼 바짝 곤두선 금색 뱀 꼬리가 경쟁하듯 파란 하늘로 치솟았다. 이 모든 황금은 맞배지붕에서 노니는 비둘기의 흰색마저 눈에 띌 정도로 열대 햇빛 아래에서 외려 어둡

---

6   산스크리트어로 뱀을 뜻하며 인도 힌두교에서 신성시된다. 이 신성한 뱀 관념은 태국, 캄보디아 등 동남아시아 국가에 전파되어 불교, 토착 문화와 융합되었다. 벽화나 건축 양식에서도 볼 수 있다.

새벽의 사원

게 빛났다.

하지만 점점 우울한 색이 깊어지는 하늘로 무언가에 놀라 떼로 날아오른 하얀 비둘기들은 그을음처럼 검어졌다. 사원에 반복되어 장식된 불꽃 형상, 그 금색 불꽃의 그을음이 비둘기였다.

정원에 있는 몇 그루 야자수는 우뚝 놀라서 멈춰 선 듯 보였고, 이 '나무 분수'는 활처럼 휘어 하늘을 향해 초록 물보라를 수도 없이 뿜어내었다.

식물도 동물도 금속도 돌도 붉은 테두리도, 빛 속에 섞이고 융화되어 솟아올랐다. 입구를 수호하는 한 쌍의 하얀 사자상도 그 곤두선 대리석 머리털이 영락없이 해바라기였다. 그 씨앗 같은 이빨은 커다랗게 쫙 벌린 입 속에 꽉 차, 사자의 얼굴은 그야말로 성난 하얀 해바라기.

아팃 팁아파 전하가 탄 롤스로이스 자동차가 문 앞에 도착했다. 벌써 잔디밭 좌우 누각 근처에 줄지은 소년 군악대는 붉은 제복을 입고 갈색 뺨을 부풀리며 악기를 불었다. 깨끗하게 닦은 호른의 취구에 그들이 입은 붉은 제복이 작게 비쳤다. 열대 햇빛 아래에서 이보다 더 어울리는 악기는 없었다.

흰색 상의에 붉은 띠를 맨 인부가 전하의 머리 위로 풀색 우산을 펼치고 뒤따랐다. 전하는 흰 군복 상의에 훈장을 달았고, 파란 띠를 두른 시종이 공물을 들고 열 명의 근위병이 전하를 호위하며 사원으로 들어갔다.

전하의 참배는 거의 이십 분 만에 끝났다. 그동안 사람들은 잔디밭에서 햇볕에 타며 기다렸다. 드디어 안쪽에서 중국식 호궁[7] 소리가 종소리와 섞여서 들렸을 때, 섬세한 금색 불탑 장식이 꼭대기에 달린 우산을 든 인부가 입구에 가서 서고, 스님처럼 목덜미로 흘러내린 모자를 쓴 근위병 네 명이 돌계단에 줄지었다. 안쪽은 들여다볼 엄두도 낼 수 없었지만, 눈이 부신 문밖에서는 촛불이 어른거리는 모습만 보일 정도로 안이 어둑했고, 그곳에서 독경 소리가 끊이지 않고 들렸으며 그 박자가 점점 빨라지다가 한 번의 종소리와 함께 멈췄다.

인부는 풀색 우산을 펼쳐 퇴장하는 전하 위로 공손하게 씌웠고 근위병들은 칼을 들어 예를 표했다. 전하는 빠른 걸음으로 다시 문을 나와서 롤스로이스에 올랐다.

그 모습을 지켜보던 군중도 잠시 후 흩어지고 군악대도 떠나고, 사원에는 서서히 저녁의 안식이 찾아왔다. 갈색 오른쪽 어깨를 드러낸 황토색 옷을 걸친 스님들은 강가로 나와 책을 읽거나 이야기를 나누었다. 강에는 시든 붉은 꽃들과 썩은 열매가 흘러갔고, 건너편 강가의 늘어선 자귀나무와 아름다운 저녁 구름이 강에 비쳤다. 사원 뒤로 해가 저물고 풀들은 어둑해졌다. 이윽고 사원의 대리석 원기둥, 사자상, 벽면만 가까스로 어스레한 흰색으로 남았다.

---

7   胡弓. 일본 전통 찰현 악기. 울림통에 서너 개의 현이 달린 긴 기둥이 이어진 형태로 활로 현을 마찰시켜 연주한다.

새벽의 사원

예를 들면 왓 포.

18세기 말 라마 1세 때 건립된 이 사원에서는 연달아 나타나는 탑과 불당 사이를 헤치고 나아가야 한다.

격렬한 햇빛. 파란 하늘. 하지만 본당 회랑의 거대한 흰 원기둥은 하얀 코끼리 다리처럼 얼룩졌다.

탑은 세세한 도자기 조각으로 꾸며져서 그 유약이 햇빛을 매끄럽게 반사한다. 보라색 큰 탑은 푸른색 모자이크로 층이 새겨지고 위압적인 꽃들이 그려진 수많은 도자기 조각들이 진보라 바탕에 노랑, 빨강, 흰색 꽃잎을 수놓아, 도자기로 만들어진 페르시아 카펫을 감아서 하늘 높이 세운 것 같다.

또 그 한쪽에 있는 초록 탑. 햇빛 망치가 찌부러뜨린 듯한 판석 길 위를, 새끼를 배어 유방을 무겁게 늘어뜨린, 복숭아색 바탕에 검은 반점이 있는 개가 비틀거리며 걸어간다.

열반 불당에 있는 거대한 금색 와불은 파란색, 흰색, 초록색, 노란색 모자이크로 된 네모난 베개 위에 숲처럼 높은 금색 나발을 올려놓았다. 금으로 된 팔은 길게 뻗어 머리를 지탱했고 어두운 불당 저 멀리 건너편 끝에 노란 발꿈치가 빛났다.

그 발바닥에는 세세하게 선으로 나눈 검은 사각형 안에 근사한 나전 세공으로 무지개색으로 빛나는 자개 무늬들, 모란, 조개, 법구, 바위, 늪에서 피어난 연꽃, 무희, 기이한 새, 사자, 하얀 코끼리, 용, 말, 학, 공작새, 돛이 세 개 달린 배, 호랑이, 봉황 등이 부처 삶의 자취를 나타내었다.

활짝 열린 창문은 깨끗이 닦은 놋쇠판처럼 눈부시다. 보리수 아래로 갈색 오른쪽 어깨를 드러내고 오렌지색으로 빛나는 옷을 입은 스님 무리가 지나간다.

문 바깥은 공기 자체가 열병에 걸린 듯이 덥다. 탑 사이에 있는 고인 연못에는 반들반들한 초록 맹그로브가 수많은 뿌리를 수면 위로 드러냈다. 비둘기가 노니는 중앙 섬에는 바위가 파란색으로 칠해졌고 겉면에 큰 나비가 그려졌으며 바위 꼭대기에는 불길하고 작은 검은 탑이 놓였다.

또 예를 들면 에메랄드 불상으로 유명한, 본당에 있는 왕궁 수호 사원 왓 프라깨우.

이 사원은 1785년에 지어진 이래로 한 번도 손상된 적이 없는 사원이다.

좌우에 금탑을 둔 대리석 계단 위, 금색 반인반조상[8]이 빗속에서 찬란하게 빛난다. 붉은 중국식 벽돌과 그 초록 테두리는 환한 빗속에서 더욱 윤기를 내며 빛난다.

대형 만다파[9] 회랑 벽에는 ‘라마야나’ 이야기[10]가 그려진 벽화가 연쇄적으로 이어졌다.

덕망 있는 라마 자신보다 바람의 신의 뛰어난 아들인 원숭이 장군 하누만이 두루마리 그림 곳곳에서 활약했다. 재스민

---

8 힌두교 신화에 등장하는 상상의 동물 ‘가루다’를 뜻한다. ‘나가’와 마찬가지로 힌두교에서 불교로 전파된 종교 상징물이다.
9 힌두교 사원에서 종교 의식이 행해지는 장방형의 공간.
10 고대 인도의 대서사시. 라마라는 왕자가 아내 시타를 유괴한 악마 라바나와 싸우는 모험담으로 의무와 바른 행동 등 도덕적 교훈을 담고 있다.

꽃 이빨을 가진 황금의 가인 시타는 무시무시한 라바나에게 유괴됐다. 라마는 영리한 눈을 크게 뜨고 수없이 많은 싸움에 임한다.

남화[11]식 산들과 초기 베네치아파[12]식 어두운 배경 위에 색깔 화려한 궁전과 원숭이 장군, 괴물 군대가 그려졌다. 어두운 산수 위를 일곱 가지 무지개색을 띤 신이 봉황을 타고 날아간다. 황금 옷을 입은 사람이 옷을 입고 앉아 있는 말을 채찍질한다. 바다에서는 괴이한 물고기가 불쑥 머리를 내밀고 다리 위에 있는 군대를 공격하려고 한다. 저 멀리 희미한 푸른 호수가 있고, 어두운 숲속 그늘을 소리 죽여 걷는 황금 안장을 진 백마를, 수풀 속에서 칼을 빼 든 하누만 원숭이 장군이 노린다.

* * *

"방콕의 정식 이름을 뭐라고 하는지 아시나요?"

"아니요, 모릅니다."

"말하자면 이렇습니다.

끄룽 텝 프라 마하나콘 아몬 라따나꼬신 마힌타라 유타야 마하딜록 폽 노파랏 랏차타니 부리롬."

---

11 南畫. 중국 명나라 시기 북종화와 대조되는 산수화 양식인 남종화의 줄임말. 세밀한 묘사보다 내용과 화가의 정신을 표현하는 데 집중한다.
12 르네상스 시대에 이탈리아 베네치아에서 일어난 회화 유파로 세속적인 풍속 묘사와 색채주의가 특징이다.

"무슨 뜻인가요?"

"거의 번역이 불가능합니다. 이곳 사원의 장식처럼 쓸데없이 번쩍거리고 쓸데없이 복잡한, 장식을 위한 장식일 뿐이니까요.

일단 '끄룽 텝'은 '수도'를 뜻합니다. '폼 노파랏'은 '아홉 가지 색깔의 금강석', '랏차타니'는 '대도시', '부리롬'은 '기분 좋음'이란 뜻이고요. 과장되게 반짝거리는 명사와 형용사를 골라서 그저 목걸이처럼 연결했을 뿐이에요.

신하가 왕에게 '네'라고 대답할 때도 이 나라의 복잡한 의례에 따르면 다음과 같이 말해야 하죠.

'프라빠우트 짜오 까 꼴랍 쁘롬깐 사이끄라오 사이 끌라몬.'

이 말도 '성황공황(誠惶恐惶) 둔수둔수(頓首頓首)'라고 옮기는 수밖에 없겠군요.

― 혼다는 등나무 의자 깊숙이 몸을 묻고 히시카와(菱川)의 이야기를 재미있고도 무심하게 들었다.

이쓰이(五井) 물산이 이 무엇이든 알고 있지만 어딘가 지저분하고 정체를 알 수 없는, 한때 예술가 소리나 들었을 것 같은 남자를 통역사 겸 가이드로 보냈다. 벌써 마흔일곱 살인 혼다는 되도록 무슨 일이든 다른 사람에게 맡기는 것이 특히 이런 폭염의 나라에서는 자기 자신에 대한 예의라고 생각했다.

혼다가 방콕에 온 것은 이쓰이 물산이 초청해서다. 일본에서 상거래가 이뤄지고 그 계약이 일본법에 따라 성립한 후에 외국에서 문제를 제기해 분쟁이 일어났을 때는, 외국 법원에 소송을 걸었어도 국제사법상 문제가 된다. 더욱이 외국 변호사는 일본의 법에 무지하다. 이럴 때는 일본의 권위 있는 변호사를 초청해서 현지 변호사에게 일본의 법 관계를 상세하게 설명하도록 하여 소송을 돕게끔 하는 일이 자주 있었다.

이쓰이 물산은 지난 1월에 태국으로 '카로스'라는 해열제를 십만 케이스 수출했는데 그중에서 삼만 케이스 분량의 알약이 습기 차고 변색되어 효능을 잃었다. 약에 유효기간 표기가 있는데도 그렇게 된 것이다. 이런 민법상 불법행위는 채무불이행으로 처리해야 하는데, 상대방은 형법상 사기죄로 소송을 걸었다. 이쓰이 물산은 하청 제약회사가 만든 상품의 결함이므로 민법 715조에 따라 당연히 무과실 배상 책임을 져야 하는데, 이런 국제사법상 문제에는 아무래도 혼다처럼 유능한 본국 변호사의 도움이 필요했다.

혼다는 방콕 최고의 오리엔탈 호텔(현지인들은 '오리엔텐 호텔'이라고 발음했다.)에서 메남강이 내려다보이는 전망 좋은 방을 배정받았다. 방에는 천장에 달린 커다란 하얀 선풍기가 바람을 보내긴 했지만, 저녁에는 강가 정원에 나가 약간 시원한 기운이 있는 강바람을 쐬는 편이 더 나았다. 밤 일정을 안내해 주러 온 히시카와와 함께 식전주를 마시면서 혼다는 히시카와에게 화제를 맡겼다. 숟가락을 드는 손끝조차 무겁고 나른한데 대화는 생각만으로도 은도금한 숟가락보다 더 무거웠다.

해는 강 건너 새벽의 사원(왓 아룬) 너머로 지고 있었다. 하지만 거대한 저녁노을은 두세 개 높은 탑의 윤곽을 그림자로 그려낼 뿐 아니라, 톤부리 밀림의 평평한 경관 위에 펼쳐진 광활한 하늘을 마음껏 움켜쥐었다. 밀림의 초록은 목화처럼 빛을 안에 품어 말 그대로 에메랄드 색이 되었다. 삼판선이 오가고 까마귀들은 수없이 많고 강물은 탁한 장밋빛으로 고여 있었다.

"모든 예술은 저녁노을이지요." 하고 히시카와는 말했다. 그리고 한 가지 이야기를 시작할 때마다 으레 그러듯 잠깐 틈을 두고 상대방의 반응을 살폈다. 혼다는 히시카와의 수다보다 그 침묵이 더 시끄럽게 느껴졌다.

태국 사람으로 오인할 만큼 햇볕에 탄 뺨과 태국 사람과 다르게 거칠고 까칠한 피부가 공존하는 그 옆얼굴로 건너편 강가의 남은 빛을 받으며 히시카와는 거듭 말했다.

"예술은 거대한 저녁노을이에요. 한 시대의 모든 좋았던 것들의 번제(燔祭)입니다. 그렇게나 오랫동안 이어졌던 대낮의 이성도 저녁노을의 저 무의미한 색깔의 낭비로 쓸데없는 것이 되고, 영원히 이어지리라 여겼던 역사도 갑자기 자신의 종말에 눈뜨게 되죠. 미(美)가 모든 사람의 눈앞을 가로막고 서서 모든 인간의 노력을 헛되게 만듭니다. 저 저녁노을의 화려함, 저 저녁노을 속 붉은 구름의 반쯤 미친 날뜀을 보면 '더 나은 미래'라는 농담도 곧바로 퇴색해 버립니다. 눈앞에 있는 것이 전부이며 공기는 색깔의 독으로 가득 찼습니다. 무엇이 시작했는가? 아무것도 시작하지 않습니다. 그저 끝이 있을 뿐입니다.

거기에 본질적인 것은 아무것도 없습니다. 아무렴 밤에는 본질이 있지요. 바로 우주의 본질로, 죽음과 무기적 존재가 그것입니다. 낮에도 본질이 있어요. 인간적인 모든 것은 낮에 속합니다.

그러나 저녁노을의 본질 같은 건 없습니다. 그건 그저 장난일 뿐이에요. 모든 형태와 빛깔과 색의 무목적이지만 엄숙한 장난이죠. 보세요, 저 자주색 구름을. 자연은 자주색 같은 색의 향연을 좀처럼 벌이지 않습니다. 저녁노을 구름은 모든 좌우대칭(Symmetry)에 대한 모욕인데, 이런 질서 파괴는 더 근본적인 것의 파괴로 이어집니다. 만약 대낮의 유유한 흰 구름이 도덕적 고결함의 비유라면, 과연 도덕에 색깔이 입혀져도 되는 걸까요?

예술은 각 시대 최대의 종말관을 누구보다 빠르게 예언하고 준비하고 몸소 실현합니다. 거기에는 맛 좋은 음식과 맛 좋은 술, 아름다운 형태와 아름다운 옷, 그 시대의 사람이 생각할 수 있는 거의 모든 사치가 들어 있습니다. 그 모든 것들은 형식을 기다렸습니다. 눈 깜짝할 사이 인간 생활을 모조리 공략하고 휩쓸 형식을. 그것이 저녁노을 아닐까요. 그리고 무엇을 위해서? 사실은 그 무엇을 위해서도 아닙니다.

가장 미묘한 부분, 가장 지엽적인 부분에 대한 까다로운 미적 판단(나는 저 오렌지색 구름 한 덩어리의 테두리, 무어라고 말할 수 없는 향기로운 곡선을 말하는 겁니다)이 커다란 하늘의 보편성과 엮여서, 가장 내면적인 것이 색깔을 입고 나타나 외부와 결합한 것이 저녁노을이에요.

즉, 저녁노을은 표현합니다. 표현만이 저녁노을의 기능입니다.

인간의 미미한 수치, 기쁨, 분노, 불쾌가 하늘과 맞먹는 규모가 되는 것. 평소에는 보이지 않는 인간 내장의 색깔이 이 대수술로 하늘 전체에 펼쳐져 외면에 나타나는 것. 가장 사소한 다정함과 정중함(Galanterie)이 세상에 대한 우울(Weltschmerz)과 결합하여 마지막에는 고뇌 그 자체가 잠깐의 오르기에[13]가 되는 것입니다. 사람들이 낮 동안 완고하게 끌어안았던 무수한 작은 이론들이 하늘의 거대한 감정 폭발, 그 화려한 감정의 방자함에 말려들어 가서 사람들은 모든 체계의 무효를 깨닫습니다. 즉 그 모든 것들이 표현되고, ……십여 분 동안 계속되다가, …… 그리고 끝납니다.

저녁노을은 빨라요. 그리고 날아가는 성질이 있습니다. 저녁노을은 어쩌면 이 세계의 날개일 겁니다. 꽃의 꿀을 빨아들이려고 날갯짓하는 동안에만 무지개색으로 반짝이는 벌새의 날개처럼 세계는 날아갈 가능성을 흘낏 보여 주고, 저녁노을 아래 모든 것들이 도취와 황홀 속에서 어지럽게 날리고, ……그리고 땅으로 떨어져 죽습니다.”

— 혼다는 히시카와의 말을 한 귀로 흘려들으면서 벌써 맞은편 강가 하늘이 은은한 빛줄기를 땅에 남기며 어스름에 싸인 모습을 바라보았다.

모든 예술이 저녁노을이라고? 그리고 저편에는 새벽의 사원이!

---

13 Orgie. 고대 그리스에서 디오니소스를 기리는 비밀 의식을 가리키는 말로 집단적인 도취와 광란이 행해졌다.

새벽의 사원

* * *

혼다는 어제 아침 일찍 배를 빌려 건너편 강가로 가서 새벽의 사원을 방문했다.

새벽의 사원에 가기에 가장 좋은 시간인 일출 때였다. 주변은 아직 어둑했고 탑 꼭대기만 빛을 받고 있었다. 그 너머에 있는 톤부리 밀림은 찢어지는 듯한 새소리로 가득했다.

가까이 다가가자 그 탑에 빨간색과 파란색으로 칠해진 수많은 중국식 접시가 빈틈없이 붙어 있음을 알 수 있었다. 몇개의 층계가 난간으로 구분돼 있어 1층 난간은 갈색, 2층 난간은 초록색, 3층 난간은 진보라색이었다. 박혀진 수많은 접시들은 꽃을 본떴는데, 노란 작은 접시를 꽃술로 삼고 주위에 다른 접시들을 펼쳐 꽃잎을 만들어 놓은 식이었다. 또는 연보라색 술잔을 엎어 만든 꽃술에 오색찬란한 접시로 꽃잎을 두른 장식들이 하늘 높이 이어지기도 했다. 잎은 전부 기와였다. 그리고 꼭대기에는 하얀 코끼리들의 코가 사방으로 늘어졌다.

탑의 중압감과 중복감은 숨이 막힐 정도였다. 색깔과 빛으로 가득한 높은 탑에 몇 겹으로 장식을 새기며 올라갈수록 점점 좁아지는 모습은 몇 겹의 꿈이 머리 위에서 내리누르는 듯하다. 굉장히 가파른 계단의 챌판도 빈틈없이 꽃무늬로 채웠고, 각 층은 반인반조 조각상이 떠받치고 있다. 한 층 한 층이 몇 겹의 꿈, 몇 겹의 기대, 몇 겹의 염원으로 짜부라지면서 또 퇴적되고 퇴적되어 하늘을 향해 한 발짝씩 다가간 극도로 색이 화려한 탑.

24

메남강 맞은편 강가를 비추기 시작한 새벽빛을 그 수많은 접시는 수많은 작은 거울이 되어 재빨리 받아들였고 거대한 나전 세공은 떠들썩하게 빛나기 시작했다.

이 탑은 오랫동안 색깔로 새벽종 역할을 해 왔다. 새벽에 반응하며 울리는 색깔. 그것은 새벽과 동등한 힘, 동등한 무게, 동등한 폭발력을 가지도록 창조되었다.

메남강에 붉은 흙색으로 비친 굉장한 황갈색의 아침노을 속으로 그 탑은 빛나는 그림자를 떨어뜨리며 오늘도 또 찾아올 무더운 하루를 예고했다…….

* * *

"이제 사원은 충분히 구경하셨죠. 오늘 밤은 재미있는 곳으로 안내할게요."

히시카와는 해가 완전히 진 새벽의 사원을 멍하니 바라보는 혼다에게 말했다.

"왓 포도 보셨고 왓 프라깨우도 보셨고, 대리석 사원에 갔을 때는 때마침 섭정의 참배를 구경하셨지요. 그리고 어제 아침에는 새벽의 사원도 보러 가셨고요. 열중해서 보려고 하면 끝도 없는데, 그만큼 보셨으면 충분합니다."

"그렇네요." 하고 혼다는 모호하게 대답했다. 그때까지 상념에 잠겨 있었는데 방해를 받아서 달갑지 않았기 때문이다.

그때 혼다는, 한동안 손대지 않았으나 여행 중에 틈틈이 다시 읽으려고 가방 밑바닥에 넣어 온 기요아키의 오래된 꿈

새벽의 사원

일기를 생각하는 중이었다. 막상 도착하니 덥고 나른해서 아직 읽지 않았다. 하지만 예전에 읽었을 때 나왔던 어떤 꿈의 선명한 열대의 색깔은 아직 생생하게 머릿속에 있었다.

원래도 바쁜 와중에 혼다가 태국 여행을 수락한 것은 일 때문만은 아니었다. 기요아키를 통해서 시암의 두 왕자를 알았고, 찬트라파 공주를 향한 그 사랑의 슬픈 결말이나 왕자가 에메랄드 반지를 잃어버렸던 일을 예민한 나이였을 때 옆에서 지켜보며, 외려 자신은 지켜보는 자라는 운명에 묶였음을 강하게 깨달음으로써 그 흐릿한 기억의 그림은 점점 딱딱하고 고집스러운 액자틀 안에 보존됐다. 언젠가 한 번은 시암을 방문해야겠다고 마음속으로 정한 뒤로 오랜 시간이 흘렀다.

하지만 한편으로 마흔일곱 살 혼다의 마음은 극히 사소한 감동도 경계했고, 거기서 바로 기만이나 과장의 냄새를 맡는 습성에 알게 모르게 젖어 들었다. 그때의 정열이 자신의 마지막 정열이라고 혼다는 되새겼다. 즉 기요아키의 환생임을 안 이사오를 구하기 위해 직업을 내던졌던 그 정열이. …… 그리고 혼다는 '타인을 구제한다'는 관념의 완전한 실패를 경험했다.

타인을 구제한다는 관념을 믿지 않게 된 후로 혼다는 반대로 더 유능한 변호사가 됐다. 정열을 갖지 않게 된 후로 차례차례 타인을 구제하는 데 성공했다. 민사든 형사든 유복하지 않은 의뢰인은 받아들이지 않았다. 혼다가(家)는 아버지 대보다 더 번성했다.

사회 정의를 스스로가 대표하는 듯한 얼굴을 하고서 그렇게 이름을 파는 딱한 변호사들이란 우스꽝스러운 상품이었다. 혼다는 법의 구제가 가지는 한계를 잘 알았다. 사실을 말하자면 변호사에게 보수를 지불할 수 없는 사람은 법을 위반할 자격도 없는데, 많은 사람들은 필요 때문에 또는 어리석음 때문에 법을 위반하는 잘못을 저질렀다.

때때로 혼다는 그 많은 인간성에 법이란 규칙을 부여한 일만큼 인간이 생각해 낸 불손한 장난도 없다고 생각하곤 했다. 범죄가 필요나 어리석음에서 생기기 일쑤라면 법의 기초를 이루는 습속(Sitte)도 그렇다고 할 수 있지 않을까?

이사오의 죽음으로 끝난 쇼와 신풍련 사건 뒤에도 계속해서 유사한 사건이 일어났고, 1936년 2월 26일에 일어난 2·26 사건[14]으로 일본 국내 혼란은 일단락되었으나, 그 뒤에 일어난 중일전쟁은 오 년 동안 이어졌는데도 해결이 되지 않았고, 게다가 일본, 독일, 이탈리아 삼국 동맹이 열강을 자극해 일본과 미국 사이에 전쟁이 일어날 위험이 있다고 빈번히 논의되는 형국이었다.

그러나 혼다는 이제 시세의 흐름이나 정치 분쟁, 전쟁의 위협에 어떤 흥미도 없거니와 일희일비하지도 않았다. 마음속 아주 깊은 곳에서 무언가가 무너졌다. 시대가 소나기처럼 술

---

14 1936년 2월 26일 일본 육군의 파벌인 황도파 청년 장교들이 천황 친정을 목표로 삼아 일으킨 쿠데타. 정계와 재계의 요직 인물이 부정부패와 농촌 빈곤을 초래한 원인이라고 간주하여 그들을 암살할 계획을 세웠으나 천황의 해산 명령으로 실패로 끝났다. 천황과 일본 문화, 정신을 중시했던 황도파는 중앙 집권적이고 근대적 군사 기술을 중시했던 또 다른 육군 파벌인 통제파와 대립했는데 쿠데타 실패 이후 통제파가 군부의 중심이 되어 국가 총동원 체제를 강화했다.

새벽의 사원

렁거리고 수많은 이들을 한 명 한 명 빗방울로 때리며 개개인 운명의 작은 돌멩이를 흠뻑 적시는 일을 막을 힘은 어디에도 없음을 혼다는 알고 있었다. 하지만 모든 운명이 결국 비참함으로 끝날지의 여부는 확실하지 않았다. 역사는 늘 어떤 이들의 염원에 응답하면서 다른 이들의 염원에는 등을 돌리며 진행된다. 아무리 비참한 미래라고 해도 만인의 바람을 저버리지는 않는다.

이렇게 말했다고 해서 혼다가 허무적이고 어두운 그림자를 띤 사람이 됐다고 생각해선 안 된다. 오히려 이전에 비해 혼다는 쾌활하고 명랑하기까지 했다. 판사 시절에 한 마디 한 마디를 조심했던, 마치 다다미 위를 사뿐히 걷는 듯했던 말투가 바뀌었고, 옷 취향이 자유로워져서 하운드투스 체크무늬 재킷을 입기도 하고, 농담도 할 정도로 활달해졌다. 다만 이 더운 나라에 와서는 농담도 쉬이 나오지 않지만.

그의 얼굴에는 그 나이에 어울리는 어떤 두툼한 무게감이 나타났다. 청년 시절의 간결하고 명료했던 얼굴선은 이제 잃었고, 색 바랜 무명 같은 예전의 피부에 다마스크 직물 같은 사치를 아는 무게감이 더해졌다. 혼다는 자신이 결코 아름다운 청년이 아니었음을 알았기 때문에 이렇게 나이가 주는 불투명한 외피가 불만스럽지는 않았다.

더욱이 지금 혼다는 청년 시절에 비하면 훨씬 더 확실한 미래를 가졌다. 청년들이 걸핏하면 미래에 대해 떠드는 것은 단지 그들이 아직 미래를 제 손에 가지지 않았기 때문이다. 어떤 일을 포기함으로써 얻는 소유, 그것이야말로 청년들이 모르는 소유의 비결이다.

　기요아키가 시대를 움직이지 못했던 것처럼 혼다도 시대를 움직이지 못했다. 그 옛날 감정의 전쟁터에서 죽었던 기요아키의 시대와 달리, 다시금 청년들이 실제 행위의 전쟁터에서 죽어야 하는 시대가 다가왔다. 그 시작이 이사오의 죽음이었다. 즉 같은 영혼의 환생인 두 젊은이는 각각 대조되는 전쟁터에서 대조되는 전사를 했다.

　그리고 혼다는? 혼다가 죽을 기미는 어디에도 없었다! 혼다는 죽음을 열렬하게 바란 적도 없었고 또 다짜고짜 공격하는 죽음에서 몸을 피한 적도 없었다. 하지만 뜻하지 않게 이 열대의 땅에 와서 하루 종일 내리쬐는 뜨거운 햇빛의 불붙은 화살을 맞고 있자니, 가는 곳마다 빽빽하게 우거진 왕성한 나무들이 그 모습 그대로 눈부시게 우거진 죽음처럼 느껴졌다.

　"옛날에 저는, 아마 이십칠팔 년 전 정도 될까요? 시암에서 두 왕자가 일본에 유학을 왔을 때 잠깐 친하게 지낸 적이 있어요. 한 명은 라마 6세의 동생인 파타나디드 왕자였고 또 한 명은 그의 사촌으로 라마 4세의 손자인 크리사다 왕자였지요. 그 두 분은 지금 어떻게 지내시는지, 방콕에 오면 뵙고 싶다고 생각은 했는데, 그쪽은 분명 저를 잊어버렸을 텐데 무리하게 찾아가는 것도 좀 그래서요……."

　"왜 진작 말하지 않았어요?"

　뭐든 알고 있는 히시카와는 혼다의 싱거움을 비난하듯 말했다. "일단 제게 말해 주시면 바로 적절한 회답을 해 드릴 수 있는데요."

새벽의 사원

“그럼, 두 왕자를 뵐 수 있나요?”

“그건 어려울 것 같아요. 두 분 모두 라마 8세 폐하가 누구보다 의지하는 사촌이라서 지금 폐하를 따라 스위스 로잔에 가 있습니다. 왕족 대부분이 전부 스위스에 가서 궁전은 비어 있어요.”

“그거 유감이네요.”

“하지만 파타나디드 전하의 가족과 만날 방법이 한 가지 있어요. 이상한 이야기지만요. 왕자의 막내 따님이 막 만 일곱 살이 된 어린 분인데 궁인들에 둘러싸여 방콕에 혼자 계십니다. 가엾게도 장미궁이라는 작은 궁전에 유폐된 셈이나 마찬가지지요.”

“무슨 연유로?”

“외국에 그분을 데려갔다가 누군가 머리가 이상하다고 생각하면 왕실의 수치니까요. 공주는 어느 정도 자라고 나서부터 나는 사실 태국 왕실 공주가 아니다, 일본인의 환생이고 내 진짜 고향은 일본이다, 라고 말하더니 누가 뭐라든 그 주장을 굽히지 않아요. 조금이라도 부정하면 화를 내며 울어 버려서 시중드는 이들이 전부 그 환상을 보호해 주며 키웠다는 소문입니다. 알현하기는 꽤 어렵겠지만 혼다 선생님께 그런 인연이 있으시다면 이야기를 어떻게 하느냐에 따라 성사될 수도 있을 것 같네요.”

2

그 이야기를 들어도 혼다는 가련하고 미친 그 어린 공주를 뵙고 싶은 마음이 곧바로 일지는 않았다.

황금빛 찬란하게 아름다운 작은 사원처럼 공주가 그곳에 있음을 안다. 사원이 날아가지 않는 것처럼 공주도 날아가지 않으리라고 느낀다. 이 나라에서는 광기도 분명 건축처럼, 언제까지나 계속되는 단조로운 금빛 춤처럼 화려한 아름다움을 다하고 끝날 일이 없으리라는 생각이 들었다. 조만간 그럴 마음이 생기면 알현을 부탁하자고 혼다는 생각했다.

이런 미루기는 아마도 절반은 열대의 나른함에서, 절반은 이견의 여지 없는 나이에서 왔을 것이다. 혼다는 머리가 희끗해졌고 눈도 침침해졌지만 다행히도 젊은 시절부터 약간의 근시가 있었기에 아직 돋보기안경은 쓰지 않아도 됐다.

혼다는 이제 나이가 있어서 자신이 터득한 몇 가지 법칙

중 하나를 척도 삼아 세상일이 일어나는 원리를 읽을 수 있었다. 천재지변은 별개로 하더라도 역사적 사건은 아무리 갑자기 일어난 듯이 보여도 사실은 그 전에 오랜 망설임, 말하자면 구애를 받아들이기 전의 젊은 여자처럼 내키지 않아 하는 기색이 있었다. 이쪽의 바람에 바로 부응하는 대답, 이쪽이 좋아할 만한 속도로 다가오는 모든 일에는 반드시 인위적인 냄새가 있었으므로, 자신의 행동을 역사적 법칙에 맡기고 싶을 때는 무슨 일이든 내키지 않는 태도를 취하는 것이 최고였다. 원하는 것을 하나도 손에 넣지 못하고 의지가 모조리 헛되게 끝나는 예를 혼다는 너무 많이 봤다. 원하지 않았다면 얻을 수 있었을 것을, 원했기 때문에 얻지 못한 것이다. 오롯이 자신의 욕구, 자신의 의지에만 달려 있는 듯 보이는 자살도, 이사오는 그것을 완벽하게 수행하는 데 일 년이나 감옥에서 기다려야 했다.

하지만 생각해 보면 이사오의 암살과 자결은 2·26 사건에 이르러서야, 말하자면 선구자로서 별이 반짝이는 밤하늘을 열어젖힌 맑은 저녁별이 되었다. 확실히 그들은 새벽을 희망했으나 그들이 구현한 것은 밤이었다. 그리고 지금, 시대는 어쨌거나 밤을 벗어나 불안하고 무더운 아침 속에 있는데, 이는 그들 중 누구 하나 몽상하지 못했던 아침이었다.

일본, 독일, 이탈리아 삼국 동맹은 일부 일본주의자들과 친프랑스파, 친영국파를 화나게 만들었지만, 서양과 유럽을 선호하는 대다수 사람들은 물론 구시대 아시아주의자들까지 기쁘게 했다. 일본은 히틀러가 아니라 게르만 숲과, 무솔리니가 아니라 로마 판테온과 결혼하는 것이다. 삼국 동맹은 게르만 신화와 로마 신화와 일본 『고사기(古事記)』의 동맹이자, 남성적이고 아름다운 동서양 이교도 신들의 친교였다.

혼다는 물론 그런 로맨틱한 편견에 굴복하지 않았지만 몸이 전율할 정도로 시대가 뭔가에 흥분하고 뭔가를 꿈꾸는 것은 분명했기에, 도쿄를 떠나 이곳에 오니 갑작스러운 휴식과 한가함이 외려 피로를 가져와서 마음이 자꾸 과거의 회상에 머무르려는 것을 막을 방도가 없었다.

아주 오래전, 열아홉 살이었던 기요아키와 이야기를 나눌 때 자신이 주장했던 '역사에 관여하려는 의지야말로 인간 의지의 본질이다.'라는 생각을 혼다는 아직 버리지 않았다. 하지만 열아홉 살 소년이 자신의 성격에 대해 갖는 본능적 두려움은 때로는 무서울 정도로 정확한 예견이 된다. 그때 혼다는 그렇게 주장하면서 자신이 갖고 태어난 의지 강한 성격에 대한 절망을 표현했다. 그 절망은 세월이 흐를수록 심해지고 결국 혼다의 고질병이 되었으나 그것 때문에 성격이 조금도 바뀌지는 않았다. 그는 옛날에 월수사 주지가 가르쳐 줘서 읽었던 두세 권의 불교 경전 중에서 특히 『성실론』[15] 속 삼보업품(三報業品)에 적힌 가장 무서운 한 구절을 떠올렸다.

'악을 행하면서 즐거움을 얻는다면, 악이 아직 무르익지 않았기 때문이다.'

— 따라서 혼다가 여기 방콕에서 극진한 대접을 받고, 보

---

15 成實論. 4세기의 인도 승려 하리발마가 저술한 교리서. 총 열여섯 권으로 소승불교의 한 부파인 경량부의 설을 설파했다.

고 들은 것, 먹고 마신 것 전부에서 열대 기후의 나태한 '즐거움'을 얻었다 한들, 그것이 자신이 오십 년 가까운 세월 동안 '악을 행하지' 않았다는 증거가 되진 못했다. 자신의 악은 나뭇가지에서 향기로운 열매가 자연스럽게 떨어질 만큼은 '아직 무르익지' 않은 것이다.

소승불교인 이 태국에서는 남전대장경(南傳大藏經)의 소박한 인과론을 배경으로 해서 일찍이 혼다가 젊었을 때 감명을 받았던 고대 인도『마누 법전』의 인과율이 겹쳐 보였고, 힌두교 신들도 가는 곳마다 그 기괴한 얼굴을 드러냈다. 사원들의 처마를 장식한 '나가'와 '가루다'는 7세기 인도 희곡「나가난다」[16] 이야기를 현재에 전해 주며, 가루다의 효행은 힌두교 비슈누 신[17]이 기특하게 여겼다.

이 땅에 오고 나서 혼다는 천성인 탐구벽이 머리를 들어, 자신의 반평생 내내 합리적인 것에서 거리를 두게 하는 인연을 빚어 온 그 환생의 신비를 소승불교에서는 어떻게 말하는지 흥미가 생겼다.

학자들의 말을 따르면 인도의 종교 철학은 다음과 같은 여섯 시기로 구분된다.

---

16 7세기에 북인도 지방을 통치했던 왕 하르샤 바르다나가 지은 것으로 알려졌으며 힌두 설화를 근간으로 불교의 가르침인 보시와 자비를 엮어 넣었다.
17 힌두교의 태양신으로 우주를 관장하는 선하고 자비로운 수호신. 반인반조인 가루다는 신화 속에서 비슈누 신이 타고 다니는 동물이다.

1기는 리그 베다의 시대다.

2기는 브라흐마나 철학의 시대다.

3기는 우파니샤드(오의서(奧義書)철학)의 시대로, 기원전 8세기부터 5세기까지 신과 자아(아트만)의 일체를 이상으로 하는 자아 철학의 시대다. 윤회 사상(삼사라)은 이 시기에 처음으로 명료하게 나타났는데, 이것이 업(카르마) 사상과 결합하여 인과율이 만들어졌고 아트만 사상과 결합하여 체계화됐다.

4기는 여러 학파의 분립 시대다.

5기는 기원전 3세기부터 기원후 1세기까지 소승불교가 완성된 시대다.

6기는 이후 오백 년에 걸쳐 대승불교가 융성한 시대다.

문제는 5기로 혼다는 옛날 젊었을 때 『마누 법전』을 즐겨 읽다가 윤회와 환생을 법조문에까지 넣은 것을 보고 놀랐었는데,『마누 법전』은 바로 이 시기에 집대성됐다. 똑같은 업 사상이어도 불교 이후의 업 사상은 우파니샤드의 그것과 확연히 다르다. 어디가 다르냐 하면 아트만을 부정한다. 불교의 본질이 바로 거기에 있다고 말해도 좋다.

불교가 다른 종교와 구분되는 특색 세 가지 중 하나로 제법무아(諸法無我)가 있다. 불교는 무아를 칭송하고, 생명의 주체로 여겨졌던 자아를 부정하고, 부정한 끝에 자아가 내세로 이어진 '영혼'도 부정했다. 불교는 영혼이란 것을 인정하지 않는다. 생물에 영혼이라는 중심 실체가 없거니와 무생물에도 없다. 아니, 만물에 고유의 실체가 없음은 마치 뼈 없는 해파리와도 같다.

세벽의 사원

그런데 여기서 어려운 문제가 생긴다. 죽어서 전부가 무(無)로 돌아간다면, 악업으로 악취(惡趣)로 떨어지고, 선업으로 선취(善趣)로 올라가는 것은 도대체 누구인가? 자아가 없다면 윤회환생의 주체는 누구란 말인가?

불교가 부정한 자아 사상과 불교가 계승한 업 사상 사이의 이런 모순에 괴로워하며 각 분파가 나뉘어 논쟁을 벌였으나 결국 정연한 논리적 귀결에는 이르지 못했고, 이것이 삼백 년간의 소승불교라고 할 수 있었다.

이 문제가 훌륭한 철학적 결실을 맺기까지는 대승불교의 유식(唯識)을 기다려야 했는데, 소승불교의 경량부에 이르러 마치 향수의 향이 옷에 배듯이 선업과 악업의 여파가 의지에 남아 의지의 성격을 만들고, 그렇게 성격이 생긴 힘이 인과를 만든다는 '종자훈습(種子薰習)' 개념이 정립되어 훗날 유식학파로 이어지는 발판이 되었다.

지금에 와서야 혼다는 옛날 시암의 두 왕자가 보이던 끊이지 않는 미소와 근심스러운 눈 속에 담긴 것이 무엇이었는지 깨달았다. 그것은 이 찬란한 사원, 꽃들, 열매의 나라에서 나른한 햇빛에 찌부러지며 오로지 불교를 숭상하고 윤회를 믿을 뿐 정연한 논리 체계를 회피하는, 무거운 황금의 게으름과 나무 밑에서 한들대는 미풍의 정신이었다.

크리사다 왕자는 그렇다 치더라도 지혜로운 파타나디드 왕자는 사람을 놀라게 할 만한 철학자의 날카로운 마음을 지니고 있었다. 하지만 격렬한 정념은 그런 탐구심을 흘려보냈고, 왕자가 한 어떤 말들보다 지금 혼다의 머릿속에 선명히 남

은 것은 찬트라파 공주의 부음을 들은 여름날 기요아키의 종
남별업 별장 잔디밭에서 의자에 앉은 채 실신했던 모습이었다.
하얗게 칠해진 의자 팔걸이 아래로 갈색 팔을 떨어뜨리고, 어
깨 위로 떨군 얼굴에 핏기가 가셨는지는 확실하지 않지만, 엷
게 벌어진 입속으로 빛나기만 하는 하얀 이가 들여다보였다.

그리고 아마 태어날 때부터 가지고 있었을, 애무에 적합한
길고 우아한 그 갈색 손가락이 초록빛 여름 잔디밭에 닿을 듯
이 늘어진 모습은, 다섯 손가락 모두 순식간에 그 애무의 대상
의 죽음을 따라 순장한 듯이 느껴졌다.

— 그래도 혼다는 왕자들의 일본에 대한 기억은 설사 시간
이 흐를수록 그리움이 더해지더라도 결코 좋지는 않을 것이
라는 두려운 생각이 들었다. 고립, 언어의 부자유, 관습의 차이
가, 또 반지 도난과 찬트라파 공주의 죽음이 왕자들의 마음을
불편하게 했으리라. 그러나 끝끝내 왕자들을 이해하기를 거부
한 것은 그 위압적인 '검도부 정신'이었다. 그것은 혼다나 기요
아키 같은 보통 청년들뿐 아니라 시라카바파[18]처럼 자유롭고
인도주의적인 청년들도 고립시켰다. 유감스럽게도 왕자들의
아군에게 진정한 일본은 희박했고 반대로 적들에게는 농후한
일본이 있었음을, 왕자들 자신도 아마 희미하게 감지했을 것

18 白樺派. 1910년대에 일어난 문예사조로 문예지 『시라카바(자작나무)』
를 중심으로 활동했다. 주로 황족 학교인 가쿠슈인 졸업생으로 이루어졌으
며 시가 나오야, 무샤노코지 사네아쓰, 아리시마 다케오 등이 있다. 이상주
의, 인도주의, 개인의 개성을 중시했다.

새벽의 사원

이다. 그 괴팍하고 고집 센 일본, 붉은 실의 갑옷을 입은 젊은 무사의 모습 그대로 자부심 높으면서도 소년처럼 상처 입기 쉬운 일본은 사람들에게 조소를 받기 전에 먼저 제 발로 뛰어들고, 사람들에게 모욕을 받기 전에 먼저 제 발로 나아가 죽었다. 이사오는 기요아키와 달리 바로 이런 세계의 핵심에 살았고 또 영혼을 믿었다.

쉰에 가까운 혼다 나이의 한 가지 장점은 이제 모든 편견에서 자유롭다는 것이다. 스스로가 권위였던 적이 있는 만큼 권위에서도. 스스로가 지성의 화신이었던 만큼 지성에서도.

지난 다이쇼 시기[19] 초기의 검도부 정신은 한 시대를 물들였던 남색 바탕에 흰 잔무늬 도복의 정신이었기 때문에, 한 번도 관여한 적이 없는 혼다도 지금은 자기 기억 속 청춘을 거기에 동등하게 포함시키는 데 주저함이 없었다.

그 정신을 더 순화(純化)하고 더 깊이 파고들었던 이사오의 세계. 혼다는 자기 청춘을 이사오의 세계와 함께 보내지 않았으며 외부에서 바라보기만 했지만, 젊은 일본 정신이 그렇게까지 고립돼서 싸우며 자멸한 모습을 보고 나서는 '내가 이렇게 살아남을 수 있었던 힘은 다름 아닌 서양의 힘이며 외래 사상의 힘이다.'라고 깨닫지 않을 수 없었다. 고유의 사상은 사람을 죽게 한다.

살고 싶다면 이사오처럼 순결을 고집해서는 안 된다. 모든 퇴로를 스스로 끊고 모든 것을 거부해서는 안 되었다.

---

19 일본의 연호로 1912년부터 1926년까지 해당한다.

이사오의 죽음처럼 혼다에게 '순수한 일본이란 무엇인가?' 라는 성찰을 강요한 것은 없었다. 모든 것을 거부하는 것. 현실의 일본과 일본인마저 전부 거부하는 이 가장 어려운 삶의 방식 외에, 결국에는 누군가를 죽이고 자결하는 방법 외에 '일본'과 함께 살아가는 방도는 정말로 없는가? 두려움에 누구도 말하지 않았지만, 이사오는 몸소 그것을 증명한 것은 아닐까?

생각해 보면 민족의 가장 순수한 요소에는 반드시 피비린내가 나고, 야만적인 그늘이 드리웠다. 전 세계 동물애호가들의 비난에도 아랑곳하지 않고 국민 경기 투우를 보존한 스페인과 달리 일본은 메이지 문명개화 때 모든 '야만 관습'을 없애려고 했다. 그 결과 가장 생생하고 순수한 민족의 영혼은 땅밑에 숨겨지고, 때때로 분출하여 그 흉악한 힘을 휘둘러서 점점 사람들이 꺼리고 두려워했다.

아무리 무서운 얼굴로 나타나도 그것은 원래 순백의 영혼이었다. 태국 같은 나라에 와 보니 조국 문물의 깨끗함, 간소함, 단순함, 강바닥 돌멩이도 헤아릴 만큼 맑은 강물, 신토(神道)의 청명한 의식이 드디어 혼다의 눈에 분명하게 보였다. 하지만 혼다는 그것들과 함께 살지 않았고, 대다수 일본인이 그러듯 그것들을 무시하고 마치 없는 것처럼 행동했으며, 오히려 거기에서 벗어남으로써 살아남았다. 그 지나치게 간결하고 소박한 것들, 그 흰 명주, 그 맑은 물, 그 미풍에 흔들리는 새하얀 종이, 도리이[20]가 나누는 그 단순한 공간, 그 바닷속 신들의 거

---

20 鳥居. 신사에 세우는 기둥 문으로 인간이 사는 속계와 신이 있는 신역을

새벽의 사원

처, 그 산들, 그 드넓은 바다, 그 일본도, 그 반짝임, 그 순수, 그 예리함을 피해서 일생을 살아왔다. 혼다뿐 아니라 이미 서구화된 대개의 일본인들은 일본의 격렬한 원소들을 참을 수 없었다.

하지만 영혼을 믿었던 이사오가 죽어서 승천했다면, 나아가 당연한 선인선과(善因善果)를 통해 인간으로 다시 태어나는 윤회에 들었다면 그것은 대체 무슨 일일까?

돌이켜 보면 그렇게 생각할 만한 징조도 있었는데, 이사오는 죽음을 결심했을 때 아무도 모르게 '다른 인생'의 암시에 눈을 뜬 것은 아니었을까. 한 인생을 지나치게 순수에 매몰되어 살려고 하면 사람은 저절로 다른 인생의 존재를 예감하는 데 다다르지 않을까.

혼다는 이곳 폭염 속에서 떠올리기만 해도 이마에 맑은 물방울이 떨어지는 느낌이 드는 일본 신사의 풍경을 마음속에 그려 보았다. 돌계단을 오르며 다가가는 참배객의 눈에 도리이는 목적지인 배전을 에워싼 명확한 틀로 보이지만, 참배를 마치고 돌아가는 사람의 눈에는 푸른 하늘만 가득 채운 액자 틀로 보인다. 하나의 사물이 엄숙한 신전과 아무것도 없는 푸른 하늘을 겉과 안처럼 전적으로 포함하는 불가사의. 그 도리이의 형식이야말로 이사오의 영혼이었던 듯이 느껴진다.

적어도 이사오는 최상이고 아름답고 간소한, 마치 도리이처럼 명확한 틀을 살았다. 그래서 그 틀 안에는 불가피하게 푸

구별한다.

른 하늘이 채워지고 말았다.

죽어 갈 때의 이사오의 마음이 아무리 불교에서 멀리 떨어졌더라도 이런 관계야말로 일본인과 불교의 관계를 암시한다고 혼다는 생각했다. 그것은 말하자면 메남강의 탁한 물을 흰 명주 주머니로 거르는 것과 같다.

— 히시카와에게서 공주 이야기를 들은 날 밤늦게 혼다는 호텔 객실에서 여행 가방을 뒤져, 보라색 보자기로 싸 둔 기요아키의 꿈 일기를 꺼냈다.

몇 번이나 다시 읽어서 너덜너덜해진 책을 혼다가 서툴게나마 자기 손으로 정성껏 다시 철한 일기에는 휘갈겨 쓴 기요아키의 젊은 필적이 가득했지만, 삼십 년이 지난 잉크는 변색돼 거무스름했다.

그렇다. 혼다의 기억대로 기요아키는 시암의 왕자들을 저택에서 맞이한 뒤 얼마 지나지 않아 시암에 대한 생생한 꿈을 꾸었고, 그것을 기록했다.

기요아키는 '보석이 가득 박힌 높고 뾰족한 금관을 쓰고' 황폐한 정원을 둔 궁전의 화려한 의자에 앉아 있다.

그 모습을 미루어 보아 꿈속에서 기요아키는 시암의 왕족인 듯했다.

들보에 수많은 공작새가 모여 앉아 흰 배설물을 떨어뜨리고, 기요아키는 파타나디드 왕자의 에메랄드 반지를 손가락에 꼈다.

그 에메랄드에는 '작고 사랑스러운 여자의 얼굴'이 비쳤다.

분명 혼다가 아직 보지 못한 미친 어린 공주의 얼굴이었고, 고개 숙인 기요아키의 얼굴이 손가락의 에메랄드에 비쳤다고 생각되므로, 공주가 기요아키의, 나아가 이사오가 환생한 모습임은 이제 의심의 여지가 없는 듯이 느껴졌다.

시암의 왕자들을 저택에서 맞이해 그 고국의 눈부신 이야기를 들으면 누구든 이런 꿈을 꾸는 것이 이상하진 않을 테지만, 혼다는 몇 번의 경험을 통해 기요아키의 꿈이 남긴 증거를 믿지 않을 수 없었다.

이제 자명했다. 한번 불합리를 넘으니 그다음은 수월하게 길이 열렸다. 이사오가 혼다에게 굳이 말한 적 없어 혼다도 끝까지 알 도리가 없었지만, 그 역시 감옥에서 보낸 기나긴 밤 동안 열대의 여자가 등장하는 꿈을 꾸었는지도 모른다.

* * *

히시카와는 혼다가 방콕에 머무는 동안 변함없이 세심하게 도와주었고, 소송은 혼다의 도움 덕분에 순조롭게 진행됐다. 태국 측의 과실이 발견된 것이다.

영미법에 기초한 태국 민상법 473조에 따르면 판매자는 상품에 결함이 있을 때, 다음 사항에 해당하는 경우에는 책임을 지지 않아도 된다.

1. 구매자가 구매 당시 그 결함을 알았을 때 또는 통상의 주의를 게을리하지 않았다면 알 수 있었을 때.

2. 상품을 인도할 때 결함이 명백히 있었을 때 또는 구매자

가 유보하지 않고 상품을 인수했을 때.

3. 상품이 공개 입찰로 팔렸을 때.

— 혼다가 조사한 바에 따르면 태국 측은 1항과 2항에 해당하는 과실이 있는 듯 보였다. 증거를 모아서 이 약점을 밀고 나가면 상대방이 소송을 취하할지도 몰랐다.

이쓰이 물산이 기뻐한 것은 물론이고, 혼다도 일단 안심해서 히시카와에게 공주를 알현할 준비를 해 달라고 부탁하고 싶은 기분이었다.

그래도 히시카와는 성가셨다.

혼다는 태어나서 예술가란 사람들과 사귀고 싶다는 생각을 한 적이 거의 없었고, 실제로 교제한 적도 없는데, 심지어 이런 타국에서 한때 예술가였던 사람과 알게 되리라고는 생각하지 못했다.

더욱 난처한 점은 히시카와가 현지 사정에 익숙하지 않은 여행객을 도와주는 역할을 맡아 하나하나 세심한 신경을 쓰고 무엇을 부탁하든 꺼리는 내색을 하지 않을 뿐만 아니라, 앞문을 두드려도 들여보내 주지 않는 이 나라에서 뒷문으로 드나드는 법을 훤히 아는 흔치 않은 가이드란 점이었다. 물론 본인도 자신이 흠잡을 데 없는 가이드임을 잘 알고 있었다.

그러나 히시카와에게는, 대체 과거에 어떤 작품을 썼는지는 모르겠으나, 고치기 어려운 예술가 기질이 있었다. 히시카와는 여행객들 덕으로 생활하면서도 자기가 안내하는 ‘속물’들을 마음속으로 경멸했다. 혼다는 그 점이 훤히 읽히고 재미있어서 자신도 히시카와가 마음속으로 그리는 속물처럼 즐겁게 행동했다. 히시카와 앞에서 혼다는 기꺼이 일본에 두고 온 아내와 어머니, 아이가 없어서 유감이라는 이야기 등을 했다. 히시카와가 거기에 솔직하게 애석해하는 반응이 재미있었기 때문이다.

실제로 기요아키나 이사오의 생애가 보였던 아름다운 미성숙에 비하면 예술이나 예술가가 보이는 미성숙, 그것을 작업의 본질로 삼는 그들의 미성숙만큼 추한 것은 없다는 것이 혼다의 생각이었다. 그들은 그 미성숙을 여든 살까지 질질 끌며 걸어간다. 말하자면 질질 끄는 기저귀를 팔면서.

더한 골칫거리는 가짜 예술가로, 그들의 뭐라 말할 수 없는 오만은 독특한 비굴함과 섞여서 게으른 사람 특유의 악취를 풍겼다. 그저 다른 사람에게 매달려 살아가는 남자의 게으름을 히시카와는 열대 지방에 사는 호화로운 귀족의 게으름으로 가장했다. 레스토랑에서 메뉴를 고를 때도 "어차피 이쓰이 물산이 지불하니까요."라며 서두를 달고는 반드시 비싼 샤토 와인을 고르는 히시카와의 방식이 혼다는 마음에 들지 않았다. 혼다는 와인을 그다지 좋아하지도 않는다.

어떤 일이 있어도 이런 사람의 변호는 맡고 싶지 않다고 생각하면서도, 사람을 교체해 달라고 부탁하는 일은 초대받은 손님으로서 예의에 어긋난다.

법정 대기실이나 저녁 식사 자리에서 살찐 지점장이 "히시카와는 도움이 되나요?" 하고 물을 때마다 혼다는 약간의 젊은 티를 말 아래에 깔고 "그럼요. 잘 도와주고 계세요."라고 대답했는데, 지점장이 그 표면적인 대답에만 만족하고 결코 말의 속뜻을 묻지 않는 점이 애가 탔다.

　겉으로는 타오르는 햇빛을 받는 밀림 속 축축한 잡초들이 금세 부엽토로 변해 가듯이, 이 나라의 은밀한 인간관계에 능숙해서 누구보다 빨리 썩은 냄새를 맡는 재능을 생업으로 삼은 히시카와는, 그 금파리의 튼튼한 날개를 과거에는 지점장이 접시에 남긴 음식 위에 쉬게 했을지도 모를 일이다.

　"안녕하세요."

　혼다는 매일 아침 들어서 익숙해진 히시카와의 목소리를 호텔 인터폰으로 듣고 깊은 잠에서 깼다. "제가 깨웠나요? 실례했습니다. 궁전 사람들은 아무렇지도 않게 사람들을 기다리게 하면서 방문객 시간에는 여간 까다로운 게 아니라서 일부러 일찍 연락드렸습니다. 자, 천천히 면도도 하시고요. 네? 아침 식사요? 아뇨…… 아뇨, ……걱정하지 마세요. ……아, 사실 아직 하지 않았지만 아침 식사 정도는 걸러도 아무렇지 않으니까요. 네? 호텔 객실에서 식사를 같이요? 이거 감사하군요. 감사한 일이에요. 그럼, 모처럼 초대하셨으니 객실에 가도록 하지요. 오 분 정도 여유를 둘까요? 아니면 십 분? 여성이 아니시니 그런 배려는 필요 없으신가요?"

　그렇게 말하는 히시카와가 정통 영국식으로 접시 수 많고 '사치스러운' 오리엔탈 호텔의 조식에 합석한 일이 이번이 처음은 아니었다.

　드디어 흰색 리넨 정장을 말끔하게 차려입은 히시카와가 파나마풀 모자로 바쁘게 가슴 부근을 부채질하며 들어왔다.

그리고 나른하게 돌아가는 선풍기의 커다란 흰색 날개 아래에 똑바로 서서 인사를 했다. 아직 파자마 차림인 혼다가 그 모습을 향해 물었다.

"참. 잊어버리기 전에 물어봐야 하는데요, 공주는 뭐라고 불러야 좋을까요? '유어 하이니스(Your Highness)'라고 부르면 될까요?"

"아니요." 하고 히시카와는 확신을 가지고 대답했다. "공주는 파타나디드 왕자의 따님이시고 파타나디드 왕자는 왕과 이복형제이니 그 호칭은 '프라옹 짜오'이고 영어로 부를 때는 '로열 하이니스(Royal Highness)'이지만, 공주 호칭은 '몸 짜오'이니 영어로는 '서린 하이니스(Serene Highness)'라고 불러야 합니다. ……어쨌든 아무 걱정 마세요. 제가 모두 꼼꼼하게 챙길 테니까요."

아침 더위는 지치지도 않고 벌써 방을 침범했다. 땀에 젖은 침대를 나와서 찬물로 샤워를 했을 때 비로소 피부로 느낀 아침은 혼다에게는 드문 관능적 체험이었다. 이성을 거치지 않고서는 결코 외부 세계와 접하지 않는 성격의 혼다도 이곳에서는 모든 것이 피부를 통해 느껴지고, 자기 피부가 열대 식물의 현란한 초록이나 자귀나무의 진홍색 꽃, 사원을 수놓은 금장식, 갑작스러운 파란 번개에 이따금 물들고 나서야 비로소 무언가와 접하게 되는 체험처럼 신기한 일은 없었다. 따뜻한 소나기. 미지근한 샤워. 외부 세계는 색깔 풍부한 유체(流體)이고 하루 종일 이 유체가 채워진 욕조에 몸을 담그고 있는 것 같았다. 일본에서는 생각지도 못할 일이었다.

조식을 기다리는 동안 서양인처럼 괜스레 방 안을 왔다갔 다하던 히시카와는 벽에 걸린 평범한 풍경화 액자를 보고는 경멸하듯 코웃음을 치고, 반들반들하게 닦은 검은 구두의 복 사뼈에 카펫 무늬를 비춰 보는 등 말도 못할 정도로 거들먹거 렸다. 혼다는 이 남자가 예술가고 자신은 속물이라는 역할 놀 이가 지치기 시작했다.

갑자기 비스듬히 뒤돌아본 히시카와가 호주머니에서 작은 보라색 벨벳 상자를 꺼내더니 혼다에게 건넸다.

"잊어버리시면 안 돼요. 선생님이 공주께 직접 드리세요."

"이게 뭐예요?"

"공물이요. 이곳 왕실은 빈손으로 오는 손님은 절대로 만 나지 않는 것이 관습이에요."

열어 보니 훌륭한 진주 반지가 들어 있다.

"그렇군요. 선물까지는 생각하지 못했네요. 신경 써 주셔서 감사합니다. 얼마 정도인가요?"

"아뇨, ……필요 없습니다, 선생님. 이쓰이 물산에, 선생님 이 왕실을 알현할 때 필요한 물건이라고 말해서 구해 두었어 요. 어차피 지점장이 일본인을 통해 싸게 샀을 거예요. 신경 쓰실 필요 없습니다."

혼다는 그 자리에서 가격을 묻지 않는 편이 좋겠다고 판단 했다. 이쓰이 물산에 개인 비용으로 폐를 끼칠 순 없으니 나중 에라도 지점장에게 지불해야 하는데, 히시카와는 어차피 부풀 린 금액을 청구했겠지만 모른 척하고 그에 맞춰 지불하면 그 만이다.

"그럼, 감사히 받겠습니다." 혼다는 이렇게 말하고 일어서서 나중에 입고 나갈 재킷 호주머니에 반지 상자를 넣으며 무심히 물었다. "그런데, 공주 이름이 뭡니까?"

"찬트라파 공주이십니다. 파타나디드 왕자가 옛날에 사별한 약혼자의 이름을 막내딸에게 붙여 줬다고 합니다. 찬트라파는 '월광(月光)'이라는 뜻인데, 그것이 '미치광이(Lunatic)'로 이어질 줄 누가 알았겠어요." 하고 히시카와는 의기양양하게 말했다.

3

장미궁으로 가는 길에 혼다는 차창 너머로 히틀러 유겐트를 본떴다고 알려진 소년군들이 카키색 군복을 입고 행진하는 모습을 보았다. 히시카와는 옆에서 실제로 요즘 시내에서 미국 재즈도 거의 들을 수 없게 되었는데 피분송크람 수상의 국수주의가 효과를 발휘하는 것 같다며 투덜거렸다.

하지만 혼다의 눈과 귀에 이런 일은 이미 일본에서도 익숙하게 겪었던 변화였다. 술이 조금씩 식초로 변하고 우유가 조금씩 요구르트로 변하듯이 어떤 것이 지나치게 오래 방치되면 포화 상태에 달해 자연의 힘으로 변질된다. 사람들은 오랫동안 자유와 육욕이 과잉으로 치닫지 않을까 두려워하며 살아왔다. 처음으로 술을 끊은 다음 날의 상쾌한 아침. 나에게 필요한 건 이제 물뿐이라는 자랑스러움. ……그런 새로운 쾌락이 사람들을 침범하기 시작했다. 그런 쾌락이 사람들을 어디

새벽의 사원

로 끌고 갈지 혼다는 대략 짐작이 갔다. 이사오의 죽음으로 얻은 확신이었다. 순수는 종종 사악함을 유발한다.

"훨씬 남쪽이야. 훨씬 더워. ……남쪽 나라의 장밋빛 속에서……."

죽기 사흘 전 이사오가 술에 취해 내뱉은 잠꼬대가 갑자기 혼다의 귀에 되살아났다. 그 뒤로 팔 년이 지난 지금, 그는 지금 이사오와 재회하기 위해 장미궁으로 서둘러 가고 있었다.

그 마음은 뜨겁고 메마른 땅에 스미는 소나기를 기다리는 듯한 기쁨이었다.

혼다는 이런 자신의 감정과 마주하는 경험이 자신의 본질과 마주하는 것이라고 느꼈다. 젊은 시절에는 불안이나 슬픔, 명확한 이성이 자신의 본질이라고 생각할 때가 종종 있었지만 그 어느 것도 본질이 아니었다. 이사오의 할복 소식을 들었을 때 찌르는 슬픔에 앞서 어떤 소용없다는 둔하고 무거운 기분이 바로 마음을 짓눌렀는데, 시간이 흐를수록 그것은 재회의 기쁨을 기다리는 기분으로 변했다. 혼다는 그때 자신이 인간적 감정을 잃었음을 깨달았다. 자신의 본질은 이 세상에 속하지 않는 특이한 기쁨에 속할지도 몰랐다. 사람이라면 누구나 피할 수 없는 애별리고(愛別離苦)에서 혼자만 벗어난 이상.

"훨씬 남쪽이야. 훨씬 더워. ……남쪽 나라의 장밋빛 속에서……."

……자동차는 잔디밭이 앞에 펼쳐진 조용하고 우아한 문 앞에 멈췄다. 히시카와가 먼저 내려 경비병에게 태국어로 말을 걸며 용건을 밝혔다.

혼다는 차 안에서 거북등무늬와 오늬무늬가 반복된 쇠창살 벽 너머로 평평한 잔디밭이 타오르는 햇빛을 소리 없이 흡수하고, 희고 노란 꽃이 달린 관목 두세 그루가 잔디밭 위로 둥그렇게 손질된 그림자를 드리운 광경을 바라보았다.

히시카와가 혼다를 데리고 문 안으로 들어갔다.

그곳은 궁전이라고 하기에는 너무 작은, 슬레이트 지붕을 인 아담한 2층 건물로 빛바랜 노란 장미색이 칠해져 있었다. 한쪽에 있는 커다란 자귀나무가 짙고 검은 그림자를 벽 일부에 드리운 것 외에는 온통 황토색인 벽이 지나치게 강렬한 햇빛을 침울하게 달랬다.

잔디밭 안쪽의 우회로를 나아가는 동안 어디에도 인기척이 없었다. 형이상학적 기쁨을 향해 아드득아드득 이를 갈고 침을 흘리며 다가가면서 혼다는 자기 발이 밀림을 살그머니 걷는 짐승의 발톱 같다고 느꼈다. 그렇다. 혼다는 오로지 이 즐거움을 위해서 태어났다.

장미궁은 자기만의 작고 완고한 꿈 속에 갇힌 듯이 보였다. 날개부도 없고 전개부도 없는 하나의 작은 상자 같은 건축의 인상이 그런 느낌을 더했다. 1층은 어디가 입구인지 모를 정도로 많은 프랑스식 여닫이 창문이 에워쌌는데, 창문 하나하나가 장미 목각이 장식된 허리벽 위에 노랑, 파랑, 남색의 거북등무늬 색유리를 세로로 늘어놓았고 그 사이사이에 서아시아 양식으로 된 다섯 꽃잎 장미 모양의 작은 보라색 유리창이 박혀 있었다. 정원을 내다보는 프랑스식 여닫이 창문은 전부 반쯤 열렸다.

새벽의 사원

2층은 백합 격자의 허리벽 위에 삼존상처럼 가운데만 높은 세 개의 창문이 모두 활짝 열려 있고 그 좌우에 장미 장식이 새겨졌다.

세 개의 돌계단 위에 있는 현관도 똑같은 프랑스식 창문이었으므로 히시카와가 벨을 누르자마자 혼다는 경솔하게도 작은 보라색 창문에 눈을 가져가 안을 들여다보았다. 안은 그저 진보랏빛 바닷속 같았다.

— 프랑스식 창문이 열리더니 한 노부인이 나타났다. 혼다와 히시카와는 모자를 벗었다. 백발에 코가 낮은 갈색 얼굴이 태국 사람 특유의 붙임성 좋은 미소를 지었다. 하지만 그 미소는 인사일 뿐 그 이상의 의미는 없었다.

히시카와와 노부인은 태국어로 두세 마디 말을 나눴다. 알현 약속에 어떤 지장이 생긴 것 같지는 않았다.

현관에 의자 너덧 개가 줄지어 있었는데 대기실이라고 하기에는 좁았다. 히시카와가 노부인에게 어떤 꾸러미를 건네자 노부인은 합장을 하고 그것을 받았다. 가운데 문을 열고 곧장 두 사람을 넓은 알현 장소로 이끌고 갔다.

오전에 문밖이 극심하게 더웠기에 이 넓은 공간에 고인 곰팡내 나는 냉기가 상쾌하게 느껴졌다. 혼다와 히시카와는 사자 다리가 달린 금색과 붉은색의 중국식 의자로 안내되었다.

공주가 나오기를 기다리는 동안 혼다는 궁전 안을 세세하게 둘러보았다. 어디선가 파리 소리가 작게 나는 것 말고는 아무 소리도 들리지 않았다.

넓은 객실에 바깥으로 바로 통하는 창문은 없었다. 중2층을 지탱하는 아치형의 회랑이 사방을 둘러싸고 한가운데 왕좌 앞에만 아치 아래로 두껍고 무거운 장막을 드리웠고, 왕좌 위에 있는 중2층의 정면에는 쭐랄롱꼰 왕의 초상화가 걸려 있었다. 회랑의 코린트 양식[21] 기둥들은 파란색으로 바탕을 칠하고 세로 홈들을 금으로 상감했으며 기둥머리는 아칸서스 잎 대신 서아시아식 금장미로 돼 있다.

궁전 내 모든 곳에 장미 무늬가 집요하게 반복됐다. 흰 테두리에 금색을 칠한 중2층 난간에는 역시 금색의 투각 장미 조각이 가득했다. 높은 천장 한가운데에서 늘어진 커다란 샹들리에도 금색과 흰색 장미로 테두리를 둘렀다. 아래를 보면 바닥에 깔린 붉은 카펫도 장미 무늬였다.

유일하게 왕좌 앞에 놓인 한 쌍의 거대한 상아, 양쪽에서 서로 껴안는 모양의 그 하얀 초승달 한 쌍만이 태국 전통 장식이었고 깨끗하게 닦은 상아의 다소 누런빛을 띤 흰색이 왕좌 앞 어둠 속에 크게 떠 있었다.

궁전 겉면과 앞뜰만 프랑스식 창문으로 이어진다는 것을 혼다는 안으로 들어와서야 알았다. 뒤뜰을 바라보는 창문은 당연히 회랑으로 막혀 있었는데 열려진 유리창을 보고 창문이 가슴 높이임을 알 수 있었다. 미풍은 오히려 그 북향 창문에서 불어왔다.

우연히 그곳으로 눈길이 향했을 때 갑자기 검은 그림자가

---

21 고대 그리스 헬레니즘 시대의 화려한 기둥 양식으로 기둥머리가 아칸서스 잎으로 장식된 것이 특징이다.

새벽의 사원

창틀로 덤벼드는 모습을 본 혼다는 흠칫했다. 그것은 초록 공작새였다. 공작새는 창틀에 앉아 초록과 금색으로 빛나는 보드라운 목을 뺐었다. 머리 깃털은 그림자극[22] 같은 형태로 거만한 머리 꼭대기에서 작은 부채처럼 펼쳐졌다…….

"언제까지 기다려야 할까요."

혼다는 지루해져서 히시카와의 귀에 중얼거렸다.

"늘 이래요. 딱히 의미는 없어요. 기다리게 함으로써 권위를 높인다든가 하는 그런 의도는 아닐 거예요. 이 나라에서는 뭐든 서두르면 안 된다는 걸 이제는 아시겠지요.

쭐랄롱꼰 왕의 아들인 와치라웃 왕 시절에는 왕이 새벽에야 침소에 들고 오후에 일어나는 식이어서 모든 일이 느긋하고 태평한 데다 낮과 밤이 바뀌어서, 궁내 대신도 역할이 있는 만큼 오후 4시에 궁전에 들었다가 새벽에 집으로 갔다고 해요. 하지만 역시 열대 지방에서는 그게 만사에 좋을지도 몰라요. 이곳 사람들의 아름다움이 과일의 아름다움이라면, 과일은 늑장을 부리면서 아름답게 익어야 하니 근면해서는 안 되겠지요."

늘 하는 장광설을 속삭이며 하자 혼다는 참기가 힘들어서 귀를 멀리했는데 또 그 귓가로 히시카와의 구취가 몰려들어 피하려고 했지만, 피할 새도 없이 아까의 노부인이 다시 나타

---

22 影繪. 인형이나 오린 그림에 등불을 비추어 그림자가 벽이나 장지에 나타나게 하는 예술.

나 합장을 하며 두 사람에게 주의를 줬다.

공작새가 있는 창문에서 쉭쉭대는 소리가 들렸는데 그것은 왕이 행차를 알리는 것이 아니라 공작새를 쫓는 소리인 듯했다. 날개를 치더니 공작새 그림자가 창문에서 사라졌다. 혼다는 그 북쪽 회랑에서 세 명의 노부인을 보았다. 일정한 간격을 두고 일렬로 다가온다. 공주는 어디 있는가 하니 맨 앞에 선 부인의 손을 잡고 다른 한 손으로는 하얀 재스민 꽃 화환을 장난감 삼아 놀고 있다. 만 일곱 살인 어린 월광 공주가 상아 앞에 놓인 큼직한 중국식 의자로 모셔지자 아까 안내해 주었던 노부인은 신분이 낮은지 바로 바닥에 무릎을 꿇고 머리를 거의 바닥에 붙이듯이 하며 '끄랍(Krab)'이라고 불리는 예를 표했다.

맨 앞의 노부인이 공주를 껴안은 채 중앙의 중국식 의자에 앉고 다른 두 명은 맞은편 오른쪽에 있는 작은 의자에 나란히 앉아서, 제일 뒤에 있던 노부인이 히시카와 옆자리가 되었다. 무릎을 꿇었던 부인은 이미 사라지고 없었다.

혼다는 히시카와를 따라 일어나서 깊숙이 절한 후 다시 금색과 붉은색의 중국식 의자에 앉았다. 노부인 모두 일흔 안팎으로 보여서 어린 공주는 시중을 받기보다는 마치 잡힌 사람처럼 보였다.

확실히 옛날 의복인 파눙[23]은 입지 않고 흰 바탕에 금실로 수놓은 서양식 블라우스에 말레이시아의 사롱과 비슷한 파신

---

23 직물을 접어 입는 태국 전통 치마.

이라고 불리는 태국 사라사[24] 스커트 같은 것을 입었고, 붉은 바탕에 금장식이 달린 구두를 신었다. 머리는 이 나라 특유의 단발이었는데 옛날에 캄보디아 군대가 침공했을 때 남장을 하고 맞서 싸운 코랏 지역 용감한 젊은 여성들의 머리 모양이 전해져 내려온 것이다.

아주 사랑스럽고 총명한 얼굴이었고 도무지 광기 같은 것은 느껴지지 않았다. 검고 큰 눈동자가 이쪽을 가만히 쳐다봤는데, 가늘고 매끄러운 눈썹과 입술은 늠름했고 단발이라서인지 마치 왕자처럼 보이기도 했다. 피부는 황금을 머금은 갈색이었다.

알현이라고는 하지만 공주는 혼다와 히시카와의 예를 받은 후에는 의자에서 다리를 흔들흔들거리며 두 손으로 재스민 꽃 화환을 가지고 놀기만 했고, 혼다를 계속 보며 제1여관(女官)에게 무언가 속삭였는데 여관은 강한 한 마디로 공주를 나무랐다.

히시카와가 신호를 줘서 혼다가 호주머니에서 꺼낸 진주가 든 작은 보라색 벨벳 상자는 제3여관에게 전달되고 나서 다시 제2, 제1여관의 손을 거쳐 공주의 손에 닿았는데 그러는 동안 더욱 깊게 더위가 가라앉는 것 같았다. 제1여관이 먼저 상자를 살펴보았기 때문에 공주는 손수 그것을 열어 보는 아이 같은 즐거움을 잃었다.

---

24 인도의 면직물로 목면에 다양한 색깔로 새, 꽃 등의 무늬를 넣었으며 17세기에 동인도회사를 통해 일본, 유럽 등으로 수출되었다.

사랑스러운 갈색 손가락이 재스민 꽃 화환을 냉정하게 버리고 진주 반지를 집어 잠시 동안 열심히 들여다보았다. 감동했다고도 하지 않았다고도 보기 힘든 그 보통이 아닌 조용한 상태가 지나치게 길어서 혼다는 공주의 광기가 나타나기 시작한 것은 아닌지 의심했다. 갑자기 공주 얼굴에 물거품 같은 미소가 떠올랐다. 아이답게 다소 흐트러진 하얀 치열이 엿보였다. 혼다는 안도했다.

반지가 다시 벨벳 상자에 들어가 제1여관에게 맡겨졌다. 공주가 처음으로 분명하고 영리한 목소리로 무어라고 말했다. 그 말은 초록뱀이 자귀나무 가지에서 가지로 보일락 말락 옮겨가듯 세 여관의 입을 거친 끝에 마지막으로 히시카와의 통역으로 혼다의 귀에 도착했다. 공주는 "고마워."라고 말했다고 한다.

혼다는 "저는 옛날부터 태국 왕실에 경의를 가지고 있었고, 전하 또한 일본을 친근하게 여기신다고 계시다고 들었습니다. 혹시 괜찮으시다면 제가 이번에 일본으로 귀국한 뒤에 일본 인형을 보내 드려도 될까요?"란 내용을 통역해 달라고 히시카와에게 부탁했다. 히시카와의 입에서 나온 태국어는 간략했지만 제3여관, 제2여관을 거치며 음절(Syllable) 하나하나에 살이 붙어 제1여관이 공주에게 전달할 때는 터무니없이 긴 이야기가 됐다.

공주의 말도 그런 식으로 검고 주름진 입술을 거치는 사이 반짝이는 감정을 남김없이 잃은 채로 돌아왔다. 마치 공주의 말 속에 있던 생생한 어린 영양분을 도중에 빨아들이고,

노인의 틀니에 낀 소름 끼치는 음식 찌꺼기만 던져 보내는 듯했다.

"전하는 혼다 선생님의 후의를 매우 기쁘게 받아들이셨다고 합니다."

그때 예상치 못한 일이 일어났다.

제1여관이 한눈을 판 사이 공주가 의자에서 뛰어내려 1간 정도 되는 폭을 뛰어넘어 혼다의 무릎에 매달린 것이다. 혼다는 놀라서 일어섰다. 공주는 몸을 떨며 혼다에게 매달린 채 뭐라고 큰 소리로 울부짖었다. 혼다도 몸을 굽혀서 소리 지르며 흐느끼는 공주의 작은 어깨를 두 손으로 감쌌다.

나이 든 여관들은 공주를 함부로 끌어내지도 못하고 한데 모여 이쪽을 쳐다보면서 불안하게 서로 속삭였다.

"뭐라고 하시는 거지요? 얼른 통역하세요!"

혼다는 망연히 서 있는 히시카와에게 소리쳤다.

히시카와는 높은 목소리로 통역했다.

"혼다 선생님! 혼다 선생님! 정말 보고 싶었어요! 저는 당신에게 신세를 졌으면서도 아무 말도 없이 죽어 버린 것을 사과하고 싶어서, 햇수로 팔 년이나 오늘의 재회를 기다렸어요. 이런 공주의 모습을 하고 있지만 사실은 일본인입니다. 전생을 일본에서 보냈으니 일본이 바로 내 고향입니다. 부탁이니 혼다 선생님, 저를 일본으로 데려가 주세요."

— 겨우 공주를 원래 의자로 되돌려 앉히고 처음 알현했을 때의 엄숙함으로 돌아왔을 때, 여관에게 기대어 우는 공주의

흑발을 멀리서 바라보며 혼다는 자기 무릎에 아직 남아 있는 어린 사람의 온기와 냄새가 그리웠다.

공주의 기분이 양호하지 않기 때문에 오늘 알현은 이만 끝내겠다고 여관이 말했지만, 혼다는 히시카와를 통해 간단한 질문 두 가지만 더 받아 주십사 청했다.

첫 번째는 "마쓰가에 기요아키와 제가 마쓰가에 저택 호수의 강섬에서 월수사 주지의 방문 사실을 알았던 때가 몇 년 몇 월이었는지 여쭙고 싶다."였다.

이 질문이 전달되자 공주는 제1여관의 무릎에 파묻었던 눈물 젖은 얼굴을 칭얼거리듯 반만 들어올리더니 눈물에 달라붙은 옆머리를 넘기며 막힘없이 대답했다.

"1912년 10월이에요."

혼다는 속으로 놀랐지만 정말로 공주의 마음속에 이미 지나간 두 전생 이야기가 작은 두루마리 그림처럼 그대로 자세하게 그려져 있는지 어떤지는 확실하지 않았다. 아까 의리를 저버렸다고 사과한 이사오의 말도 공주가 그 말의 배경을 소상히 알고 있는지 어떤지는 알 수 없었다. 지금 말한 정확한 숫자도 거의 아무 감정 없이 그저 생각나는 대로 읊듯이 공주의 입에서 흘러나왔기 때문이다.

혼다는 두 번째 질문을 했다.

"이누마 이사오가 체포된 연월일은?"

공주는 갈수록 졸린 듯이 보였지만 망설임 없이 이렇게 대답했다.

"1932년 12월 1일이에요."

"이제 그 정도면 됐습니다." 하고 제1여관이 당장이라도 공주를 일으켜 데리고 나갈 기세로 말했다.

공주는 갑자기 용수철처럼 일어서더니 의자 위에 신발을 신은 채로 올라가 혼다를 향해 뭐라고 높은 목소리로 외쳤다. 여관이 소리 낮춰 나무랐다. 공주는 더욱 소리를 질렀고 저지하는 여관의 머리카락을 움켜쥐었다. 공주가 하는 말이 같은 음절로 들려서 같은 말을 반복하고 있음을 알았다. 그러는 동안 제2, 제3여관이 달려가서 팔을 붙잡으려고 하자 공주는 높은 천장까지 울리도록 큰 소리로 미친 듯이 울었다. 말리려고 하는 늙은 여인들의 손 사이에서 윤기와 탄력이 두드러지는 어린 갈색 손이 뻗어 나와 잡히는 대로 움켜쥐었다. 늙은 여인들은 아픔에 소리를 지르며 떨어져 나갔고 공주의 울음소리는 점점 더 크게 울렸다.

"무슨 일인가요?"

"공주가 내일 모레 방파인 별궁으로 놀러 가는데 혼다 선생님을 꼭 초대하고 싶다고 말씀하셨어요. 그걸 듣고 여관들이 말리는 중입니다. 이거 정말 구경거리네요." 하고 히시카와는 말했다.

월광 공주와 여관들이 의논하기 시작했다. 이윽고 공주는 고개를 끄덕이더니 울음을 그쳤다.

제1여관은 흐트러진 옷매무새를 고치고 숨을 몰아쉬며 혼다에게 직접 이렇게 말했다.

"내일 모레 전하가 바람을 쐬러 방파인 별궁으로 드라이브를 가십니다. 혼다 선생님과 히시카와 씨를 초대하니 꼭 와 주셨으면 합니다. 그곳에서 점심 식사를 하니 오전 9시까지 장미 궁에 모여 주십시오."

이 격식 있는 초대의 말을 히시카와는 바로 혼다에게 통역으로 전했다.

—돌아오는 차 안에서 생각에 잠겨 있는 혼다에게 히시카와는 아무 거리낌 없이 계속 떠들었다. 이 예술가 기질 남자의 타인의 감정에 대한 배려 없음은 오래 쓴 낡은 칫솔 같은 그의 신경을 말해 주었다. 만약 히시카와가 인간관계에 쏟는 세심한 마음 씀씀이를 속물의 특성이라고 생각한다면 그건 그것대로 이치에 맞을 텐데, 히시카와는 자기 생업인 가이드 일에서는 이 더없는 세심함을 자랑스럽게 여겼다.

"아까 선생님이 하신 두 가지 질문은 탁월했어요. 저는 무슨 말인지 전혀 모르겠던데, 공주가 선생님 지인의 환생인 양 각별한 친근함을 보여서 선생님이 시험해 본 것 같더군요. 맞나요?"

"맞아요."

혼다는 시큰둥하게 대답했다.

"그래서 대답은 둘 다 맞았나요?"

"아뇨."

"하나라도 맞았나요?"

"아뇨. 유감스럽게도 둘 다 아니었어요."

혼다는 툭 내뱉듯이 거짓말을 했지만 이 자포자기하는 듯한 말투가 외려 거짓말을 숨겨 주었고, 히시카와는 그 말을 완전히 믿고 큰 소리로 웃었다.

"그렇습니까. 다 틀렸습니까. 그럴싸하게 날짜를 말씀하셨는데 어쩔 수 없었네요. 환생 얘기도 설득력이 없어요. 선생님도 나빴어요, 그렇게 사랑스러운 공주를 길거리 점쟁이 대하듯이 시험하다니요. 애당초 인생에는 신비로운 일 따위 없지요. 신비가 남아 있는 영역은 예술뿐인데, 그건 예술 안에서만 신비가 '필연적'이 되기 때문이겠지요."

혼다는 새삼스레 이 남자의 일방적 합리주의에 놀랐다. 차창으로 붉은 그림자가 보여 밖으로 눈을 돌렸다. 강이 있었다. 줄기가 불꽃색을 띤 홍야자나무들 사이로 연기 나듯 진홍색 꽃을 피운 봉황목이 강둑을 따라 보였다. 이미 폭염은 그 우듬지를 둘러싸며 소용돌이치고 있었다.

혼다는 설령 공주와 말이 통하지 않더라도 히시카와를 동반하지 않고 방파인 별궁에 갈 방법은 없을까, 하고 궁리하기 시작했다.

4

하지만 방파인 별궁에 히시카와와 함께 가지 않는다는 계획은 "나는 저 미친 공주와 함께 가고 싶지는 않지만 내가 가지 않으면 울 사람은 당신이다. 저 늙은 여관들은 영어는 한두 마디밖에 하지 못한다."라고 히시카와가 은혜를 베풀듯이 뱉은 말 덕분에 쉽게 성사됐다. 혼다도 자기와 어울리지 않게 "번거롭게 통역을 거칠 필요 없이 적어도 한나절은 모르는 대로 태국어를 음악처럼 귀로 즐기고 싶다."라고 대답했고, 그것으로 히시카와와의 인연이 끝나기를 바랐다.

그날 즐거웠던 나들이를 혼다는 시간이 지나서도 몇 번이고 회상했다.

차로 타고는 중간까지만 갈 수 있었고 나머지는 호화로운 궁전식 배로 갈아타서 물에 잠긴 푸른 논과 강이 하나로 이어진 수로를 나아갔다. 논에서 낮잠을 자던 물소가 진흙이 덕지

새벽의 사원

덕지한 등을 반짝이며 벌떡 몸을 일으키곤 했다. 야트막한 숲을 돌아갈 때 공주는 강가 나무를 오르내리는 수많은 다람쥐들을 보고 기뻐했다. 어떤 때는 작은 초록뱀이 머리를 쳐들고 날아서 나무 밑가지 사이를 옮겨 가는 모습이 보이기도 했다.

밀림 여기저기에는 신자들의 시주로 새로 금박을 입혀 금색이 선명한 불탑이 솟아 있었다. 혼다는 그 금박을 일본에서 만들어 엄청난 수량을 이곳으로 수출하는 것을 알고 있었다.

혼다는 뱃길 내내 활기차게 어린아이처럼 수다 떨던 월광 공주가 잠시 동안 가만히 뱃전에 기대어 미동도 없이 먼 곳을 뚫어지게 바라보던 모습을 기억한다. 공주의 그런 모습에 익숙한 여관들은 신경도 쓰지 않고 웃고 떠들었지만 혼다는 공주가 무엇을 바라보는지 바로 깨닫고 심상치 않게 느꼈다.

그것은 지평선에서 솟아오르는 해를 가리는 거대한 구름이었다. 해는 이미 높이 떴기 때문에 가리려면 굉장히 길고 큰 촉수를 뻗어야 한다. 먹구름은 그저 해를 덮기 위해 뻗어 있는 것이다. 그리고 가까스로 성공했다. 푸른 하늘과 접한 위쪽 가장자리가 해는 확실히 가렸지만, 그 부분만 구름이 작열하는 백광을 내비치며 구름 전체의 불길한 검은색을 배반한다. 그뿐만이 아니다. 이렇게 무리하게 몸을 뻗은 탓에 먹구름 아래가 파열하여 건너편의 빛이 쉬지 않고 샌다. 마치 큰 상처에서 빛이라는 피가 끝없이 뿜어져 나오는 것처럼.

먼 지평선은 낮은 밀림으로 덮였다. 비교적 앞쪽의 밀림은 이 빛줄기가 비추어 딴 세상처럼 초록이 아름답게 빛난다. 하지만 뒤쪽의 밀림에서는 먹구름이 안개가 피어오르듯이 세찬

비를 그 아래로 뿌리고 있다. 빗발은 군사처럼 촘촘하게 내리며 어두운 밀림을 고요히 감싼다. 아득하기만 한 지평선의 밀림에서 부분적으로 내리는 균사 빗발은 아주 명료하게 보이고 옆에서 부는 바람에 흔들리는 모습까지 또렷하다. 소나기가 그곳에서만 응결해서 유폐된 것이다.

……그때 혼다는 그때 어린 공주가 바라보는 것이 무엇인지 곧바로 알았다.

공주는 시간과 공간을 동시에 바라보고 있었다. 즉 저편 소나기 아래 공간은 원래 이곳에서는 보이지 않아야 할 미래 혹은 과거에 속했다. 현재의 맑은 하늘 아래 몸을 두고서 비가 내리는 세계를 명료하게 바라볼 수 있음은 서로 다른 시간의 공존이요 서로 다른 공간의 공존이었고, 비구름이 시간의 틈새를, 아득한 거리가 공간의 틈새를 슬쩍 내보이고 있었다. 공주는 바로 그 세계의 틈새를 바라보았다.

그때 공주의 작은 물기 어린 복숭앗빛 혀는(혹시 여관이 보았다면 바로 나무랐겠지만) 혼다가 선물한 반지의 진주를 열심히 핥고 있었다. 핥음으로써 이 기적의 현현(顯現)을 어린 공주 자신이 보장하는 것처럼…….

─ 방파인.

그것은 혼다에게 잊을 수 없는 지명이 되었다.

공주가 혼다와 손을 잡고 걷고 싶다고 고집을 부리기에 여관들이 눈살을 찌푸리는데도 혼다는 그 땀이 밴 작은 손바닥이 이끄는 대로, 이곳에 익숙한 공주의 안내를 따라 중국식

새벽의 사원

별궁, 프랑스식 작은 정자, 르네상스식 정원, 아랍식 탑 등이 차례차례 눈을 즐겁게 하는 정원을 한 바퀴 돌았다.

그중에서도 특히 아름다운 것은 넓은 인공 연못 한가운데에 있는 불당이었는데, 마치 정교한 공예품을 물 위에 올려놓은 듯했다.

물에 접한 돌계단은 수량이 불어날 때는 끄트머리가 탁한 연못 바닥으로 숨어 보이지 않는데, 물속에 보이는 계단은 하얀 대리석이 초록 이끼로 뒤덮이고 수초까지 휘감긴 채로 자잘한 은색 거품에 가려져 있었다. 월광 공주가 그곳으로 손발을 넣으려는 것을 여관들이 몇 번이나 말렸다. 공주의 말을 알아들을 수는 없었지만, 그 물거품을 반지에 박힌 진주와 같다고 생각해 집어 올리려고 발을 동동 구르는 듯했다.

그러나 혼다까지 나서서 말리자 공주는 바로 얌전해져서 혼다와 함께 돌계단에 앉아 연못 한가운데에 있는 불당을 바라보았다.

그것은 사실은 불당이 아니라 그저 뱃놀이 중 잠깐 쉬는 쉼터로 쓰인 것 같았다. 사방에서 안이 들여다보이는 이 작은 누각에서는 조금 빛바랜 주황색 장막이 바람에 흔들리고 있었는데 그 장막 사이로 엿보이는 것은 아무것도 없는 좁은 공간뿐이었다.

그 좁은 공간을 검은 바탕에 금색이 들어간 가는 기둥이 무수히 둘러쌌고, 높은 기둥들 사이로 연못 맞은편의 초록과 소용돌이치는 구름과 빛이 겹겹이 쌓인 하늘이 비쳐 보였다. 한참 사로잡혀서 보고 있자니 세로로 세운 대나무 발처럼 촘촘하게 갈라져 보이는 저 풍경이, 오히려 아주 길고 가는 저 무늬들이 조합되어 바깥의 장대한 구름과 숲이 만들어진 것처럼 느껴졌다. 게다가 이 작은 누각 지붕도 워낙에 화려함을 자랑하며 벽돌색, 노란색, 초록색의 중국식 기와를 촘촘히 쌓아 사 층 높이의 솟을지붕을 이룬 데다, 금색으로 찬란하게 빛나는 가는 첨탑이 푸른 하늘을 찌른다.

누각을 바라볼 때 그런 생각이 들었는지, 아니면 나중에 다시 회상할 때 월광 공주 모습과 누각이 어느 순간 겹쳐져서 그랬는지는 알 수 없지만. 혼다의 머릿속에 남아 있는 연못 속 누각은 가늘고 검은 기둥이 흑단의 육체로 변하여 자잘한 금세공품을 주렁주렁 달고 뾰족한 금관을 쓰고 발끝으로 춤추는 가녀린 무희 같았다.

5

……말이 전혀 통하지 않고 게다가 의사소통을 시도하지도 않은 상태에서 일어난 일들은, 기억의 흐름에 맡겨지면 더 손을 댈 필요도 없이 그대로 작고 아름다운 그림의 연쇄가 되어, 화려한 금장식이 달린 같은 크기의 액자 몇 개 속으로 들어간다. 그곳에서 흐른 시간은 오로지 한순간의 그림 감상을 위해 엮이고, 쾌활한 시간의 분자들이 눈에 띄게 거품을 일으키며 약동하는가 하면, 이를테면 연못 깊이 내려가는 돌계단의 진주로 뻗은 어린 공주의 부푼 손, 나아가 그 손가락, 그 손바닥의 깨끗하고 섬세한 주름, 뺨으로 내려온 단발의 맑은 칠흑색, 그 우울할 정도로 긴 속눈썹, 검은 바탕의 나전 공예품처럼 검고 작은 이마에 반사되어 반짝이던 연못의 파문 같은 찰나의 초상화를 그리기 위해 갑자기 가라앉는 것이었다. 시간도 거품을 일으키고, 벌들이 윙윙 나는 소리로 가득 찬 한

낮 정원의 공기도, 정처 없이 걷는 이들의 감정도 거품을 일으켰다. 산호처럼 아름다운 시간의 정수가 드러났다. 그렇다. 그때 어린 공주의 티 없는 행복과 그 행복의 배경에 펼쳐지는 전생의 고뇌와 유혈은 마치 오는 길에 보았던 먼 밀림에 내리는 소나기처럼 하나가 되어 있었다.

혼다는 자신이 지금 모든 칸막이가 걷힌 넓은 방 같은 시간 속에 있는 기분이었다. 아주 넓고 아주 자유자재여서 지금껏 살아온 '이 세상'이란 집과 다르게 느껴졌다. 그곳에는 검은 나무 기둥이 빼곡하게 늘어섰고, 사람의 감정으로는 닿을 수 없는 어떤 곳까지 눈길도, 목소리도 가 닿을 것 같았다. 공주의 어린 행복이 펼친 이 넓은 방의 무리 지은 흑단 기둥의 그늘에, 마치 숨바꼭질을 하는 사람들처럼 저 기둥 뒤에는 기요아키가, 이 기둥 뒤에는 이사오가, 각각의 기둥에 셀 수 없이 많은 윤회의 환영이 숨죽이고 숨어 있는 듯이 느껴졌다.

또 공주는 웃었다. 아니, 나들이하는 동안 끊임없이 미소를 지었는데, 가끔 촉촉한 분홍 잇몸의 파문이 갑자기 크게 퍼져 나가면 정말로 웃음이 되었다. 웃을 때 공주는 꼭 혼다의 얼굴을 올려다보았다.

방파인 궁전에 오고 나서 나이 든 여관들도 순식간에 지위를 잊고, 그 딱딱한 격식을 잊고 웃고 떠들었다. 일단 형식을 잊어버리자 늙음이 그들의 유일한 예절이 됐다. 그들은 마치 탐욕스러운 주름투성이 앵무새처럼 봉지 하나를 둘러싸고 부리를 갖다 대며 빈랑 열매를 쪼아 먹고, 옷자락 안으로 손을 넣어 가려운 곳을 긁고, 무희를 흉내 내어 옆으로 걸으면서

요란하게 웃어 젖혔다. 갈색 얼굴 위로 가발 같은 백발이 햇빛에 빛났고, 무희의 미라 같은 노인이 빈랑 열매에 새빨갛게 물든 입을 벌려 웃고 게걸음을 걸으며 옆으로 뻗은 팔꿈치를 날카롭게 세워서 보였을 때, 그 메마른 뼈가 드러난 듯한 팔꿈치의 예각은 눈부신 적운이 피어오른 푸른 하늘을 배경으로 그림자극의 한 조각을 오려 내었다.

공주의 말 한 마디에 갑자기 여관들이 술렁이며 일어나더니 공주를 에워싸고서 회오리바람 굴러가듯 혼다를 남겨 두고 가서 놀랐는데, 그들이 향한 작은 건물을 보니 이해가 되었다. 공주가 요의(尿意)를 표한 것이다.

공주의 요의! 이것은 혼다에게 애절하고 사랑스러운 인상을 주었다. 아이가 없는 혼다는 '만약 내게 어린 딸이 있다면 이런 일도 생길 수 있을까.' 하는 상상이 전부 관념적이어서, 이 갑작스러운 요의처럼 육신을 지닌 사랑스러움이 코앞을 스치고 날아가는 경험은 처음이었다. 그는 할 수만 있다면 직접 손을 빌려 주어 공주의 부드러운 갈색 허벅지를 안쪽에서 받쳐 주고 싶다고 남몰래 생각했다.

돌아온 공주는 잠시 동안 부끄러운 듯이 말도 적게 하고 혼다의 얼굴을 쳐다보지 않으려고 했다.

점심 식사 후에는 나무 그늘에서 놀았다.

어떤 놀이였는지 놀이 내용은 기억나지 않는다. 단조로운 노래가 반복됐는데 가사의 뜻도 모른다.

기억에 남아 있는 것은 사방이 나무로 둘러싸인 그늘, 약간 강한 햇빛이 새어 드는 풀밭 한가운데 공주가 서 있고, 그 주위에 나이 든 여관 셋이 무릎을 세우거나 책상다리를 하여 제각각 편한 자세로 둘러앉은 모습이다. 그 여관 중 한 사람은 건성으로 놀이에 참여하는 듯했고, 연꽃잎으로 싼 담배를 계속 피웠다. 또 한 사람은 곧잘 목이 마른 공주를 위해 야광패로 나전 공예를 한 옻칠 물통을 무릎 옆에 내려 두었다.

아마 그 놀이는 '라마야나'와 관련이 있을 것이다. 공주가 나뭇가지를 칼처럼 휘두르며 익살스럽게 등을 구부리고 숨을 들이쉬는 모습은 명백히 하누만 원숭이 장군을 연상시켰다. 여관들이 손뼉을 치며 뭔가를 외칠 때마다 시시각각 공주가 흉내 내는 형태가 바뀌었다. 공주가 고개를 기울이면 그때 지나가는 미풍에 풀꽃이 고개를 숙였고, 가지를 옮겨 가다 갑자기 멈춰 고개를 기울이는 다람쥐와 동작이 일치하는 듯하였다. 공주는 갑자기 라마 왕자로 바뀌었다. 흰 바탕에 금실이 수놓인 블라우스의 소매 아래 가늘고 거뭇한 팔이 칼을 들고 늠름하게 하늘을 가리켰다. 그때 산비둘기가 공주의 눈앞을 스쳐 가며 날개로 얼굴을 가렸지만 공주는 미동도 하지 않았다. 공주 뒤에 우뚝 솟은 것이 다름 아닌 보리수임을 혼다는 알아차렸다. 이 우거진 나무의 긴 잎꼭지 끝에 매달린 넓은 잎이 오밀조밀 겹쳐져 바람이 지나갈 때마다 바스락거렸다. 그 초록 잎들 하나하나에는 마치 열대 광선을 넣어서 뜬 것 같은 노란 잎맥이 도드라졌다…….

— 공주는 더워졌다. 뭔가를 보채며 나이 든 여관에게 요구했다. 여관들은 머리를 모았다. 드디어 일어서서 혼다에게도 신호를 보냈다. 일행은 숲의 나무 그늘을 벗어났다. 선착장까

지 왔기에 이만 돌아가는 건가 생각했더니 그렇지는 않았다. 사공에게 말해 배에서 커다랗고 아름다운 사라사 천을 꺼내게 한 것이다.

일행은 그 천을 잡고 맹그로브 뿌리가 뒤얽힌 물가까지 가서 좀 더 사람 눈에 띄지 않는 곳을 골랐다. 두 여관이 옷자락을 걷어 올린 채 천을 들고 물속으로 들어가 허리 근처까지 잠긴 곳에서 널찍하게 천을 펼쳐 건너편 물가에서 보이지 않도록 장막을 쳤다. 나머지 여관도 옷자락을 걷고 노쇠하고 수척한 허벅지에 물의 투영을 아른거리며 벌거벗은 공주를 데리고 물속으로 들어갔다.

공주는 맹그로브 뿌리에 모여든 작은 물고기들을 보고 탄성을 질렀다. 혼다는 여관들이 마치 자신이 아무데도 없는 것처럼 행동하는 것에 놀라면서도 그것도 일종의 예법이라고 생각하여, 물가의 나무 그늘에 앉아 조용히 공주가 목욕하는 모습을 지켜보았다.

공주는 좀체 가만있지 않았다. 사라사를 통과한 햇빛이 만든 줄무늬 속에서 끊임없이 혼다를 향해 웃었고, 다소 큰 어린아이 같은 배를 숨기려고도 하지 않고, 여관에게 물을 튀기다가 혼나는가 하면 다시 세게 튀기고 도망쳤다. 물은 결코 맑지 않고 공주의 피부처럼 누런 갈색을 띠었는데, 그 탁하고 무겁게 보이는 강물도 물방울이 되어 사라사를 통과한 빛을 받을 때는 아주 맑게 튀겼다.

한번은 공주가 손을 올렸다. 편평하고 작은 가슴의 왼쪽 겨드랑이를, 평상시에는 팔에 가려진 곳을 혼다는 문득 보았다. 그 왼쪽 옆구리에는 있어야 할 세 개의 점이 없었다. 어쩌면 옅은 점이 갈색 피부에 묻힌 것은 아닐까 하여 눈이 피곤해질 정도로 기회를 찾으며 그곳에 시선을 집중하긴 했지만……

6

혼다가 관여한 소송은 불리함을 인정한 상대방이 갑자기 소송을 취하하면서 예상 외로 수월하게 해결됐다. 혼다는 바로 귀국할 수도 있었지만 이쓰이 물산이 감사 인사로 혼다에게 원하는 만큼 유람선 여행을 할 수 있는 선물을 제안했다. 인도에 가고 싶었기에 그 바람을 말했더니 전쟁이 임박한 조짐이 있으니 지금이 마지막 기회라며 각지에 있는 이쓰이 물산 지점들이 최상으로 대우하겠다고 약속했다. 그 대우라는 것이 부디 히시카와 같은 대우는 아니기를 혼다는 기도했다.

일본 집에 이 소식을 전하는 한편 혼다는 시속 25에서 26킬로미터밖에 내지 못하는 인도 증기기관차의 시간표에 맞춰 여행 일정을 짜는 즐거움을 누렸다. 지도를 펼쳐 봤더니 혼다가 가고 싶은 아잔타 동굴이나 갠지스강이 있는 바라나시는 아득할 정도로 서로 멀리 떨어져 있었다. 게다가 두 곳 모두 같은 힘으로 미지의 곳을 향한 혼다의 직관이라는 자침을 끌어당겼다.

월광 공주에게 여행 전에 인사를 가려 한 계획은 또 히시카와에게 통역을 부탁해야 하는 번거로움 때문에 그만두었다. 그래서 여행 준비가 바쁘다는 핑계로 호텔 편지지에 지난 나들이에 대한 감사 인사를 적어서 출발 직전에 배달인을 통해 장미궁으로 보냈다.

혼다의 인도 여행은 지극히 다채로웠는데, 그중에서도 아잔타 동굴에서 보낸 오후의 심오한 체험과 바라나시에서 본 영혼을 뒤흔드는 듯한 경관만 언급해도 충분할 것이다. 이 두 곳에서 혼다는 그의 인생에서 지극히 중요하고 지극히 본질적인 어떤 것을 보았다.

새벽의 사원

|

●

여행 일정은 우선 해로로 캘커타로 들어가고, 캘커타에서 678킬로미터 떨어진 바라나시까지 꼬박 하루 기차를 타고 간 다음, 바라나시에서 무굴사라이까지는 차로 이동, 거기서 만 마드까지 이틀 걸리는 기차 여행을 한 뒤 만마드에서 아잔타 까지 차로 이동하는 것이었다.

10월 초 캘커타는 마침 일 년에 한 번 열리는 두르가 축제 로 붐볐다.

힌두교 만신전 중 가장 인기가 있고 특히 이곳 벵갈 지방 과 아삼 지방에서 가장 존경받는 칼리 여신은 그 남편인 파괴 의 신 시바와 마찬가지로 수없이 많은 이름을 가지고 있고 수 없이 변신하는데, 두르가는 그 변신한 모습 중 하나로 칼리보 다는 피비린내가 덜하고 좀 더 온화한 여신이다. 도시에서 곳 곳에 거대한 두르가 인형이 장식됐고, 물소의 신을 징벌하는 용감한 모습이 분노의 눈썹조차 아름답게 빚어져, 밤에는 눈부신 등불 아래에서 뚜렷이 도드라지며 사람들의 숭배를 받았다.

캘커타는 칼리가트 사원이 있는 칼리 신앙의 중심지이므로 이런 축제 날에는 그 번화함을 비길 데가 없다. 혼다는 곧바로 인도 사람에게 안내를 부탁하여 사원으로 갔다.

칼리의 본체는 샤크티이며 샤크티의 본뜻은 정력이다. 이 대지의 어머니 신은 전 세계 각지의 여신들에게 전능한 여신의 본보기와도 같은 모습을 어머니처럼 숭고하거나, 여성스럽고 요염하거나, 보기만 해도 무섭고 잔혹한 이미지로 나누어 주어 그들의 신성을 풍요롭게 했다. 칼리는 아마도 샤크티의 본질을 이루는 죽음과 파괴의 이미지로 채색되고, 전염병과 천재지변 등 이 세상 모든 생명체에 파괴와 죽음을 가져오는 자연의 힘을 대표한다. 그 몸은 검고 그 입은 피로 물들어 붉고, 입술에는 송곳니가 비어져 나왔고, 목에는 사람 두개골과 잘린 목을 엮은 목걸이를 걸고서, 피곤해서 드러누운 남편의 몸 위에서 미친 듯이 춤을 춘다. 피에 굶주린 이 여신은 갈증을 해소하려고 바로 전염병이나 천재지변을 불러오기 때문에 이를 달래려면 끊임없이 제물을 봉헌해야 한다. 호랑이 한 마리를 바치면 백 년 동안 여신의 갈증을 풀고, 사람 한 명을 바치면 천 년 동안 갈증을 푼다고 전해진다.

혼다가 칼리 사원을 방문한 때는 무덥고 비가 오는 오후였다.

사원 문 앞은 몰려든 사람들과 여기에 섞여 적선을 요구하는 거지들이 비에 젖어 소란스럽게 북적였다. 경내는 매우 좁았고, 배전은 인파로 가득했으며, 대리석이 깔린 높은 제단 주위를 사람들이 가만히 서 있을 자리도 없을 만큼 서로 밀치며 소용돌이치고 있었다. 비에 젖은 대리석 바닥은 한층 하얗게 윤이 났으나 올라가려는 이들의 발자국과 이마에 바르는 축복의 진사[25] 가루가 흩어져서 황갈색과 붉은색으로 얼룩덜룩해졌다. 그것은 신성 모독 행패로 보기에 충분한 광경이었지만 무언가에 취한 듯한 사람들의 소란은 끊이지 않았다.

한 승려가 사원 안에서 길고 검은 손을 뻗어 동전을 던진 신자의 이마에 작고 동그랗게 축복의 진사를 발라 주었다. 그 축복을 바르기 위해 앞다투어 몰려드는 사람들은, 비에 젖은 파란 사리[26]가 몸에 달라붙어 등에서 엉덩이까지 고스란히 비쳐 보이는 여자 하며 하얀 리넨 셔츠 너머 검게 빛나는 목덜미가 겹겹이 주름진 남자 하며 모두 붉게 물든 승려의 검은 손가락 끝을 향해 뛰어오르며 깊게 신앙하는 모습, 그 움직임, 그 열광으로, 혼다에게 볼로냐 화파의 그림 중 하나인 안니발레 카라치의 「성 로코의 자선」 속 군중의 모습을 연상시켰다. 게다가 낮인데도 어두운 사원 안쪽에서는 붉은 혀를 내밀고 잘린 목 목걸이를 건 칼리 여신상이 촛불에 흔들리고 있었다.

가이드를 따라 뒤뜰로 돌아가니 비를 흠씬 맞는 울퉁불퉁한 판석이 있었는데 100평이 채 되지 않는 그 구역은 확실히

---

25 수은의 원료가 되는 붉은 황화 광물로 안료나 약재로 쓰이기도 한다.
26 인도의 전통 여성 의상.

사람도 뜸했다. 낮고 좁은 문기둥 같은 것이 한 쌍 있고, 그 밑에 돌이 움푹 파인 문턱이 있고, 욕조처럼 둘러싼 울타리가 있었다. 바로 옆에는 완전히 똑같은 광경을 모형처럼 본뜬 것이 있었다. 작은 쪽 기둥 한 쌍은 비에 젖어 문턱에 피 웅덩이를 남겼고 비를 맞은 피는 판석 위로 흩어졌다. 가이드의 설명을 듣고서야 혼다는 알았다. 큰 쪽이 물소를 바치는 제단이고 지금은 사용되지 않음을. 작은 쪽은 염소를 바치는 제단인데, 특히 두르가처럼 중요한 제의에서는 사백 마리 염소가 도살된다.

칼리가트 사원을 뒤에서 보니 (아까는 인파에 밀려서 자세히 보지 못했지만) 깨끗한 하얀 대리석이 깔린 곳은 제단뿐이고, 중앙의 탑도 주변의 배전도 방콕의 새벽의 사원을 새삼 생각나게 하는 화려한 색깔의 타일 모자이크로 장식돼 있었다. 정교한 꽃무늬나 마주 보는 공작새 무늬의 연쇄는 위에 쌓인 먼지를 비에 씻어 내고, 그 명랑한 색깔이 발아래의 피를 냉담하게 밟고 있었다.

비는 굵은 빗방울로 드문드문 매우 굼뜨게 내려서 비바람이 휘젓는 공기가 외려 안개 같은 온기를 자아냈다.

혼다는 염소 제물 제단에 우산을 쓰지 않은 한 여인이 다가와 공손하게 무릎 꿇는 모습을 보았다. 인도의 중년 여성이 으레 그렇듯 부드럽고 총명하고 친절한 마음이 엿보이는 얼굴이었다. 풀색 사리는 흠뻑 젖었다. 손에는 갠지스강의 성수를 담은 작은 놋쇠 주전자를 들었다.

여인은 그 성수를 기둥에 뿌리고 비에도 꺼지지 않는 기름

등불에 불을 붙이고는 그 주위에 작은 다홍색 자바꽃을 뿌렸다. 그리고 피가 튄 판석에 무릎을 꿇고 기둥에 이마를 대고 간절히 기도한다. 무아의 경지에서 기도하는 동안, 이마에 찍힌 축복의 붉은 점이 비에 젖은 머리칼 사이에서 여인 자신이 제물이 된 것처럼 한 점의 피로 선명하게 보인다.

혼다는 영혼의 흔들림을 느끼고 황홀하다고는 말하기 어려운 꺼림칙함이 섞인 감정을 맛보았다. 그 감정을 주시하는 동안 주변의 정경이 흐릿해지고 기도하는 여인의 모습만 세밀하게 비친다. 섬뜩할 정도로 세밀하게 비친다. 세부의 명료함, 그것이 품은 꺼림칙함을 더 이상 견딜 수 없어졌을 즈음, 갑자기 여인의 모습이 보이지 않았다. 그는 지금까지 환영을 본 것인가 의심했지만 그렇지는 않았다. 열려진 뒷문, 조잡한 철에 새겨진 당초무늬 너머로 여인의 뒷모습이 보였기 때문이다. 다만 기도하던 여인과 떠나가는 여인 사이에는 도저히 이어지지 않는 단절이 있었다.

한 아이가 손으로 아직 어린 검은 염소를 끌고 왔다. 비를 맞아 털이 뭉친 이마에 축복의 붉은 점이 보인다. 성수를 그곳에 부으니 염소는 고개를 흔들며 도망치려는 듯 뒷다리로 발버둥 친다.

지저분한 셔츠를 입고 콧수염을 기른 한 젊은이가 나타나 아이의 손에서 염소를 넘겨받았다. 젊은이의 손이 염소의 목에 얹혔다. 염소는 거슬릴 정도로 애절하게 울기 시작하더니 몸을 꼬며 뒷걸음친다. 엉덩이 쪽의 검은 털이 비에 젖어 흐트러졌다. 젊은이는 염소의 목을 꽉 눌러 아래를 보게 한 다음 제단의 두 기둥 사이에 밀어 넣고, 검은 빗장을 기둥 사이에 끼워서 그 위로 힘주어 내렸다. 염소는 엉덩이를 높이 올리고 울부짖으며 발버둥 친다. 젊은이가 반달 모양 칼을 들어 올렸다. 빗속에서 은빛 칼날이 빛났다. 칼은 정확하게 떨어졌고 염소 목은 앞으로 굴러갔다. 눈을 크게 뜨고 입에서는 허연 혀가 나왔다. 기둥의 이쪽에 남은 몸통에서 앞다리가 미세하게 떨리고 뒷다리는 가슴 언저리에 닿을 만큼 몇 번이나 발길질했지만, 그 격렬한 움직임은 진자가 멎듯이 점점 약해졌다. 목에서 흐르는 피는 그리 많지 않았다.

젊은 집행인은 목 없는 염소 뒷다리를 잡고 문밖으로 달려 나갔다. 문밖에 말뚝이 있다. 거기에 염소를 매달아 가죽을 벗기고 서둘러 처리하는 것이다. 젊은이의 발치에는 또 한 마리, 목 없는 염소가 비를 맞으며 뒷다리를 떨고 있다. 마치 무서운 꿈에 시달리는 것처럼. ……그 노련한, 고통을 느낄 새도 없는 생사의 경계는 거의 알아채지 못한 채로 지나가 지금도 깨지 않는 악몽이 이어지는 듯하다.

젊은이는 칼을 능숙하게 다루었고 이 신성하고 흉측한 직업의 무감동한 절차를 충실히 따랐다. 그 지저분한 셔츠에 튄 피의 반점, 집중하던 그 크고 깊고 맑은 눈, 그 농부처럼 큰 손에서 신성함은 지극히 일상적으로 땀처럼 방울져 떨어졌다. 제의에 익숙한 행인들은 돌아보지도 않는다. 신성함은 그렇게 사람들 한가운데에 지저분한 손발로 떡하니 자리 잡고 있었다.

목은? 그것은 문 안쪽에 조잡한 비막이를 설치한 봉헌소에 바쳐졌다. 빗속에서 타오르는 난로 안에 붉은 꽃이 흩날리

새벽의 사원

고, 몇몇 꽃잎은 불에 탄 브라흐만[27]을 숭상하는 불의 궁전 한쪽에 검은 염소 일고여덟 마리의 목이 자바꽃처럼 단면을 내밀고 줄지어 있고, 그중에 좀 전에 울부짖던 목이 있었다. 그리고 목 뒤에서는 한 노파가 바느질을 하듯 깊게 웅크리고서, 검은 손가락으로 가죽 안쪽의 매끈하게 빛나는 곳에서 반짝이는 내장을 열심히 떼어 내고 있었다.

---

27 힌두교에서 창조신이자 우주의 궁극적 실재를 가리키는 말. 개별적 자아를 가리키는 아트만은 이 브라흐만이 개별화된 것으로 힌두교에서는 브라흐만과 아트만이 합치된다고 말한다.

8

.

바라나시까지 가는 동안 혼다의 머릿속에선 몇 번이나 그 제의의 정경이 되살아났다.

그것은 무언가를 다급히 준비하는 듯한 정경이었다. 제의는 그렇게 갑자기 끝나 버린 것이 아니라 오히려 그때 무언가가 시작되고, 눈에 보이지 않는 더 신성하고 더 흉측하고 더 높은 무언가로 이어지는 다리가 막 만들어진 듯한 느낌이 들었다. 이른바 그 일련의 의식은 점점 가까워 오는, 말로 형용할 수 없는 누군가의 도래를 위해 통로에 깔린 한 폭의 붉은 천처럼 느껴졌다.

바라나시는 성지 중의 성지이며 힌두교도들의 예루살렘이다. 시바 신이 거처하는 설산 히말라야에서 눈 녹은 물이 흐르는 갠지스강이 절묘하게 초승달 모양을 그리는 서쪽 강가에 옛 이름 바라나시, 즉 베나레스가 있다. 이곳은 칼리 여신의 남편 시바에게 봉헌된 도시이자 천국으로 가는 주요 관문으로 여겨져 왔다. 또한 각지에서 순례자들이 찾아오는 곳이기도 하고, 갠지스강에 더해 두타파파강, 크리슈나강, 잠나강, 사라스바티강 등 성스러운 다섯 강이 만나는 이곳에서 목욕을 하면 내세의 행복이 이루어진다고 한다.

베다에는 물의 자비에 대한 다음과 같은 구절이 있다.

'물은 약이니
물은 몸의 병을 낫게 하고
활력을 채운다.
진실로 물은 만병을 낫게 하니
모든 병과 악을 치료할 것이다.'

또,

'물은 불사의 생명으로 가득하다.
물은 몸을 보호한다.
물에는 영험한 치유력이 있다.
물의 무서운 힘을
늘 잊지 마라.
물은 심신의 약이니.'

라고 칭송하듯이, 기도로 마음을 정화하고 물로 몸을 정화하는 힌두교 의식은 이곳 바라나시의 수많은 목욕 계단(가트)에서 극에 달한다.

혼다는 오후에 바라나시에 도착해 호텔에 짐을 풀고 샤워를 한 후 바로 가이드를 구해 달라고 부탁했다. 긴 기차 여행임에도 피곤을 느끼지 않고 이상하게 생기 넘치는 조급함이 혼다를 일종의 명랑한 불안 상태로 만들었다. 호텔 창밖에는 숨 막히는 석양이 가득했다. 그 속으로 몸을 날리면 지금이라도 신비를 붙잡을 수 있을 것 같은 느낌이었다.

여하튼 바라나시는 지극히 신성한 동시에 지극히 더러운 도시였다. 해가 처마 끝에만 겨우 들어오는 좁은 골목길 양쪽에는 튀김이며 과자를 파는 가게, 점성술사, 곡물과 밀가루를 파는 가게가 빼곡하게 들어섰고, 악취와 습기와 병균이 가득했다. 이 길을 지나 강으로 향하는 판석 광장으로 나가자 전국에서 순례를 와서 죽음을 기다리는 동안 걸식을 하는 나병 환자 무리가 웅크린 채 줄지어 있었다. 수많은 비둘기. 오후 5시의 이글거리는 하늘. 걸인 앞에 놓인 양철통에는 동전 몇 닢이 바닥에 깔렸을 뿐, 한쪽 눈이 붉게 뭉개진 나병 환자는 손가락을 잃은 손을 가지치기한 뽕나무처럼 저녁 하늘을 향해 내뻗었다.

모든 형태의 불구가 있었고 난쟁이들이 뛰어다녔다. 몸은 공통 부호가 없는 해독되지 않는 고대 문자처럼 늘어섰다. 부패나 타락 때문에 불구가 된 것이 아니라 비틀리고 일그러진 형태 그 자체가 생생한 육체와 열기를 지니고서 꺼림칙하고 성스러운 의미를 내뿜는 듯이 보였다. 피와 고름을 수많은 파리 떼가 꽃가루처럼 운반했다. 파리는 하나같이 통통했고 금

세벽의 사원

녹색으로 빛났다.

강으로 내려가는 길 오른쪽에는 선명한 색깔로 성스러운 문양을 그린 천막이 처져 있고, 승려의 설교를 듣는 사람들 옆에 천으로 감싼 시체가 누워 있었다.

모든 것이 떠 있었다. 그러니까 가장 노골적이고 가장 추한 인간 육체의 실상이 그 배설물, 그 악취, 그 병균, 그 시독 (屍毒)과 함께 햇빛 아래 드러나 평상시 현실에서 증발한 김처럼 공중에 떠다녔다. 바라나시. 그것은 화려할 정도로 추한 한 장의 카펫이었다. 천오백 곳의 사원, 붉은 기둥에 온갖 성교의 체위를 흑단에 부조로 나타낸 사랑의 사원, 하루 종일 독경 소리를 높이며 오로지 죽음만 기다리는 과부들의 집, 사는 자, 방문하는 자, 죽어 가는 자, 죽은 자들, 종기투성이 아이들, 엄마 젖에 매달려 죽어 가는 아이들, ……이러한 사원과 사람들이 밤낮으로 짜 영광스레 하늘로 들어 올린 한 장의 소란스러운 카펫이었다.

광장은 강을 향해 경사졌고, 행인들이 자연스레 가장 중요한 목욕 계단, 다샤스와메드(열 마리 말의 희생) 가트로 가도록 돼 있었다. 창조신 브라흐마가 말 열 마리를 제물로 바쳤다고 전해지는 곳이다.

물도 풍성하게 가득 담긴 그 황토색 강은 바로 갠지스강이었다! 캘커타에서 작은 놋쇠 주전자에 공손히 담아 신자의 이마와 제물의 이마에 조금씩 부었던 성수가 지금 눈앞에 있는 큰 강에 출렁출렁 가득했다. 그것은 믿을 수 없이 성대한 신성함의 향연이었다.

병자도, 건강한 자도, 불구자도, 죽어 가는 자도 이곳에서는 동등하게 황금의 희열에 가득 차는 것이 지당했다. 파리도 구더기도 희열로 범벅되어 살찌고, 인도 사람 특유의 엄숙하고 의미심장한 표정 속에 무정함과 거의 구분되지 않는 경건함이 넘쳐흐르는 것도 지당한 일이다. 혼다는 자기 이성이 이 격렬한 석양, 이 악취, 이 희미하고 축축한 독기 어린 강바람에 어떻게 녹아들 수 있을지 의문이 들었다. 가는 곳마다 기도를 선창하고 따라 외치는 목소리, 종소리, 구걸하는 소리, 병자들의 신음 소리가 치밀하게 짜여진 이 두꺼운 모직물 같은 저녁 공기 속에 과연 몸을 담글 수 있을지 의심스럽다. 혼다는 자기 이성이 자칫하면 옷 속에 품은 비수처럼 이 완전한 직물을 찢지는 않을까 두려웠다.

요점은 그것을 버리는 일이었다. 소년 시절부터 자신의 역할이라고 여겼던 이성의 칼날은 이미 몇 번의 전생의 습격으로 무뎌진 채 겨우 보관해 왔지만, 지금은 이 땀과 병균과 먼지가 가득한 사람들 속에 눈에 띄지 않게 몰래 버리는 수밖에 없었다.

가트에는 목욕하는 사람들이 쉴 수 있는 버섯 같은 우산이 수없이 무리 지어 있었는데, 일출 때 절정에 달하는 목욕 재계의 시간이 지난 지 오래라 석양이 깊게 지는 우산 아래는 대부분 비어 있었다. 가이드는 물가로 내려가 조각배의 뱃사공과 협상을 했다. 한없이 길게 이어지는 그 시간을 혼다는 석양의 인두에 등이 달궈짐을 느끼며 옆에서 그저 기다리기만 했다.

드디어 배가 혼다와 가이드를 태우고 물가를 떠났다. 갠지스강 서쪽 물가에 있는 수많은 가트 중 다샤스와메드는 거의 중앙에 있었다. 가트를 구경하는 배는 우선 남쪽으로 내려가 다샤스와메드 남쪽의 가트를 둘러본 후 다시 북상해 다샤스와메드 북쪽에 있는 가트에 이른다.

갠지스강 서쪽 물가가 이렇게 신성한 데 비해 조금도 신성시되지 않는 동쪽 물가는 왕조차 그곳에 살면 당나귀로 다시 태어난다고 말해질 정도로 기피되고, 아득히 낮은 초록 숲만 보일 뿐 집은 그림자도 보이지 않았다.

배가 남하하기 시작하자 강렬한 석양이 바로 건물들에 차단됐고, 장대한 수많은 가트와 그 뒤의 큰 기둥들 그리고 그 기둥들이 받치는 높은 저택이 어지러이 늘어선 경관에 빛나는 후광만 비출 뿐이었다. 단 하나, 다샤스와메드 가트만이 광장을 등지고 지는 해에 자의(恣意)를 허락했다. 그리고 석양은 벌써 온화한 장미색으로 강을 비추고, 지나가는 돛들도 진하지 않은 그림자를 드리웠다.

땅거미가 지기 전 신비한 광선이 널리 가득 찬 시간이었다. 모든 것이 본래의 윤곽을 되찾고 비둘기 한 마리 한 마리까지 치밀하게 그리고 모든 것에 시든 노란 장미의 색을 입히고, 강물의 그림자와 하늘에 남아 있는 빛 사이의 나른한 조화를 유지하며 동판화의 정성을 자아내는 빛이 지배하는 시간이었다.

바로 이런 빛에 어울리는 장대한 건축물이 가트였다. 궁전이나 대사원처럼 계단이 물속으로 내려가는데 뒤에는 거대한 기둥들이 우뚝 솟았을 뿐, 기둥과 아치가 늘어섰어도 그 기둥은 벽기둥(Pilaster)이고 아케이드는 장식 창문이기에 오로지 계단만이 성소로서 위엄을 풍겼다. 기둥 꼭대기는 코린트 양식 또는 서남아시아 양식으로 혼합되어 있고, 40피트에 달하는 높이에 홍수가 특히 심했던 여름의 수위를 하얀 선으로 표시함과 동시에 1928년, 1936년 등 그때를 기념하는 연호를 적어 놓았다. 아찔할 정도로 높은 위쪽에는 주민들을 위한 통로의 벽에 아치가 늘어섰고 돌난간에는 비둘기가 줄지어 앉아 있었다. 지붕 꼭대기에서는 서서히 힘을 잃어 가는 석양의 후광이 반짝였다.

배는 이 가트들 중 케다르 가트 앞으로 다가갔다. 배 근처에서 그물로 물고기를 잡는 사람이 있지만 가트는 한산했고 목욕하는 사람도, 계단에 있는 사람도 모두 흑단처럼 마른 몸으로 각자 기도와 명상에 빠졌다.

혼다는 방금 거대한 계단 중앙으로 내려와 목욕재계를 하려는 한 남자에게 시선이 갔다. 그 남자의 등 뒤에는 장대한 황토색 기둥이 줄지어 있고 희미해진 빛 속에서 기둥 꼭대기가 구석구석까지 자세히 보였다. 그 남자는 말 그대로 신성함의 한가운데에 서 있었지만 주변에 웅크린 삭발 승려들의 검은 몸뚱아리에 비하면 과연 그가 사람인지 아닌지 의심스러웠다. 키가 크고 건장한 노인이었지만 그 혼자 진정한 장밋빛으로 빛났기 때문이다.

그는 머리에 작은 백발 상투를 올리고 허리에 무겁게 두른 붉은 천을 왼손으로 들어 올린 것을 제외하면 실하고 다소 늘어진 알몸을 보이고 있었다. 눈은 주변에 아무도 없는 것처럼 한 가지 관념에 취해 멍하니 강 건너 하늘을 바라보았다. 그리고 무언가를 숭상하며 오른손을 천천히 하늘을 향해 내뻗었다. 얼굴, 가슴, 배 모두 저녁 빛 아래에서 생생한 복숭앗빛 피부의 고귀함을 주변과 단절하여 내보였다. 그러나 노인의 현세의 흔적인 검은 피부는 두 팔과 손등, 허벅지 주변에서 금방이라도 떨어져 나갈 듯했고, 얼룩처럼 또는 멍처럼 또는 줄무늬처럼 남아 있었다. 그 흔적이 있기에 빛나는 복숭앗빛 피부가 더욱 숭고하게 보였다. 그는 백라창 환자였다.

* * *

수많은 비둘기가 날아올랐다.

비둘기 한 마리의 놀람이 순식간에 퍼져 나갔다. 배가 다시 북상하기 시작하자 혼다는 수많은 가트 사이에서 강수면 위로 흘러내린, 보리수 가지 이파리 하나하나에 환생을 기다리는 죽은 자의 영혼이 열흘간 머무른다는 잎들을 바라보다가 한꺼번에 날갯짓한 비둘기들의 수에 현기증을 느꼈다.

배는 이미 다샤스와메드 가트를 지나 강을 따라 서 있는 붉은 사암의 집, 초록색과 흰색 모자이크로 창틀을 장식하고 실내는 초록색으로 칠한 '과부의 집' 아래를 지나갔다. 창문에서는 향이 피어오르고 종소리가 흘러나왔으며 입을 모아 명상 음악(Kirtan)을 부르는 목소리가 천장에 메아리쳐 강수면 위로 떨어졌다. 그곳에서는 각지에서 과부들이 와서 오로지 죽음을 기다리며 머물렀다. 병으로 쇠약해져 죽음의 구제를 기다리는 동안 이곳 바라나시에서 보내는 나날을 가장 큰 행복으로 여기는 사람들은 이 구도의 집(Mumukshu Bhavan)에 자리 잡았다. 이곳에서는 모든 것이 가깝기 때문이다. 화장터 가트는 바로 북쪽에, 수천 가지 체위를 숭상하는 네팔 애욕의 사원의 황금 첨탑은 화장터 바로 위에.

배 옆에 가라앉았다 떠올랐다 하며 흘러가는 짐꾸러미에 혼다의 시선이 멎었다. 그 모양, 그 부피, 그 길이가 두세 살배기 아이 같다고 느꼈을 때 정말로 아이의 시체임을 깨달았다.

무심코 손목시계를 보았다. 5시 40분이다. 주위에는 어슴푸레 땅거미가 졌다. 그때 혼다는 앞쪽 가트에서 밝게 타오르는 불을 보았다. 마니카르니카 가트 화장터의 불을.

그 가트는 힌두교식 사원에 기반하여 폭이 제각각인 오 층짜리 제단을 두고 갠지스강을 바라보고 있었다. 사원은 중앙의 큰 탑 주위를 높낮이가 제각각인 탑들이 둘러쌌고, 이슬람교식 연꽃 문양이 들어간 아치형 발코니가 달렸으며, 이 거대한 황갈색 사원이 연기에 그을어 높은 회랑 위에 있는 만큼, 가까이 가면 가까이 갈수록 연기에 휩싸인 빈집으로만 보이는 암울한 위용이 하늘에 뜬 환영처럼 불길하게 비쳤다. 하지만 아직 배와 가트 사이에는 흙탕물이 넘쳐흘렀다. 날이 저무는 수면에는 수많은 헌화(캘커타에서 본 붉은 자바꽃도 있었다.)와 향료 등이 쓰레기 더미처럼 떠다녔고, 화장터의 높은 불길은 수면에 거꾸로 선명하게 비쳤다.

하늘 높이 흩날리는 불티에 섞여 탑에 사는 비둘기들이 들썩였다. 하늘은 회색을 품은 어두운 남색이 되었다.

가트가 물과 접한 곳에 연기에 그은 자그만 돌 사당이 있고, 시바 신의 동상과 그의 아내 사티, 남편의 명예를 지키기 위해 불에 몸을 던져 죽은 사티의 동상이 나란히 있고 그 앞에 꽃이 놓였다.

주위에는 장작을 쌓은 배가 무리 지어 정박해 있었기에 혼다가 탄 배는 가트 중앙으로 가기를 꺼렸다. 지금 활활 솟아오르는 불길 뒤로 사원 회랑 구석의 약한 불들이 엿보였다. 그것은 언제나 꺼지지 않는 신성한 불이고, 화장 하나하나에 쓰는 불은 모두 이 원천에서 나눠 가져간 것이었다.

강바람은 죽고, 주위 공기에는 숨 막히는 더위가 고였다. 그리고 바라나시 어디서나 그렇듯 이 가트에서도 정적 대신에 소란한 소리가 들려, 사람들의 끊임없는 움직임, 외침, 아이들의 웃음소리, 독경 소리 등이 섞여 들렸다. 사람만이 아니다. 야윈 개들이 아이들을 뒤따르고, 불에서 멀리 떨어진 구석 계단이 어둡게 물속에 잠긴 곳에서는 갑자기 소를 내모는 억센 외침을 따라 물소의 반들거리고 튼실한 검은 등이 하나둘 물을 튀기며 올라오곤 했다. 계단을 비틀거리며 올라가는 그 물소들의 검게 젖은 등에는 화장터의 불이 거울처럼 비쳤다.

불길은 때로는 희뿌연 연기에 완전히 휩싸여 그 사이로 불의 혀를 번득이기도 했다. 연기는 사원 발코니까지 치닫는가 하면 어두운 사원 안에서 생물처럼 소용돌이쳤다.

마니카르니카 가트는 정화의 절정이자 모든 것이 인도식으로 공공연하게 드러난 야외 화장터였다. 게다가 바라나시에서 신성하고 청결하다고 여겨지는 것들이 공유하는, 구토를 부르

는 꺼림칙함으로 가득했다. 그곳이 이 세상의 끝임은 의심의
여지가 없었다.

시바와 사티 사당 옆 완만한 계단에 빨간 천에 덮인 사체
가 갠지스강 물에 잠긴 후 화장 순서를 기다리며 누워 있었다.
사람 모양대로 사체를 감싼 그 천이 빨간색인 것은 여성의 표
시다. 흰색인 것은 남성의 표시다. 이것을 장작에 올리고 불을
붙인 뒤 버터와 향료를 던지는 일을 남아서 해야 하는 친족들
은 삭발 승려와 함께 천막 아래에서 기다린다. 또 그곳으로 이
번에는 흰색 천에 싸인 새로운 사체가 대나무 깔개에 놓여 승
려와 친족들이 독경하고 노래하는 소리에 감싸여 도착한다.
그들의 발 주위에서 검은 개와 아이들 몇몇이 서로를 쫓으며
논다. 인도의 어느 마을에서나 볼 수 있듯이 살아 있는 자들
은 모두 약동하고 분규를 일으켰다.

6시였다. 어느새 불길이 네다섯 곳에서 타올랐다. 연기가
모조리 사원 쪽으로 불어서 배에 있는 혼다의 코까지는 악취
가 닿지 않았다. 다만 모든 것이 훤히 보였다.

저 오른쪽에는 타고 남은 재를 모아 강물에 흘려보내는 곳
이 있었다. 육체가 완고하게 지켜 오던 개성이 사라지고 모든 이
들의 재가 합쳐진 채 성스러운 갠지스강에 녹아들어 사대[28]와
드넓고 맑은 대기로 돌아가는 것이다. 쌓인 재의 아래쪽은 물
에 잠기기 전부터 이미 주변의 젖은 흙과 섞여 구분이 되지 않
았다. 힌두교도는 무덤을 만들지 않는다. 혼다는 문득 아오야

---

28 四大. 땅, 물, 불, 바람. 불교에서 말하는 세상 만물을 구성하는 요소.

새벽의 사원

마에 있는 기요아키의 묘지에 갔을 때 묘비 아래 기요아키가 없다는 것을 확신하고 전율했던 때를 떠올렸다.

사체는 차례대로 불에 맡겨졌다. 묶은 끈은 타서 끊어지고, 빨갛고 하얀 천도 타서 없어져서, 사체가 불 속에서 검은 팔을 쳐들거나 자다가 뒤척이는 것처럼 몸을 돌리는 모습이 보였다. 먼저 태워지던 것부터 검회색이 불거졌다. 뭔가 끓는 소리가 수면을 타고 전해졌다. 잘 타지 않는 것은 두개골이었다. 대나무 장대를 든 인부가 분주하게 돌아다니며 몸이 재가 되어도 여전히 연기를 피우는 두개골을 찔렀다. 온 힘을 다해 찌르는 검은 팔의 근육에 불길이 비쳤고, 그 소리는 사원의 벽에 부딪혀 탁탁 울렸다.

사대로 돌아가는 느린 정화, 그에 거스르는 인간의 살과 죽은 후에도 여전히 남는 무용한 향기, ……불길 속에는 빨간 것이 펼쳐졌다가 반짝이는 것이 꿈틀거렸다가 불티와 함께 검은 가루가 흩날리고, 마치 무언가가 생성되듯이 불길 너머로 끊임없이 번쩍이는 움직임이 있었다. 또 장작이 순식간에 소리 내며 무너져 불이 어느 정도 꺼지면 인부의 손으로 불이 다시 붙고, 그러면 사원의 발코니를 핥듯이 갑자기 불길이 높이 치솟곤 했다.

이곳에 슬픔은 없었다. 무정하게 보이는 것은 전부 기쁨이었다. 윤회환생은 사람들이 믿을 뿐 아니라 논의 물이 벼를 자라게 하고 과일나무가 열매를 맺는 것과 똑같이 늘 눈앞에서 반복되는 자연 현상일 뿐이었다. 경작과 수확에 사람 손이 필요하듯이 어느 정도는 도움을 요하지만, 말하자면 사람은 교대로 이 자연 현상을 돕기 위해 태어났다.

　인도에서는 무정하게 보이는 것의 원인은 전부 비밀스럽게 숨겨진 거대하고 무서운 기쁨으로 이어져 있었다! 혼다는 그런 기쁨을 이해하는 것이 두려웠다. 하지만 자기 눈이 궁극의 광경을 본 이상 두 번 다시 원래로 치유되지는 않으리라 느꼈다. 마치 바라나시 전체가 신성한 나병에 걸려서 혼다의 시각도 불치병이 걸린 것처럼.

　하지만 이 궁극의 광경을 보았다는 인상은 다음 순간이 오기 전까지는 완전하지 않았다. 그 순간 혼다의 마음을 수정처럼 순수한 전율이 습격한 것이다.

　즉 신성한 소가 이쪽을 본 순간.

　인도에서는 자유롭게 다닐 수 있는 신성한 하얀 소가 어디에나 있었는데 이 화장터에도 한 마리가 어슬렁대고 있었다. 불 근처에 와도 놀라지 않는 신성한 소는 이윽고 인부의 대나무 장대에 쫓기어 불길이 닿지 않는 저편 사원의 어두운 회랑 앞에 멈춰 섰다. 회랑 안이 어두웠기 때문에 신성한 소의 하얀색이 장엄하게, 숭고한 지혜로 가득 차 있는 듯이 보였다. 불길의 그림자가 흔들리며 비치는 그 하얀 배는 히말라야의 눈이 달빛을 받은 듯했다. 그것은 냉철한 눈(雪)과 장엄한 육체의, 짐승이 보일 수 있는 순진무구한 종합이었다. 불길은 연기를 품고 연기는 불길을 덮으며, 때로는 불길이 환하게 모습을 드러내어 주위를 흘겨보는가 하면, 때로는 소용돌이치며 연기에 휩싸여 가려졌다.

　바로 그때였다. 신성한 소는 사람을 태우는 연기 너머로 그 하얗고 장엄한 얼굴을 몽롱하게 이쪽으로 향했다. 분명히 혼다 쪽을 향해서였다.

* * *

그날 밤 혼다는 저녁 식사를 마치자마자 내일은 날이 밝기 전에 기상하겠다는 말을 남긴 다음 잠자리에 들어 술의 힘을 빌려 잠들었다.

꿈에는 여러 광경이 나왔다. 꿈속의 손가락은 지금까지 만진 적 없었던 건반에 닿아 소리를 냈고, 지금까지 알려진 우주 공간을 구석구석 기술자처럼 점검했다. 그 맑은 미와산이 갑자기 나타나는가 하면 산 정상 오키쓰 이와쿠라에서 흐트러져 잠자는 공포의 바위, 그 바위 틈새에서 용솟음치는 피, 붉은 혀를 내민 칼리 여신이 모습을 나타내기도 했다. 또 불에 탄 사체가 아름다운 젊은이의 모습으로 되살아나 머리카락과 허리가 반들반들하고 깨끗한 비쭈기나무 잎에 싸인 채로 일어서는가 하면, 사원의 꺼림칙한 정경이 순식간에 서늘한 자갈이 깔린 신사 경내로 변했다. 모든 관념, 모든 신들이 힘을 합쳐 거대한 윤회의 굴레 손잡이를 잡고 돌리고 있었다. 우주의 나선 은하 같은 그 굴레는 지구의 자전을 느끼지 못하고 매일 지상에서 생활하는 사람들처럼, 아직 윤회를 느끼지 못하고 기뻐하고 노하고 슬퍼하고 즐거워하는 사람들을 위에 올리고 천천히 돌아가고 있었다. 신들의 유원지에 일루미네이션을 수놓은 밤의 관람차처럼.

인도 사람들은 이것을 이미 알고 있지는 않을까 하는 두려움이 꿈속까지 혼다를 찾아온 성찰이었다. 지구가 자전한다는 사실을 오감으로는 느끼지 못해도 과학적 이성을 매개 삼아 가까스로 인식할 수 있듯이, 윤회환생 역시 일상의 감각과 지성만으로는 알지 못하더라도 무언가 분명한, 매우 정확하고 체계적이며 직관적이기도 한 초이성을 통해 비로소 인식할 수 있는 것이 아닐까. 그것을 알기 때문에 인도 사람들이 이렇게 게을러 보이고, 진보를 거부하는 듯하고, 또 우리가 보통 사람들의 감정을 짐작하는 기준으로 삼는 공통 부호, 즉 인간적인 희노애락이 표정에서 전부 벗겨져 나간 것처럼 보이는 건 아닐까.

물론 이것은 여행자다운 겉핥기 감상이었다. 꿈은 종종 가장 높은 상징과 가장 저속한 생각을 섞어 놓는다. 혼다가 꿈속에서 한 그런 생각도, 과거 판사 시절에 가졌던 차갑고 단조로운 사고가 다시 고개를 들어 마치 뜨거운 음식을 먹지 못하는 체질이 사상에 있어서도 존재하는 듯, 뜨겁고 미분화된 사실은 황급히 냉동하여 개념적 냉동식품으로 만들지 않으면 입에 넣지 않았던 성격과 직업적 습관이 아직도 몸과 마음에 남아서이고, 꿈속에서 사람들이 으레 평소보다 조심스러워지듯이 혼다도 오래전부터 지녔던 정신의 보신술에 집중했는지도 모른다.

꿈의 모호함과 기괴함보다 현실에서 본 것이 더 강하고 격렬하게 해석을 거부하는 수수께끼였다. 그 사실의 열기는 잠에서 깨어도 몸과 마음에 확연히 남아 있었다. 혼다는 열병에

새벽의 사원

걸린 기분이었다.

　호텔 복도 끝 프런트에 어둑한 등이 켜져 있고 수염을 기른 가이드가 야근 중인 호텔 종업원과 농담을 주고받으며 쿡쿡 웃고 있었다. 그리고 어두운 복도를 걸어오는 흰색 리넨 정장 차림의 혼다를 알아보고는 멀리서 공손하게 인사했다.

　이렇게 날이 밝기 전에 호텔을 나선 것은 일출을 기다리며 북적이는 가트가 보고 싶어서다.

　바라나시는 다즉일(多卽一)이자 초월적인 신격인 브라흐만을, 이 다신교의 통일성 원리를 받들었다. 이 신을 체현한 것이 태양이고 해가 지평선에 떠오른 순간이 가장 신성한 순간이다. 인도의 성자 샹카라가 "신이 하늘과 바라나시를 저울에 달았을 때 무거운 바라나시는 땅으로 가라앉고 가벼운 하늘은 위로 높이 떠올랐다."라고 말했듯이 신성한 도시 바라나시는 하늘과 대등하게 취급됐다.

　힌두교도는 태양 속에서 신의 가장 높은 의식이 드러남을 보고, 태양이야말로 신에게 가장 어울리는 궁극적 진리의 상징적 구현이라고 여긴다. 그래서 바라나시는 오로지 태양을 향한 숭상과 기도로 가득 차고, 사람들의 의식은 지상의 속박을 벗어나 바라나시 자체를, 그 기도의 힘으로 떠 있는 카펫처럼 공중으로 높이 떠받치는 것이다.

　다샤스와메드 가트는 어제와 달리 수많은 인파로 가득했고 수많은 우산 아래 타다 남은 양초가 새벽녘 속에 반짝였다. 강 건너 숲 위 하늘에는 몇 겹의 구름 아래로 새벽이 밝아왔다.

각자 커다란 대나무 우산 아래에 의자를 놓고 시바 신의 화신인 링가를 붉은 꽃으로 장식하거나, 목욕을 마치고 이마에 바를 진사 가루를 작은 절구에 빻았다. 그 옆에는 보조하는 승려가 있어 사원에 봉헌하여 신성해진 갠지스강 물을 놋쇠병에 담아 목욕이 끝난 사람 이마에 진사 가루와 섞어 발라 줄 준비를 했다. 어떤 사람은 물속에서 해를 맞이하려고 일찍부터 계단을 내려와 손으로 물을 떠 숭상한 다음 천천히 전신을 물에 담갔다. 어떤 사람은 일출을 기다리며 우산 아래에서 무릎을 꿇었다.

지평선에 새벽빛이 터지며 떠오르자 가트의 정경은 순식간에 윤곽과 색깔을 얻어 여자들의 사리 색, 그 피부색, 꽃들, 백발, 옴, 놋쇠 성물이 마치 색깔의 환성을 지르는 것 같았다. 고민하는 아침 구름이 서서히 모양을 바꾸더니 퍼지는 빛에 자리를 내주었다. 드디어 아침 해의 진홍색 가장자리가 낮은 숲 위로 나타났을 때, 혼다와 어깨를 맞대고 서로 밀치던 군중의 입에서는 일제히 경건한 한숨이 새어 나왔고, 그대로 땅에 무릎을 꿇는 사람도 있었다.

물에 몸을 반쯤 담근 사람들은 합장을 하거나 양손을 펼쳐 조금씩 원을 드러내는 진홍색 태양을 숭상했다. 그 사람들의 상반신 그림자가 자줏빛 금색의 물결 위로 길게 드리워 계단에 있는 사람들의 발아래까지 닿았다. 커다란 환희가 건너편 물가 태양을 향했다. 그 와중에도 사람들은 보이지 않는 손에 이끌리듯이 차례대로 강물 속에 잠겼다.

해는 이미 녹색 숲 위에 있었다. 좀 전까지는 주시를 허락하던 빨간 원반이 돌변하여 일순간도 주시할 수 없는 빛 덩어리가 됐다. 그것은 이제 위협하듯이 울려 퍼지는 불꽃이었다.

문득 혼다는 깨달았다. 이사오가 끊임없이 자결의 환영 저편으로 상상했던 태양이 바로 이 태양이라고.

●

    ……서기 4세기를 지날 즈음 인도에서는 불교가 급속히 쇠퇴했다. '힌두교는 우애의 포옹으로 불교를 죽였다.'라고 적절하게 표현했듯이. 유대국의 그리스도교와 유대교, 중국의 유교와 도교처럼 불교가 세계적인 종교가 되기 위해서는 그 모국인 인도를 좀 더 토속적인 종교의 지배하에 두어 일단 그곳에서 불교를 추방해야 했다. 힌두교는 만신전 한구석에 붓다라는 이름을 형식적으로만 남겼다. 즉 붓다는 비슈누 신의 열 가지 화신 중 아홉 번째 화신으로 남았다.

    비슈누 신은 열 가지 화신으로 변화한다고 믿어진다. 마트스야(물고기), 쿠르마(거북이), 바라하(멧돼지), 나라싱하(사자), 바마나(난쟁이), 파라슈라마, 라마, 크리슈나, 붓다, 칼키. 그리고 브라만교[29]의 견해에 따르면 붓다로 화한 비슈누는 일부러 이단 종교를 흘러 들어오게 하여 민중을 미혹에 빠뜨렸고, 이

세벽의 사원

것이 외려 브라만교가 민중을 이끌고 본래의 힌두교로 되돌아가는 계기가 되었다.

이렇게 불교의 쇠퇴와 함께 인도 서부 아잔타 동굴 사원은 폐허가 됐고, 열두 세기가 지난 1819년에 영국군이 우연히 발견하기 전까지는 세상에 알려지지 않았다.

와고라강 절벽에 늘어선 스물일곱 개의 석굴은 기원전 2세기, 서기 5세기, 7세기 세 시기에 걸쳐 만들어졌고, 8번, 9번, 10번, 12번, 13번 석굴이 소승불교 시대에 속하고 나머지는 전부 대승불교 시대에 속한다.

혼다는 이렇게 지금도 사람들이 활발하게 오가는 힌두교 성지를 방문한 뒤 쇠퇴한 불교 유적을 방문할 생각이었다.

그는 아잔타 동굴에 가야 했다. 왠지 그래야만 했다.

이 생각은 석굴 그 자체도, 머무르는 호텔 주변도 소용돌이치는 군중 없이 조용하고 소박하기 그지없는 점 때문에 더욱 굳어졌다.

하지만 아잔타 주변에는 머물 만한 숙소가 없었다. 혼다는 유명한 힌두교 유적지인 엘로라 동굴에도 들를 요량으로 호텔을 예약했는데, 그 호텔이 있는 아우랑가바드는 엘로라 동굴과는 불과 18마일 거리지만 아잔타 동굴에서는 66마일이나 떨어져 있었다.

이쓰이 물산이 호텔에서 가장 좋은 방을 준비했고 차량도

---

29 고대 인도에서 브라만 사제 계급을 중심으로 성립한 종교로 브라흐만과 아트만이 합치된 범아일여 원리가 기반이며 4세기경 여러 민간 신앙과 결합해 힌두교로 발전했다.

최상급이 혼다를 기다리고 있었기에, 시크교[30] 운전기사의 공손한 태도까지 더해 다른 영국인 관광객의 반감을 돋우는 씨앗이 되고 말았다. 아침에 외출하기 전 들른 식당에서도 혼다는 일개 동양인 관광객을 향한 영국인들의 조용한 적의를 느꼈다. 그것은 뚜렷한 표시로 나타났다. 혼다의 테이블에 베이컨 에그를 가져온 웨이터를 옆 테이블에 아내와 앉은, 거만한 퇴역 군인처럼 보이는 구레나룻을 기른 노인이 불러 날카롭고 짧은 말로 꾸짖었다. 그 뒤로 혼다의 테이블에는 가장 마지막 순서로 접시가 왔다.

보통의 여행자라면 이 일에 바로 석연찮은 기분을 느꼈을 것이다. 하지만 혼다의 마음은 고집스럽게 상처받기를 거부했다. 바라나시 이후 어떤 알 수 없는 두꺼운 막이 마음을 덮고 있어 모든 것들이 그 막 위를 미끄러져 지나갔다. 생각해 보면 웨이터의 필요 이상의 공손함도 이쓰이 물산이 미리 건넨 고액의 팁에 따른 결과일 터이기에, 혼다가 판사 시절부터 몸에 익힌 일종의 '객관성의 존엄'이라 할 만한 것을 조금도 상처 입히지 못했다.

넉넉히 다섯 명이 넘는 한가한 직원들이 정성스럽게 닦아 둔 아름다운 검은 차는 호텔 앞뜰에 흐드러지게 핀 꽃들을 비추며 혼다의 출발을 기다리고 있었다. 혼다를 태운 차는 이윽고 인도 서부의 아름다운 광야를 달렸다.

그곳은 어디에도 인기척이 없는 들판이었다. 때때로 유연

---

30 15세기 인도 북부에서 힌두교와 이슬람교가 융합하여 만들어진 종교.

새벽의 사원

한 진갈색 몽구스가 길가의 흙탕물을 튀기며 차도를 가로질러 질주하고, 긴꼬리원숭이 무리가 나무 사이로 이쪽을 쳐다보는 것을 제외하면.

혼다의 가슴에 정화에 대한 기대가 생겨났다. 인도식 정화는 너무 무섭고 바라나시에서 본 의식은 아직 혼다의 심신에 열병처럼 엉겨 있었다. 그는 맑은 물 한 모금을 원했다.

넓은 들판은 혼다에게 위안이 되었다. 논밭도 없고 농부도 없고 그저 끝없이 아름다운 들판만이 펼쳐져, 자귀나무가 군데군데 진한 남색 그림자를 깊게 드리웠다. 늪이 있고 시냇물이 있고 노랗고 붉은 꽃이 있고, 그 모든 것들 위에 타오르는 하늘이 한 장의 거대한 천개[31]처럼 걸려 있었다.

이 자연에는 험하게 솟은 것도 격한 것도 없었다. 무위의 졸음이 빛나는 초록에 싸여 찬란하게 빛날 뿐이었다. 무언가 무섭고 불길한 불꽃으로 가슴이 타들어 가던 혼다에게 들판은 진정 그 자체였고, 그곳에서는 희생의 피가 흩날리는 대신 순백의 백로가 숲에서 날아올랐다. 그 흰색은 그늘진 깊은 초록 앞을 떠나갈 때 어두워졌다가 다시 분명하게 나타나곤 했다.

앞에 펼쳐진 하늘의 구름은 미묘하게 감겨 있고, 살짝 풀린 끄트머리에서 비단 같은 빛을 발했다. 그 파랑은 끝이 없었다.

자신이 드디어 불교의 영역에 들어간다는 마음이 혼다가 느낀 위안의 큰 부분임은 말할 것도 없다. 설령 그것이 쇠퇴하

---

31 天蓋. 불상 머리 위를 덮는 천장에 매다는 장식물. 산스크리트어로 '차트라'라고 하며 본래 왕이나 귀인이 쓰던 양산이었던 것이 불상을 지키고 장식하는 상징적 도구가 됐다.

여 이미 폐허가 된 불교라 할지라도.

확실히 바라나시에서 강렬한 색깔의 기괴한 만다라[32]를 접한 뒤로 혼다가 꿈꾸는 불교는 한 조각 얼음처럼 여겨졌고, 그는 이 들판의 밝은 고요 속에서 벌써부터 친숙한 불교의 적막을 예감했다.

혼다는 불현듯 귀향자의 감정을 맛보았다. 지금 자신은 힌두교가 살아 지배하는 소란스러운 왕국에서, 비록 쇠퇴하였지만 쇠퇴함으로써 오히려 순수해진 저 친숙한 범종의 나라로 돌아가고 있었다. 절대자에서 귀환하는 마지막을 기다린 부처를 생각하면, 그는 자신이 한 번도 불교에서 절대자를 꿈꾼 적이 없었던 듯한 느낌이 들었다. 혼다가 꿈꾸는 고요한 고향에는 쇠퇴해 사라져 가는 것들을 향한 부단한 친근감이 있었다. 아름답고 푸르게 타오르는 이 하늘 끝에는 이윽고 불교 그 자체의 묘, 망각의 유적이 나타날 것이다. 그것을 보기 전부터 혼다는 다 타 버린 마음을 치유하는 어두운 냉기, 동굴 안쪽 돌의 시원함, 바위틈에서 샘솟는 맑은 물을 깊이 느꼈다.

이것은 일종의 심약함이었다. 색채와 육체와 피가 퇴락한 무시무시한 광경이 그를 다그쳐 한적한 돌로 변한 별개의 종교를 찾게 했을 뿐인지도 모른다. 앞에 보이는 구름의 형태에도 쇠하고 청정한 멸망이 있었다. 아름답게 우거진 나무의 그늘을 봐도 그늘의 환영이 있었다. 하지만 그곳에 사람의 흔적

---

32 산스크리트어로 원, 중심, 본질이라는 뜻. 불법에서 깨달음에 이른 경지, 모든 덕을 갖춘 경지를 가리키며 원과 사각형으로 이루어진 도상으로 이를 나타낸다.

새벽의 사원

은 없다. 이 오전의 절대적 평온, 이 나른한 자동차 엔진음 외에는 아무 소리도 들리지 않는 세계 속에서 창밖으로 유유히 지나가는 들판 풍경은 조금씩 확실하게 혼다의 마음을 고향으로 이끌었다.

어느새 평탄한 들판이 끝나고 가파르게 파인 큰 계곡 가장자리로 나왔다. 그것이 아잔타의 징조였다. 차는 우회로를 돌고 돌아 계곡 바닥에서 면도날처럼 번득이는 와고라강 유역으로 내려갔다.

……차에서 내려 한숨 돌리러 들른 찻집에도 파리가 가득했다. 혼다는 눈앞 창문으로 광장 건너편에 있는 석굴 입구를 바라보았다. 이대로 조급하게 저곳에 들어가면 오히려 지금 바라는 적막을 등지는 꼴이 될 것 같았다. 그림엽서를 사 와서 땀이 밴 손에 만년필을 쥐고 잠시 동안 조악하게 인쇄된 석굴 사진을 이리저리 살펴보았다.

이곳에서 또다시 소음을 예감했다. 의심 가득한 눈빛에 흰옷을 입은 검은 사람들이 앉았다 일어섰다 했고, 광장에서는 기념품 목걸이를 파는 야윈 아이들이 소리를 질렀다. 그 광장에는 노란 햇빛이 구석구석까지 면밀히 퍼졌고 어두운 실내에는 테이블 위에 작고 메마른 오렌지 세 개가 굴러갔다. 거기에 파리가 몰려들었다. 부엌에서 무언가를 튀기는 음식 냄새가 독하게 풍겼다.

그는 엽서를 썼다. 오랜만에 아내 리에에게 보내는 것이었다.

'지금 아잔타 동굴 사원에 구경하러 왔습니다. 이제 들어가 보려고 해요. 눈앞에 있는 오렌지주스는 컵 가장자리에 파리똥이 점점이 붙어 있어 마실 수가 없네요. 하지만 충분히 몸조심하고 있으니 걱정하지 말기를. 인도는 정말 경이로운 나라예요. 신장 건강에 유의하고 있겠죠. 어머니께 안부 전해 주세요.'

이것은 애정의 편지였을까. 그가 쓰는 문장은 늘 이랬다. 마음속에 안개처럼 떠도는 다정함, 그에 더한 귀향의 감정이 갑자기 손에 펜을 쥐게 한 것은 확실하지만 글로 쓰면 꼭 이렇게 건조해졌다.

리에는 몇 년씩 일본에 혼자 남겨 두더라도 혼다가 돌아갈 때마다 배웅하던 때와 똑같이 조용한 미소로 맞아 줄 사람이다. 설령 그동안 귀밑머리에 흰머리가 몇 가닥 늘어났어도 배웅한 얼굴과 맞이한 얼굴이 마치 좌우 소매의 꽃무늬를 합친 것처럼 한 치의 오차도 없이 똑같을 것이다.

가벼운 신장염이 있어 낮달처럼 윤곽이 희미해지긴 해도, 그 얼굴은 이렇게 멀리서 떠올려 보면 정말로 기억 속에 있는 것이 더 어울리는 듯 느껴진다. 물론 이런 여자를 미워할 사람은 아무도 없다. 혼다는 엽서를 쓰면서 마음속 깊이 안도했고 무언가를 향해 감사를 드렸다. 그것은 사랑받는 확신 같은 것과는 전혀 다른 차원의 감정이었다.

거기까지 쓴 혼다는 벗어 놓은 겉옷 주머니에 그림엽서를 넣고 일어섰다. 호텔에서 부칠 생각이었다. 한낮의 광장으로 나간다. 가이드가 자객처럼 바짝 따라왔다.

스물일곱 개의 석굴은 와고라강을 내려다보는 절벽 중간, 암석들이 연이은 곳에 뚫려 있었다. 강, 강가, 강가의 돌이 풀

새벽의 사원

에 섞여 완만한 비탈을 이루는 끝에는, 잡목에 둘러싸여 높이 솟은 절벽 중간을 따라 석굴로 이어지는 허연 돌길이 있었다.

1번 석굴은 예배당(차이티야)이다. 이곳에는 네 개의 예배당과 스물세 개의 승방(비하라) 유적이 있는데 1번 석굴이 그중 하나다.

곰팡내 나는 냉기가 어린 새벽 같은 느낌은 예상과 다르지 않았다. 중앙 안쪽에 있는 커다란 불상이 구두 닦는 수건한 장이 들어갈 만한 폭으로 입구에서 스며드는 석양빛을 받아, 결가부좌 자세의 부드러운 윤곽이 명료하게 드러나 보였다. 천장과 사방의 벽을 덮은 프레스코화를 감상하기에는 빛이 부족해서 가이드가 손전등을 들고 빛의 박쥐가 이리저리 날아다니듯 불안정하게 여기저기를 비추었다. 그러자 혼다가 예상하지 못한 갖가지 번뇌의 그림이 나타났다.

머리에는 금관을 쓰고 허리에 화려한 천을 두른 반라의 여인들이 제각각의 자세로 빛의 테두리 안에 떠올랐다. 그들 대부분은 손에 한 줄기 연꽃을 들었다. 얼굴은 모두 자매처럼 닮았다. 아주 가느다란 눈을 반쯤 뜨고, 그 선을 따라 가느다란 초승달 모양 눈썹이 있다. 영리하고 늠름한 콧날의 냉기가 다소 벌어진 작은 콧방울로 누그러졌다. 아랫입술은 두툼하고 입술 모양은 동여맨 듯이 모아졌다. 모든 것이 혼다에게 방콕의 월광 공주가 성인이 된 모습을 연상시켰다. 어린 공주와 다른 점은 이 그림 속 여인들의 성숙한 몸으로, 유방은 금방이라도 터질 듯한 석류의 색이다. 그 유방에 덩굴이 얽힌 것처럼 금은보석으로 된 정교한 목걸이가 난잡하게 달라붙었다. 또 허리의 곡선을 보이며 기대어 앉은 뒷모습이 있는가 하면 허리에 아슬아슬하게 걸친 천 밖으로 비어져 나올 만큼 풍만한 아랫배를 드러낸 사람도 있다. 어느 여인은 춤을 추고 어느 여인은 죽음이 임박했다…….

그리고 시끄럽게 말하는 가이드의 손전등 빛이 옮겨 갈 때마다 여인들은 차례차례 어둠에 잠겼다.

─1번 동굴을 나오자 격렬하게 징을 울리는 듯한 열대의 햇빛이 방금 본 것들을 곧바로 환영으로 돌려놓았고, 마치 한낮의 잠에서 깨어 비몽사몽한 채로 마음속에서 오랫동안 잊혔던 기억 속 동굴을 하나하나 방문하는 기분이 들게 했다. 현실임을 상기시키는 것은 아래에서 반짝이는 와고라 강물과 강가의 발가벗은 돌들의 풍경이었다.

늘 그러듯 혼다는 가이드의 무신경한 수다를 기피했다. 그래서 가이드는 냉담하게 지나갔고 다른 관광객이 쳐다보지도 않는 횡한 승방 유적에 혼자 남을 때까지 오랫동안 사람들이 지나가도록 내버려 두었다.

아무것도 없기 때문에 외려 자유자재로 환영을 그렸다. 그 승방이 그랬다. 봐야 할 불상이나 프레스코화도 없고 동굴 양쪽에 거무스름한 굵은 기둥이 즐비했으며 중앙 안쪽 유난히 어둠이 짙은 곳에 흐릿한 설교단이 세워졌고, 기다란 돌 탁자 한 쌍이 서로 마주 보도록 안쪽까지 놓였을 뿐이었다. 빛도 상당히 띄엄띄엄 들어오고, 많은 승려가 공부하는 데도 식사하는 데도 쓰는 이 돌 탁자에서 지금 막 바깥 공기를 쐬러 자리를 뜬 듯한 분위기였다.

새벽의 사원

색깔이 전혀 없는 풍경이 혼다의 마음을 편안하게 했다. 자세히 보면 돌 탁자에 조금 팬 자국에 옛날의 붉은색이 사라지지 않고 남아 있었지만.

그곳에 방금까지 누가 있다가 떠났는가?

누가 있었는가?

석굴의 냉기 속에 홀로 있던 혼다는 주위로 밀려오는 어둠이 한꺼번에 속삭이는 느낌이 들었다. 아무런 장식도 색깔도 없는 이 부재가, 아마도 인도에 와서 처음이었을 텐데, 어떤 영묘한 존재에 대한 감정을 불러일으켰다. 쇠퇴하고 사멸하여 아무것도 남지 않았다는 사실만큼 생생하고 새로운 존재의 징후를 피부로 느끼게 하는 것은 없었다. 아니, 그 존재는 이미 형태를 띠기 시작했다. 돌이란 돌에는 다 낀 곰팡이의 냄새 속에서.

마음속에 어떤 것이 형태를 띠려고 할 때의 환희와 불안이 뒤섞인, 이른바 여우가 멀리서 냄새를 맡고 먹잇감에 다가갈 때의 일종의 동물적 감정이 생겨났다. 그것은 확실히 잡을 수는 없지만 마음 깊은 곳에서는 이미 먼 기억의 확고한 손이 붙잡고 있었다. 혼다의 가슴은 기대로 요동쳤다.

승방을 나와 다음 5번 석굴을 향해 바깥 빛 속을 걸어가니 돌길이 크게 꺾이고 새로운 전망이 열렸다. 석굴 앞을 지나가는 길이 바위에 박힌 젖은 기둥들 안쪽을 통과하도록 돼 있었다. 기둥이 젖은 것은 두 줄기 폭포가 앞에 있기 때문이었다. 그 근처에 5번 석굴이 있음을 안 혼다는 그곳과 이곳을 나누는 계곡 너머로 폭포를 바라보기 위해 멈췄다.

두 폭포 중 하나는 바위 위를 달리다 끊기고, 다른 하나는 은빛 새끼줄을 타고 흘러내렸는데, 둘 다 폭이 좁고 날카로운 형태의 폭포였다. 녹황색 암벽을 타고 와고라강에 떨어지는 한 쌍의 폭포가 주변 산에 맑은 소리로 메아리쳤다. 폭포 뒤, 양옆으로 석굴의 어두운 안쪽이 보이는 곳 외에는 환한 초록 자귀나무 숲과 붉은 꽃들이 주변에 자리했고, 쏘는 듯한 물의 광채와 물보라가 일으킨 무지개가 환했다. 혼다의 눈과 폭포를 잇는 일직선을 타고 노랑나비 몇 마리가 오르락내리락했다.

　혼다는 폭포 꼭대기를 올려다보고는 그 아찔한 높이에 놀랐다. 하도 높아서 이곳과 차원이 다른 세계가 그곳에 나타난 것 같았다. 폭포가 미끄러지는 암벽은 이끼와 양치류로 어두운 초록을 띠었지만 산꼭대기와 폭포 꼭대기는 맑은 연두색이었다. 그곳에도 바위가 몇몇 있었지만 풀들의 부드럽고 밝은 초록색은 이 세상 것이 아니었다. 검은 염소 한 마리가 그 풀을 뜯고 있었다. 그리고 풀보다 더 높은 절대적으로 푸른 하늘에 수많은 구름이 빛을 품고 장엄하게 엉겼다.

　소리가 들리는가 싶으면 이 세상의 마지막 무음이 이곳을 지배했다. 침묵에 압도되는가 싶으면 폭포 소리가 난폭하게 되살아났다. 혼다의 귀는 넋을 놓고 정적과 이 물소리를 번갈아 들었다.

　어서 폭포가 물방울을 튀기는 5번 동굴로 가고 싶은 조급함과 발을 붙잡는 경외감이 갈등했다. 분명 그곳에는 아무것도 없을 것이다. 하지만 이때 열에 들떠 있던 기요아키의 한 마

새벽의 사원

디가 혼다의 마음에 물방울처럼 떨어졌다.

"또 만날 거야. 분명히 만나게 돼. 폭포 밑에서."

— 그 뒤로 혼다는 그 폭포가 미와산의 삼광 폭포라고 믿었다. 분명히 그랬을 것이다. 하지만 기요아키가 마지막으로 말한 마지막 폭포는 이 아잔타의 폭포가 틀림없다는 생각이 들었다.

10

혼다를 태우고 인도를 출발한 이쓰이 선박의 난카이호
는 여섯 개의 객실을 갖춘 화물선이었다. 배는 우기가 지나고
벌써 북동쪽의 시원한 몬순 바람이 부는 시암만을 가로질러
메남강 어귀의 빡남을 지난 뒤 조수의 간만을 살펴보면서 방
콕으로 올라갔다. 11월 23일, 하늘은 건조하고 파란 법랑 색이
었다.

그 열병의 땅에서 익숙한 도시로 돌아간다는 안도감. 결코
격렬한 일이 있던 것은 아니지만, 그토록 무서웠던 여행의 기
억을 바닥짐으로 쌓아 두고 혼다는 위쪽 갑판의 난간에 기대
어 있었다. 바닥짐은 정신의 선창 깊은 곳에서 삐걱거렸다.

도중에 태국 해군 군함과 스쳐 지났을 뿐, 야자수와 맹그
로브와 갈대로 뒤덮인 강가는 적막하고 인적도 드물었다. 이
윽고 오른쪽 강가에 방콕이, 왼쪽 강가에 톤부리가 가까워질

즈음 톤부리 강가에 니파 야자수 잎으로 지붕을 인 고상[33] 가옥이 보이고 과수원에서 일하는 사람들의 검은 피부가 빛나는 나뭇잎 그늘 사이로 엿보였다. 바나나, 파인애플, 망고스틴 등을 재배하는 것이다.

등목어가 즐겨 올라가는 베텔 야자수도 이 과수원 한구석에 높이 솟았는데, 혼다는 그것을 보자 그 열매를 베틀후추 잎으로 싸서 씹는 담배로 피우며 입안을 새빨갛게 물들였던 여관들이 떠올랐다. 근대주의자 피분송크람은 이미 그 담배를 금지했다. 그래서 여관들은 수도에서 떨어진 방파인 별궁에서 그 금지의 시름을 달랬을 것이라는 생각이 든다.

노 하나를 저으며 물을 운반하는 배가 많아졌다. 이윽고 상선과 군함의 돛대가 저 너머에서 뒤섞였다. 그곳이 바로 클롱뜨이항, 즉 방콕의 항구였다.

흙색 강물이 석양빛을 받아 이상하게 화사해지며 칙칙한 장밋빛을 띠더니 새어 나온 기름의 무지갯빛으로 더욱 반짝여, 혼다가 인도에서 질리도록 본 나병 환자의 매끄러운 피부를 떠올리게 했다.

배가 항구에 닿자 모자를 흔들며 환영하는 사람들 속에서 이쓰이 물산의 살찐 지점장과 두세 명의 직원, 일본인 회장을 서서히 알아볼 수 있었는데, 지점장 뒤로 숨은 듯이 서 있는 히시카와의 존재가 혼다의 마음을 순식간에 무겁게 만들

---

33 高床. 바닥이 지면과 높게 떨어진 주거 형태로 주로 아시아의 열대 기후 지역에서 찾아볼 수 있다.

었다.

배에서 내린 혼다의 가방을 이쓰이 물산 직원이 받아 들기 전에 옆에 와서 빼앗아 간 사람은 히시카와였다. 그는 지금까지 본 적 없는 비굴하고 부지런한 태도로 혼다를 맞았다.

"어서 오세요, 혼다 선생님. 건강해 보이셔서 마음이 놓이는군요. 인도 여행은 분명 여간 고생이 아니었을 테죠."

이 말은 혼다보다도 지점장에게 아주 실례가 되는 인사인 것 같아 혼다는 대꾸하지 않고 지점장에게 감사를 표했다.

"여행지 곳곳에서 꼼꼼히 배려해 주셔서 놀랐습니다. 덕분에 호화로운 여행을 할 수 있었습니다."

"영국과 미국이 일본 자산을 동결하는 정도로 힘이 약해질 이쓰이 물산이 아님을 이제 아셨겠지요?"

오리엔탈 호텔까지 가는 차 안에서 히시카와는 조수석에서 얌전히 가방을 안고 있었고, 지점장은 혼다가 없는 동안 방콕의 민심이 악화됐다는 이야기를 했다. 영국과 미국의 교묘한 선전에 놀아나 일본에 대한 감정이 아주 험악하니 조심하라는 것이었다. 차창으로 보는 거리에는 왠지 전에는 보이지 않았던 빈민들이 많았다.

"인도차이나[34] 국경에서 당장 일본군이 밀어닥친다는 소문도 있고, 지방 치안이 악화되면서 피난민들이 방콕으로 많이

---

34 중국과 인도 사이에 있는 나라들이란 뜻으로 프랑스 식민지였던 베트남, 라오스, 캄보디아를 가리키는 제국주의 용어였다. 현재는 지리적으로 태국, 미얀마, 말레이시아가 포함되는 대륙부 동남아시아, 또는 동남아시아가 일반적으로 사용된다.

새벽의 사원

흘러들어 왔어요."

하지만 호텔의 영국식 냉담함은 전과 조금도 다르지 않았다. 객실에 짐을 풀고 목욕을 하자 마음이 편안해졌다.

지점장과 직원들은 혼다와 저녁 식사를 하기 위해 커다란 선풍기가 천장에서 천천히 돌아가고 때때로 딱정벌레가 거기에 부딪치는 소리가 나는, 정원을 바라보는 로비의 의자에서 기다리고 있었다.

객실에서 내려온 혼다는 새삼 자기도 속해 있는 '남방 외지에서 온 일본인 신사들'의 안하무인 행동을 유심히 관찰했다. 그들은 너무도 아름다움이 없었다.

왜일까. 혼다는 그 순간 비로소 그들의 추함과 자신의 추함을 깊이 느꼈다고 말하는 편이 맞을 것이다. 이들이 그 아름다웠던 기요아키, 이사오와 같은 일본인이라는 것이 도무지 믿어지지 않는다.

고급 영국산 리넨 옷, 하얀 셔츠, 넥타이까지 흠잡을 데가 없지만 각자 일본 부채를 부산스럽게 부치며 검은 비즈가 달린 부채 끈을 손목에 걸었다. 웃으면 금니가 보이고 모두 안경을 꼈다. 상사가 겸손을 떨며 일과 관련된 자랑을 하고, 하급 직원들은 몇 번이나 들었을 그 이야기를 "역시 그때 지점장은 배짱이라고 할까요, 성실함에서 나온 용기를 보여 줬지요." 하고 똑같은 맞장구를 치며 듣고 있었다. 그러고는 타지에서 온 여자 이야기, 주전론을 이야기하고, 목소리를 낮춰 군부의 난폭함을 이야기하고, ⋯⋯ 모든 것에 열대 지방의 나른한 독경이 반복되는 것 같은 리듬이 깃들어 있고 그 리듬은 꾸며낸

활력과 기묘하게 이어졌다. 몸속 깊은 곳 어딘가가 끝없이 나른하고 땀이 배 가려운데도 잔뜩 굳은 상태로 때때로 마음 한 구석에, 어젯밤 쾌락의 늪에 핀 붉은 수련 같은 질병의 공포를 떠올린다. ……조금 전 객실에서 거울을 들여다봤을 때, 여행 때문에 피로하긴 했지만 혼다는 아직 '그들'의 일원으로서의 자기 얼굴을 또렷이 알아보지는 않았다. 그는 그저 일찍이 정의에 종사했고 그다음에는 정의로 향하는 뒷길을 팔았으며 그 후로 너무 오래 살아 버린 마흔일곱 살 남자의 얼굴을 보았을 뿐이었다.

'나의 추함은 독특하다.'라고 혼다는 엘리베이터에서 로비까지 이어진 붉은 카펫 계단을 내려오면서 빠르게 되찾은 자부심에 기대어 생각했다. '저 장사꾼들과 다르게 어쨌든 나에게는 정의의 전과가 있다.'

— 그날 밤 광둥 요릿집에서 술이 거나해졌을 때 지점장은 히시카와 면전에서 혼다에게 큰 소리로 이렇게 말했다.

"이 히시카와 말인데요, 혼다 선생님께 굉장히 폐를 끼치고 여러모로 감정을 상하게 했다면서 아직도 걱정을 하고 있어요. 반성의 도가 지나쳐서 선생님이 여행을 가신 뒤 '내가 나빴다. 내가 잘못했다.'라고 한탄하는 게 꼭 신경 쇠약에 걸린 듯했지요. 뭐 여러 결점이 있긴 하지만 어쨌든 도움이 되는 사람이라 선생님께 붙여 드렸는데 오히려 폐만 끼쳤다고 생각하면 저도 책임을 느낍니다. 그래서 저희 모두 선생님께 간곡히 부탁드리건대, 떠나시기까지 이제 사오일 남았고(아, 군용기는 확실히 준비해 두었습니다.) 히시카와도 크게 반성하고 앞으로는 선생님 기대에 부응하도록 노력하겠다고 했으니, 관대하게 아량을 베풀어 주실 수 있을까요?"

그러자 히시카와는 테이블 반대편에서 두 손을 모으고는 "선생님, 부디 다그쳐 주십시오. 제가 잘못했습니다." 하며 테이블보에 이마가 닿을 듯이 고개를 숙였다.

이런 상황은 혼다를 몹시 우울하게 만들었다.

지점장의 인사말은 이런 식으로 들린다. 즉 지점장은 좋은 가이드를 붙였다고 지금도 자부한다. 하지만 히시카와의 태도로 짐작할 때, 혼다는 아주 제멋대로인 데다 껄끄럽게 히시카와를 대했던 모양이다. 그렇다고 지금 와서 히시카와를 다른 사람으로 대체하면 히시카와가 상처를 받는다. 아무래도 남은 사오일 동안 히시카와가 참고 일하는 수밖에 없는데, 그러려면 무엇보다 히시카와가 잘못한 셈 치는 것이 상책이다. 그렇게 하면 혼다의 체면도 다칠 일이 없기 때문이다…….

혼다는 순간 분노가 치밀었지만 여기서 자기 고집을 부렸다가는 상황이 더 불리해지리란 것을 바로 알았다. 히시카와가 자기가 '잘못한' 구체적인 내용을 제 입으로 지점장에게 털어놓았을 리는 없고, 또 왜 혼다가 자기를 기피하는지 결코 알지 못하는 점이 히시카와의 특징이다. 그도 나름대로 생각해서 어쨌거나 혼다가 자신을 기피하는 것이 사실이니 그 사태를 어떻게든 만회하려고 움직였을 것이다. 그 점이 교묘하게 지점장을 히시카와 편으로 만들었고 이렇게 무신경한 인사를 혼다에게 하게 한 것이다.

혼다는 이 살찐 지점장의 무신경은 그나마 용서할 수 있었지만 히시카와 자기를 기피함을 알고서 나온 이 뻔뻔하고 예민하기 그지없는 연기, 궁리해서 나온 그 배려의 강요는 용서할 수 없었다.

혼다는 별안간 내일 당장 일본으로 돌아가고 싶었다. 하지만 이 시점에서 일정을 변경하면 다른 사람들 눈에는 히시카와에 대한 유치한 미움으로밖에 보이지 않을 것이 분명하니 그럴 수도 없는 궁지에 몰렸음을 알았다. 처음부터 지나치게 관대했던 만큼 혼다는 더욱더 관대해야 했다.

— 이렇게 된 이상 히시카와를 기계처럼 대하는 방도밖에 없다. 그는 지점장이 터무니없는 오해를 한다며 상냥하게 부인했고, 내일 기념품 구입과 서점 방문, 이별 인사를 하러 장미궁에 가는 준비 등을 전부 히시카와에게 기댈 것이라고 말했다. 그리고 적어도 자신의 감정을 얼마나 능숙하게 속여서 보일 수 있는지 그 기술을 과시한 것 같아 만족을 느꼈다.

— 과연 히시카와의 태도는 바뀌었다.

우선 안내한 곳은 입하량이 적은 채소 가게가 판매대에 물건을 엉성하게 놓고 파는 것처럼 조악하게 인쇄된 영어판, 태국어판 팸플릿을 늘어놓은 서점이었는데, 예전 같으면 히시카와가 태국 문화를 경멸하듯 말했을 테지만 이번에는 아무 말 없이 혼다가 고르게 놔두었다.

태국의 소승불교에 대한 책도 없고 윤회환생에 대한 책은 더더욱 없었다. 그 대신 혼다는 자비 출판으로 보이는 질 나쁜

새벽의 사원

종이로 된 얇은 시집에 마음이 끌렸다. 하얀 표지가 누렇게 바랬고 모서리가 말린 책이었다. 선 채로 영문 서문을 읽어 보니, 1932년 6월 무혈 혁명[35] 후에 거기에 참여한 것으로 짐작되는 청년이 그렇게나 목숨을 걸었던 혁명 이후 찾아온 환멸을 시의 형태로 쓴 책이었다. 우연히도 이사오가 죽은 이듬해에 출판된 시집이었다. 페이지를 넘기니 인쇄가 흐릿해 알아보기 힘들었지만 서툴게 이런 영문이 적혀 있었다.

> 누가 알았을까
> 미래에 바친 청춘의 제물에
> 살아 나온 것은 부패의 구더기뿐
> 누가 알았을까
> 새로운 삶을 약속했던 파편들의 땅에
> 싹튼 것은 독초와 가시나무뿐
> 이렇게 구더기는 금색 날개를 달고
> 독초 밭에 부는 바람은 역병을 퍼뜨리네
> 나라를 근심하는 내 뜨거운 가슴은
> 비 맞는 자귀나무 꽃보다 더 붉은데
> 비가 그친 직후 처마, 기둥, 난간에는
> 전제(專制)의 흰 곰팡이가 피는구나
> 어제의 지혜는 이익의 목욕물에 흐려지고
> 어제의 준재는 비단 가마에 앉아 있네

---

35 각주 5번 쁘리디 파놈용에 대한 옮긴이 주 참조.

그보다 나은 일은 없겠지

까빈 지역, 빠따니 지역

모과나무, 자단나무, 소방목이 무성한 곳

담쟁이덩굴, 가시나무, 담죽이 길을 만들고

햇빛도 비도 내리는 밀림 속

코뿔소, 맥, 들소

때때로 코끼리 떼가 물을 찾으면

내 뼈를 밟아 부수며 지나가겠지

더 나은 일은 없겠지

내 손에 찢어진 주름이 내 목의 붉은 달 원

이슬 맺힌 잡초에서 빛나

누가 알았을까

누가 알았을까

다 여문 노래 한 소절을 부르네

……이 절망적인 정치 시에 혼다는 깊이 감동했고 이만큼 이사오의 영혼을 위로하는 시는 없다고 생각했다. 그렇지 않은가. 이사오는 오랫동안 꿈꾼 유신을 성취하지 못하고 죽었지만 설령 유신을 이루었다 해도 그 후에 그가 더욱 큰 절망을 느꼈을 것임은 의심의 여지가 없다. 실패해도 죽음, 성공해도 죽음. 이것이 이사오의 행동 원리였을 것이다. 하지만 인간의 어려움은 시간 밖에 몸을 두고 두 가지 시간, 두 가지 죽음을 공평하게 비교해서 어느 한 쪽의 죽음을 고를 수 없다는 데 있다. 유신 이후 환멸을 맛본 죽음과 환멸을 맛보지 않고 일

새벽의 사원

찍 맞은 죽음을 대등하게 나열해 고를 방도는 없는 것이다. 일찍 죽으면 이후의 죽음은 불가능하며 늦게 죽으면 이른 죽음이 불가능하기 때문이다. 그래서 사람은 미래에 이 두 가지 죽음을 놓고 선견이 명령하는 대로 어느 한쪽에 뜻을 둘 수밖에 없다. 물론 이사오는 환멸을 맛보지 않고 죽는 쪽을 골랐지만, 그 선견에는 아직 권력의 편린조차 맛보지 않고 알지도 못하는 젊은이가 가진 맑은 물의 지혜가 들어 있었다.

하지만 혁명에 참여하여 성공한 뒤에 급습한 환멸과 절망, 마치 달의 뒤편을 유심히 살펴보고 만 것 같은 그 감회는, 설령 죽음을 원한다 해도 그 죽음을 죽음보다 더한 황량함에서 도망갈 뿐인 것으로 만들지도 모른다. 그래서 아무리 진지한 죽음도 그저 울적한 혁명의 오후에 일어난 병적 자살로 비치는 길을 피할 수 없는 것이다.

이 정치 시를 이사오의 영전에 바치고 싶은 것은 이런 이유에서다. 이사오는 적어도 태양을 꿈꾸며 죽었을 테지만 이 시의 아침은 균열이 생긴 태양 아래 고름 가득한 상처가 벌어진 채다. 우연히 시대를 같이한 이사오의 장렬한 죽음과 이 정치 시의 절망 사이에는 끊어지지 않는 한 가닥 실이 뻗어 있었다. 왜냐하면 사람들이 목숨을 바치면서까지 갈망하는 미래의 환영, 그 가장 선한 환영과 가장 악한 환영, 그 가장 아름다운 환영과 가장 추한 환영은 어쩌면 같은 장소에 있고, 더더욱 무서운 점이지만, 어쩌면 똑같은 것일 수도 있기 때문이다. 이사오가 목숨을 바쳐 꿈꿨던 것은 그 선견이 현명하면 현명할수록, 그리고 그의 죽음이 지순하면 지순할수록 이 정치 시가 말하는 절망 그 자체에 가깝다고 말할 수 있지 않을까.

이런 생각을 하는 자신에게 물론 그 거대한 인도가 그늘을 드리우고 있음을 혼다는 느꼈다. 인도는 그의 생각에 몇 겹씩 겹쳐진 연꽃잎 같은 구조를 부여했고 더 이상 상쾌한 일직선의 사고에 머무르기를 허락하지 않았다. 판사직을 내던지면서까지 이사오를 도우려고 했던 자신에게는(설령 기요아키를 돕지 못했다는 강한 후회가 그때 작용했다고 해도) 어쩌면 생애 단한 번일지도 모를 이타와 헌신이 있었지만, 이사오를 헛되이 잃은 뒤로는 환생 속에서 뒤집힌 이상을 점치고 윤회 밖에서그 끝을 내다보는 일 말고는 달리 할 수 있는 것이 없었다. 그리고 '인간적인' 감정을 가지기 어려워진 혼다의 가슴에 마지막 암시를 준 것이 그 무서운 인도였다.

성공하든 실패하든 늦든 빠르든 언젠가는 찾아올 환멸에대한 선견은 그것만으로는 아무런 선견도 아니다. 그저 흔한비관주의의 견해일 뿐이다. 중요한 것은 단 하나. 행동을 동반하는, 죽음을 동반하는 선견이다. 이사오는 그것을 훌륭하게이뤄 냈다. 그런 행동으로만 시간의 여기저기에 세워진 유리벽, 사람의 힘으로는 결코 넘을 수 없는 그 유리벽을 통해 건너편에서 이쪽을, 이쪽에서 건너편을 균등하게 비추어 볼 수있다. 갈망에서 동경에서 꿈에서 이상에서, 과거와 미래가 대등지고 동일해진다. 즉 평등해진다.

이사오가 죽는 순간에 과연 그런 세계를 엿보았는지 아닌지는 혼다도 노년이 가까워질수록 죽는 순간에 볼 무언가를찾아야 하기에 결코 등한시할 수 없는 질문이었는데, 적어도 그 순간에 실재하는 이사오와 가상의 이사오가 눈을 마주 보고, 이쪽의 선견은 아직 보이지 않는 맞은편의 빛을 생생하게 붙잡고, 또 맞은편의 눈은 이쪽을 비추어 보며 무한히 갈망하고, 획득된 무언가는 아직 획득되지 않은 무언가를 동경하며 자기를 향해 과거에서 오는 갈망의 빛을 생생하게 붙잡았을 것이 확실했다. 두 개의 생이 두 번 다시 되돌릴 수 없는 두 가지 현상을 통해 그 유리벽을 관통해 이어진다. 이사오와 이 정치 시인은 삶을 지나간 끝에 죽음을 동경하는 시인과, 삶을 지나감을 거부하고 죽어 버린 젊은이 사이의 영원한 순환을 암시한다. 그렇다면 그들이 각자의 방법으로 의지하고 희망한 것들은 어떻게 되었나. 역사는 결코 인간 의지로 움직이지 않지만 인간 의지의 본질은 역사에 관여하려 하는 의지라는 생각이 소년 시절 이후 혼다가 일관되게 지켜 온 지론이었다.

……그런데 가장 좋은 이별의 선물일 이 시집을 어떻게 이사오의 영혼에 바칠 수 있을까.

이대로 일본으로 가져가서 이사오의 묘에 바치면 좋을까. 아니, 이사오의 묘 역시 텅 비었음을 혼다는 알고 있다.

그렇다. 월광 공주에게 바치면 좋을 것이다. 그렇게나 확고하게 이사오의 환생임을 주장하는 그 어린 공주에게 바치면 좋을 것이다. 그것이 가장 직접적이고 빨리 전달하는 우편일 것이다. 시간의 벽을 거뜬히 관통하며 오갈 수 있는 발 빠른 우체부는 자신이다.

하지만 겨우 일곱 살인 공주가 아무리 명석하다 해도 이 시의 절망을 이해할 수 있을까. 게다가 이사오의 환생이 이번에는 굉장히 분명한 형태를 띠었기 때문에 혼다는 외려 일말의 의문이 들었다. 첫째, 공주의 사랑스러운 거무스레한 옆구리에는 그렇게나 밝은 햇빛 아래에서도 세 개의 검은 점이 보이지 않았다…….

— 인도 기념품으로 산 질 좋은 사리와 이 시집을 바치기로 결정하고 히시카와에게 장미궁에 연락해 달라고 부탁한 혼다는 사흘 뒤, 지금 국왕이 부재해서 닫혀 있는 차크리 궁전을 월광 공주가 특별히 개방하여 '왕비의 거실'에서 알현을 허락하겠다는 뜻을 전달받았다.

하지만 여관들의 엄격한 조건이 있었다. 혼다가 인도를 여행하는 동안 그가 태국으로 돌아오기를 한없이 기다린 공주가, 언젠가 일본으로 귀국하는 날 함께 가겠다고 고집을 피우며 어서 여행 채비를 하라고 보채는 통에 채비하는 시늉을 하고 있을 정도이니, 알현 자리에서는 귀국일은 물론 귀국이라는 말조차 하지 말고 되도록이면 이대로 태국에 영원히 살 것처럼 꾸며 달라는 것이었다.

새벽의 사원

11

귀국 전날의 아침도 구름 한 점 없이 맑았지만 바람이 불지 않아 몹시 더웠다.

넥타이와 재킷을 갑갑하게 입은 혼다와 히시카와는 오전 10시인 알현 시각에 맞추기 위해 9시 40분쯤 위병소 앞을 지나갔다.

1882년에 쭐랄롱꼰 왕이 세운 이 궁전은 이탈리아 건축가가 네오바로크 양식과 태국 양식을 절묘하게 혼합한 화려한 디자인이었다.

열대 지방의 푸른 하늘을 뒤로하고 높이 솟은 건물은 환상적일 정도로 정교한 전면을 보여 주었다. 그 빛과 공들인 장식에 올려다보면 현기증이 날 것 같은 전면은 아무리 유럽식으로 만들어졌다 해도 열대 아시아 건축 특유의 매혹과 황홀을 지니고 있었다. 좌우에서 완만하게 올라가는 대리석 계단 입구를 청동상이 지키고 있고, 그렇게 도착한 정문은 로마의 신전처럼 아치 위의 엄숙한 곡선 페디먼트[36]에 화려한 색으로 그려진 왕의 초상화가 걸려 있었다. 여기까지는 대리석과 양각 조각과 금으로 장식한 순수 서양식 네오바로크로 채워졌지만, 한 층 더 올라가면 복숭아색 대리석으로 만든 코린트 양식 기둥이 늘어선 회랑 중앙으로 흰 바탕에 적갈색과 금색의 격자무늬가 들어간 천장이 희미하게 보이는 태국식 누각이 배의 망대처럼 당당하게 솟아 있고, 맞배지붕에는 아크리 왕조의 가지형 촛대 같은 문양이 새겨졌다. 위층은 불꽃 장식이 달린 황금 첨탑 꼭대기까지 높이높이 금색과 붉은색이 섞인 복잡한 순수 태국 양식 솟을지붕들이 무희의 성난 어깨 같은 치미를 겹쳐 쌓으며 푸른 하늘로 향했다. 그 모습은 마치 차크리 궁전 전체 구조가 견고하고 이성적인 유럽식 차가운 기초를 쓸데없이 복잡하고 쓸데없이 색깔이 화려한, 고귀하고 광기 어린 왕족의 열대식 몽상으로 무너뜨릴 계획이 있지는 않았나 하는 상상을 불러일으켰다. 마치 잠든 왕자의 위엄 있고 차갑고 하얀 가슴에 날카로운 손톱과 부리를 가진 꿈속 악마가 금색과 붉은색의 날개를 곤추세우고 덤벼드는 것 같았다.

"이건 아름다운 건가요?"

멈춰 서서 위를 올려다본 히시카와는 얼굴에 방울져 흐르는 땀을 닦으며 말했다.

---

36 Pediment. 주로 고대 그리스 건축에서 볼 수 있는 정면 위에 있는 장식으로 삼각형이나 곡선, 가운데가 잘린 형태 등이 있다.

혼다는 히시카와의 나쁜 습관이 오랜 발작처럼 슬슬 다시 살아나고 있음을 느꼈다. 그 첫 징후를 봤다면 곧장 따끔하게 반격하는 것이 친절이라 할 것이다.

"아름답든 아름답지 않든 무슨 상관입니까. 우리는 그저 초대받은 대로 알현을 왔을 뿐이지 않습니까."

예상하지 못한 혼다의 퉁명스러움에 히시카와는 겁먹은 눈으로 바라보며 아무 말도 하지 않았다. 혼다는 왜 방콕에 처음 왔을 때부터 이렇게 유효한 방법을 쓰지 않았는지 후회스러웠다.

경호 장교가 두 사람을 안내하러 와서는 오랫동안 닫혀 있던 궁전을 월광 공주의 변덕 때문에 일시적으로 개방하느라 얼마나 번잡하게 준비해야 했는지를 내비쳐서, 이번에는 히시카와의 눈짓에 충실히 응해 혼다는 적당한 돈을 재빨리 장교의 호주머니에 찔러주었다.

— 커다란 문을 열고 들어가자 검은색, 흰색, 회색이 얼룩덜룩한 대리석 모자이크 바닥 위에 마호가니로 테두리를 두른 로코코식 의자 스무 개 정도가 어두운 홀에 놓여 있었다. 눈에 익은 여관이 곧바로 장교에게서 두 손님을 맞이하여 오른쪽 큰 문 안쪽으로 안내했다. 그곳은 천장이 높고 빛도 잘 들어오는 순수 유럽식의 넓은 궁전 홀로, 상들리에가 드리워지고 이탈리아식 대리석에 꽃무늬를 상감한 탁자가 몇 개 있었으며 그 주위에 금색과 붉은색으로 된 루이 15세 양식[37] 의

---

37 루이 15세(1715~1774) 시대에 등장한 건축 및 장식 예술 양식으로 로

자가 놓였다.

　벽에는 쭐랄롱꼰 왕의 네 왕비와 어머니의 실물 크기 초상화가 걸려 있었는데, 그 네 왕비 중 세 명이 자매라고 히시카와는 말했다. 초상화는 모두 빅토리아 시대 기법으로 그려졌고 외국인 화가의 정성스러운 봉사의 흔적을 보였다. 특히 얼굴 묘사는 화가의 양심과 아첨, 진심과 악의, 이 정도는 있는 그대로 그려도 될까 하며 주뼛거리는 대담함과 후안무치한 거짓말이 서로 침범하는 물가 같은 양상을 띠었다. 왕가 사람들답게 약간 침울한 기품이 거무스레한 피부의 침울한 육감과 어울렸고, 그에 더해 의상이나 배경의 열대 지방 분위기가 이렇게나 사실적인 그림에 저절로 환상이 번지게 했다.

　왕의 어머니는 테프 시린이라고 하는 체구가 작은 귀부인으로, 이 사람의 얼굴이 가장 어둡고 야만적인 위엄을 간직하고 있었다. 혼다는 초상화 하나하나를 보며 천천히 걸었고, 네 왕비 중 첫 번째 아내 프라판피 왕비가 세 자매 중 막내라고 히시카와가 설명했다. 그 언니인 소왕 와타나, 큰언니인 스난타와 서로 비교하면 누가 보더라도 가장 아름답게 느껴질 사람이 스난타 왕비였다.

　스난타 왕비의 초상화는 방 한구석에 있어서 반은 그늘에 가려졌다. 창문 옆에 있는 탁자에 한 손을 올리고 서 있는 모습으로, 창밖으로 보이는 희미한 푸른 하늘에는 저녁 구름이

코코 양식으로도 불린다. 꽃, 잎처럼 자연물에서 영감을 얻은 무늬와 곡선을 사용한 점이 특징이다.

새벽의 사원

떠 있고 나무에 오렌지가 풍성히 달렸다. 탁자에는 작은 연꽃 한 송이를 꽂은 칠보 꽃병, 금 술병과 술잔이 놓였다. 왕비는 금색 파눙 아래로 아름다운 맨발을 드러내고 복숭아색 자수 가 놓인 겉옷 어깨에 넓은 띠를 두르고 가슴께에 커다란 훈장 을 빛내며 한 손에 상아 부채를 들었다. 그 부채의 술도, 카펫 도 저녁노을 같은 붉은색이다.

혼다의 마음을 끈 것은 다섯 장의 초상화 중에서 가장 사 랑스럽고 아름다운 그 작은 얼굴이, 여물어 터질 것 같은 두 툼한 입술, 다소 엄격한 눈빛, 그리고 단발 머리 모양까지 월 광 공주를 생각나게 한다는 점이었다. 계속 보고 있자니 그 닮 음은 허물어졌지만, 잠시 뒤에 그 그림을 덮은 저녁 어스름처 럼 어디인지 모를 실내 사방에서 다시 솟아나더니, 이윽고 부 채를 쥔 작고 검은 손의 민첩한 손가락, 탁자를 짚은 흰 손가 락의 곡선 등에 다시 닮은 인상이 침투해 결국 엄격한 눈빛과 입술까지 월광 공주와 꼭 닮은 것처럼 여겨졌다. 하지만 그렇 게 정점에 달한 닮음은 다시 모래시계의 모래처럼 끝없이 허 물어지기 시작했다.

그 순간 안쪽 문이 열리더니 이전에 본 세 명의 여관이 공 주를 호위하며 나타났다. 혼다와 히시카와는 자리에서 일어나 깊이 예를 표했다.

방파인 궁전 나들이가 마음을 풀어지게 한 듯 여관들은 기쁨의 환호를 지르며 혼다에게 달려가는 공주를 막지 않았 다. 히시카와는 공주가 주변에 마구 튀기듯이 소리치는 말들 을 뿌려진 콩을 바쁘게 쪼아 먹는 비둘기처럼 주워서 혼다의 귀에 속삭였다.

"긴 여행이었네요…… 나는 외로웠어요…… 왜 편지를 더 보내지 않았나요…… 태국하고 인도 중에 어디가 더 코끼리가 많나요…… 나는 인도에는 가고 싶지 않지만 일본으로는 얼른 돌아가고 싶어요……."

그러고는 공주는 혼다의 손을 잡고 스난타 왕비의 초상화 앞으로 가서 "이분이 나의 할머니예요." 하고 자랑스럽게 말했다.

"이 아름다운 초상화를 혼다 씨에게 보여 주고 싶어서 차크리 궁전으로 초대했습니다." 하고 제1여관이 옆에서 덧붙였다.

"하지만 나는 이 스난타 왕비에게서 몸만 물려받았어요. 마음은 일본에서 왔으니 엄밀히 말하면 몸을 여기에 남겨 두고 마음만 일본으로 돌아가야 해요. 하지만 그러려면 죽어야 하잖아요. 그러니 몸도 같이 일본으로 가는 수밖에 없어요. 어린아이가 어디에 가든 소중한 인형을 꼭 끌어안고 있듯이. ……알겠나요, 혼다 씨? 당신이 보고 있는 귀여운 내 모습은 사실 내가 안고 있는 인형일 뿐이에요."

물론 공주의 천진난만한 말투로 보아 히시카와의 통역처럼 조리 있게 말한 것 같지는 않다. 하지만 진지하게 말하는 공주의 맑은 눈빛은 통역되기 전부터 혼다의 마음을 전율하게 했다.

"인형이 하나 더 있어요." 하고 공주는 여전히 어른들 생각은 상관하지 않고서, 이번에는 슥 멀어지더니 격자 창문으로 햇빛이 비쳐 드는 홀 중앙으로 뛰어가 가슴이 겨우 닿을 만한

새벽의 사원

높이의 테이블로 갔다. 상감한 자리에 다소 틈이 생긴 복잡한 꽃무늬를 덩굴에서 꽃으로 하나하나 손가락으로 따라가는 데 열중하며 "나와 아주 닮은 인형이 스위스 로잔에 있는데 그건 내 언니예요. 하지만 언니는 인형이 아니에요. 언니는 마음도 몸도 태국인이고 나처럼 원래 일본인은 아니었어요." 하고 노래하듯이 말했다.

혼다가 선물한 사리와 시집을 공주는 기쁘게 받았지만 시집은 책장을 조금 넘겨 보고 말았다. 공주는 아직 영어를 읽을 줄 모른다고 여관 중 한 명이 안타깝다는 듯이 말했다. 혼다의 시도는 헛된 일이 됐다.

이 굉장히 가정적이지 않은 공간에서 혼다는 공주의 재촉에 잠시 동안 인도 이야기를 들려주었는데, 가만히 빠져 듣는 눈에 눈물이 어리고 말할 수 없는 슬픔의 색이 묻어나는 것을 보자 내일 귀국한다는 사실을 숨기는 것이 마음 아팠다.

언제 다시 공주를 만날 수 있을까. 성장한 공주는 분명 아름답겠지만 그때 만날 수 있는 기회가 있을지 없을지 알 수 없다. 어쩌면 오늘이 월광 공주를 보는 마지막 날인지도 모른다. 환생의 신비도 오후의 열대 정원을 지나가는 한 마리 나비의 그림자처럼 공주의 기억에서 사라지고, 혼다에게 인사도 없이 자결해 버린 이사오가 마음에 남은 사과의 말을 전하고자 미친 어린 공주의 입술을 빌렸을 뿐인지도 모른다. 그렇게 생각해야 마음 편히 방콕을 떠날 수 있다.

하지만 혼다의 이야기를 들으며 점점 눈물에 젖어 가는 공주의 눈은 분명 이별을 예감하고 있었다. 어린아이가 좋아할 만한 우스꽝스러운 이야기를 골라서 했는데도 커다란 눈동자 속에 고인 슬픔은 깊어지기만 했다.

혼다는 한 구절씩 끊어서 말하고 히시카와는 몸짓과 손짓을 섞어 가며 그 말을 통역했다. 갑자기 공주가 눈을 찢듯이 크게 떴다. 여관들이 한꺼번에 험악한 눈빛으로 변하더니 혼다를 노려봤다. 무슨 일이 일어났는지 혼다는 알 수 없었다.

공주는 갑자기 날카로운 비명을 지르며 혼다에게 매달렸고 여관들은 일어나 공주를 떼어 놓으려고 안간힘을 썼다. 공주는 혼다의 바지에 얼굴을 묻고 무어라고 소리 지르며 울부짖었다.

요전과 같은 아수라장이 다시 시작됐다. 여관들은 혼다에게서 겨우 공주를 떼어 놓고 혼다에게 '도망치라'는 신호를 보냈고, 그 신호를 히시카와가 통역했을 때 혼다는 또 울부짖는 공주에게 붙잡힐 뻔했다. 탁자 사이, 의자 사이를 빠져나가는 혼다를 공주가 울면서 뒤쫓고 그 공주를 여관들이 세 방향에서 다시 뒤쫓았다. 루이 15세 양식 의자들이 어수선하게 바닥에 쓰러지고 넓은 궁전 홀은 술래잡기 놀이터가 됐다.

마침내 홀을 빠져나온 혼다는 대기실을 지나 정문을 나왔고, 대리석 계단을 뛰어 내려갈 때 등 뒤 궁전의 높은 천장에 울리는 공주의 울음소리에 멈칫했으나 "얼른 도망치세요. 뒷일은 여관들이 어떻게든 하겠다고 했으니 어서요." 하고 히시카와가 재촉해서 땀범벅이 되어 넓은 앞뜰을 뛰었다.

차가 달리기 시작하자 아직 숨을 헐떡이는 혼다에게 히시카와가 말했다.

새벽의 사원

"실례했습니다. 많이 놀라셨죠?"

"놀라긴요. 매번 있는 일이잖아요."

혼다는 커다란 흰 손수건으로 땀을 닦으며 옷매무새를 가다듬었다.

"선생님은 아까 '인도에서 비행기로 돌아오고 싶었지만 좌석이 없어서 군용기로 왔다.'라고 공주에게 말씀하셨지요?"

"그렇게 말했습니다."

"제가 그걸 잘못 통역해서 무심코 속마음이 나와 '이제 곧 일본으로 돌아가는데 군용기에는 당신의 좌석이 없으니 데리고 갈 수 없다.'라고 말했어요. 그랬더니 '가는 걸 원치 않아요.' '부디 날 데리고 가세요.'라면서 그런 소란이 일어난 겁니다. 여관들은 약속 위반이라며 노려보고, 거참, 제 잘못이니 어떻게 사과해야 할지 모르겠네요."

히시카와는 태연한 얼굴로 변명했다.

12

일본과 태국 간 정기 항공로는 작년, 그러니까 1940년에 개통됐으나 일본이 장제스에 대한 물자 원조를 금지하기 위해 인도차이나에 감시위원을 파견하자 그곳도 완전히 힘을 잃어, 기존에 있던 타이베이-하노이-방콕 항공로에 더해 사이공을 경유하는 남쪽 우회로가 개통되었다.

그것은 대일본항공주식회사가 운영하는 민간 항공이었다. 그런데 이쓰이 물산은 귀한 손님을 대우할 때 승객의 편의는 좋지 않더라도 속도가 빠르고 엔진도 우수한 군용기에 몰래 태우는 것이 멋있는 방식이라고 생각하는 듯했다. 마중 나가는 사람에게도 중요한 임무라는 인상을 줄 수 있고 더불어 이쓰이 물산이 군에 위세가 있음을 보여 줄 수 있기 때문이다.

혼다는 열대의 풍경을 떠나는 것이 아쉬웠다. 금색 불탑이 초록 밀림 사이로 작아지자 자신이 그곳에서 맛본 환생의 조우가 전부 한 편의 동화, 하룻밤의 꿈처럼 느껴진다. 그렇게나 환생의 증거가 갖추어졌는데도 월광 공주가 지나치게 어린 탓에 모든 것이 아이들 노래의 슬픔, 기쁨에 섞여 버렸고, 기요아키나 이사오와 달리 생의 일련의 흐름, 그 급류의 귀결을 보지 못한 공주는 그저 호기심에 찬 여행객의 눈앞을 지나간 광기 어린 꽃마차 한 대나 다름없었다.

기적에도 일상이 필요하다니 이상한 일이었다! 혼다는 비행기가 일본에 가까워질수록 그곳에는 이제 기적을 벗어난 일상만 남아 있음에 안도했다. 그는 이미 이성의 법칙뿐 아니라 감정의 질곡마저 잃었다. 월광 공주와 이별할 때조차 특별히 슬프지 않았고, 다가오는 전쟁에 대해 침을 튀겨 가며 논하는 군인들을 기내에서 보고도 시끄럽게 느끼진 않았지만 감흥 역시 없었다.

마중 나온 아내를 보고 혼다는 물론 그리움을 느꼈지만, 예상한 대로 일본을 나올 때의 자신과 돌아올 때의 자신이 그 약간 붓고 졸린 듯한 하얀 얼굴을 매개로 곧바로 하나가 됨을 깊이 느꼈다. 두 시점의 간극이 없어지고, 여행이 남긴 깊고 붉은 상처는 형체도 없이 사라진 듯했다.

"돌아오셨어요."

아내는 마중 나온 사람들 뒤에 서서 수수한 캐시미어 숄을 어깨에서 끌어내리고, 늘 미용실에서 해 주는 마무리가 마음에 안 들어 집에 오면 급히 자기 손으로 헝클어뜨리곤 하는 퍼머넌트 웨이브, 그렇게 헝클어진 모양마저 눈에 익은 앞머리를 혼다의 코앞에 내밀며 인사했다. 머리에서 탄내 비슷한 약품 냄새가 조금 났다.

"어머니는 건강하세요. 그래도 밤은 추운데 감기 걸리시면 안 되니 집에서 기다리고 계세요."

혼다는 물어보지도 않았는데 시어머니의 소식을 전하는 리에의 말에서 조금도 의무적인 어조가 느껴지지 않아 마음이 부드러워졌다. 생활은 그래야 했다.

집으로 가는 차 안에서 "내일이라도 바로 백화점에 가서 인형을 사다 줄 수 있어요?" 하고 혼다가 말했다.

"네?"

"태국에서 만난 어린 공주에게 일본 인형을 보내 주겠다고 약속했거든요."

"평범한 단발머리 여자 인형이면 되겠지요."

"그래요. 너무 크면 뭣하니까 이 정도 크기가 좋겠어요."

혼다는 가슴과 배 근처에 양손을 펼쳐 길이를 어림해 보였다. 변성남자[38]를 뜻하는 남자 인형이 좋을까 생각하기도 했지만 그것도 부자연스러운 것 같아 그만뒀다.

혼고에 있는 저택 현관에서 어머니는 세로무늬 옷을 입고 쇠약한 어깨를 움츠리며 아들을 맞이했다. 짧은 머리를 집요할 만큼 검게 염색하고 금테 안경의 가는 다리를 머리카락 위로 귀에 걸치는 것을 혼다는 그러지 말라고 조언해 드릴 생각이었지만, 그럴 때마다 늘 적절한 상황이 아니었다.

---

38 變成男子. 여성이 남성으로 다시 태어나야 성불할 수 있다는 뜻. 초기 대승불교에서 보이는 주장이나 여성 재가 불자가 설법하는 경전인 『승만경』 등 후일 비판하는 경전이나 교리가 생겨났다.

어머니와 아내의 시중을 받으며 여전히 넓고 어둡고 추운 집 안쪽을 향해 다다미 복도를 걸어갈 때, 혼다는 자기 걸음이 집에 돌아온 아버지의 걸음과 어느새 비슷해졌음을 깨달았다.

"다행이구나. 전쟁이 일어나기 전에 돌아와서. 나는 정말로 조마조마했어."

예전에 애국부인회의 열성 회원이었던 어머니는 차가운 밤바람이 부는 복도를 숨차게 걸으며 말했다. 늙은 어머니는 전쟁이 무서웠다.

— 이삼일 쉰 후 혼다는 마루노우치 빌딩에 있는 사무실로 출근했고 바쁘지만 평온한 나날들이 시작됐다. 일본의 겨울이 그의 이성을 급격하게 깨웠다. 이성은 마치 동남아시아 여행에서는 볼 수 없었던 겨울 철새, 일본에 돌아온 그의 마음이 얼어붙어 있는 만으로 날아온 학 같았다.

12월 8일 아침, 침실에 있는 그를 깨우려고 아내가 들어와서는 "평소보다 일찍 깨워서 미안해요."라고 나직이 말했다.

"무슨 일이에요?"

어머니의 건강에 이상이 생겼나 싶어서 그는 바로 일어났다.

"미국과 전쟁이 시작됐어요. 지금 라디오 뉴스가……."

리에는 여전히 일찍 깨운 것을 사과하는 듯한 어조로 말했다.

— 그날 아침은 사무실도 진주만 공격 뉴스에 들끓어 일할 분위기가 아니었다. 젊은 여성 직원들이 채 억누르지 못한 웃

음을 연신 터뜨리는 것을 보고 혼다는 여자들이란 애국적 환희와 육체적 환희를 섞어서 표현할 줄밖에 모르는 걸까, 하고 의아하게 생각했다.

점심시간이 왔다. 직원들은 같이 황궁 앞에 가자며 의견을 나눈다. 혼다는 사람들을 보낸 뒤에 사무실을 잠그고 식후에 혼자 산책을 나갔는데, 자연스럽게 니주바시(二重橋) 앞 광장으로 발길이 향했다.

마루노우치 부근에 있는 사람들 모두 같은 생각을 했을 것이다. 넓은 보도가 사람들로 붐볐다.

'나는 마흔일곱 살이다.' 혼다는 생각했다. 젊음도 힘도 순진무구한 정열도, 몸과 정신 어느 쪽에도 남아 있지 않았다. 앞으로 십 년쯤 지나면 죽음을 준비해야 할 것이다. 하지만 자신이 전쟁에서 죽을 일은 없다. 혼다는 군에 몸담은 적도 없고, 있다 해도 전쟁에 소집될 우려는 없었다.

젊은이의 용감한 애국 행위에 멀리서 박수를 보내면 되는 나이이다. 하와이까지 가서 폭격했다니! 그것은 그의 나이와 결정적으로 동떨어진 눈부신 행위였다.

동떨어진 것은 나이뿐일까. 결코 그렇지 않다. 혼다는 원래 행동을 하려고 태어난 사람이 아니었다.

그의 인생은 누구나 그러듯 죽음에 한 걸음 한 걸음 다가갔지만, 그는 원래 걸을 줄만 아는 사람이었다. 달린 적이 없었다. 다른 이를 도우려고 한 적은 있지만 도움을 받아야 할 만큼 위기에 처한 적은 없었다. 구원받을 자격의 결여. 무심코 손을 뻗어 자기도 소중히 여기는 어떤 빛나는 가치를 구해야 한다는 그런 위기감을 누군가에게 느끼게 한 적이 없었다.(그 것이야말로 매혹이 아닐까.) 유감이지만 그는 그런 매혹이 결여된 자립적 인간이었다.

진주만 공격에 대한 열광에 혼다가 질투를 느꼈다고 한다면 과장이다. 그저 그는 이후로 자기 인생이 결코 빛나는 일 없이 끝날 것이라는 이기적이고 우울한 확신의 포로가 됐다. 지금까지 한 번도 그렇게 빛나는 일 따위 진심으로 희망한 적이 없는 그가!

하지만 인도 바라나시의 환영이 떠오르면 아무리 장렬한 영광도 퇴색해 보이는 것은, 환생의 신비가 그의 마음을 시들게 하고 용기를 빼앗고 모든 행동이 무효라는 생각이 들게 하고…… 결국 그 모든 철학을 자기애에만 쓰게 했기 때문일까. 터지는 불꽃을 피해 한쪽에 서 있는 사람처럼 혼다는 사람들의 열광이 자기 마음을 외려 무한히 움츠리게 하는 것을 느꼈다.

니주바시 앞에 모인 사람들의 국기와 만세 소리는 멀리서도 보이고 들렸다. 혼다는 넓은 자갈밭을 사이에 두고 그들과 떨어져 황궁 해자 기슭을 덮은 마른 풀과 겨울 소나무의 색을 멀리서 바라보았다. 코트 호주머니에 양손을 찔러 넣고 서 있는 그의 옆으로 남색 사무직 유니폼을 입은 두 여자가 손을 잡고 소리 내어 웃으며 뛰어갔다. 웃을 때 얼핏 보인 하얀 치아가 겨울 햇빛에 반짝였다.

활 모양으로 아름다운 겨울의 입술, 스쳐 가며 맑은 공기 속에 순간적으로 생기 있고 따뜻한 균열을 만드는 여자의 입술, ……폭격기에 탄 용사들도 때때로 분명 이런 입술을 꿈꿀 것이다. 청년이란 늘 그런 법이니까. 가장 격렬한 것을 좇으면서 가장 온순한 것에 끌린다. 그 온순한 것이란 혹시 죽음이 아닐까. ……혼다 자신도 일찍이 청년이었다. 다만 결코 죽음에 끌린 적 없는 '유능한 청년'.

그때 혼다의 눈에는 겨울 햇빛을 받은 넓은 자갈밭이 갑자기 아득한 들판으로 보였다. 삼십여 년 전에 기요아키가 보여준 러일전쟁 사진집 속 '도쿠리사 부근 전사자 추모식' 사진이 기억 속에 생생하게 떠올라 눈앞의 광경과 겹쳐지더니 끝내 가득 메웠다. 그것은 전쟁의 끝이고 이것은 전쟁의 시작이었다. 어쨌든 그것은 불길한 환영이었다.

멀리 안개 낀 완만한 산들이 왼쪽으로 넓은 들판을 펼치며 서서히 높아지는데, 오른쪽 저편의 산들은 듬성듬성 서 있는 작은 나무와 함께 흙먼지 낀 지평선으로 사라지고, 이어서 산 대신 서서히 오른쪽으로 높아지는 나무들 사이로 노란 하늘이 엿보인다…….

이것이 그 사진 속 배경이었다. 화면 한가운데에는 작은 나무 묘표와 흰 천이 휘날리는 제단과 그 위에 놓인 꽃들이 보이고, 수천 명의 군인이 이를 둘러싸고 고개를 숙였다.

혼다의 눈은 이 환영을 확실히 보았다. 다시 만세 소리와 선명한 국기의 물결 속으로 돌아왔다. 하지만 그 광경은 말할 수 없는 슬픔으로 가득한 감명을 혼다의 마음에 남겼다.

13

— 전쟁 중에 혼다는 여가 시간을 오로지 윤회환생 연구에 쏟으며 이런 시대착오적인 책을 찾아다니는 기쁨을 맛보았다. 신간 서적이 시시해질수록 전쟁 중 헌책방 먼지 더미를 누리는 호사는 커졌다. 시대를 초월한 지식과 취미가 공공연하게 팔리는 유일한 장소다. 그리고 세상의 물가 상승에 영향을 받지 않는 것은 수입서, 국내서 모두 마찬가지였다.

혼다는 이 헌책들에서 서양의 윤회환생설을 많이 배웠다.

기원전 5세기 이오니아의 철학자 피타고라스의 설이 유명한데, 피타고라스의 윤회설은 그에 앞서 기원전 7세기에서 6세기까지 그리스 전역을 휩쓸었던 신비주의 종교 오르페우스의 영향을 받았다. 오르페우스교는 이백 년 동안 전란과 불안을 통과하며 여기저기에 광기의 불을 지폈던 디오니소스 신앙의 후예다.

디오니소스 신이 아시아에서 왔고 그리스 각지에서 대지의 여신 숭배 및 농업 의례와 결합됐다는 사실은 원래 이 두 원천이 하나였음을 암시하며, 현재 더욱 생기 넘치는 대지의 여신의 모습은 혼다가 캘커타 칼리가트 사원에서 본 바다. 디오니소스는 그리스 북부 트라키아에서 와서 겨울에 함께 죽고 봄에 함께 소생하는 자연의 생명 순환을 체현했다. 아무리 명랑하고 방탕한 모습을 가장해도 디오니소스는 저 요절한 아름다운 젊은이들, 아도니스가 대표하는 젊은 곡식 정령들의 선구자였다. 아도니스가 아프로디테와 어김없이 만나듯이 디오니소스도 이후 각지의 신비 의례(뮈스테리온)에서 대지의 여신과 결합한다. 델포이에서 디오니소스는 대지의 여신과 나란히 모셔지고 레르나 신비 의례의 주요 신 역시 이 두 신의 성스러운 조합이다.

　　디오니소스는 아시아에서 왔다. 광란, 방탕, 식인과 살인을 가져온 이 종교는 바로 '영혼'의 필수적 문제로서 아시아에서 온 것이다. 맑은 이성을 허용하지 않고, 인간도 신들도 견고하고 아름다운 형태 속에 머무르기를 허용하지 않는 이 열광은 그토록 아폴론적이었던 그리스의 비옥한 들판을 마치 시커멓게 하늘을 뒤덮은 메뚜기 떼처럼 공격했다. 들판을 순식간에 황폐하게 만들고 수확물을 먹어 치우는 비참한 광경을 혼다는 어쩔 수 없이 자신의 인도 체험과 비교하며 상상할 수밖에 없었다.

　　꺼림칙한 것, 만취, 죽음, 광기, 질병, 파괴, ……이것들이 어째서 그토록 사람들을 유혹하고 사람들의 영혼을 '밖으로' 끌

새벽의 사원

어낼 수 있었을까. 어째서 사람들의 영혼은 그렇게까지 해서 안락하고 어둡고 조용한 집을 버리고 밖으로 뛰쳐나가야만 했을까. 마음은 왜 평온한 정체(停滯)를 기피하는 것일까.

그것은 역사에서 일어난 일이기도 하고 개인에게 일어난 일이기도 하다. 사람들은 분명 그렇게라도 하지 않으면 이 우주에, 이 전체에, 이 전일(全一)에 닿을 수 없다고 느꼈을 것이다. 술에 취하고 머리를 흐트러뜨리고 자기 옷을 찢고 성기를 드러내고 입으로는 날고기를 씹어 피를 뚝뚝 흘리며, ……분명 사람들은 그렇게까지 해서 '전체'에 자기 발끝이라도 걸리게 하고 싶었던 것이다.

이것은 바로 오르페우스교가 정제하여 의식으로 만든 엔투시아스모스(Enthusiasmos, 신으로 채워지는 것)와 엑스타시스(Extasis, 자기 밖으로 나가는 것)의 영적 체험이다.

그리스의 사고를 처음으로 윤회환생으로 향하게 한 것은 바로 이 엑스타시스 체험이었다. 환생의 가장 깊은 심리적 원천은 '황홀'이었던 것이다.

오르페우스교가 신봉하는 신화에서 디오니소스 신은 디오니소스 자그레우스라는 이름으로 불린다. 자그레우스는 대지의 여신의 딸인 페르세포네와 대신 제우스 사이에서 태어난 자식으로 아버지가 총애하여 미래의 세계 통치를 맡긴 아이였다. 하늘인 제우스는 땅인 페르세포네와 사랑했을 때 대지의 정수인 큰 뱀으로 변신하여 교합했다고 전해진다.

이에 질투심 많은 제우스의 아내 헤라가 지하의 거인들 티탄족을 불러들였고, 이들은 장난감으로 어린 자그레우스를 유인해 살해하고 손발을 잘라 끓여서 먹어 버렸다. 다만 심장만은 헤라의 손으로 제우스에게 바쳤고 제우스는 그것을 세멜레에게 주어 디오니소스가 새로이 태어나게 됐다.

한편 티탄족의 만행에 분노한 제우스는 천둥과 번개를 내렸고, 티탄족이 타고 남은 재에서 나중에 인간이 태어났다.

이렇게 인간은 악한 티탄족의 성격을 물려받음과 동시에 그들이 먹어 치운 자그레우스의 육체에 남은 향기를 받아 신적 요소를 몸 안에 간직하고 있으므로, 오르페우스교는 엑스타시스를 통해 디오니소스에게 귀의하고 스스로 신이 됨으로써 그 성스러운 근원에 도달해야 한다고 설파한다. 그 성찬 의식은 이후에 그리스도교의 빵과 포도주로 이어진다.

그리고 트라키아 여인들에게 사지가 찢겨 죽는 음악가 오르페우스는 디오니소스의 죽음을 재현하는 듯하고, 그 죽음과 환생과 저승의 비밀은 오르페우스교의 중요한 교리가 되었다.

그런데 엑스타시스를 통해 몸 밖으로 나가 떠도는 영혼들이 잠시 디오니소스의 신비와 접촉할 수 있었음을 생각하면, 사람들은 이미 몸과 영혼의 분리를 알고 있었다. 몸은 티탄족의 사악한 재에서 태어나고 영혼은 디오니소스의 맑은 향기를 간직한다. 더욱이 오르페우스교 교리는 지상의 고통이 몸의 죽음으로 끝나지 않고, 죽은 몸을 나간 영혼은 잠시 황천(하데스)에서 시간을 보낸 뒤 다시 지상에 나타나 다른 인간 또는 동물의 몸에 머무르며 한없이 '생성의 원'을 돌아야 한다고 가르친다.

원래 신성을 지녔던 불멸의 영혼이 이렇게 어두운 길을 맴돌아야 하는 것은 몸이 범한 원죄, 즉 티탄족의 자그레우스 살해 때문이다. 지상의 생활은 새로운 죄를 더하고 죄에 또 죄가 더해져 인간은 윤회의 고통에서 영원히 벗어날 수 없다. 죄 때문에 반드시 인간으로만 태어나지는 않으며 말, 양, 새, 또는 개, 또는 땅을 기어다니는 차가운 뱀의 생이 주어질 수도 있다.

　　오르페우스교를 계승했다고도 심화했다고도 할 수 있는 피타고라스 교단은 윤회환생설과 우주호흡설이라는 특색 있는 교리를 보였다.

　　혼다는 이 '우주가 호흡한다'라는 사상의 흔적을 이후 인도 사상과 오랜 대화를 나눈 밀린다 왕의 생명관 및 영혼관에서도 찾을 수 있었는데, 그것은 또한 일본 고대 신토의 신비주의와도 닮았다.

　　소승불교의 그 동화 같고 밝은 『자타카』[39]에 비하면, 교리가 서로 비슷해도 어둡고 우수를 띤 이오니아의 윤회설은 혼다의 마음을 피곤하게 하고 외려 만물 유전(판타 레이)을 말한 철학자 헤라클레이토스의 말에 귀 기울이게 만든다.

　　이 유동적 통일의 철학에서 엔투시아스모스와 엑스타시스는 합일하여, 하나는 전체이자 전체에서 하나가 오고 하나에서 전체가 오게 된다. 시간도 공간도 초월한 영역에서 자아는 사라지고 우주와의 합일이 수월히 이루어지며 일종의 신

39　석가모니의 547가지 전생담을 모은 고대 인도의 설화집.

적 체험 속에서 우리는 모든 것이 될 수 있다. 거기서는 인간
도 자연도, 새도 짐승도, 바람을 품고 바스락거리는 숲도, 물고
기 비늘이 반짝거리는 시냇물도, 구름을 인 산도, 푸른 다도해
도 모두 서로 존재의 틀을 벗어나 융화하고 합일할 수 있었다.
헤라클레이토스가 말한 것은 그런 세계였다.

> '산 자도 죽은 자도
> 또 깨어 있는 자도 잠든 자도
> 젊은이도 늙은이도 하나로 같다.
> 이들이 변하면 저들이 되고
> 저들이 변하면 다시 이들이 된다'
> '신은 낮과 밤,
> 신은 겨울과 여름,
> 신은 전쟁과 평화,
> 신은 풍요와 기아,
> 그저 여러 모습으로 변할 뿐'
> '낮과 밤은 하나'
> '선과 악은 하나'
> '원의 시작과 끝은 하나'

이것이 헤라클레이토스의 웅장한 사상으로 혼다는 이 사
상을 접하고 그 빛에 눈이 먼 듯 분명 어떤 해방감을 느꼈으
나, 동시에 부신 눈에 댄 자기 두 손을 급하게 떼지 말자는 기
분도 있었다. 우선 눈이 멀까 봐 두려웠기 때문이고, 그렇게 무

새벽의 사원

한한 빛을 받기에는 아직 자신의 감성도 사상도 성숙하지 않았다고 느꼈기 때문이다.

●

14

……여기서 혼다는 잠시 눈을 돌려 17, 18세기 이탈리아에서 부활한 윤회환생설 연구에 집중했다.

16, 17세기에 살았던 수도사 톰마소 캄파넬라는 윤회환생설을 믿었는데, 이 이단과 반역의 철학자는 감옥에서 이십칠 년을 보낸 뒤 프랑스로 건너가 행복하고 명예로운 말년을 보냈고, 루이 14세가 태어났을 당시에는 자신의 윤회설을 실증하는 연설을 바쳤다.

캄파넬라는 보테로에게서 브라만교의 윤회환생론을 배우고 죽은 자의 영혼이 원숭이, 코끼리, 소 등으로도 환생함을 알았다. 또 피타고라스 교단이 영혼 불멸과 윤회환생을 믿은 사실을 토대로 주요 저서 『태양의 도시』에서 주민들을 '원래 인도에서 살았으나 무굴 제국의 약탈과 잔인함을 피해 도망쳐 온 현자들'이라고 규정하고 그들을 '피타고라스적 브라만

새벽의 사원

교 신자'라고 불렀으나 그들의 윤회 신앙에 대해서는 얼버무렸다. 하지만 캄파넬라 자신은 '죽은 뒤에 영혼은 지옥에도 연옥에도 천국에도 가지 않는다.'고 말했다.

그의 윤회설은 '코카서스 소네트[40]'에 희미하게 엿보이는데, 여기서 캄파넬라는 슬픔에 가득 찬 감정을 내비치며 자신의 죽음으로 인류가 발전할 것이라고는 생각하지 않고, 화를 피해도 악이 더욱 번성하는 일이 드물지 않고, 죽은 후에도 감각은 영원히 남지만 그것은 현세의 고통을 잊는 것에 지나지 않는다, 전생이 괴로웠는지 평화로웠는지 알 수 없는데 어떻게 사후를 알 수 있겠는가, 라고 노래한다.

바라나시에서 목격한 구도와 비교해 보면 윤회설을 말하는 서구인들은 하나같이 이 세상의 고난, 이 세상의 비애에 신음했다. 더욱이 내세에서 기쁨을 찾지 않고 그저 망각만을 바랐다.

데카르트의 맹렬한 반대자였던 18세기 철학자 잠바티스타 비코는 같은 윤회설을 말하면서도 그 용기와 투지 덕에 니체의 영원회귀보다 선구적 위치를 점했다. 혼다는 비코가 막연한 지식에 근거하면서도 일본인을 무예의 민족이라고 칭송하고, '일본인은 카르타고 전몰 당시의 로마인처럼 영웅적 인간을 예찬하고 무사(武事)에 용맹하며 라틴어와 매우 비슷한 언어를 사용한다.'라고 말한 구절을 즐겁게 읽었다.

비코는 회귀 관념으로 역사를 해석했다. 즉 각 문명은 최초의 '감각의 야만'보다 훨씬 악질적인 '반성의 야만'에 마지막으

---

40 Sonnet. 14행으로 이루어진 서양 시가의 한 형식.

로 다다른다. 전자는 고결한 미개를 뜻하지만 후자는 비열하고 교활하고 간사한 사기를 뜻한다. 이렇게 유독한 '반성의 야만', '문명의 야만'은 수 세기가 지나면 새로운 '감각의 야만'의 침략을 받아 흔들려 멸망할 수밖에 없다. ……혼다는 이것이 일본의 짧은 근대사에도 여실히 드러난다는 생각이 들었다.

비코는 가톨릭의 섭리를 믿었지만 다음과 같은 불가지론을 펼칠 때는 업감연기론(業感緣起論)에 아주 가까이 있다.

"신과 피조물은 별개의 실체이며 존재 이유와 본질은 실체에 고유한 것이므로 창조된 실체는 그 본질만 놓고 보더라도 신의 실체와 완전히 다르다."

이 실체로 보이는 피조물을 '법(法)'과 '아(我)'라고 생각하고 존재 이유를 '업(業)'이라고 생각한다면, 다른 차원에 있는 신의 실체에 도달하는 것은 바로 '해탈'이라고 할 수 있다.

비코는 이러한 신학 이론에서 신의 창조가 '내적으로는' 창조된 피조물로, '외적으로는' 사실로 전환되고, 따라서 세계는 시간 속에서 창조됐다고 말했다. 인간의 정신은 신의 반영으로서 무한과 영원을 사고하고 육체의 제약뿐 아니라 시간의 제약도 받지 않기 때문에 불사라고 주장하는 것인데, 어째서 무한자가 유한한 사물 속으로 낙하했는가에 대해서는 불가지론에 맡기기만 하고 살펴보지 않았다. 하지만 바로 거기에서 윤회환생설의 지혜가 시작할 터이다.

생각해 보면 인도 철학이 환상도 꿈도 꺼리지 않는 불굴의 인식 한 가지에 기대 끝내 불가지론과 연관을 맺지 않았음은 놀라운 일이다.

15

······혼다는 이렇게 서양 윤회 사상이 지극히 고독한 사색가들에 의해 고대부터 미약하게 전해져 내려왔음을 알고, 기원전 2세기에 인도 북서부를 지배했던 밀린다 왕이 나가세나 승려를 만나 몇 가지 질문을 던질 때 불교의 윤회환생설에 가장 깊은 회의와 호기심을 가지고 고대 그리스의 피타고라스학파 철학을 완전히 잊은 듯 보였던 것도 무리가 아니라고 생각했다.

국역대장경에 포함된 『밀린다왕문경(彌蘭陀王問經)』 1권은 다음과 같은 왕궁 도시 묘사로 시작한다.

'이렇게 전해 들었다. 그리스인들이 (식민지로) 나라를 세운 곳 중 사가라라는 도시가 있었다. 그곳은 무역과 통상의 중심지로 푸른 산과 맑은 강물, 공원과 화원, 숲과 연못과 호수 그리고 들판이 있어 (천연 상태의) 극락정토와 다름없는 환경으로, 그곳에 사는 주민들은 경건한 신앙심이 가득하다. 그뿐 아니라 적들이 모두 소탕됐으므로 불안도 압박감도 느끼지 않았다. 또 그 왕성은 요새와 각종 성벽, 장엄한 문, 삼엄한 아치문, 높고 흰 벽, 깊은 해자로 둘러싸여 엄중한 방비를 갖췄다. 도시의 광장, 교차로, 시장은 매우 꼼꼼하게 설계되었고 외관을 아름답게 장식한 상점들은 수많은 고가의 상품으로 가득하다. 수백 채의 자선 병원은 도시에 장엄함을 더하고 수천 채의 대저택은 히말라야산처럼 드높이 구름 위로 솟았다. 나아가 도시에는 소나무 같은 남자, 꽃 같은 여자, 승려, 군인, 상인, 노예 등 상하 계급의 사람들이 무리를 지어 지나간다.

그들 시민은 교리나 학파를 가리지 않고 학자와 교사를 환영했으므로 사가라는 각 종교의 장로와 석학이 모이는 장소가 되었다. 또 거리에는 코툼바라라고 칭하는 바라나시에서 만든 직물이나 그외 각양각색의 물품을 파는 크고 작은 가게가 줄지어 있고, 꽃시장에서 풍기는 그윽한 향기가 도시를 정화한다. 여의보주[41]와 그 밖의 여러 보석을 파는 가게, 금, 은, 동, 돌로 된 물건을 파는 가게가 많이 있어서 마치 어지러운 보물 광산에 들어온 느낌이 든다. 나아가 (걸음 방향을 바꾸면) 곡식을 파는 큰 가게도 있고 고가의 상품이 가득한 창고도 있으며 각종 음식과 과자를 파는 상점도 있어서 무엇 하나 불편한 것이 없었다. 단적으로 말해 사가라는 우타라쿠루의 부에 필적하며 그 번영은 천상의 도시 아라카만다와 견줄 만했다.'

---

41 불교에서 이것을 가지면 소원을 들어 준다고 하는 영묘한 구슬.

자신감이 강하고 달변이라 토론에 적수가 없었으며 인도를 아직 지적으로 미성숙하다고 업신여겼던 밀린다 왕이 처음으로 과연 지적으로 우월한 나가세나 승려를 만난 곳은 이렇게 눈부신 도시였다.

그리고 왕이 나가세나에게 던진 질문은 이러했다.

"현자여, 내가 당신을 나가세나라고 부를 때 그 나가세나는 무엇입니까?"

승려는 반문한다.

"당신은 나가세나가 무엇이라고 생각하는지요?"

"현자여, 나는 나가세나가 몸 안에 존재하고 바람(호흡)으로서 출입하는 생명(영혼)이라고 생각합니다."

이 대목을 읽었을 때 혼다는 왕의 대답에서 자연스레 피타고라스의 우주호흡설을 떠올릴 수밖에 없었다. 즉 그리스어로 영혼(프시케)은 원래 호흡을 뜻하는데, 사람의 프시케가 호흡이라면 사람은 공기로 지탱되고 따라서 우주 전체도 호흡과 공기로 유지된다고 이오니아의 자연 철학은 말했다.

승려는 다시금 반문하며 소라를 부는 자, 피리를 부는 자, 또 나팔을 부는 자의 숨은 한번 밖으로 나가면 다시 돌아오지 않는데 그러고도 그들이 죽지 않는 이유가 무엇이냐고 물었다. 왕은 대답하지 못했다. 그래서 나가세나는 그리스 철학과 불교의 근본적 차이를 암시하는 한마디를 한다.

"호흡 속에 영혼이 있지 않습니다. 나가고 들어오는 호흡은 그저 몸의 잠재력[온(蘊)]일 뿐입니다."

······혼다는 여기서 다음 페이지로 이어질 아래 대화를 바

로 예감할 수 있었다.

왕이 물었다.

"현자여, 누구라도 죽은 후에 다시 태어납니까?"

"어떤 자는 다시 태어나지만 어떤 자는 다시 태어나지 않습니다."

"그들은 어떤 사람들입니까?"

"죄가 있는 사람은 다시 태어나고 죄가 없어 깨끗한 사람은 다시 태어나지 않지요."

"당신 현자는 다시 태어나십니까?"

"내가 죽을 때 내 마음이 생에 집착하며 죽는다면 다시 태어나겠지만, 그렇지 않다면 다시 태어나지 않겠지요."

"알겠습니다, 현자여.'"

— 이때부터 밀린다 왕의 마음속에는 왕성한 탐구욕이 생겨나 점차 집요하게 윤회환생에 대한 질문을 던지기 시작한다. 불교의 '무아' 논증과 '무아인데 왜 윤회가 있는가?'라는 윤회의 주체를 향한 왕의 물음은 그리스적 대화의 나선형 탐구를 통해 나가세나에게 대답을 재촉한다. 왜냐하면 윤회가 선인락과(善因樂果), 악인고과(惡因苦果)라는 인과응보에 따라 일어난다면 거기에는 행위의 책임을 지는 항상적 주체가 있어야 하는데, 우파니샤드 시대에는 인정되었던 자아(아트만)를 나가세나 승려가 속한 부파 불교의 아비달마 학파에서는 명백히 부정하기 때문이다. 훗날 나타날 정교한 유식론의 체계를 아직 알지 못하는 승려는 '윤회 주체의 실체는 없다.'라고만 대답했다.

하지만 혼다는 윤회환생을 하나의 등불에 비유하며, 저녁의 불, 한밤중의 불, 날이 밝아 올 무렵의 불은 모두 똑같은 불이 아니지만 그렇다고 해서 모두 다른 불도 아니니 같은 등불에 의존하면서 밤새도록 탈 뿐이다, 라고 말한 나가세나의 설명에서 말할 수 없는 아름다움을 느꼈다. 연이은 생을 사는 개인의 존재는 실체적 존재가 아니라 이 불처럼 '현상의 연속'일 뿐이다.

그리고 또 나가세나는 아득한 세월이 흐른 후대에 이탈리아 철학자들이 한 말과 거의 비슷한 말을 했다. '시간이란 윤회의 생존 그 자체다.'라는 가르침이었다.

16

●

……하지만 밀린다 왕이 불교도를 대화의 상대로 삼은 것은 당연했는데, 외국인이었던 왕은 처음부터 힌두교의 범위 밖에 있었기 때문이다. 지배자라지만 인도의 카스트 안에서 태어나지 않은 사람은 아무리 다가가려고 해도 힌두교에서 거부될 따름이었다.

하지만 혼다가 윤회환생이란 말을 처음으로 접한 것은 지금으로부터 삼십 년 전 마쓰가에 기요아키의 집에서 월수사 주지의 법어를 듣고 루이 데롱샹이 프랑스어로 옮긴 『마누 법전』을 직접 구해 읽었을 때다. 기원전 2세기에서 기원후 2세기 사이에 편찬된 이 법전은 기원전 8세기에 시작한 범아일여의 우파니샤드 시대에 정립된 윤회 사상을 계승했다. 브리하다라냐카 우파니샤드는 이렇게 말한다.

'참으로 선을 쌓는 사람은 선이 되고 악을 쌓는 사람은 악

세벽의 사원

이 되니 깨끗한 행위로 깨끗해지고 악한 행위로 검어진다. 그러므로 사람은 욕망(카마)으로 이루어졌고 욕망(카마)에 따라 의지(클라스)를 가지며 의지(클라스)에 따라 업(카르마)이 있나니 업(카르마)에 따라 윤회(삼사라)가 있다.'

생각해 보면 혼다의 바라나시 경험은 오래전 열아홉 살에 이 『마누 법전』을 가까이할 무렵부터 예정됐는지도 모른다. 이 법전은 종교, 도덕, 관습, 법률 등 모든 것을 포괄하고 천지창조로 시작해 윤회로 끝난다. 더욱이 영국인은 현명하게도 인도를 통치하는 동안 인도에 거주하는 힌두교도에게는 이 법전이 실정법으로서 효력을 갖게 했다.

『마누 법전』을 두 번째로 읽었을 때 혼다는 새삼 바라나시에서 본 환희와 갈망의 원천을 알 수 있었다. 법전은 그 장엄한 제1장에서 어둠의 혼돈을 물리치고 스스로 빛을 발한 신이 가장 처음으로 물을 만들고, 물속에 씨앗을 뿌리고, 그 씨앗이 자라서 태양처럼 빛나는 황금 알이 되고, 일 년 뒤 전 세계의 조상인 브라흐만이 그 알을 깨고 나오는 탄생 이야기를 그렸다. 브라흐만이 생활했던 곳의 물이 바라나시의 물이었다.

『마누 법전』이 말하는 윤회 법칙은 인간의 환생을 크게 세 종류로 나눈다. 전부 중생의 몸을 지배하는 세 가지 성질로, 그중 즐겁고 고요하고 또 깨끗하고 빛나는 감정으로 가득한 지혜의 성질(사트바)은 환생해서 신이 된다. 계략을 좋아하고 우유부단하고 부정직한 일에 종사하고 늘 감각적 쾌락에 취하는 무지의 성질(라자스)은 인간으로 다시 태어난다. 나태하고 방탕하고 무기력하고 잔인하고 무신앙이며 사악한 생활을 하는 타마스 성질은 동물로 다시 태어난다고 말한다.

　동물로 환생하는 죄는 다시 세세하게 규정된다. 브라만을 살해한 자는 개, 돼지, 당나귀, 낙타, 소, 염소, 양, 사슴, 새의 태내로 들어간다. 브라만의 돈을 훔친 브라만은 천 번 거미, 뱀, 도마뱀, 수생동물의 태내로 들어간다. 고귀한 사람의 침소에 침입한 자는 백 번 풀, 관목, 덩굴, 육식동물로 다시 태어난다. 곡식을 훔친 자는 쥐가 되고, 꿀을 훔친 자는 등에가 된다. 우유를 훔친 자는 까마귀가 되고 조미료를 훔친 자는 개가 된다. 고기를 훔친 자는 독수리가 되고 기름진 고기를 훔친 자는 가마우지가 된다. 소금을 훔친 자는 귀뚜라미가 되고 비단을 훔친 자는 가재가 된다. 마직물을 훔친 자는 개구리가 되고 면을 훔친 자는 학이 된다. 소를 훔친 자는 왕도마뱀이 되고 향료를 훔친 자는 사향쥐가 된다. 채소를 훔친 자는 공작새가 되고 불을 훔친 자는 왜가리가 된다. 가구를 훔친 자는 벌이 되고 말을 훔친 자는 호랑이가 된다. 아내를 훔친 자는 곰이 되고 물을 훔친 자는 뻐꾸기가 된다. 과일을 훔친 자는 원숭이가 된다.

새벽의 사원

17

·

……이와 관련해서 태국의 소승불교는 팔리어 원전의 정수를 전달한 남전대장경 『본생경(자타카)』의 소박한 교리가 지탱했고. 부처 역시 전생에서 보살로 수행하는 동안 지은 죄 없이 쥐나 황금백조로 환생한다 해도 이상하게 여기지 않았다.

태국에서 행해진 남전불교[42]는 일본에도 메이지 시대 이전까지 알려지지 않았다. 부처의 입멸(入滅) 이후 백 년에서 이백 년이 지나서야 소승불교는 소승 20부파라는 다수 분파로 나뉘었고, 그중에서 기원전 3세기 아소카 왕 치하에서 마힌다가 스리랑카에 전한 분별상좌부가 지금까지 스리랑카, 미얀마, 태국, 캄보디아에서 행해지고 있다.

42　南傳佛敎. 태국, 스리랑카, 라오스, 미얀마, 캄보디아 등 남방 나라에서 행해지는 불교로 한국, 중국, 일본에서 행해지는 '북전불교', 또는 '북방불교'와 구분하여 부른다.

팔리어로 쓰인 분별상좌부 삼장[43] 중에서 자세하게 규정된 율장은 지금도 태국 승려의 계율로서 일상을 세세하게 규제하는데, 비구는 250계를, 비구니는 350계를 따르도록 되어 있다.

태국의 윤회환생관은 어떤 것인지, 유식론과 어떻게 다르고 어떤 특색을 띠는지, 어린 공주의 신앙이 무엇이든 방콕 시내 곳곳에 있는 황토색 옷을 입은 승려 한 사람 한 사람이 마음속에 어떤 윤회 사상을 품고 있는지 알고 싶어 혼다는 불서를 탐독했다.

그 결과 혼다는 남방상좌부 교리가 밀린다 왕과 대화했던 나가세나 승려가 속한 아비달마 학파에서 연원했음을 알 수 있었다. 어떤 학자는 『밀린다왕문경』이 그리스 식민지였던 인도 북서부에서 가장 처음 만들어지고 동쪽 마가다 지방으로 전해져 팔리어로 개작, 보완된 다음 스리랑카로 전해져 미얀마나 태국으로 보급됐을 것이라고 추정한다. 그리고 그것이 시암판 대장경인 『밀린다팡하(Milindapañhā)』다.

그러므로 태국 사람들이 믿는 윤회관이란 나가세나 승려가 말한 윤회관과 거의 같다고 생각하면 된다. 이 부파의 교리, 즉 '윤회환생을 일으키는 업의 본질이란 '생각', 즉 의지이다.'란 교리는 『아함경』[44]의 한 대목과도 일치하며 불교의 가장 본래의 사상과 가깝다. 동기론의 입장에 서면, 이 부파가 말하듯 사람들의 몸과 외부 사물에는 본래 선악이 없고 그것을 선

---

43 三藏. 불교 교리에서 부처의 가르침인 경장(經藏), 계율을 모은 율장(律藏), 제자들의 논설인 논장(論藏)을 가리킨다.
44 阿含經. 부처의 어록으로 불교 초기 경전을 가리킨다.

세벽의 사원

하고 악하게 만드는 동기는 모두 마음이다. '생각'이다. 의지다.

　여기까지는 좋은데 아비달마 학파는 '무아'를 말할 때 이 물질계 전체의 '무기(無記)'에서 출발한다. 즉 만약 한 대의 차가 있다고 한다면 차를 구성하는 각 요소는 그저 물질 요소일 뿐이지만 차를 탄 사람이 사람을 치고 도망간다면 차는 죄의 도구가 된다. 이처럼 마음과 의지가 죄와 업의 원인이 되므로 우리는 본래 무아이다. 하지만 '생각'이 여기에 올라타서 탐욕(貪), 성냄(瞋), 그릇된 생각(惡見), 탐욕 없음(無貪), 성내지 않음(無瞋), 올바른 생각(正見)이라는 여섯 가지 업으로 윤회환생을 일으킨다. '생각'은 이렇게 윤회환생의 원인이기는 하지만 주체는 아니다. 주체는 결국 모르는 채로 끝난다. 내세는 그저 이 세상의 연속일 뿐이며 이 세상과 하나로 이어지는 마지막 날 밤의 등불 빛이 곧 생이다.

　태국의 어린 공주의 마음속에 무슨 일이 일어났는가를 생각해 보면 혼다는 조금은 더 이해할 수 있을 것 같았다.

　우기마다 모든 강이 범람하고 길과 강, 강과 논의 경계가 금세 사라져 길이 강이 되고 강이 길이 되는 방콕. 그곳에서는 어린 마음에도 꿈에 홍수가 일어나 현실을 침범하고 내세와 전생이 둑을 무너뜨려 이 세상을 물에 잠기게 하는 일이 이상하지 않을 것이다. 물에 잠긴 논에서는 파릇파릇한 벼 잎 가장자리가 엿보이고, 강물도 논물도 똑같은 햇빛을 받아 똑같은 적란운을 반사한다.

　그런 식으로 월광 공주의 마음속에서는 자신도 의식하지 못하는 내세와 전생이 홍수를 일으켜, 비 온 후 달이 선명하게 비치는 드넓은 수역 군데군데의 섬들처럼 남아 있는 현세의 흔적들이 외려 믿기지 않을지도 모른다. 둑은 무너졌고 경계는 터졌다. 그다음에는 전생이 자유롭게 말하기 시작한 것이다.

18

·

……일찍이 젊은 날의 자신을 그토록 괴롭힌 유식론, 그 거대한 사원 같은 대승불교의 체계 속으로, 혼다는 이제야 방콕에 남기고 온 아름답고 사랑스러운 한 줄기 수수께끼에 기대어 쉬이 돌아갈 수 있을 것 같았다.

그래도 여전히 유식은 '자아'와 '영혼'을 부정하던 불교가 윤회환생의 '주체'에 대한 이론적 어려움을 가장 치밀한 이론으로 돌파한, 아찔할 만큼 높이 솟은 지적이고 종교적인 건축물이었다. 그 복잡한 철학적 성취는 방콕의 새벽의 사원처럼, 동틀 녘에 부는 시원한 바람과 엷은 빛 가득한 그윽한 시간에 드넓은 연푸른빛 아침 하늘을 관통했다.

윤회와 무아의 모순. 몇 세기 동안이나 풀리지 않았던 그 모순을 드디어 유식론이 푼 것이다. 무엇이 생사를 윤회하고 정토를 왕래하는가? 도대체 무엇이?

먼저 '유식'이란 말을 처음으로 쓴 사람은 인도의 무착(無着. 아상가)이었다. 무착의 삶은 6세기 초 금강선론을 통해 중국에 전해질 때부터 이미 반 정도는 전설처럼 되어 있었다. 유식론은 원래 대승아비달마경에서 유래하며, 나중에 말하겠지만 아미달마경의 한 게송[45]은 유식론의 가장 중요한 핵심인데, 무착은 이것을 주요 저서 『섭대승론』에서 체계화했다. 참고로 아비달마는 경장, 율장, 논장의 삼장 중 '논장'을 뜻하는 산스크리트어로 대승아비달마경은 즉 대승논경이라 할 수 있다.

우리는 보통 육감이라는 여섯 가지 정신 작용으로 살아간다. 눈, 귀, 코, 혀, 몸, 생각의 육식(六識)이 그것이다. 유식론은 여기에 칠식으로 '말나식(末那識)'을 더하는데, 이것은 자아, 개인적 자아의 모든 의식을 포함한다고 생각해도 좋다. 하지만 유식은 여기에 그치지 않는다. 더 앞에, 더 깊은 곳에 '아뢰야식(阿賴耶識)'이라는 궁극적 의식을 설정한다. 그것은 한문으로 옮기면 '장(藏)'이라고 하듯, 존재 세계의 모든 씨앗을 저장하는 의식이다.

삶은 활동이다. 아뢰야식이 움직인다. 이 의식은 모든 총보의 열매이고 모든 활동의 결과인 씨앗을 저장하므로 우리가 살아간다는 것은 결국 아뢰야식이 활동하는 것과 같다.

그 의식은 폭포처럼 끝없이 하얀 물방울을 튀기며 흐른다. 폭포는 늘 눈앞에 보이지만 순간순간의 물은 똑같지 않다. 물

---

45 偈頌. 부처의 공덕을 찬미하는 노래.

세벽의 사원

은 끝없이 변화하고 흐르고 물보라를 일으킨다.

무착의 사상을 더욱 발전시키고 『유식삼십송』을 저술한 세친(世親. 바수반두)이 말한 '늘 급류처럼 흐르나니.'라는 구절은 스무 살의 혼다가 기요아키를 위해 월수사를 방문했을 때 주지에게서 듣고서, 마음이 가라앉지 않으면서도 귀에 남았던 말이다.

또한 그 말은 인도 여행에서 아잔타 동굴에 갔을 때 방금까지 누군가가 머물다 간 느낌이 들었던 승방을 나와서 곧바로 마주쳤던, 와고라강으로 떨어지는 한 쌍의 폭포에 대한 기억으로도 이어졌다.

그리고 아마도 그 마지막 폭포, 그 궁극의 폭포는 이사오와 처음 만났던 미와산의 삼광 폭포와, 더 오래전 주지의 모습을 보았던 마쓰가에 저택의 폭포를 거울처럼 비추었다.

그런데 아뢰야식에는 모든 결과의 씨앗이 심어진다. 앞서 말한 칠식이, 살아 있는 동안의 끊임없는 활동의 결과는 물론이고 그런 심법 활동과 그 대상에 해당하는 색법의 씨앗까지 심법을 따라 여기에 심어진 것이다. 이렇게 심어진 씨앗을 옷에 밴 향이 밖으로 풍기는 것에 비유해 훈습, 즉 종자훈습이라고 부른다.

그런데 이 아뢰야식을 그 자체로 순수하고 중립적인 것으로 생각해도 되는가에 따라 이치가 달라진다. 만약 그 자체로 중립적인 것이라면 윤회환생을 일으키는 힘은 외력, 즉 업력(業力)이어야 한다. 외부에 존재하는 모든 것, 모든 유혹은, 아니, 마음속에 있는 일식부터 칠식까지 모든 미몽의 감각은 그

업력을 통해 영향을 끼치기 때문이다.

  그러나 유식론은 그러한 업력, 업력이 초래하는 씨앗인 업종자(業種子)를 간접 원인(助緣)으로 간주하고, 아뢰야식 자체에 윤회환생을 일으키는 주체와 동력 두 가지가 모두 포함됐다고 생각한다. 무착이 주장하듯이 당연히 아뢰야식 그 자체는 오염되지 않은 것이 아니고 물과 유(乳)가 섞인 혼합물이기 때문에, 그 절반은 오염물이 미몽으로 끄는 동력이고 나머지 절반은 깨달음으로 이끄는 동력이라는 생각으로 이어진다. 그리고 내포된 씨앗은 선악 업종자의 도움을 받아 내세에 고락 중 어느 한 쪽의 과보로 구현될 것이다. 업력의 활동을 중시하는 구사론과 유식론이 달라지는 부분이 이것으로, 유식론에서는 아뢰야식의 씨앗에서 아뢰야식이 구현되고 자연법칙(같은 원인이 같은 결과를 낳는다)이 형성되며, 그 씨앗을 업종자가 조연하여 도덕법칙(다른 원인이 다른 결과를 낳는다)을 만든다는 독자적 세계 구조를 전개했다.

  아뢰야식은 이렇듯 중생들의 총보의 열매이며 존재의 근본 원인이다. 예를 들어 인간의 아뢰야식이 구현된다는 말은 인간이 현재 존재한다는 뜻이다.

  아뢰야식은 이렇게 이 세계, 우리가 사는 미계(迷界)를 현현시킨다. 모든 인식의 뿌리가 모든 인식 대상을 포괄하고 또 현현시키는 것이다. 그 세계는 육체(오근)와 자연계(기세계)와 씨앗(모든 물질과 정신을 구현하는 잠재력)으로 구성됐다. 우리가 아집에 사로잡혀 생각하는 실체로서의 자아도, 우리가 죽은 이후에도 계속된다고 생각하는 영혼도 만물을 낳는 아뢰

새벽의 사원

야식에서 생겨났다면, 모두 아뢰야식으로 돌아가고 모두 의식으로 돌아가게 된다.

하지만 만약 우리가 유식이란 말에서 주관을 하나의 실체로 생각하고 거기에 비치는 세계를 모두 그 소산으로 간주하는 유심론(唯心論)을 생각한다면 그것은 자아와 아뢰야식을 혼동하는 것이다. 왜냐하면 자아는 상수로서 하나의 불변하는 실재이지만, 아뢰야식은 한순간도 머무르지 않는 '무아의 흐름'이기 때문이다.

무착의 『섭대승론』은 아뢰야식에서 향을 풍기며 미계를 현현시키는 씨앗을 세 종류의 훈습으로 나누어 말한다.

첫째는 명언(名言)종자다.

예컨대 우리는 장미를 아름다운 꽃이라고 말하고 장미라는 이름을 다른 꽃 이름과 구별하며, 장미가 얼마나 아름다운 꽃인지 확인하기 위해 장미 앞으로 가서 그것이 다른 꽃과 어떻게 다른지 인식한다. 장미는 먼저 이름으로 나타나고 개념이 상상을 불러일으키며 불러일으킨 상상은 실체에 닿고 그 냄새, 색깔, 형태를 기억에 담는다. 또는 이름도 모르고 본 꽃의 아름다움이 우리 마음에 스며들어 인식욕이 일어나, 그 이름이 장미란 것을 알고 자신이 가진 개념 중 하나로 자리 잡게 한다. 이렇게 우리는 의미, 이름, 단어, 대상을 배우고 또 그들 사이의 관련성을 배운다. 반드시 아름다운 이름만 배우는 것도 아니고 항상 의미가 정확한 것도 아니지만 우리가 느끼고 생각해서 얻은 모든 것은 태초부터 기억에 저장되어 세계 현상을 산출한다.

둘째는 아집(我執)종자다.

팔식 중 일곱 번째인 말나식이 아뢰야식을 향해 자기와 타인을 구별하는 아집을 일으킬 때, 그 아집은 절대적 개인을 주장하고 이윽고 나머지 육식을 움직여 아집훈습을 거듭해 간다. 이른바 근대적 자아의 형성과 그 자아 철학의 미몽도, 모두 이 씨앗에서 유래한다고 혼다는 생각하지 않을 수 없었다.

셋째는 유지(有支)종자다.

'유'는 삼유(三有) 즉 삼계(三界)로, 욕유(欲有), 색유(色有), 무색유(無色有)로 이루어진 미계 전체를 가리키고, '지'는 원인이다. 모든 괴로움을 세상에 낳는 원인인 이 씨앗은 바로 업종자다. 운명의 차별, 불운과 운의 불공평은 이 업력의 공능에 달려 있다.

— 따라서 무엇이 윤회환생의 주체이고 무엇이 생사를 윤회하는지 분명해졌다. 그것은 거센 '무아의 흐름'인 아뢰야식이다.

●

19

……하지만 혼다는 유식론을 배우면 배울수록 아뢰야식이 어떻게 세계를 현현시키는지 그 양태에 관심이 생겼다. 왜냐하면 유식론에서는 아뢰야식에 따른 원인과 결과는 '동시' 즉 찰나에, 그것도 교대로 일어난다고 말하기 때문이다. 원인과 결과를 시간적 순서로만 생각하는 혼다에게 이 아뢰야식과 염오법이 동시에 교대로 일어나는 인과라는 관념만큼 어려운 것은 없었다. 더구나 여기서 유식 및 대승불교 전반과 소승불교를 가르는 근본적인 세계 해석의 차이가 드러남이 분명했다.

소승불교 세계에서는 저 방콕의 우기처럼 강물과 논과 들판이 시작과 끝도 알 수 없이 한없이 이어졌다. 지금 그곳에 넘쳐흐르는 우기의 홍수는 과거에도 그랬고 미래에도 똑같이 넘쳐흐를 것이다. 정원에 새빨간 꽃을 피운 봉황목은 어제도 그 자리에 서 있었으니 내일도 서 있을 것이다. 그들 존재가 예를 들어 혼다가 죽은 후에도 계속됨이 확실하다면, 마찬가지로 혼다의 전생도 순조롭게 내세로 이어져 환생을 반복할 것이 틀림없다. 세계를 이렇게 있는 그대로 받아들이는 것, 물을 받아들이는 땅 같은 이런 열대 지방의 자연스러운 받아들임은 남전상좌부 소승불교의 가르침이고, 우리 생존은 과거, 현재, 미래에 걸쳐 계속되므로 과거도 현재도 미래도 유유히 흐르는 갈색 강물, 저 맹그로브의 뿌리가 둘러진 강물처럼 농후하고 나른하게 흐르며 존재한다는 설이 '삼세실유법체항유(三世實有法體恒有)설'이다.

이에 반해 대승불교, 특히 그중 유식론은 이 세계를 한시도 멈추지 않고 흘러가는 급류 또는 하얗게 부서져 내리는 폭포로 해석했다. 이 세계의 모습이 폭포라면 이 세계의 근본 원인도, 그것을 인식할 수 있는 근거도 폭포다. 순간순간 생성하고 소멸하는 세계인 것이다. 과거의 존재도 미래의 존재도 확실한 증거가 없고, 우리 손으로 만지고 우리 눈으로 볼 수 있는 찰나의 현재만이 실유(實有)다. 대승불교 특유의 이 세계관을 '현재실유과미무체(現在實有過未無體)설'이라고 부른다.

하지만 왜 실유인가?

눈으로 보고 손으로 만져서 그곳에 한 송이 수선화가 있음을 안다면, 적어도 찰나의 현재에서 수선화와 그것을 둘러싼 세계는 실유다.

이것은 확인할 수 있다.

그러면 자는 동안 머리맡 꽃병에 수선화가 꽂혀 있다 해도, 한밤중 순간순간마다 수선화의 존재를 증명할 수 있는가?

눈이 잘리고 귀가 잘리고 코가 잘리고 혀가 잘려 몸에서 떨어져 나가 의식이 소멸했을 때도 한 송이 수선화와 그것을 둘러싼 세계는 존재하는가?

하지만 세계는 존재해야만 한다!

칠식인 말나식은 아집으로 세계를 긍정할지 모른다. 또는 부정할지도 모른다. 자아가 있는 이상, 그리고 그 자아가 인식하는 이상 설사 오감을 잃어도 주위의 만년필, 꽃병, 잉크병, 붉은 유리 주전자(여기에는 아침 햇빛을 받은 하얀 십자 창틀이 부드러운 곡선을 그리며 비친다.), 법전, 문진, 책상, 벽판, 그림 액자 등의 물건들이 그 연장선에 세세하게 배열된 세계가 존재한다고. 또는 자아가 있는 이상, 그리고 그 자아가 인식하는 이상 세계는 모두 현상으로서 그림자에 지나지 않고 인식이 투영될 뿐이므로 세계는 무이고 존재하지 않는다고. ……이러한 아집의 관성은 오만하게도 세계를 하나의 아름다운 공으로 여기고 마음대로 다루려 할 것이다.

하지만 세계는 존재해야만 한다!

그러려면 세계를 만들고, 존재하게 하고, 한 송이 수선화를 존재하게 하고, 순간순간 부단하게 이를 보장하는 의식이 있어야 한다. 그것이 바로 아뢰야식. 빛 없는 긴 밤을 존재하게 하고, 나아가 빛 없는 긴 밤에 혼자 눈을 뜨고 순간순간 존재와 실유를 보장하는 북극성 같은 궁극적 의식이다.

왜냐하면 세계는 존재해야 하기 때문이다!

칠식까지 모든 것이 세계를 무라고 말하고, 또는 오온(五

172

蘊)[46]이 남김없이 소멸하여 죽음이 찾아오더라도 아뢰야식이 있는 한 이로써 세계는 존재한다. 모든 것은 아뢰야식을 통해 존재하며 아뢰야식이 있기 때문에 모든 것이 있다. 하지만 만약 아뢰야식이 소멸한다면?

하지만 세계는 존재해야만 한다!

따라서 아뢰야식은 소멸하는 일이 없다. 폭포처럼, 순간순간의 물은 다른 물이지만 끊임없이 세차게 움직인다.

세계를 존재하게 하기 위해 이렇게 아뢰야식은 영원히 흐른다.

세계는 무슨 일이 있어도 존재해야 하기 때문이다!

하지만 왜?

왜냐하면 세계가 미계로서 존재해야만 비로소 깨달음의 계기가 주어지기 때문이다.

세계가 존재해야 함은 이렇듯 궁극의 도덕적 요청이다. 이것이 왜 세계가 존재해야 하는가라는 물음에 대한 아뢰야식의 마지막 대답이다.

미계로서 세계의 실유가 궁극의 도덕적 요청이라면 만물을 낳는 아뢰야식이야말로 도덕적 요청의 원천이 되는데, 그때 아뢰야식과 세계, 즉 아뢰야식과 염오법이 만드는 미계는 상호 의존한다고 말해야 한다. 왜냐하면 아뢰야식이 없으면 세계는 존재하지 않지만, 세계가 존재하지 않으면 아뢰야식은 스스로

---

46 오온(五蘊). 불교에서 말하는 인간을 구성하는 다섯 가지 요소. 물질인 색(色), 감각인 수(受), 상상인 상(想), 행동인 행(行), 의식인 식(識)을 가리킨다.

새벽의 사원

주체로서 윤회환생을 이룰 장을 갖지 못하게 되고, 따라서 깨달음의 길은 영원히 닫히기 때문이다.

최고의 도덕적 요청으로 아뢰야식과 세계는 상호 의존하고, 세계가 존재할 필요성에 아뢰야식 또한 의존한다.

더욱이 찰나의 현재만이 실유고 찰나의 실유를 보장하는 최종적 근거가 아뢰야식이라면, 동시에 모든 세계를 현현시키는 아뢰야식은 시간축과 공간축이 교차하는 점에 존재한다.

여기에서 유식론의 독특한, 동시적이면서도 인과적인 이치가 생겨난다고 혼다는 겨우 이해했다.

애초에 불설이 되려면 고타마 붓다의 직접적 가르침인 경전에 근거가 있어야 하는데 유식론은 이것을 다음과 같은 대승아비달마경의 어려운 게송에서 찾는다.

'모든 법은 의식에 저장되고
의식은 법에 그리된다
이 둘은 서로 원인이 되고
또 늘 서로 결과가 된다'

혼다가 이해한 바는 이러하다.

아뢰야식의 원인과 결과에 따라 세계가 찰나의 현재, 그 단면이라고 생각한다면, 다음과 같을 것이다.

즉 오이를 자르듯이 세계를 찰나의 현재를 기준으로 잘라서 그 단면을 살펴보면 된다고.

세계는 순간순간 생성하고 소멸하지만 그 단면에는 생성

과 소멸의 세 가지 양태가 나타난다. 하나는 '종자생현행(種子生現行)'이고 다른 하나는 '현행훈종자(現行熏種子)', 나머지 하나는 '종자생종자(種子生種子)'다. 첫 번째 '종자생현행'은 종자가 현재 세계를 생성하는 형태로 거기에는 당연히 과거의 관성이 들어 있다. 과거가 꼬리를 끌고 있다. 두 번째 '현행훈종자'에는 현재 바로 지금의 세계가 아뢰야식의 종자에 훈습해 미래를 향해 오염시키는 형태가 그려졌다. 당연히 미래에 대한 불안이 그림자를 드리운다. 하지만 모든 종자가 현행으로 오염되어 현행을 낳는 것은 아니다. 오염되어도 종자에서 저절로 다른 종자로 상속되는 부분이 있기 때문이다. 이것이 세 번째 '종자생종자'다. 그리고 이 세 번째 인과만은 동일한 찰나에 일어나지 않고 시간적 계기를 따라 '다른 시간'으로 상속된다.

그런데 세계는 이러한 세 가지 양태를 띠고 찰나의 현재에 모두 나타난다.

게다가 첫 번째 '종자생현행'과 두 번째 '현행훈종자'는 같은 찰나에 새로이 태어나 서로 영향을 주고받다가 같은 찰나에 소멸한다. 한순간의 횡단면은 종자만 상속되고 버려져 다음 순간의 횡단면으로 옮겨 간다. 우리 세계의 구조는 말하자면 아뢰야식 종자를 꼬챙이로 삼아 그곳에 무한히 많은 찰나의 횡단면을, 즉 얇게 잘린 오이 조각을 끊임없이 바쁘게 꽂고 버리고 꽂고 버리는 형태로 돼 있다.

윤회환생은 사람의 긴 인생 동안 준비돼 있다가 죽은 이후에 움직이는 것이 아니라, 세계를 순간순간 새롭게 하고 또 순간순간 버리는 것이다.

이렇게 종자는 순간순간 이 세계라는 거대한 미몽의 꽃을 피우고 또 버리며 상속되는데, 종자가 종자를 낳는 상속에는 앞서 말했듯 업종자의 도움이 필요하다. 이 도움을 어디서 얻느냐면 순간의 현행의 향에서 얻는다.

　　유식의 참뜻은 우리가 사는 찰나의 현재에 이 세계가 모두 나타난다는 말이다. 게다가 그 찰나의 세계는 다음 찰나에는 일단 소멸하고 다시 새로운 세계로 나타난다. 현재 이곳에 나타난 세계가 다음 순간 변화하며 그대로 계속 이어진다. 이런 식으로 이 모든 세계는 아뢰야식이다⋯⋯.

——

●

20

……여기까지 생각이 미치자 혼다의 눈에는 주위 사물이 지금까지 생각하지 못했던 모습으로 비치기 시작했다.

마침 그날 혼다는 몇 년 동안 계속된 소송 문제로 시부야 쇼토에 있는 저택에 초대받아 2층 거실에서 기다리고 있었다. 소송 당사자가 도쿄에 와도 숙박할 곳이 없어서 동향 출신 부호가 폭격을 피해 가루이자와로 떠나고 비어 있는 집에 머무르고 있기 때문이었다.

이 행정 소송만큼 시대를 유유히 초월한 소송은 없었다. 이 소송은 과연 1899년에 제정된 법에서 시작했고 분쟁의 원천은 메이지 유신 직후까지 거슬러 올라갔다. 소송 상대도 예전 농상무 대신에서 농림 대신으로 내각과 함께 바뀌었으며 변호사도 대대로 바뀌어서 지금 혼다에 이르렀다. 만약 승소하면 원고 소유가 되는 산림 3분의 1을 대대로 이어진 계약에 따라 보수로 받겠지만, 혼다 생각에는 이 소송이 자기가 살아 있는 동안 끝날 것 같지 않았다.

그래서 혼다는 의뢰인이 시골에서 선물로 가져온 쌀과 닭고기를 기대하며 초대에 응해, 이 시부야 저택으로 일을 구실 삼아 놀러 온 것이었다.

벌써 도쿄에 도착했을 의뢰인은 아직 오지 않았다. 분명 기차를 타고 오는 데 애를 먹고 있을 것이다.

국민복[47]과 각반 차림으로는 무더운 6월의 오후였기에 혼다는 조금이라도 바람을 쐬려고 세로로 긴 영국식 창문을 밀어 열고 창가에 섰다. 군대 경험이 없는 그는 아직까지 각반을 잘 두르지 못했고 툭하면 정강이에서 둘둘 말려서, 걸으면 스님이 목에 거는 가방을 끌고 걷는 듯이 불편했다. 붐비는 전차에서 어디에 걸리기라도 하면 위험하겠다고 아내 리에가 늘 말하곤 했다.

오늘은 각반이 말린 부분에 땀이 스몄다. 천박한 광택이 나고 한번 주름이 지면 펴지지 않는 스테이플 파이버로 만들어진 여름용 국민복의 등 아래쪽이 구겨진 채로 이상하게 늘어졌음을 혼다는 알았다. 하지만 아무리 바로잡아도 펴지지 않는다.

창밖으로 6월의 햇빛 아래 시부야 역 주변이 널찍하게 보였다. 근처 주택가는 아직 멀쩡하지만 고지대 끝에서 역까지

---

47 태평양 전쟁 시기 물자 통제 하에서 의복을 획일적이고 간소하게 하려는 목적으로 1940년에 공포한 칙령 '국민복령'에 따라 입은 남성 의복.

는 군데군데 건물이 탄 흔적이 생생했는데, 이렇게 만든 공습은 불과 일 주일 전에 일어났다. 즉 1945년 5월 24일과 25일 이틀 밤 동안 연이어 총 오백 대의 B29 폭격기가 도쿄 주택가 곳곳을 불태웠다. 아직 그 냄새가 맴돌고 한낮 햇빛에도 아비규환의 흔적이 떠다니는 듯했다.

화장터 냄새와 비슷하고 게다가 더 일상적인, 이를테면 주방이나 모닥불 냄새가 섞이고 심하게 기계적이고 화학적인 약품 공장 냄새도 더해진 듯한 이 폐허의 냄새에 혼다는 금세 익숙해졌다. 다행히도 혼고에 있는 그의 집은 아직 재해를 입지 않았지만.

머리 위 밤하늘을 송곳으로 긁는 듯한 폭탄 투하의 금속성 소리에 이어 폭발음이 주위에 울리고 소이탄에서 불이 터지는 밤이면, 사람 목소리 같지 않게 한꺼번에 내지르는 교성 같은 소리가 반드시 하늘 한쪽에서 들렸다. 혼다는 나중에 이것이 아비규환이라는 생각이 들었다.

지금 바라보는 폐허에는 불그스레한 잔해와 무너진 지붕이 그대로 남아 있었다. 까맣게 탄 말뚝처럼 높고 낮은 기둥들이 연달아 있고 거기에서 벗겨져 나온 재가 미풍에 흩날렸다.

곳곳에 눈이 부시게 번쩍이는 것들이 있었다. 대부분은 조각나 흩어진 유리창, 타서 구부러진 유리의 곡면, 깨진 병들이 빛을 반사하는 것이었다. 그러나 그것들은 바로 이 순간 6월의 빛을 온몸으로 수렴하고 있었다. 혼다는 잔해의 광휘라는 것을 처음 보았다.

무너진 벽 아래에 집집의 콘크리트 초석이 또렷이 남아 있

새벽의 사원

었다. 높고 낮은 초석 하나하나가 오후의 햇빛에 선명하게 빛났다. 그래서 폐허 전체가 신문의 지형을 뜬 것처럼 보였다. 하지만 신문의 지형처럼 올록볼록하고 우울한 회색이 아니라 질그릇 화분처럼 거의 적갈색을 띠었다.

상점가라서 나무가 적다. 반쯤 타 버린 가로수만 우두커니 서 있었다.

불에 탄 건물 대다수는 유리가 없는 이쪽 창문으로 반대편 유리창으로 들어오는 빛이 중복되어 보였고, 게다가 창틀은 불에 그을었는지 시커멓게 더러워졌다.

언덕길과 높고 낮은 복잡한 샛길이 많은 곳인 만큼 이유가 있어 지어 둔 듯한 콘크리트 돌계단이 아무것도 없는 폐허로 이어졌다. 돌계단 위에도 아래에도 아무것도 없다. 어디에서 어디로 이어지는지 알 수 없는 잔해의 밭에서 돌계단만 방향을 고집했다.

전체적으로 조용했지만 희미하게 움직이며 둥실 떠 있는 것이 있었다. 눈을 돌리니 검은 사체가 수많은 구더기에 덮여 꿈틀거리는 것을 착각한 듯했다. 바람을 따라 재가 사방에서 떨어져 떠다녔다. 흰 재도 있고 검은 재도 있다. 떠다니는 재는 다시 무너진 벽에 달라붙어 머무른다. 짚이 탄 재, 책 종잇장의 재, 헌책방의 재, 이불 가게의 재…… 그것들은 구분 없이 섞이고, 섞이는가 싶으면 떠다니며 폐허 전체에 비틀거리며 움직인다.

그러는가 싶더니 아스팔트 길의 일부가 검게 빛난다. 파열된 수도관에서 뿜어져 나온 물이 그대로 고인 것이다……

하늘은 이상하게 넓고 여름 구름은 결백하다.

— 이것들은 바로 지금 혼다의 오감에 주어진 세계였다. 저축을 충분히 해 놓았기 때문에 전쟁 중에도 마음에 드는 일만 맡고 여가 시간을 오롯이 윤회환생 연구에 바칠 수 있었던 것이, 지금 혼다의 마음으로는 바로 이런 폐허를 현현시키기 위해 계획된 일처럼 느껴졌다. 파괴자는 자기 자신이었다.

둘러보는 곳마다 타고 문드러진 이 종말 같은 세계는 그러나 그 자체로 끝이 아니거니와 시작도 아니었다. 그것은 순간순간 태연하게 갱신되는 세계였다. 아뢰야식은 어떤 것에도 동요하지 않고 이 검붉은 폐허를 세계로서 받아들인 후 또 다음 순간에 곧바로 버리며, 똑같지만 날마다 달마다 점점 파멸의 색이 깊어지는 세계를 받아들이는 것이 틀림없다.

예전의 이곳과 비교할 때 느끼는 감회는 혼다에게 조금도 없었다. 그저 눈부신 폐허가 반사하는 빛을 보고, 깨진 유리 한 조각이 지금 눈에 띄면 다음 찰나에는 그 유리 조각도 없어지고 폐허 전체도 없어져서 다시 새로운 폐허를 맞으리란 것을 감각적으로 확실하게 받아들였다. 파국에는 파국으로 대항하고, 끝도 없는 쇠퇴와 파멸에는 더 거대하고 더 완전한 순간순간의 멸망으로 대처하기……. 그렇다. 순간순간의 확실하고 규칙적인 완전한 파멸을 확실하게 마음속에 담아 두고 나아가 불확실한 미래의 멸망에 대비하기……. 혼다는 유식론에서 배운 이 전율할 만큼 상쾌한 생각에 취했다.

새벽의 사원

21

　이야기가 끝나자 혼다는 선물을 받고 시부야 역으로 향해 집으로 돌아갔다. B29가 오사카에 대규모 폭격을 했다는 뉴스가 있었다. 요즘은 주로 간사이 지방을 노린다는 소문이 많다. 도쿄는 잠시 소강 상태로 접어든 모양이다.

　그래서 혼다는 날이 밝은 동안 조금 더 걷고 싶었다. 도겐 언덕을 올라가면 옛 마쓰가에 후작가가 있다.

　혼다가 아는 한 마쓰가에가는 다이쇼 시기 중반[48]에 14만 평의 땅 중에서 10만 평을 하코네(箱根) 토지주식회사에 팔았는데, 그때 모처럼 들어온 돈의 절반을 나중에 은행 열다섯 곳이 도산하면서 잃었다. 그 뒤 마쓰가에가에 들어온 양자가 방탕한 사람이어서 나머지 4만 평을 차례차례 처분해 지금 마

48　1910년대 후반에서 1920년대 초반.

쓰가에가는 1000평만 남은 흔한 저택이 됐을 것이다. 그 저택 앞을 차를 타고 지나간 적이 있지만 이제는 연이 없는 그가 저택 안에 들어간 적은 없다. 지난주 공습으로 불타지는 않았을까, 혼다는 막연한 호기심을 가지고 있었다.

도겐 언덕 위 불타 버린 건물들을 따라 이어진 길은 이미 정비되어서 올라가는 데 불편함은 없었다. 여기저기 방공호 위를 타 버린 목재와 양철판으로 덮고 임시 거처에서 생활을 시작한 사람들이 보였다. 저녁 식사 시간이 다가와 밥 짓는 연기가 피어오른다. 땅 위로 드러난 수도관에서 냄비에 물을 채우는 사람도 보인다. 하늘은 저녁놀로 진하게 물들었다.

언덕에서 위쪽 대로까지 난페이다이 일대는 일찍이 전부 마쓰가에가의 14만 평 땅에 속했다. 그것이 잘게 분할되어 오늘에 이르렀다가 이제 다시 광활한 폐허가 되어, 넓은 하늘의 저녁놀을 받으며 예전 규모를 되찾았다.

유일하게 타지 않고 남은 헌병분대 건물에 완장을 찬 군인들이 드나들었다. 아마 그 건물은 마쓰가에가 옆에 있었을 것이다. 과연 그 맞은편에 마쓰가에가의 돌기둥이 있었다.

문 앞에 서니 1000평 정도의 땅이 매우 좁아 보였다. 많은 셋집이 땅을 나누었기 때문이다. 안쪽 연못과 석가산은 예전의 넓은 연못과 단풍산을 어설픈 모형으로 만든 것처럼 보였다. 뒤쪽에 돌담이 없고 나무 울타리도 타서 쓰러진 탓에 난페이다이까지 펼쳐진 이웃 땅의 넓은 폐허가 눈에 들어왔다. 아마 예전의 넓디넓은 연못을 매립한 자리인 듯했다.

연못에는 한때 강섬이 있었고 단풍산 폭포가 쏟아져 내렸

세벽의 사원

다. 혼다는 기요아키와 함께 보트를 타고 섬으로 건너가 그곳에서 물빛 기모노를 입은 사토코를 보았다. 기요아키는 생기 넘치는 청년이었고 혼다도 자기가 생각하는 것보다는 훨씬 청년다운 청년이었다. 무언가가 시작하고 무언가가 끝났다. 게다가 아무런 흔적도 남기지 않았다.

마쓰가에가의 땅은 가차 없이 가해진 무차별 폭격에 재현됐다. 땅의 기복이 달라지긴 했지만 혼다가 폐허를 둘러보며 연못이 어디에 있었고 '오미야사마'가 어디에 있었고 여기는 안채, 저기는 양관, 저기는 현관 앞 마차가 서던 곳 하는 식으로 거의 모든 위치를 파악할 수 있었다. 그렇게나 자주 다녔던 마쓰가에가는 기억에 정확하게 새겨져 있었다.

하지만 피어오르는 저녁놀 붉은 구름 아래에는 쪼그라든 양철판, 깨진 기와, 갈라진 나무들, 녹은 유리, 그을린 판자, 또는 해골처럼 허옇게 고립된 난로 굴뚝, 마름모꼴로 부서진 문 등 무수한 파편이 하나같이 붉게 녹슨 색으로 물들었다. 모두 쓰러져 땅에 엎드려 있었지만 매우 방만하게 규칙을 짓밟은 그 모양새는 마치 지금 막 땅에서 싹튼 기괴한 쐐기풀 같았다. 석양이 하나하나에 정확히 그림자를 드리워서 더욱 그렇게 보였다.

마구 뜯은 구름을 여기저기에 어질러 놓은 듯한 하늘은 붉기만 했다. 그 색은 구름의 뼛속까지 스며들었다. 그리고 뜯고 남은 구름의 실밥들이 전부 금빛을 발했다. 혼다는 하늘이 이렇게 불길하게 보인 적은 처음이었다.

갑자기 광활한 폐허 건너편에서 하나 남은 정원석에 앉아 있는 사람이 눈에 들어왔다. 윤이 나는 연보라색 몸뻬 바지 뒷면이 석양빛을 받아 포도색으로 보인다. 위로 올린 반들거리는 검은 머리는 젖어 있다. 심하게 웅크린 모습이 괴로워 보인다. 울고 있는 듯 보이기도 하지만 어깨를 들먹이지 않고, 괴로운 듯 보이기도 하지만 등에 고뇌의 파도가 일지 않는다. 그대로 말라 죽을 것처럼 웅크리고만 있다. 생각에 잠겼다 해도 부동자세가 지나치게 길다. 머리 윤기로 보아 아마도 중년 여성일 텐데 주변의 어느 집 주인이거나 연고가 깊은 사람인 것으로 짐작된다.

혹시 발작하거나 하면 도와야겠다고 혼다는 생각했다. 가까이 다가가자 여자가 정원석 옆에 둔 검은 손가방과 지팡이가 눈에 들어왔다.

혼다는 그 어깨에 손을 올리고 조심스레 가볍게 흔들었다. 만약 힘을 가하면 그대로 재가 되어 무너져 버릴 것처럼 느꼈기 때문이다.

여자는 비스듬하게 얼굴을 들었다. 얼굴을 보고 혼다는 두려워졌다. 검은 머리가 가발임은 부자연스럽게 머리 뿌리 언저리가 떠 있어서 바로 알 수 있었고, 움푹 들어간 눈도, 주름을 메울 정도로 진하게 분을 칠했고, 윗입술은 궁정식 산 모양으로 그리고 아랫입술은 작게 칠한 붉은 연지가 선명하게 꽃을 피웠다. 말을 잃게 하는 그 노화 아래에 다데시나의 얼굴이 있었다.

"다데시나 씨 맞죠?"

혼다는 무심코 그 이름을 말해 버렸다.

"누구시지요?" 다데시나는 이렇게 말하더니 "조금만 기다리세요." 하면서 서둘러 품에서 안경을 꺼냈다. 안경다리를 펴서 귀에 거는 술수를 부리는 그 동작에서 옛날의 다데시나가 언뜻 보였다. 돋보기안경으로 상대방을 확인한다는 핑계로 재빨리 계산해 마음속으로 먼저 상대방을 확인하려는 것이다.

하지만 술수는 성공하지 못했다. 돋보기안경을 써도 노파 앞에는 낯모르는 남자가 서 있을 뿐이었다. 다데시나의 얼굴에 처음으로 불안과 어떤 지극히 오래된 귀족적 편견 — 오랫동안 능란하게 모사하며 익힌 온화한 차가움 — 이 나타났다. 이번에는 딱딱한 말투로 이렇게 말했다.

"실례지만 기억력이 떨어져서 누구신지 잘……."

"혼다입니다. 삼십여 년 전인가요, 마쓰가에 기요아키와 가쿠슈인을 같이 다녔고 그때 이 저택에도 자주 놀러 왔던 친구예요."

"아, 그 혼다 씨로군요. 반가워라. 알아보지 못해 미안해요. 혼다 씨라. …… 그렇네요, 정말로 혼다 씨네요. 젊었을 적 얼굴이 그대로 남아 있어요. 뭐라고 말해야 할지……."

다데시나는 서둘러 소매를 안경 아래로 가져갔다. 그 옛날 다데시나의 눈물은 항상 의심스러웠지만, 지금은 눈 아래 하얀 분이 비에 젖은 하얀 벽처럼 금세 번지고 눈물은 그 탁한 눈에서 거의 기계적으로 철철 흘러넘쳤다. 기쁨하고도 슬픔하고도 관계없는, 빗물받이 통을 뒤엎은 듯한 그 눈물은 예전보다 훨씬 믿음이 갔다.

그래도 다데시나의 노쇠는 무서울 정도였다! 진한 분에 가려진 피부에는 노쇠의 이끼가 전신에 퍼졌고 미세한 비인간적 영리함이 죽은 사람의 주머니에서 똑딱이는 회중시계처럼 부지런히 움직이는 것이 느껴졌다.

"건강해 보여서 다행이네요. 올해 연세가 어떻게 되시지요?" 하고 혼다가 물었다.

"올해로 아흔다섯 살이 됩니다. 귀가 좀 어둡긴 하지만 병도 없고 다리, 허리도 튼튼해서 보시는 대로 지팡이만 있으면 어디든 혼자서 돌아다닐 수 있어요. 신세 지고 있는 조카 집에서 혼자 돌아다니지 말라고 하지만, 언제 어디서 죽어도 상관없는 몸이기 때문에 움직일 수 있는 한은 마음껏 돌아다니려고 합니다. 공습도 무섭지 않습니다. 폭탄이든 소이탄이든 맞으면 누구에게도 폐 끼치지 않고 편히 죽을 수 있지요. 요즘 길가에 늘어선 시체를 보면 이상하게 들리겠지만 부럽기도 합니다. 얼마 전에 시부야 일대가 불탔다는 말을 듣고 마쓰가에 님의 저택이 어떻게 됐는지 궁금한 나머지 조카 부부 몰래 이렇게 나온 참이에요. 만약 후작님 부부가 살아 계셨더라면 이 세상을 보고 뭐라고 생각하실까요? 괴로운 일을 겪지 않고 돌아가셔서 오히려 운이 좋은지도 몰라요."

"다행히 저희 집은 타지 않았지만 어머니에 대해 같은 생각이 듭니다. 일본이 승승장구할 때 돌아가셔서 오히려 운이 좋았다고 생각해요."

"아니 저런, 어머님께서…… 전혀 몰랐네요……."

다데시나는 예전처럼 아무런 감정이 들어 있지 않은 공손한 인사를 잊지 않았다.

"아야쿠라 씨는 그 뒤로 어떻게 지내시는지."

혼다는 묻고 나서 묻지 말아야 할 것을 물었다고 생각했다. 과연 노파는 눈에 보일 정도로 머뭇거렸다. 다만 다데시나가 '눈에 보일 정도로' 나타내는 감정은 늘 전시용이고 진솔함과는 거리가 먼 것이 보통이지만.

"네, 아가씨가 출가하신 이후 저는 아야쿠라가를 떠났고 그 뒤로는 야아쿠라 님 장례식 때만 갔습니다. 부인은 아직 살아 계시지만 부군이 돌아가시자 도쿄의 집을 처분하고 교토 시시가타니에 있는 친척 댁에 머무르고 계세요. 그리고 아가씨는……."

"사토코 씨를 만났어요?"

혼다는 가슴이 뛰는 것을 느끼며 무심코 물었다.

"네. 그 뒤로 세 번 만나 뵈었습니다. 찾아갈 때마다 친절하게 대해 주시고 이런 저 같은 사람한테도 오늘 밤 절에 묵고 가라고 하시고 얼마나 상냥하신지……."

다데시나는 이번에는 흐려진 안경을 벗고 서둘러 소매에서 질 나쁜 휴지를 꺼낸 뒤 오랫동안 눈에 대었다. 그리고 손을 뗐을 땐 눈 주위에 분이 떨어져 어두운 부분이 생겨났다.

"사토코 씨는 건강한가요?"

혼다는 재차 물었다.

"그럼요, 건강하시지요. 뭐라고 말해야 할까요? 점점 맑아지는 아름다움, 이 세상의 탁한 부분을 전부 씻은 아름다움이 나이를 먹어 가면서 되레 더 선명해졌어요. 꼭 한번 찾아가 보세요. 반드시 반가워하실 거예요."

혼다는 갑자기 사토코와 단둘이 자동차를 타고 가마쿠라에서 도쿄로 돌아왔던 그날 밤의 드라이브가 생각났다.

……그때 사토코는 '타인의 여자'였다. 하지만 그때 사토코는 무례할 정도로 여자였다.

이미 마지막이 다가올 것을 예감하고 각오를 다졌다고 말하던 사토코의 옆얼굴이, 새벽이 오기 전 차창을 스쳐 지나가는 우거진 수풀을 배경으로 문득 눈을 감고 긴 속눈썹을 보인 전율의 순간을 혼다는 어제 일처럼 생생하게 떠올렸다.

정신을 차리니 다데시나는 공손함을 가장한 얼굴을 무너뜨리고 이쪽을 쳐다보고 있다. 비단을 우그린 듯한 주름이 산 모양으로 연지 바른 입술 주위를 감싸고 있었지만, 양끝 주름이 다소 당겨져서 미소를 지은 듯도 보였다. 갑자기 드문드문한 잔설 속 오래된 우물 같은 두 눈에서 눈동자가 흐르며 반짝이는 교태가 재빠르게 내달렸다.

"혼다 씨도 사토코 아가씨에게 마음이 있었죠. 저도 알고 있었어요."

긴 세월이 지나 그런 까닭 있는 듯한 말을 듣는 불쾌함보다 다데시나의 요염한 빨간 숯불에 무서움을 느껴, 혼다는 화제를 돌려야겠다는 생각에 아까 의뢰인에게서 받은 선물을 떠올렸다. 그중 계란 두 개, 닭고기 조금을 다데시나와 나누자고 생각했다.

과연 계란을 손에 받은 다데시나는 굉장히 순진하게 기뻐하며 감사를 표했다.

"아, 계란이라니. 요즘 세상에 계란은 흔치 않지요! 몇 년

새벽의 사원

동안 보지 못했어요. 계란이라니, 이야!"

그 뒤로 장황하게 이어지는 요란한 감사 인사에 혼다는 이 노파가 배를 채울 만한 음식을 거의 얻지 못했음을 알았다. 더욱 놀란 것은 다데시나가 가방에 넣은 계란을 다시 꺼내더니 이미 노을 색깔이 어스레해진 저녁 하늘을 향해 들어 올리며 이렇게 말했을 때였다.

"집에 가져가기보다, 무례하게 받아서 죄송하지만 그냥 여기서……."

그렇게 말하며 노파는 아쉽다는 듯 계란 하나를 푸르스름하게 어두워지는 저녁 하늘에 비추었다. 계란은 그 떨리는 노쇠한 손가락 사이에서 치밀하고 차가운 살갗에 빛을 띄웠다.

그리고 다데시나는 잠시 동안 손바닥으로 계란을 어루만졌다. 주변 소리가 끊겨서 노파의 마른 손바닥과 계란이 마찰하는 소리만 희미하게 들렸다.

계란을 깰 장소를 찾는 것을 혼다는 내버려 두었다. 어떤 꺼림칙한 일을 거드는 느낌이 들어서 돕기가 꺼려졌기 때문이다. 다데시나는 의외로 능숙하게 자기가 앉아 있는 돌 가장자리에 계란을 깼다. 내용물이 떨어지지 않도록 신중하게 입으로 가져가 천천히 기울이고, 저녁 하늘을 향해 벌린 입에서 허옇게 번쩍이는 틀니 사이로 흘려 넣었다. 그 입을 통과할 때 둥근 노른자의 윤기가 순간 보였고, 다데시나의 목을 넘어가는 소리가 유난히 건강하게 들렸다.

"아, 오랜만에 영양가 있는 음식을 먹었습니다. 다시 살아나는 것 같아요. 옛날 한창 젊었을 때의 모습이 다시 살아나는 것 같아요. 젊었을 적에는 무슨무슨 미인이라는 소리도 들었지요. 믿기지 않겠지만요."

다데시나의 말투가 갑자기 거리낌 없어졌다.

사물의 형체가 저녁 어스름에 싸이기 직전 외려 선명하고 정교해지는 시각이 있다. 지금이 그렇다. 폐허 속에서 타 버려 갈라진 나무, 찢긴 정원수의 생생한 틈새의 색 등이 빗물 웅덩이가 남아 있는 휘어진 양철판과 함께 불쾌할 정도로 자세히 눈에 비친다. 서쪽 하늘 끝에는 검게 탄 채로 높이 솟은 건물 두세 채 사이로 붉은 빛 한 줄기가 걸쳐졌을 뿐이다. 그 붉은 파편은 타 버린 건물 창문에도 비친다. 마치 사람 없는 폐가 안에 붉은 등 하나를 켜 놓은 듯하다.

"어떻게 감사 인사를 드려야 할지. 옛날부터 친절한 도련님이었는데 지금도 혼다 씨는 정말 친절하시네요. 보답으로 드릴 것은 없지만 적어도……."

다데시나는 손으로 손가방을 뒤졌다. 혼다가 말리기 전에 책 한 권을 꺼내더니 그의 손에 쥐여 주었다.

"……적어도 평소에 제가 소중히 가지고 다니는 경전을 드리겠습니다. 재앙으로 다치지 않도록 돕는, 어떤 스님이 주셨던 고마운 경전인데 오늘 이렇게 혼다 씨를 우연히 만나 옛날 이야기도 하고 미련 하나 남는 것 없으니 혼다 씨에게 드리겠습니다. 공습이 예상되는 날 나가실 일도 있을 것이고 나쁜 열병도 유행한다고 하니, 이 경전을 지니고 다니시면 분명 화를 피하실 겁니다. 제 작은 성의라 생각하고 받아 주세요."

혼다는 일단 책을 받고 표지에 쓰인 제목을 보았다.

새벽의 사원

『대금색공작명왕경』이란 제목을 어스름 속에서 간신히 읽
을 수 있었다.

|

•

22

그날 이후 혼다는 사토코와 만나고 싶은 기분을 누르기 힘들었는데, 여기에는 사토코가 아직 아름답다고 한 다데시나의 말도 한몫했다. 불탄 자리 같은 '아름다움의 폐허'를 보기가 무엇보다 두려웠기 때문이다.

하지만 전황은 갈수록 악화되어서 군에 웬만한 연줄이 없으면 기차표를 구하기도 어려웠고 내키는 대로 여행을 떠나기는 엄두도 낼 수 없었다.

그렇게 하루하루가 지나는 동안 혼다는 다데시나가 준 『대금색공작명왕경』을 펼쳤다. 지금까지 혼다는 밀교[49] 경전에 친숙해질 기회가 없었다.

---

49 7세기 후반 인도에서 성립한 대승불교의 한 부파로 주술을 중시하는 신비주의가 바탕이다. 금강승이라고도 불린다.

새벽의 사원

작고 알아보기 힘든 활자로 돼 있고 처음 부분에 해설과 의궤 등이 적혀 있다.

우선 공작명왕은 태장계만다라 소실지원의 남쪽 끝에서 여섯 번째에 위치하고, 모든 부처를 낳는 덕이 있다고 하여 '공작불모'라고도 칭한다.

이 여신은 혼다가 지금까지 모은 불서에 비추어 봤을 때 명백히 샤크티 신앙에 기초했다. 샤크티 신앙은 시바 신의 아내인 칼리 또는 두르가를 향해 있으므로 예전에 혼다가 캘커타에서 참배했던 칼리가트 사원의 그 피비린내 나는 칼리 여신상이야말로 공작명왕의 원형이었다.

이 사실을 알자 우연히 얻은 경전에 갑자기 마음이 들떴다. 밀교 의례에 사용되는 주문(다라니), 진언과 함께 힌두교 고대 신들이 불교 세계 안으로 형태를 바꾸며 차례대로 쏟아져 들어왔다.

원래 공작명왕경은 뱀의 독을 막는, 또한 뱀에 물려도 곧바로 낫게 하는 주문을 부처가 말한 것이라 한다.

공작경에 따르면,

'출가한 지 얼마 안 되는 길상이라는 승려가 목욕을 하려고 장작을 패는데 이상한 나무 아래에서 나타난 검은 뱀 한 마리에게 오른쪽 발가락을 물려 기절해서 땅에 주저앉고 눈이 뒤집어지고 입에서 거품이 나왔으므로 아난다가 부처에게 가서 물었다. "이 사람을 어떻게 치료합니까?" 그러자 부처가 이르길, "네가 여래의 대공작왕주경을 가지고 길상을 끌어안아 염불하면 독은 해롭지 않을 것이며 칼도 지팡이도 어떤 화

도 부르지 못하리라."라고 하였다.'

뱀독뿐 아니라 모든 열병, 모든 외상, 모든 고통을 없애는 효험이 있다는 이 경전은, 독경할 때는 물론이고 공작명왕을 마음속에 떠올리기만 해도 공포와 적, 모든 화를 물리칠 수가 있는 고마운 경전이므로, 헤이안 시대에 도지[50] 장로, 닌나지[51] 주지에게만 허락됐던 공작명왕경의 밀교 의례는 천재지변에서 역병과 출산에 이르기까지 모든 화에서 무사하기를 염원하는 목적으로 행해졌다.

공작명왕의 원형인 칼리 여신이 혀를 늘어뜨리고 잘린 목 목걸이를 한 피비린내 나는 모습인 것과 달리, 그림 속 공작명왕은 말 그대로 공작새를 신으로 만든 듯 화려하고 호화로운 모습이었다.

공작새 울음소리를 모방했다고 알려진 '가가가가가가가가가가가(訶訶訶訶訶訶訶訶訶訶訶訶)'라는 다라니, 공작새의 성취를 뜻한다는 '마유라길라제사가(摩諭羅吉羅帝莎訶)'라는 진언, 또 의궤에서 위엄 있게 '불모대공작명왕인(佛母大孔雀明王印)'이라 칭하는, 두 손을 손가락이 엇갈리게 맞잡고 엄지손가락과 새끼손가락이 서로 누르는 특수한 인상(印相)까지 그 모두가 공작의 위엄에 대한 서술이요 모사였다. 이 인상은 곧 공작새의 형태로서 새끼손가락은 꼬리, 엄지손가락은 머리, 나

---

50 東寺. 교토에 있는 교왕호국사라는 이름의 절로 헤이안 시대 8세기 말에 고대 일본의 도성 정문 동쪽에 세워졌다. 서쪽의 절은 사이지(西寺)라 한다.
51 仁和寺. 교토에 있는 절로 헤이안 시대 9세기 초에 우다 천황이 세웠다. 메이지 유신 전까지 황실이나 귀족 자제가 주지를 맡는 몬제키 사원이었다.

머지 손가락은 깃털에 해당하고, 진언을 외면서 여섯 손가락을 움직이는 것으로 공작새가 춤추는 모습을 나타냈다.

금색 공작새를 탄 명왕 뒤에는 다름 아닌 인도의 푸른 하늘이 펼쳐졌다. 사람의 마음에 현란한 환영을 불러일으키려면 반드시 이 열대 하늘, 부푼 구름, 오후의 권태, 저녁 미풍이 필요하다.

금색 공작은 정면을 바라보고 땅에 두 다리로 굳건히 서 있다. 날개를 펼치고 등에 명왕을 업고 후광 대신 현란한 깃을 펼쳐 명왕의 뒤쪽까지 수호한다. 명왕은 공작새 등에 깔린 하얀 연꽃 위에 결가부좌로 앉아 있다. 명왕의 네 팔 중 가장 오른쪽 손은 활짝 핀 연꽃을 들고, 둘째 손은 구연과를 들고, 왼쪽 첫째 손은 심장 위로 길상과를 들고, 둘째 손은 서른다섯 개의 깃털로 이루어진 공작새 꼬리를 들었다.

명왕은 자비로운 표정이고 정면을 바라보는 얼굴과 몸은 지극히 희며 얇은 비단만 둘러 드러난 맨살은 머리에 쓴 관, 목에 건 목걸이, 귀에 흘러내린 귀걸이, 손목에 두른 팔찌 등 눈부신 장신구로 꾸며졌다. 무겁게 반쯤 뜬 눈꺼풀에는 하지만 오후 낮잠에서 일어난 듯한 천연덕스러운 나른함이 하늘거린다. 무한히 자비를 베풀고 무한히 재앙에서 사람들을 구하는 것은 마치 혼다가 인도의 어느 밝고 넓은 들판에서 보았던 무위의 졸음과 닮은 감정을 낳는지도 모른다.

이 한없이 하얗고 조용한 자태에 비해 등 뒤에서 빛나는 공작새 깃은 오색찬란하게 펼쳐졌다. 새들 중에서 가장 저녁놀 구름과 가까운 색깔이며, 마치 혼란한 세계를 질서 있게 배열한 밀교의 만다라처럼, 모든 질서를 잃은 저녁놀 구름 색깔의 범람, 그 얽매이지 않은 형태, 그 빛의 착란에 기하학적 무늬와 농담 있는 색깔로 질서를 부여했다. 금색, 초록색, 남색, 보라색, 갈색 같은 암울한 광채, 하지만 저녁놀도 끝나 가는, 태양이 점차 가라앉아 본래 모습은 거의 잃어 가는 시각을 보여 주었다.

공작새 깃에는 붉은색만 없었다. 만약 이 세상에 붉은 공작새가 있고 그 새가 깃을 활짝 편 등에 붉은 공작명왕이 앉아 있다면 그 왕은 바로 칼리 여신일 것이다.

다데시나와 만난 폐허의 하늘에 퍼진 저녁놀 구름에 분명 그 공작새가 나타났다고 혼다는 생각했다.

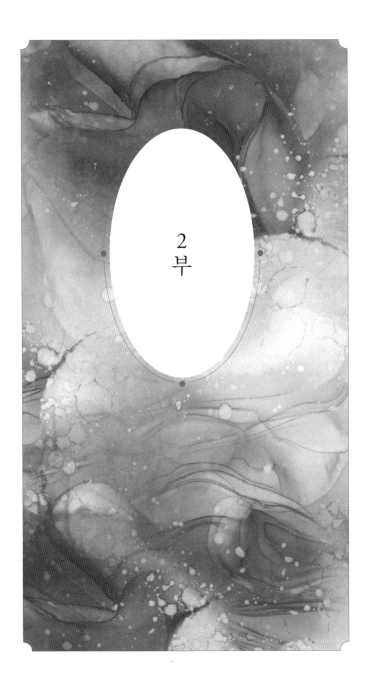

2
부

23

———
●

"훌륭한 편백나무 숲을 만드셨네요. 예전에 이 근처는 나무 한 그루 없이 황량했는데." 하고 혼다의 새 이웃이 말했다.

히사마쓰 게이코(久松慶子)는 당당한 여성이었다.

쉰을 목전에 두고 있지만 성형수술을 했다는 소문이 있는 그 얼굴은 지나치게 팽팽하고 지나치게 광택이 나는 젊음을 지니고 있었다. 요시다 시게루[52]나 맥아더 장군과 허물없이 대화할 수 있는 예외적인 일본인으로 아주 오래전에 이혼했다. 현재 애인이 후지(富士)산 기슭의 캠프에서 근무하는 미 점령군 젊은 장교였기에 오랫동안 방치해 둔 고텐바(御殿場) 니노오카(二ノ岡)에 있는 별장을 수리해서 가끔 그곳으로 밀회를 하러 오거나, 자신의 말에 따르면 "쌓인 편지에 천천히 답장을

---

[52] 일본의 45대 수상으로 약 1946년 5월부터 1947년 5월까지 재임했다.

새벽의 사원

쓰러" 왔다. 그렇게 혼다 별장의 이웃이 된 것이다.

1952년 봄에 혼다는 쉰여덟 살이 됐다. 난생 처음 별장을 소유하게 되어 내일 개장식에 도쿄에 있는 손님들을 초대했다. 오늘부터 준비하려고 하루 묵을 예정으로 와서 이웃 게이코에게 처음으로 이 집과 5000평의 정원을 먼저 둘러봐 달라고 한 참이었다.

"언제 완성될는지 내 집인 것처럼 기대했어요." 게이코는 가는 굽 구두를 신고 서리에 젖어 축축한 잔디밭을 물새처럼 한 걸음 한 걸음 발을 들어 올리고 걸으며 말했다. "이 잔디는 작년에 심으셨죠? 잘 뿌리내렸네요. 정원을 먼저 만들고 나중에 천천히 집을 짓다니, 정말로 좋아하지 않으면 할 수 없는 일이죠."

"머물 곳이 없어서 고텐바에 숙소를 두고 오가면서 정원을 만들었으니까요."

그렇게 대답하는 혼다는 몸에 스미는 추위를 막고자 파리의 콘시어지가 입을 법한 두껍고 올이 약간 풀린 카디건에 실크 스카프를 두른 차림이었다.

평생 놀고 지낸 게이코 같은 여성 앞에 있으면 혼다는 평생 일하고 공부하다 노년을 시작하며 급하게 여유와 게으름을 배운 초라한 스스로가 간파당하는 기분이었다.

자신이 별장 주인으로서 여기 있을 수 있는 것은 1899년 4월 18일 천황 날인으로 공포된 '국유 토지·산림·들판 반환법'이라는, 지금은 아무도 모르는 낡은 법 덕분이다.

1873년 7월 토지개혁 법령이 발표됐을 때 정부 관리들은 마을을 돌아다니며 토지 소유자를 확인했다. 토지세가 부과될 것이 두려웠던 소유자들은 자기 토지여도 모른 척 부인했다. 그래서 수많은 사유지와 공유지가 소속 불명의 토지가 되어 국유지로 이관된 것이다.

훨씬 나중에야 이에 대한 후회와 원망의 목소리가 커져 1899년에 법이 만들어졌는데, 그 법 2조에서 토지 반환을 신청하는 사람은 과거에 소유했던 사실을 입증해야 할 책임이 있고 공문서와 기타 여섯 가지 증거 서류 중 적어도 하나를 제출해야 한다고 규정했다. 그리고 6조에서 이 소송은 행정재판소가 관할한다고 규정했다.

수많은 관련 소송이 1900년대에 제기됐지만 행정재판소는 항소 기회 없이 한 번의 심리만 허용했고, 또 재판 절차를 감독할 기관도 없었기 때문에, 무슨 사건이든 그저 유유하게 흘러갔다.

별생각 없이 한 거짓말 때문에 부락 소유 산림을 몰수당한 부락 공동체에서는 오아자[53]가 소송을 제기하여 행정 소송의 원고가 됐다. 설령 마을이 합병돼도 오아자가 '재산구'로서 계속 권리 주체였기 때문이다.

후쿠시마현 미하루 지방 어느 마을에서 1900년에 이 소

---

53 大字. 행정 구역 단위. 메이지 유신 이후 1899년에 지방제도 개편으로 시정촌제(市町村制)를 실시하며 기존의 정촌 단위를 통폐합했다. 이때 새로운 정촌 이름이 생기거나 기존 정촌 이름을 남겨 두거나 했는데 기존 정촌 이름을 쓸 때 앞에 오아자를 붙였다. 오아자 내에 있는 작은 하위 구역에는 고아자(小字)를 붙인다.

새벽의 사원

송이 제기된 이후 정부도 원고도 유유히 시간을 보냈다. 반세기 사이 상대방은 농상무 대신에서 농림 대신으로 바뀌었고, 소송 대리인인 변호사도 차례차례 세상을 떠나 인계되었다. 1940년에 오아자 대표가 도쿄에 와서 저명한 변호사인 혼다를 방문해 이 가망 없는 소송을 부탁했다.

이 반세기의 정체 상태가 패전으로 무너졌다.

1947년에 시행된 새 헌법으로 특별재판소와 행정재판소가 폐지되어, 진행 중인 행정 소송 사건은 도쿄고등재판소 관할로 이관돼 민사 사건으로 처리됐다. 그래서 이 사건에서 혼다는 쉽게 승소했는데, 이 승리는 우연히 그 자리에 있어서 얻은 요행이라고밖에 할 수 없었다.

혼다는 메이지 시대 이후 인계된 계약에 따라 성공 보수를 받았다. 즉 오아자 소유로 돌아간 산림의 3분의 1이다. 산림을 그대로 받을지 시가 매각대금으로 받을지는 그의 선택에 맡겼기 때문에 혼다는 후자를 택했다. 이렇게 혼다는 3억 6천만 엔이라는 돈을 얻었다.

이 일은 혼다의 생활을 뿌리부터 바꿔 놓았다. 전쟁 중에 점점 변호사 생활에 싫증을 느낀 혼다는 혼다 법률 사무소라는 잘 알려진 이름은 그대로 두고, 실제 일은 후배에게 맡긴 채 자신은 가끔 얼굴만 보였다. 인간관계가 바뀌고 마음가짐도 바뀌었다. 이렇게 4억 가까운 돈이 굴러들어온 일도, 그것을 가능하게 한 새로운 시대도 진지하게 받아들일 수 없었기 때문에 자신도 불성실해지자고 생각했다.

차라리 불타 버렸으면 좋았을 만큼 낡은 혼고의 집도 부수고 다시 지을까 생각했지만, 혼다는 더 이상 도쿄에 어떤 새로운 것을 지어 영원불멸의 환상을 안고 살고 싶지 않았다. 어차피 다음 전쟁이 덮쳐서 드넓은 폐허로 만들 테니.

아내 리에는 이렇게 낡고 넓은 저택에 부부 둘이서 살기보다 땅을 팔고 아파트에서 살고 싶어 했는데, 혼다는 어디 사람 없는 곳에 별장을 지으면 병약한 리에의 몸조리에 도움이 되지 않겠느냐고 이유를 붙였다.

아는 사람의 소개로 하코네 센고쿠바라에 땅을 보러 간 부부는 그곳이 습기가 굉장하다는 말을 듣고 겁이 났다. 운전기사의 안내를 따라 하코네를 넘어 고텐바 니노오카에 있는 사십 년쯤 전에 개장한 별장지를 둘러보았다. 옛날 지체 높은 사람의 별장이 있었는데 전후에는 후지산 훈련장 주변의 미점령군과 이들을 상대하는 여성들을 피해 문을 닫았다. 그 별장지 서쪽에, 원래 국유지였다가 토지개혁 결과 농민들에게 무상으로 넘겨진 황무지가 있었는데 그곳이 알짜 매물인 듯했다.

하코네산 기슭인 그 일대는 후지산처럼 화산회토는 아니지만 편백나무밖에 자라지 못하는 척박한 땅이 남아돌아 농민들에게 골칫거리였다. 참억새와 쑥으로 덮인 경사면이 완만하게 시냇물로 이어지며 정면에 후지산이 보이는 그 자리가 혼다는 마음에 들었다.

알아보니 땅값도 아주 쌌기 때문에 다시 생각해 보라는 리에의 말을 제치고 혼다는 곧바로 5000평 땅의 계약금을 치렀다.

리에는 이 황무지가 풍기는 말할 수 없이 침울하고 험악한 느낌이 마음에 들지 않는다고 말했다. 리에가 두려워하는 것은 일종의 우수였다. 노후 생활에 그런 우수는 불필요하다고 직감한 것이다. 그러나 혼다가 꿈꾼 것은 쾌락이었으므로 땅에 서린 우수는 없어서는 안 될 것이었다.

"무슨 소리예요. 땅을 고르고 잔디를 심고 집을 지으면 오히려 너무 밝다 싶을 만큼 별장이 밝아질 거예요." 하고 혼다는 말했다.

— 집을 짓는 데 그 지역 목수를 고르고 식목과 조경에도 그곳 사람을 고용하는 방식은 더디지만 비용을 절약하는 데 도움이 됐다. 혼다는 돈을 아껴 쓰지 않는 습관은 천박하다는 생각을 여전히 가지고 있었다.

여하튼 손님을 안내하고 자신의 넓은 땅을 천천히 둘러보는 즐거움은 그렇게나 자주 마쓰가에가를 방문했던 소년 시절부터 혼다 안에서 자란 욕망임이 틀림없다. 미풍에 하코네의 잔설이 가시처럼 박힌 이 봄추위도 다른 무엇도 아닌 자기 정원의 추위이고, 넓게 펼쳐진 잔디밭에 드리운 둘만의 옅은 그림자의 고요도 다른 무엇도 아닌 자기 땅의 고요라고 느끼는 일. ……그는 사유재산제가 주는 사치의 실질을 처음으로 손에 쥔 기분이 들었다. 더욱이 그는 광신의 덕을 조금도 보지 않고, 철저히 이성과 시의적절한 행운으로 이것을 얻은 것이다.

게이코는 어떤가 하면 그 수려한 옆얼굴에는 교태도 없고 경계심도 전혀 없었다. 게이코는 옆에 있는 남자가(혼다처럼 쉰여덟인 사람에게도!) 자신을 어느새 소년처럼 느끼게 하는 힘이 있었다.

그것은 어떤 힘일까. 여자에게 초조와 경의가 뒤섞인 느낌을 가지면서도, 겉으로는 무서울 정도로 아닌 척 꾸며 깨끗한 위선과 허영심으로 자신을 얽어매는 소년의 조용함, 밝음, 명랑함을 쉰여덟 남자에게까지 아무렇지 않게 강제하는 여자의 힘.

그리고 혼다 생각을 말하자면 나이는 고려하고 싶지 않은 어떤 것이었다. 사십 대까지는 나이의 대차대조표 결산에 민감했던 혼다의 마음은, 지금은 정말로 나이란 것을 대수롭지 않게, 무관심하게 여겼다. 쉰여덟 살의 몸 안에 이따금 어린아이 같은 마음이 확연히 남아 있는 것을 발견해도 놀라지 않았다. 늙음이란 결국 일종의 파산 선언이기 때문이었다.

건강은 다른 사람보다 갑절이나 염려하게 됐고 감정은 방종을 무서워하지 않게 됐다. 이성이 억제의 기능이라면 그 긴급한 필요성이 사라진 것이다. 그리고 경험은 접시 위 먹다 남은 뼈에 지나지 않았다.

게이코는 잔디밭 중앙에 서서 동쪽의 하코네와 북서쪽의 후지산을 비교해 보았다. 근엄하다고 할 만한 눈빛으로 노려보면서. 정장 가슴의 곡선, 반듯한 목, 모든 곳에 어딘가 군사령관의 분위기가 있었다. 게이코의 젊은 장교는 틀림없이 따르기 힘든 명령에도 따를 것이다.

눈이 점점이 남은 하코네의 또렷한 산능선에 비해 후지산은 절반 정도가 눈에 싸여 허무한 정취를 풍겼다. 착시 때문에 후지산이 높아졌다가 낮아졌다가 함을 혼다는 알아차렸다.

"오늘 처음으로 휘파람새 소리를 들었어요." 하고 혼다는 근처에서 사 와서 옮겨 심은 듬성듬성한 편백나무의, 아직 잎도 가지도 파리한 연약한 우듬지를 바라보며 말했다.

"휘파람새는 3월 중순부터 와요. 5월이 되면 두견새를 볼 수 있고요. 듣는 게 아니라 눈으로 볼 수 있지요. 두견새가 울면서 나는 모습을 볼 수 있는 곳은 여기 말고 없을걸요?" 하고 게이코가 말했다.

"안으로 들어갑시다. 불을 피우고 차도 드릴게요."

혼다가 재촉했다.

"저, 비스킷을 조금 가져왔어요."

게이코는 아까 현관 앞에 두고 온 꾸러미를 두고 말하는 것이었다. 긴자 오하리 길모퉁이에 있는 핫토리 시계점이 전쟁 후 PX[54]로 바뀌었는데 게이코는 손쉽게 출입이 가능해 대개 선물을 그곳에서 샀다. 전쟁 전부터 상품명이 친숙한 영국산 비스킷을 싸게 구했고, 비스킷 사이에 발린 얇고 딱딱한 살구 잼은 그 씹는 맛으로 게이코의 어린 시절 티 타임과 현재를 곧장 이어 주었다.

"당신에게 감정을 부탁하고 싶은 반지가 하나 있어요." 하고 혼다는 걸어가며 말했다.

---

54 Post Exchange. 일상용품과 식품 등을 면세로 파는 군 기지 내 매점.

24

|

●

　아직 꽃봉오리만 맺힌 서향이 테라스를 둘러싸고 테라스 한쪽 새 모이 주는 곳에는 본관과 똑같이 붉은 기와지붕이 얹혀 있다. 그곳에 모여 있던 쇠박새들은 혼다와 게이코가 다가오는 것을 보자마자 바늘에 찔린 듯한 울음소리를 내며 날아갔다.

　현관 내부에는 중앙에 스테인드글라스를 끼운 문이 하나 더 있고 그 양쪽으로 네덜란드 저택처럼 귤색 유리창에 격자 달린 창문을 내서 실내를 희미하게 들여다보이게 했다. 혼다는 여기에 서서 자기가 구석구석 꾸민 실내가 침울한 석양빛에 잠긴 모습을 보고 있으면, 농가 골조를 그대로 사서 옮겨 놓은 굵은 들보, 독일 북부 골동품인 소박한 샹들리에, 오쓰에[55]를 그

55　大津繪. 시가현 오쓰에 지방에서 발달한 민화로 17세기 에도 시대 기독

새벽의 사원

린 나무 판문, 보병 무사 갑옷, 활과 화살 등이 노랗게 시들어 가는 빛에 잠겨 있는 것이 마치 얀 트렉 같은 네덜란드 화가가 일본을 소재로 그린 우울한 정물화 같아 마음에 들었다.

게이코를 난롯가 의자에 앉게 한 뒤 혼다는 장작에 불을 붙여 봤지만 좀처럼 불이 붙지 않았다. 난로만은 도쿄에서 전문가를 불러 만들었는데, 연기가 역류해서 실내에 가득 차거나 하는 불상사는 없었지만 혼다는 장작을 태울 때마다 자기 생애 어디를 찾아보아도 이렇게 가장 소박한 지식이나 기술과 친해질 기회가 없었음을 생각하지 않을 수 없었다. 그는 애초에 '물질'을 만진 적이 없는 것 아닐까?

그것은 나이 들어 발견한 기묘한 사실이었다. 혼다는 평생 동안 여가라는 것을 몰랐는데, 그 말은, 즉 노동자들이 노동을 통해 아는 자연의 감촉, 바다와 그 파도, 나무와 그 단단함, 돌과 그 무거움, 그리고 배의 용구, 그물, 엽총 같은 도구의 감촉에, 여가를 통해 다른 방향에서 친해지는 귀족적 생활과도 연관 없이 살아왔다는 증거였다. 기요아키는 그의 여가를 자연으로 향하지 않고 감정으로 향하게 했는데, 만약 그가 어른이 되었다면 게으름뱅이 외의 그 무엇도 되지 않았을 것이다.

"도울게요." 하며 게이코가 당당하게 몸을 굽혔다. 굳게 다문 입술 사이로 혀끝을 조금 내밀고 한참 동안 혼다의 서툰 행동을 지켜본 뒤에 그렇게 말한 것이다. 게이코의 허리는 혼

교 금지령이 내려졌을 당시 서민들에게 면죄부 역할을 하다가 여행객들에게 특산품으로 인기를 얻었다. 풍자적이고 교훈적인 내용을 담고 있으며 인물, 도깨비, 동물 등이 그려졌다.

다가 올려다보는 눈에 무한히 넓게 보였다. 허리를 조른 정장의 모양새 때문에 타이트스커트 허리 부분의 청자 빛깔이 커다란 이조 시대의 항아리처럼 그득했다.

게이코가 불을 피우는 동안 손이 빈 혼다는 아까 이야기한 반지를 가져 오려고 일어섰다. 돌아오니 야만적으로 붉은 불길은 매끈하게 장작을 올라가며 타고 있고, 교태를 부리듯 휘감기는 연기 속에서 장작은 이를 갈고 있고, 아직 살아 있는 나무에서 배어난 수액은 끓고 있었다. 난로 안쪽의 벽돌 벽이 출렁이는 듯이 보였다. 게이코는 침착하게 손을 털고 만족스럽게 자기가 이룩한 성과를 바라봤다.

"어때요?"

"굉장해요."라고 말한 혼다는 난로 쪽으로 손을 뻗어 게이코에게 반지를 건넸다. "아까 이야기한 반지인데, 어때요? 어떤 사람한테 선물로 주려고 샀어요."

게이코는 불가를 벗어나 빨간 매니큐어를 바른 손톱을 창문 근처에 내밀고 반지를 자세히 살펴봤다.

"남자용이네요." 하고 게이코는 중얼거렸다.

그것은 금으로 매우 세밀하게 조각한 한 쌍의 수호신 야크샤[56]의 우람한 반인반수 얼굴이 네모난 진초록 에메랄드를 감싼 반지였다. 게이코는 새빨간 손톱 색이 초록에 비치지 않도록 반지를 손가락 사이로 고쳐 들고 관찰하다가 이내 둘째손가락에 끼우고 바라보았다. 남자용 반지이긴 하지만 섬세하고

---

56 힌두 신화, 불교 신화에서 악귀나 수호신으로 묘사되는 정령.

세벽의 사원

거무스름한 손가락에 맞춘 크기였기 때문에 게이코의 손가락에도 그다지 크지 않았다.

"좋은 에메랄드네요. 하지만 오래되면 아무래도 안쪽에 금이 가서 풍화되니까 초록 아래에 얼룩이 생기거나 갈라질 수 있어요. 이것도 그래요. 그래도 좋은 보석이네요. 조각도 특이하고, 골동품으로 가치가 있겠어요."

"제가 이걸 어디서 샀을 것 같나요?"

"외국?"

"아뇨, 도쿄 폐허에서요. 도인노미야의 가게예요."

"아, 그 시절. 아무리 사정이 어렵다지만 골동품 가게를 여실 줄이야. 나도 그 가게에 두세 번 가 본 적 있어요. 재미있는 물건을 찾았는가 싶으면 전부 옛날에 친척 집에서 본 것들이었죠. …… 하지만 그 가게도 문 닫았지요. 정작 도인노미야는 가게에 조금도 얼굴을 내밀지 않아서 황가 때부터 일했던 지배인이 마음대로 운영하다가 매상을 전부 착복하지 않았던가요? 전쟁 후 황가에서 사업을 시작한 사람치고 잘된 사람은 한 사람도 없어요. 아무리 재산세를 많이 내도 남은 돈을 소중히 간직하며 얌전히 지내면 가장 득인 것을 주위에서 꼬드기는 사람이 반드시 나타나지요. 특히 도인노미야는 계속 군인이었잖아요. 불쌍하게도 파산한 무사 그 자체네요."

그리고 혼다는 게이코에게 반지의 내력을 이야기했다.

1947년 혼다는 황족의 호적을 잃은 도인노미야가 재산세 때문에 어려움을 겪고 있는 옛 화족에게서 미술품을 싸게 사들여 외국인에게 파는 골동품 사업을 시작했다는 이야기를 들었다. 가서 뵙는다 해도 자기를 기억하지 못할 테지만 그저 호기심에서 이름을 밝히지 않고 가게를 구경하고 싶은 기분이 들었다. 그렇게 가게 유리 케이스에서 잊을 수 없는 삼십사 년 전 일, 가쿠슈인 기숙사에서 시암 왕자 차오 피가 잃어버렸던 월광 공주(잉 찬)의 유품 반지를 발견한 것이다.

이로써 그때 잃어버렸던 반지는 사실은 도둑맞은 것임이 분명해졌다. 가게 점원은 물건의 출처를 밝히지 않았지만 어차 피 옛 화족의 집에서 나온 것이라면, 돈이 궁해 이 반지를 판 남자는 혼다와 같은 시기에 학교를 다녔던 사람일 것이다. 혼 다는 옛 의협심에서 반지를 샀다. 자기 손으로 어떻게든 원래 주인에게 돌려주고 싶었다.

"그럼 반지를 돌려주러 또 태국에 가시나요? 학교의 명예 회복을 위해서?"

게이코가 놀렸다.

"언젠가는 그렇게 할 생각이었지만 그럴 필요가 없어졌어 요. 월광 공주가 일본에 유학을 오셨거든요."

"죽은 사람이 유학을?"

"아뇨. 2대 월광 공주요. 내일 파티에 그분을 초대했으니 그 자리에서 반지를 손가락에 끼워 드리려고 해요. 열여덟 살이 죠. 아름다운 검은 머리에 초롱한 눈을 가진 공주예요. 떠나 오기 전에 공부도 열심히 하셨는지 일본어도 상당히 유창해 요." 하고 혼다는 말했다.

25

다음 날 아침 혼다는 혼자 별장에서 일어나 추위에 대비해 목도리와 카디건에 두꺼운 겨울 외투를 입고 정원으로 나갔다. 잔디밭을 가로질러 서쪽 끝에 있는 정자로 갔다. 거기서 새벽의 후지산을 보기를 무엇보다 기대했기 때문이다.

후지산은 새벽의 붉은색으로 물들었다. 장미휘석처럼 빛나는 그 산꼭대기는 자고 일어난 혼다의 눈동자에 아직 꿈속 환영을 보는 것처럼 머물렀다. 그것은 단정한 사원의 지붕, 일본의 새벽의 사원이었다.

자기가 추구하는 것이 고독인지 아니면 천박한 즐거움인지 혼다도 모를 때가 있었다. 진지한 쾌락 추구자가 되기에 그에게는 어떤 본질적인 것이 없었다.

이 나이가 되어 처음으로 그의 마음속 깊은 곳에서 변신에 대한 욕망이 눈을 떴다. 그토록 자기 시점을 바꾸지 않고 다른 이의 환생만 지켜봤던 혼다는 정작 자신의 전신(轉身) 불가능에 대해서는 그다지 고민한 적이 없었음에도, 점점 마지막 빛을 발하며 평탄한 생애의 들판을 한눈에 훤히 비춰 보이는 나이가 되어 가니 불가능의 확정이 외려 가능의 환영을 돋우었다.

자신 또한 자신이 예상하지 못한 일을 저지를지도 몰랐다! 지금까지 그의 모든 행동은 예상된 것이었고 이성은 밤길 걷는 사람의 손전등처럼 늘 한 걸음 앞을 비추었다. 계획하고 예단함으로써 자기 자신에게 경악하지 않을 수 있었다. 가장 무서운 일은 (그 환생의 기적을 포함하여) 모든 수수께끼가 규칙이 돼 버린 점이었다.

자신에게 더 놀라야 한다. 그것은 거의 생활에 필요했다. 이치를 경멸하고 짓밟을 특권이 있다면, 그것은 그 자신에게만 허용됐다는 이성의 자부심이 있었다. 그리고 다시 한 번 이 견고한 세계를 무정형 안으로 끌어들여야 한다. 그에게 가장 익숙하지 않은 무언가로!

그러기 위한 육체적 조건을 완전히 상실했음을 혼다는 알고 있었다. 머리카락은 가늘어졌고 구레나룻은 허예졌으며 배는 후회처럼 부풀었다. 일찍이 젊은 시절 추하다고 느꼈던 노년의 특징을 자기 몸이 빠짐없이 갖추게 됐다. 물론 젊은 시절 혼다는 자신을 아름답다고 생각한 적이 없었지만, 특별히 자신을 추하다고 생각하지도 않았다. 적어도 자신을 아름다움의 음수에 두고 모든 수식을 세울 필요는 없었다. 추함이 자명한 전제가 된 지금 세계가 여전히 아름다운 것은 무슨 일인

새벽의 사원

가! 이것이야말로 죽음보다 더 나쁜 죽음, 가장 나쁜 죽음이 아닌가.

6시 20분, 이미 새벽의 색을 떨쳐 낸 후지산은 3분의 2가 눈에 덮인 예민한 아름다움으로 푸른 하늘을 도려냈다. 지나치다 싶을 만큼 선명하게 보였다. 눈의 살갗은 미묘하고 민감한 기복의 긴장감으로 가득했고, 지방이 조금도 없는 근육의 세밀하고 단정한 배치를 생각나게 했다. 산기슭을 제외하면 산꼭대기와 호에이(宝永)산 근처에 약간 검붉은 점들이 작게 나 있을 뿐이었다. 구름 한 점 없는, 돌을 던지면 그 돌에 맞은 절박한 소리가 들려올 듯한 딱딱한 푸른 하늘이었다.

이 후지산이 모든 기상에 영향을 미치고 모든 감정을 지배했다. 사방을 제압하며 존재하는 맑고 하얀 문제성 그 자체였다.

……진정된 감정 속에서 배고픔을 느꼈다. 혼다는 도쿄에서 사 온 빵과 직접 삶은 반숙 계란과 커피와 함께 새들의 지저귐을 들으며 할 아침 식사가 기대됐다. 오전 11시에는 아내 리에가 월광 공주를 데리고 만남을 준비하러 올 예정이었다.

아침 식사를 마치고 정원으로 나갔다.

거의 8시였다. 후지산 꼭대기 너머에서 조금씩 희미한 작은 구름이 눈보라처럼 피어올랐다. 저편에서 이쪽을 살짝 엿보는 듯하던 구름은 사지를 뻗은 희미한 형태로 앞쪽으로 춤추듯 날아와서는 다시 곧바로 딱딱한 푸른 하늘에 삼켜졌다. 지금은 굉장히 무력해 보이는 이 잠복은 방심하면 안 된다. 자칫하면 이 구름들이 어느새 낮까지 뭉쳐서 기습을 반복하다가 후지산 전체를 덮어 버리기 때문이다.

10시 정도까지 혼다는 정자에 멍하니 앉아 있었다. 일생 동안 잠시도 손에서 떨어진 적이 없는 책들은 멀찍이 두었다. 삶과 감정의 걸러지지 않은 원료를 꿈꾸었다. 그리고 아무것도 하지 않고 가만히 있었다. 산꼭대기 왼쪽에 어렴풋이 나타났다가 이내 호에이산에 걸린 구름이 범고래처럼 그 꼬리를 높이 올렸다.

*　*　*

시간을 꼭 지키라고 당부한 아내는 11시에 택시 소리와 함께 도착했으나 그 옆에 월광 공주는 없었다. 많은 짐을 내리는 동안 언짢은 듯 부루퉁한 아내의 얼굴에 혼다는 대뜸 이렇게 말했다.

"아니, 혼자예요?"

아내는 잠시 동안 대답하지 않고 무거운 차양 같은 눈꺼풀의 눈을 올려다봤다.

"나중에 천천히 이야기하죠. 여간 고생한 게 아니에요. 우선 이 짐부터 도와줘요."

리에는 약속 시간까지 기다렸지만 월광 공주는 나타나지 않았다. 몇 번이나 전화 통화를 해서 만나기로 했는데 오지 않은 것이다. 유일하게 아는 연락처인 유학생 회관에 전화를 걸었더니 어젯밤에 들어오지 않았다고 한다. 태국에서 새로 온 유학생이 머물고 있는 일본인 가정집에 저녁 식사 초대를 받아 갔다고 한다.

리에는 곤혹스러워서 약속 시간을 11시 이후로 늦추려 했지만 혼다에게 말하려고 해도 별장에 아직 전화가 없었다. 그래서 급하게 유학생 회관에 가서 별장까지 찾아오는 길과 지도를 영어로 꼼꼼하게 적어서 관리인에게 전한 다음 돌아왔다. 만약 일이 잘 풀린다면 저녁 파티가 시작할 시간까지는 월광 공주가 이곳에 도착할 것이다.

"그런 일이라면 기토 마키코 씨에게 부탁하고 왔으면 좋았을 텐데요."

"그래도 손님에게 폐를 끼쳐선 안 되지요. 마키코 씨도 본 적 없는 외국인 여성을 찾아내서 여기까지 데려오기는 힘들 거예요. 게다가 그렇게 유명한 분이 그런 친절을 베풀 리가 없는걸요. 여기에 오는 것만으로도 은혜를 베푼다고 생각할 테니까요."

그래서 혼다는 침묵했다. 판단을 하지 않았다.

오랫동안 걸려 있던 액자를 떼어 내면 틀의 모양을 따라 벽에 새하얀 자국이 남는다. 분명히 순진무구하지만 주위와 조화되지 않게 너무 강한, 무언가를 지나치게 주장하는 하얀색. 이제 혼다는 직업상 정의에서 물러나 모든 정의를 아내에게 양보했다. 나는 옳다, 나는 옳다, 누가 나를 비난할 수 있겠는가? 하고 그 하얀 벽은 항상 말했다.

애초에 벽에서 그 말 없고 순종적인 리에의 초상화 액자를 떼어 낸 것은 혼다가 뜻밖에 얻은 부와 리에가 자각하기 시작한 추한 나이 때문이라고 할 수 있었다. 남편이 부유해지자 리에는 남편을 무서워했다. 무서워할수록 리에는 고압적이 됐고 사람들에게 무의식적 적의를 보였으며 지병으로 신장염이 있는 것을 내세우는 듯하면서도 마음속으로는 전보다 더 절실하게 사람들에게 사랑받고 싶어 했다. 그리고 사랑받고 싶은 욕망이 리에를 점점 더 추하게 만들었다.

별장에 도착해 식료품 짐을 부엌으로 옮기자마자 리에는 시끄럽게 물소리를 내며 혼다의 아침 식사 그릇을 씻었다. 피로가 지병의 증상을 악화시키리라 믿고, 시키지도 않았는데 갑자기 억지로 일을 한다는 핑계를 만들어 몸에 독이 되는 짓을 계속하며 혼다가 말리기를 기다린다. 말리지 않으면 나중에 난처해지기에 혼다는 위로하는 말을 던졌다.

"일은 나중에 하고 조금 쉬면 어때요? 시간 여유가 충분하니까요. ……월광 공주도 어지간히 사람한테 폐를 끼치네요. 그렇게나 자진해서 돕고 싶다고 말했으면서 결국 마지막에 가서는 내가 도와야 할 판이니."

"당신이 도우면 뒷정리가 더 어려워져요." 하고 리에는 젖은 손을 닦으며 거실로 돌아왔다.

오후 햇빛이 창틀에 머무른 어둑한 실내에서 리에의 부푼 눈꺼풀 아래에 있는 눈동자가 후카이[57] 가면의 눈처럼 작은 구멍으로 보인다. 수십 년이 지나도 치료되지 않을뿐더러 나이가 들수록 깊어지는 불임의 회한으로 호로[58]처럼 부푼 몸. '나

---

57 深井. 노가쿠의 가면 중 하나. 아이를 잃거나 미친 중년 여성을 나타낸다.
58 母衣. 무사가 입었던 갑옷 뒤에 달았던 폭이 넓은 천으로 바람을 이용해 부풀려 화살이나 돌을 막았다.

새벽의 사원

는 옳다. 하지만 나는 실패한 여자다.' — 죽은 시어머니에게 리에가 시종일관 변함없이 보인 상냥함은 이 자책감이었다. 만약 아이가 있었다면, 아이가 많이 있었다면, 그 부드럽고 달콤한 두둑한 살로 남편을 감싸 융해해 버릴 수 있었을 텐데. 번식이 거부된 세계에서는 쇠퇴가 시작했다. 가을 오후 바닷가로 떠밀려 온 물고기가 썩어 가듯이. 리에는 돈을 얻은 남편 앞에서 전율했다.

끊임없이 불가능을 바라는 아내의 고민을 혼다는 옛날에는 상냥하게 무시했다. 지금은 자신 안에 생겨난 불가능에 대한 갈망이 자신과 아내를 미묘한 부분에서 공범자로 만든다는 생각에 꺼림칙하기 짝이 없었다. 하지만 이 새로운 혐오는 리에의 존재를 더욱 무겁게 만들었다.

'어젯밤 월광 공주는 어디에서 묵었을까? 왜 그랬을까? 유학생 회관에는 기숙사 관리인이 있고 감독도 엄격할 텐데. 왜 그랬을까? 또 누구하고?'

혼다는 계속 이 생각만 좇았다. 그것은 그저 불안이었다. 아침에 면도가 잘되지 않았을 때의 불안, 밤에 베개에 머리를 잘 뉘지 못할 때의 불안과 비슷한 종류였다. 인정과는 조금도 닮지 않은 어딘가 먼 것이지만 생활의 긴급한 필요에는 부합하는 불안. 그는 자신의 정신에 이물질이 던져졌음을 느꼈다. 태국 밀림의 흑단으로 조각한 작고 검은 불상 같은 이물질이.

아내는 시시콜콜한 이야기를 했다. 손님을 어떻게 맞이하고 묵는 손님에게는 어떤 게스트룸을 내주어야 하는지. 하지만 혼다에게는 이미 그 모든 것이 관심 밖이었다.

리에는 서서히 남편 마음이 엉뚱한 곳을 방황하고 있음을 알아차렸다. 옛날에는 서재에 틀어박혀 있으면(거기에서는 법이 그를 묶고 있음이 확실했으니) 한 번도 불안을 느낀 적이 없는 리에였는데, 지금 남편의 방심은 보이지 않는 불꽃이 타오름을 뜻했고 침묵은 어떤 계획을 뜻했다.

리에는 남편의 눈 맞은편에 시선을 던져 그곳에 뭐가 있는지 찾았다. 하지만 혼다가 바라보는 창문 너머에는 마른 잔디밭 정원에 작은 새 두세 마리가 와 있을 뿐이었다.

— 해가 떠 있는 동안 경치를 보여 주고 싶었기 때문에 손님은 오후 4시에 오도록 초대했다. 오후 1시에 게이코가 와서 돕겠다고 말했다. 이것은 예상치 못한 도움이었기에 혼다도 리에도 기뻐했다.

리에는 이상하게도 혼다의 모든 새 친구들 중 게이코에게만 마음을 열었다. 적이 아닌 어떤 요소를 게이코에게서 직감했다. 그것은 무엇일까. 게이코의 우호적 친절, 멋진 가슴과 큰 엉덩이, 차분한 말투, 그 향수의 향기까지 리에의 천성적 얌전함에 어떤 보증을 해 주는 것 같았다. 빵집에 걸린 포장증에 화려하게 찍힌 정부의 붉은 도장처럼.

혼다는 멀리 부엌에서 대화하는 여자들의 소리를 들으며 보드라운 기분으로 리에가 도쿄에서 가져온 조간신문을 난롯가에서 펼쳤다.

1면 헤드라인으로 미일평화조약 발효 이후에도 미 공군 기지 열여섯 곳을 남긴다는 '행정협정 도표'가 나와 있었고, 옆

에는 스미스 상원 의원이 대담에서 말한,

'일본을 보호할 의무,
공산 세력의 침략을 허락하지 않는다'

라는 미국 측 결의가 실렸다. 또 2면에는,

'민간 생산 쇠퇴,
서유럽 경제 불황으로 역류한 새 정세'

라는 제목으로 '미국 경제 동향'을 대대적으로, 우려를 나타내며 실었다.

하지만 혼다의 마음은 끊임없이 월광 공주의 부재로 되돌아갔다. 있을 수 있는 여러 가지 상황을 상상한다. 어디에도 매이지 않은 그 상상이 그를 불안하게 만들었다. 가장 불길한 상상에서 가장 추잡한 상상까지, 현실은 줄무늬 마노[59]처럼 다층의 단면을 드러냈다. 기억을 거슬러 올라가도 그런 모습을 한 현실은 본 적이 없는 느낌이 들었다.

신문을 접는데 생각보다 요란스러운 소리가 나서 혼다는 깜짝 놀랐다. 난롯불을 향해 있던 종이는 건조하고 뜨거웠다. 신문이 뜨거운 것은 있을 수 없는 일이라고 막연하게 생각했

---

59 보석의 일종으로 화산암 내에서 석영, 단백석, 옥수 등이 층을 이루면서 침전되어 생긴 것.

다. 이 감각은 그의 처진 몸 깊은 곳에 있는 나른함과 기묘하게 결합됐다. 그러자 새 장작으로 옮겨 간 불이 갑자기 혼다에게 바라나시의 화장터 불을 생각나게 했다.

"식전주는 셰리주, 물 섞은 위스키, 듀보네 정도로 하면 어때요? 칵테일은 귀찮으니 그만둡시다." 하고 커다란 앞치마를 두른 게이코가 나와서 말했다.

"만사를 맡길게요."

"태국 공주는 어떨까요? 알코올을 못 마신다면 음료수를 준비해야 할 텐데."

"음, 그분은 안 오실지도 몰라요." 하고 혼다는 차분하게 말했다.

"그래요?"

게이코도 차분하게 대답하고 돌아갔다. 이 빼어난 예의 바름이 오히려 혼다에게 게이코의 통찰력에 나쁜 느낌을 갖게 했다. 게이코 같은 여자는 그 우아한 무관심 덕분에 꽤 과대평가를 받으리라고 생각하긴 했지만.

— 가장 먼저 도착한 손님은 기토 마키코였다. 기토 마키코는 제자인 쓰바키하라(椿原) 부인의 기사 딸린 차를 함께 타고 하코네를 넘어서 온 길이었다.

마키코는 시인으로서 명성이 자자했다. 혼다는 시 문단의 명성이란 것을 측정할 기준이 없었지만 예상 못한 사람들의 입에서 그 이름을 듣고 마키코가 얼마나 존경을 받는지 알 수 있었다. 옛 재벌가의 쓰바키하라 부인은 쉰 살 정도로 마키코와 동년배 여성이었는데 마키코를 신처럼 존경하고 받들었다.

쓰바키하라 부인은 해군 소위였던 아들이 전사한 뒤 칠 년이 지난 지금까지도 계속 상복을 입고 있었다. 혼다는 이 사람의 과거는 알지 못하지만 지금은 슬픔의 식초에 절인 슬픈 과일과 다름없어 보였다.

마키코는 지금도 아름다웠다. 피부는 노화했어도 그 하얀 피부는 잔설처럼 선명했고 늘어난 흰머리도 염색하지 않아 시에 '진실한' 인상을 주었다. 자유롭게 행동해 신비로운 느낌을 주었고 곳곳의 중요한 사람들에게 선물과 응대를 잊지 않았다. 나쁜 말을 할 것 같은 사람들에게는 모두 손을 쓰고, 마음은 이미 말라 버렸지만 지난 반평생의 슬픔과 고독의 환영은 그대로 간직하고 있었다.

마키코 옆에 있으면 쓰바키하라 부인의 슬픔은 아주 날것으로 보였다. 잔인하게 대비하면 가면으로 정제된 예술적 슬픔은 이른바 명작을 잇따라 낳았지만, 제자는 아무리 시간이 가도 아물지 않은 날것의 슬픔이 시의 소재에 그쳐 조금도 사람 마음을 울리는 시를 낳지 못했다. 시인으로서 누린 쓰바키하라 부인의 얼마간의 명성은 마키코의 지원이 없었다면 바로 사라졌을 것이다.

그리고 마키코는 늘 자기 곁에 있는 날것의 슬픔에서 자기 시의 감정을 퍼 올려 누구에게도 속하지 않게 된 슬픔의 원료를 추출하고 그에 자기 이름을 부여하기에 이르렀다. 그렇게 슬픔의 원석과 보석 세공사는 손을 맞잡고 걸으며 해를 거듭할수록 목의 주름진 노쇠를 가리는 명품 초커를 수없이 세상에 알렸다.

— 심히 일찍 도착한 것에 마키코는 당황했다.

"운전기사가 너무 서둘러서 그랬어요." 하고 옆에 있는 쓰바키하라 부인을 돌아보며 말했다.

"정말로요. 예상과 달리 길도 막히지 않았고요."

"먼저 정원을 봅시다. 그걸 기대하고 왔으니까요. 저희 마음대로 둘러보고 시라도 짓고 있을 테니 걱정하지 마세요." 하고 마키코는 혼다에게 말했다. 혼다는 굳이 안내를 자청하며 정자에서 마실 셰리주 병과 잔, 안주를 가지고 나갔다. 오후부터 무척 따뜻해졌다. 서쪽으로 산골짜기를 향해 깔때기 모양으로 내려가는 정원 저편에 원경으로 높이 솟은 후지산은 봄의 솜눈에 싸여 깨끗한 산꼭대기만을 보이고 있었다.

혼다는 걸어가는 도중에 "새 모이 주는 테라스 앞에 여름이 오기 전에 수영장을 만들려고 해요."라고 설명했지만 여성 손님들의 반응이 차가워서 마치 집을 안내하는 관리인 같은 기분이 들었다.

예술가나 그 비슷한 유의 사람들만큼 혼다가 대하기 어려워하는 상대가 없었다. 마키코하고는 1948년 이사오의 15주기에 재회하면서 다시 교제하게 됐는데, 시를 계기로 만난 것은 아니었으므로 옛 변호사와 증인이라는 사무적 교제(다만 그것은 상당히 공범자의 감정에 가까웠다.)가, 사실 서로 겉으로는 말하지 않았지만 오직 이사오를 추모하는 감정에서 사적인 관계로 옮겨 갔을 뿐이었다. 이렇게 시인으로서 제자를 데리고 온

새벽의 사원

마키코와 당당하게 이른 봄의 후지산과 마주하려 하니 혼다는 어떻게 행동해야 할지 몰라 생뚱맞게 수영장 이야기를 꺼낸 것이다.

하지만 혼다는 그들이 자기를 가볍게 보지는 않더라도 편하게 대한다는 것을 알았다. 어차피 혼다는 그들에게 전문 영역 바깥의 사람, 경마장 바깥의 사람이었다. "혼다 선생님은 제 친구예요. 아뇨, 시를 쓰시지는 않아요. 하지만 아주 똑똑한 분이라 민사도 형사도 뛰어나시니 제가 부탁해 볼게요." 마키코가 만약 사건에 휘말린 사람을 만나면 아마 이렇게 그의 이야기를 할 것이라고 쉽게 예상할 수 있었다.

하지만 말로 하지 않은 깊은 마음속에서 혼다는 마키코가 두려웠고, 마키코도 아마 혼다가 두려웠을 것이다. 어쩌면 이것이 마키코가 자기 이름을 지키고자 혼다와 다시 두텁게 교제하기 시작한 가장 큰 이유였을지도 모른다. 적어도 혼다는 마키코의 본질을 알고 있고, 결정적인 순간이 되면 어떤 거짓말이든, 그것도 용의주도하게 할 수 있는 여자임을 알고 있기 때문이다.

그것과 별개로 혼다는 그들에게 호감 가고 방해되지 않는 존재였다. 리에 앞에서는 곧바로 사교적인 대화로 몸을 감싸는 두 사람이 혼다 앞에서만은 얼마나 자유롭게 이야기하는지. 혼다 또한 이제 결코 젊다고는 말할 수 없지만 옛날에는 아름다웠던 두 여인의 늘 똑같이 슬픈 대화, 육감과 과거가 하나가 되고 풍경과 기억이 서로 침범하고 자연을 변형하고, ……눈에 비치는 아름다운 것들에는 집행관이 차례차례 가구에 봉인표를 붙이듯이, 마치 그 아름다움에서 몸을 지키는 유일한 방법이라고 말하는 것처럼 곧바로 서정의 봉인을 붙이며 걸어가는 그들의 습관을 한쪽에서 바라보는 것이 좋았다. 그들은 육지위 두 마리 물새가 영감을 받고 서툴게 돌아다니다가 물에 미끄러져 들어가자마자 지금까지 생각지도 못했던 우아함과 경쾌함으로 물장구치고 자맥질하는 모습과 닮았다. 그 떠다니는 모습, 그 운동의 형태를 보는 것이 혼다는 좋았다. 시를 지을 때 그들은 사람 눈을 의식하지 않고 정신을 목욕하는 모습을 보였다. 예전에 혼다가 방파인 별궁에서 어린 공주와 나이 든 여관들이 목욕하는 모습을 보았을 때처럼.

'잉 찬은 과연 올까? 어젯밤은 어디에서 묵었을까?'

갑자기 불안이 삽입구처럼 혼다의 마음에 거친 나뭇조각을 꽂았다.

"정말 멋진 정원이에요. 동쪽에는 하코네가 있고 서쪽에는 후지산이 원경으로 있고. 여기서 시 한 수 짓지 않고 느긋하게 있기가 아까워요. 우리는 저 탁한 도쿄 하늘 아래에서 시를 짓도록 재촉을 받고 당신은 여기서 법률 책을 읽으시네요. 너무 불공평한 세상이에요."

"법률 책은 이제 버렸어요." 하고 혼다는 셰리주를 권하며 말했다. 두 사람이 유리잔을 받는 그 소매의 움직임, 손가락의 움직임은 매우 아름다웠다. 정확히 말하면 소매를 가볍게 집는 동작부터 반지 낀 손가락을 구부려 유리잔 무늬를 잡는 동작까지 쓰바키하라 부인은 하나하나 마키코를 충실하게 모방했다.

세벽의 사원

"아키오가 이 정원을 봤다면 얼마나 기뻐했을까요? 그 아이는 후지산을 좋아해서 해군에 입대하기 전에도 늘 공부방에 후지산 사진 액자를 걸어 놓고 바라보곤 했습니다. 정말 그 아이답게 상쾌한 취미였어요. 그렇게 단순하고." 하고 쓰바키하라 부인이 죽은 아들 이름을 말했다. 아들 이름을 말할 때마다 쓰바키하라 부인의 얼굴에는 흐느낌의 잔물결이 순간적으로 스쳐 지나갔다. 그것은 마치 민감한 기구가 마음속 깊은 곳에 있고 아들 이름이 불릴 때마다 재빨리 반응해 부인의 의지와 상관없이 일정한 표정을 띠는 것 같았고, 황제의 이름을 늘 공손한 표정으로 말하듯 순간적으로 나타났다가 사라지는 부인의 그 흐느낌의 징후는 '아키오'란 이름의 서명 같은 것이었다.

마키코는 무릎에 수첩을 펼치고 즉흥적으로 시를 써 내려갔다.

"벌써 시 한 수를 완성하셨네요." 하고 말한 쓰바키하라 부인은 그 고개 숙인 목덜미를 시샘하듯이 보았다. 혼다도 보았다. 그러자 옛날 젊은 이사오가 매혹됐던 희고 향기로운 살 한 조각이 희미한 달처럼 혼다의 눈 속에서 흔들거렸다.

"이마니시 씨네요. 틀림없어요."

잔디밭을 가로질러 이쪽으로 오는 사람을 보고 쓰바키하라 부인이 외쳤다. 멀리서도 하얀 이마와 큰 키를 알아볼 수 있었고, 비틀거리는 걸음걸이와 잔디밭에 드리운 긴 그림자에서도 그임을 알 수 있었다.

"어떡해요. 분명 또 저급한 이야기를 하겠지요. 감흥이 다 틀어질 거예요." 하고 쓰바키하라 부인은 말했다.

이마니시 야스시(今西康)는 마흔 살 정도의 독일 문학자로 전쟁 중에는 청년독일파[60]를 소개하고 전쟁 후에는 온갖 종류의 글을 쓰며 성의 천년왕국을 꿈꿨다. 그런 책을 쓴다고 말은 했는데 좀체 쓰지 않았다. 내용을 지나치게 상세하게 사람들에게 떠벌려 쓸 의욕이 사라지기도 했거니와 그 너무나 기괴하고 우수에 찬 천년왕국과, 이마니시 증권사의 차남으로 부유한 독신 생활을 하는 그 남자 사이에 어떤 관련이 있는지 알 수가 없었다.

창백하고 예민한 얼굴이지만 붙임성이 좋고 달변이라 재계 사람들도, 좌익 문인들도 반겼다. 그는 전후에 일어난 권위 파괴나 기성 도덕 파괴 같은 창백하고 지적인 난폭함 속에서 반평생 처음으로 자기에게 어울리는 난폭함을 발견했다고 느꼈다. 성적 망상의 정치적 의미를 배우고 그것을 자기 재주로 만들었다. 옛날에 그는 그저 노발리스[61] 같은 몽상가일 뿐이었다.

귀족적 행동거지로 저급한 말을 하는 그 정중함은 여성들의 환심을 샀다. 그를 '변태'라고 부르는 사람들은 스스로를 봉건시대의 유물이라 증명하는 것이었다. 그런 한편 이마니시는 그 천년왕국의 미래도로 진지한 진보주의자들을 실망시키

---

60 19세기 독일에서 일어난 문학 운동으로 낭만주의의 비현실적 경향을 배격하고 리얼리즘과 문학의 정치 참여를 주장했다.

61 Novalis. 1772~1801. 독일의 초기 낭만주의 시인.

새벽의 사원

는 일도 잊지 않았다.

결코 큰 목소리로 말하는 법도 없었다. 큰 목소리는 사물을 미묘한 관능 영역에서 떼어 내어 사상으로 만들어 버릴 위험이 있으므로.

— 다른 손님들을 기다리는 동안 네 사람은 정자에서 오후 햇살을 쬐며 시간을 보냈다. 정자 아래 흐르는 계곡 물소리가 끊임없이 네 사람의 귓속에 살아나 생각을 흐트러뜨렸다. 혼다는 '늘 급류처럼 흐르나니.'라는 구절을 떠올리지 않을 수 없었다.

이마니시는 자신의 왕국을 '석류의 나라'라고 불렀다. 그 열매의 터지는 붉은 알에서 따와 이름을 붙였다. 꿈에서든 현실에서든 늘 그곳을 다녀왔다고 말하니 모두 그 나라의 소식을 물었다.

"요즘 '석류의 나라'에서는 어떤 일이 일어났어요?"

"변함없이 인구는 잘 조절되고 있습니다.

근친상간이 많이 일어나서 같은 사람이 이모이기도 하고 어머니이기도 하고 동생이기도 하고 사촌이기도 한 복잡한 예가 드물지 않아요. 그래서인지 이 세상 사람처럼 보이지 않는 아름다운 아기와 추한 불구자가 반반씩 태어나요.

아름다운 아기는 남자든 여자든 어릴 때부터 격리됩니다. '사랑받는 이들의 정원'이란 곳에요. 그곳은 설비가 좋은 지상 낙원으로, 늘 인공 태양에서 적당한 자외선이 쏟아지고 모두가 벌거벗고 지내며 수영이든 뭐든 운동에 전념하지요. 꽃이 흐드러지게 피고 작은 동물과 새들을 놓아기르고, 영양가 높은 음식을 섭취하고 매일 한 번씩 체격 검사를 통해 비만을 제어하니 점점 아름다워지지 않을 도리가 없지요. 독서는 육체의 아름다움을 가장 크게 해치므로 당연히 금지합니다.

그런데 적당한 나이가 되면 일 주일에 한 번씩 이 정원에서 나와 정원 밖에 있는 추한 사람들에게 성적 장난감이 되기 시작하고 그것이 이삼 년 지속되다가 죽임을 당해요. 아름다운 사람은 젊을 때 죽이는 것이 인간애가 아닐까요?

그 죽이는 방식에서 나라 안 모든 예술가들의 독창성이 발휘돼요. 그러니까 나라 곳곳에 성적 살인을 하는 극장이 있고 거기서 아름다운 육체를 가진 여자와 남자가 온갖 역할로 희롱을 당한 뒤에 죽게 되는 거지요. 젊고 아름다울 때 비참하게 죽은 신화 속, 역사 속 모든 인물들이 재현되는데, 물론 창작물도 많아요. 화려하고 관능적인 의상, 화려한 조명, 화려한 무대 장치, 화려한 음악 속에서 장대하게 죽으면, 숨이 완전히 끊어지기 전까지 많은 관객들이 가지고 놀고 사체는 잡아먹히는 것이 보통입니다.

묘지요? 묘지는 '사랑받는 이들의 정원' 바로 바깥쪽에 펼쳐져 있어요. 그곳 또한 아름다운 곳이라서 추한 불구자들은 달밤에 그 묘지를 거닐며 로맨틱한 정서에 빠지지요. 묘비 대신 살아생전의 조각상이 세워져 있으니 그곳만큼 아름다운 육체로 가득한 곳이 없지요."

"왜 그들은 죽어야만 하나요?"

"살아 있는 것들에는 금방 질리니까요.

새벽의 사원

'석류의 나라' 사람들은 굉장히 총명해서 이 세상에는 기억하는 자와 기억에 남는 자, 이 두 가지 역할만 있음을 잘 알고 있어요.

여기까지 말했으니 '석류의 나라'에서 믿는 종교를 이야기해야겠네요. 사실 이런 관습은 그 나라의 종교 관념에서 나왔으니까요.

'석류의 나라'에서는 부활을 믿지 않습니다. 왜냐하면 신은 최고의 순간에 현전해야 하고 일회성이 신의 본질이니 부활한 뒤에는 전보다 아름다워질 수 없어 부활이 무의미하기 때문이에요. 색 바랜 셔츠가 새 셔츠보다 하얀 경우는 생각할 수 없잖아요. '석류의 나라'의 신은 일회용으로 쓰고 버리는 신이에요.

그래서 이 나라 종교는 다신교이긴 하지만 그것은 이른바 시간적 다신교로서 수많은 신들이 육체 전체를 걸어 각자의 최고 순간을 영원히 대표한 뒤에 소멸합니다. 이제 아셨겠지만 '사랑받는 이들의 정원'은 신을 제조하는 공장인 겁니다.

이 세상의 역사가 미의 연속이 되게 하려면 신이 영원히 희생해야 한다는 것이 이 나라의 신학입니다. 합리적 신학이라는 생각이 들지 않으십니까? 게다가 이 나라의 사람들은 위선이 조금도 없어서 미란 성적 매력과 동의어이고 신, 즉 미에 가까워지려면 성욕밖에 없음을 매우 잘 알지요.

신을 소유하는 것은 성욕으로 소유하는 것이고 성적 소유란 성적 환희의 절정을 소유하는 것인데 성적 환희는 지속되지 않으니 소유는 곧 이 비지속성과 대상의 비지속성을 결합하는 것일 따름이죠. 그 확실한 수단은 성적 절정의 순간에 대상을 말살하는 것이어서, 이 나라 사람들은 성적 소유는 살인과 식인으로 귀결됨을 아주 밝은 상식으로 알고 있지요.

이 성적 소유의 역설이 이 나라의 경제 구조까지 지배하는 일은 참으로 놀랍습니다. '사랑하는 사람을 죽인다.'는 것이 소유의 원칙이므로 소유의 완성은 곧 소유를 잃는 것이고, 지속되는 소유는 사랑의 위반이며, 따라서 사유재산제는 사랑의 관점에서 봐도 당연히 부정됩니다. 육체노동은 아름다운 육체를 만들기 위해서만 허용되므로 추한 사람에게는 노동이 면제 되는데, 실제로 이 나라는 생산이 완전히 자동화돼서 인력이 필요하지 않습니다. 예술이요? 예술은 살인 극장의 변화무쌍한 연극 예술과 아름다운 죽은 자의 조각상뿐이에요. 종교 관점에서 관능적 리얼리즘이 기저에 있기 때문에 추상주의는 단호하게 배격하고, 또 '생활'을 예술에 접목하는 것은 엄격히 금지합니다.

미에 접근하려면 성욕을 거쳐야 하지만 그 순간을 영원히 전달하는 것은 기억. ······이걸로 '석류의 나라'의 기본 구조를 대강 아시겠지요? '석류의 나라'의 기본 개념은 결국 기억이므로, 말하자면 기억이 이 나라의 국가 방침인 셈이지요.

성적 환희의 절정. 이 육체의 수정 같은 것은 기억 속에서 점점 결정화되어 미의 신이 죽은 뒤에 최고의 성적 흥분을 불러일으킵니다. 바로 여기에 도달하기 위해 '석류의 나라' 사람들은 살고 있는 겁니다. 그 천상의 보석에 비하면 육체적 존재로서의 인간은 사랑하는 자도 사랑받는 자도, 죽이는 자도 죽임을 당하는 자도 거기에 도달하는 매체일 뿐이라고 말할 수 있겠지요. 이것이 이 나라의 이데아인 겁니다.

기억은 우리 정신의 유일한 원료예요. 성적 소유가 절정에 달한 순간에 신이 나타나더라도 그 후 신은 '기억에 남는 자'가 되고 사랑하는 사람은 '기억하는 자'가 됩니다. 이렇게 시간이 걸리는 과정을 통해서만 비로소 신은 정말로 증명되고 미에 도달할 수 있으며 성욕은 소유를 넘어선 사랑으로 정화되는 것이지요. 그래서 신과 인간은 공간적으로 떨어져 있지 않습니다. 시간적으로 떨어져 있어요. 여기에 시간적 다신교의 본질이 있습니다. 아시겠어요?

살인이라고 하면 가혹하게 들리지만, 살인은 오로지 기억을 순수하게 하는 데, 기억을 가장 농밀한 요소로 증류하는 데 필요한 수단입니다. 게다가 추한 불구자 주민들은 훌륭합니다. 굉장히 훌륭합니다. 이 사람들은 자기 포기의 달인으로서 스스로를 헛된 존재로 만들고 살아갑니다. 이 사람들, 그러니까 사랑하는 자＝죽이는 자＝기억하는 자는 자신의 역할에 충실히 살아가고 자신에 대해서는 무엇 하나 기억하지 않으며 사랑 받는 자의 아름다운 죽음에 대한 기억만을 숭상하며 살아갑니다. 그 기억하는 일만이 그들 인생의 일이므로 '석류의 나라'는 또한 편백나무의 나라, 아름다운 유품의 나라, 상장(喪章)의 나라, 세계에서 가장 평화롭고 조용한 나라, 회상의 나라이기도 하지요.

나는 그 나라에 갈 때마다 '아, 일본에 돌아가고 싶지 않다.'라고 생각합니다. 인간의 가장 감미롭고 상냥한 면이 가득한 나라예요. 그곳이야말로 진정한 인간주의와 평화의 나라라고 생각합니다. 무엇보다 그곳에는 소나 돼지의 고기를 먹는 야만적 관습이 없어요."

"한 가지 물어볼게요. 인간을 먹는다고 했는데, 어디를 먹습니까?"

마키코가 재미있다는 듯이 물었다.

"그런 건 묻지 않아도 이미 아시지 않습니까."

이마니시는 낮고 온화한 말투로 말했다.

— 전직 판사가 이런 대화를 태연하게 듣다니 이 이상 우스꽝스러운 일은 없다고 혼다는 마음속으로 생각했다. 이런 종류의 인간을 일찍이 몽상한 적도 없었다. 롬브로소[62]에게 보인다면 얼른 사회에서 격리해야 한다고 말했을 것이다.

이마니시의 성적 취미에 눈살을 찌푸린 혼다는 다른 몽상에 빠졌다. 만약 이것이 이마니시의 공상이 아니라면 우리는 모두 신의 나라, 성의 천년왕국에 사는지도 모른다. 신이 혼다를 오랫동안 기억하는 자로 살게 하고 기요아키와 이사오를 기억되는 자로서 죽인 것은 신의 극장에서 일어난 유희였는지도 모른다. 하지만 이마니시는 부활은 없다고 말했다. 윤회는 어쩌면 부활과 반대되는 사상이고, 각각의 생에 최종적 일회성을 보장하는 것이야말로 윤회의 특징이진 않을까. 특히 인간과 신 사이에 시간적 간격이 있고 인간은 기억 속에서만 신

---

62 Cesare Lombroso. 1835~1909. 이탈리아의 범죄학자이자 정신의학자.

새벽의 사원

과 만날 수 있다는 이마니시의 말은, 혼다에게 삶과 여행을 돌아보게 만들고 막연한 추억으로 이끄는 데가 있었다.

그나저나 참 대단한 남자다.

자기 안에 있는 시커먼 것을 일부러 백일하에 드러내며 기뻐한다. 그리고 다른 사람 이야기를 하듯 말하는 그 태연한 표정에만 모든 댄디즘을 걸었다.

오랫동안 법조계에 있었던 혼다는 확신범에게 느끼는 일종의 서정적 경의를 마음속 깊이 숨기고 있었다. 사실 본래의 확신범은 극히 드물고 이사오 말고는 그럴싸한 사람을 만난 적이 없지만.

한편 회개하는 죄인에게 느끼는 혐오와 경멸 섞인 감정도 숨기고 있었다.

이마니시는 그중 어느 쪽일까.

이마니시는 결코 회개하지 않지만 확신범의 고귀함도 전혀 없었다. 고백해 버린 인간의 천박함을 댄디즘으로 장식하는 그 허영심은 고백의 이점도 댄디즘의 이점도 모두 독차지하려 했다. 투명한 인체 모형의 추함. ……하지만 그래도 이마니시에게 다소 끌려 이렇게 별장으로 초대한 일도 이마니시의 '용기'에 대한 일종의 질투심에 뿌리내리고 있음을 혼다는 완고하게도 인정하려 하지 않았다. 게다가 자신이 그것을 숨기는 이유가 사실 '고백해 버린 인간의 천박함'에 빠지지 않는다는 자부심과 극기에서가 아니라 이마니시의 엑스레이 같은 눈에 대한 두려움인지도 모른다는 것은. ……혼다는 자신의 그것에 '객관성의 병'이라고 남몰래 이름 붙였다. 결코 관여하지 않은 인식자가 빠지는, 즐거운 전율로 가득한 마지막 지옥······.

'이 남자는 물고기 같은 눈을 하고 있어.'

여성들을 앞에 두고 자만하며 말하는 이마니시의 옆얼굴을 훔쳐보며 혼다는 생각했다.

— 손님들이 모두 모인 것은 해가 후지산 왼편의 구름을 물들이며 저물어 갈 때였다.

정자에서 네 사람이 별장으로 돌아오자 게이코의 연인 미군 중위가 이미 도착해 부엌일을 돕고 있었고, 이어서 늙어 초췌한 신카와 전 남작 부부가 도착하고, 외교관 사쿠라이, 건설사 사장 무라타, 유명한 신문 기자 가와구치, 샹송 가수 교야 아키코, 일본 전통 무용수 후지마 이쿠코 등, 옛날 혼다 집에서라면 상상도 할 수 없었던 손님들이 모였다. 리에는 많은 손님에게 경의를 표했지만 기쁜 기색은 없었다. 혼다 마음도 어딘가 답답했다. 잉 찬이 오지 않았기 때문이다.

26

신카와 전 남작은 난로 옆 의자에 앉아 다른 손님들을 차 갑게 지켜봤다.

신카와는 이미 일흔세 살이었다. 외출하려 할 때는 투덜투 덜 불평하면서도 초대를 받았을 때는 기쁨을 숨기지 않았고 이 나이가 되어도 파티 애호는 여전했다. 전쟁 이후 공직에서 추방된 시기를 유난히 지루하게 보내서 어떤 초대에도 흔쾌히 응했던 버릇이 추방 해제 후에도 이어졌다.

하지만 지금 신카와는 그 수다쟁이 아내와 함께 어디서나 가장 지루한 손님으로 여겨졌다. 신카와의 비꼼은 독기를 잃 었고 촌철살인의 표현은 장황하고 옅어졌으며 사람 이름을 떠 올리려고 할 때는 늘 생각나지 않았다.

"그거…… 뭐라고 했지…… 그…… 풍자 만화에 자주 나왔 던 정치가인데…… 왜…… 체구가 작고 통통한…… 뭐라고 말했지…… 아주 흔한 이름인데…….”

그때 상대방은 신카와가 망각이라는 보이지 않는 짐승과 싸우는 모습을 자세히 보았다. 이 상당히 얌전하면서도 집요한 짐승은 사라졌는가 싶으면 다시 나타나 신카와에게 매달려 그 더부룩한 털로 이마를 마구 쓸었다.

결국 신카와는 포기하고 이야기를 계속했다.

“어쨌든 그 정치가의 아내가 굉장히 걸출한 인물이었어요.”

하지만 중요한 이름을 잊어버린 에피소드는 이미 풍미가 없었다. 자신만 맛보는 풍미를 사람들한테 전하고 싶어서 발을 동동 구를 때마다 신카와는 평생 알지 못했던, 사람에게 구걸하는 감정을 안에서 키웠다. 단순한 말장난인데 마치 고충을 알아 달라고 하는 듯한 이 번거로운 수고가 모르는 사이에 나이 든 신카와를 비굴하게 만들었다.

이렇게 오랜 세월 지켜 온 세련에 대한 자부심을 스스로 갈기갈기 찢어 버리는 비운을 한 번도 위로받지 못하는 동안, 옛날에는 담배 연기처럼 막연하게 코끝으로 피웠던 경멸이 지금은 신카와 삶의 큰 보람이 됐다. 그와 동시에 안에 숨겨 둔 이 경멸을 간파당하지 않도록 세심하게 심혈을 기울였다. 초대받지 못하는 것이 무서웠기 때문이다.

파티 중에도 때때로 아내의 소매를 붙잡고 귀에 속삭였다.

“정말 촌스럽고 소름 끼치는 무리야. 가장 상스러운 말을 가장 우아하게 돌려 말하는 법을 몰라. 일본인의 추함도 이 정도면 큰일이야. 하지만 우리가 이렇게 생각하는 걸 결코 상대가 알아차리게 하지는 말자고.”

새벽의 사원

신카와는 문득 난롯불에 눈이 흐려지며 사십여 년 전 열린 마쓰가에 후작가의 야유회를 떠올리고, 그때도 자기가 멸시하는 기분으로 참석했던 일을 자랑스럽게 여겼다.

하지만 달라진 점이 하나 있었다. 옛날에는 경멸하는 대상이 그에게 상처를 주지 못했는데, 지금은 그 대상이 그곳에 존재하는 것만으로 가차 없이 상처를 주었다.

— 신카와 부인은 활기찼다.

이 나이가 돼서 점점 자기 이야기를 하는 데 뭐라 말할 수 없는 흥미를 느꼈고, 이 청중을 원하는 기분이 계급 타파 정신과도 매우 조화를 이루었다. 처음부터 청중의 질은 문제 삼지 않았기 때문이다.

신카와 부인은 황족을 대하듯이 공손한 인사치레를 샹송 가수에게 한 다음 대신 자기 이야기를 듣게 했다. 기토 마키코의 시에 최고의 찬사를 보낸 다음 자기가 아는 어떤 영국인에게서 "부인은 시인이시군요."라고 칭찬받았던 일을 이야기했다. 그 영국인은 부인이 가루이자와에서 늦여름의 구름을 우러러보며 "시슬레[63]의 구름 같구나."라고 말했을 때 그렇게 말했다.

부인은 난롯가에 있는 남편에게 오더니 묘한 직관으로 역시 사십 년 전 마쓰가에가에서 열렸던 야유회 이야기를 꺼냈다.

---

63 Alfred Sisley. 1839~1899. 프랑스 인상파 화가로 자연을 아름답고 소박하게 그린 풍경화를 남겼다.

"돌이켜 보면 돈 들인 연회에 가도 집으로 게이샤를 부르는 것 말고는 지혜가 없는 야만적인 시대였어요. 그런 풍습이 없어지고 부부 동반으로 가는 사교 모임이 자연스러워진 것만으로도 일본은 굉장히 진보한 셈이지요. 보세요, 이 파티에서도 여성 분들이 이제 조용히 있지만은 않잖아요. 옛날 야유회에서는 대화가 참을 수 없을 만큼 지루했는데 지금은 다들 재치 있는 대화를 하시고요."

하지만 사십 년 전이나 지금이나 자기 이야기만 하는 신카와 부인이 잠시라도 타인의 대화에 귀를 기울인 적이 있는지 의심스러웠다.

신카와 부인은 다시 바쁘게 자리를 떠나 벽에 걸린 거울 앞을 지나가며 어두운 거울 속을 슬쩍 쳐다보았다. 결코 거울을 무서워하지 않았다. 모든 거울은 부인이 그 안에 비친 주름을 버리고 가는 휴지통에 지나지 않았으므로.

육군 병참 부대 중위인 잭은 열심히 움직였다. 모두 이 상냥하고 헌신적인 '점령군'을 흐뭇하게 바라봤다. 위엄 있게 상대를 다루는 게이코의 뛰어난 기술은 비교할 데가 없었다.

잭이 때때로 등 뒤에서 장난스럽게 손을 뻗어 게이코의 가슴을 만지면 게이코는 쓴웃음을 섞은 차분한 미소로 허용하며 반지 낀 남자의 털 많은 손가락을 그대로 가슴에 올려 두었다.

"장난꾸러기네. 이 사람은 정말 어쩔 수가 없어요."

게이코는 사람들을 둘러보며 건조하고 교훈적인 말투로

말했다. 군복 바지를 입은 잭의 엉덩이는 매우 커서 사람들은 게이코의 당당한 엉덩이와 잭의 것 중 어느 쪽이 더 큰지 비교했다.

— 쓰바키하라 부인은 계속 이마니시와 이야기하는 중이었다. 슬프고 바보 같은 표정은 그대로인 채 자신의 소중한 슬픔을 완전히 얕보는 사람과 처음 만나서 놀란 참이었다.

"아무리 슬퍼해도 아드님은 살아 돌아오지 않아요. 게다가 당신은 마음속 풍선에 불순물이 들어오지 않도록 늘 슬픔만으로 가득 부풀려 안심하고 계시지 않습니까. 더 무례하게 말하자면 마음속 풍선을 이제는 타인이 불어 주지 않을 거라고 확신하고 늘 손수 만든 슬픔의 가스만 보충하며 부풀리고 계시지요. 그러면 더 이상 다른 감정으로 괴로울 걱정은 없으시겠네요."

"무슨 그런 심한 말을 하세요? 어쩌면 그리 잔인하게."

쓰바키하라 부인은 오열을 감추는 손수건 사이로 이마니시를 올려다보았다. 그 눈은 강간을 원하는 어린 여자의 눈이라고 이마니시는 생각했다.

— 무라타 건설사 사장은 신카와에게 재계의 대선배라며 과장된 경의를 표했는데 이런 토건업자에게 선배 대우를 받는 일은 신카와에게 영 달갑지 않았다. 무라타는 자사 건설 현장 곳곳에 대대적으로 자기 이름을 내걸어 이름을 팔지 않는 곳이 없었다. 하지만 토건업자와 거리가 먼 풍채의 사람이었고, 그 창백하고 편평한 얼굴에는 전쟁 전 혁신 관료였던 이력이 남아 있었다. 사람에게 매달려 살아가던 이상주의자가 한

번 매달리지 않고 사는 것에 성공하자, 밝고 자유로운 속물성의 바다가 갑자기 눈앞에 펼쳐졌다. 무라타는 전통 무용수 후지마 이쿠코를 첩으로 두었고 이쿠코는 화려한 비단실 기모노를 입고 5캐럿 다이아몬드 반지를 끼고 웃을 때도 등을 늠름하게 세웠다.

"이거 굉장한 집인걸요. 선생님이 저한테 짓게 하셨다면 얼마든지 싸게 해 드렸을 텐데 안타깝네요." 하고 무라타는 혼다에게 세 번이나 말했다.

외교관 사쿠라이와 유명 신문 기자 가와구치는 교야 아키코를 가운데 두고 국제 문제를 논했다. 사쿠라이의 물고기 같은 피부와 가와구치의 술로 거칠어진 노화한 피부는 직업적 냉혈함과 직업적 열혈함처럼 대비를 이루었다. 여성에게 어느 정도 이야기가 들리게 하면서 남성들이 심각한 문제를 논할 때 보이곤 하는 미묘한 허영심 경쟁에서, 그 둔감한 상송 가수는 쉬지 않고 카나페를 먹으며 두 남자의 흐트러진 흰머리와 지나치게 단정한 검은 머리를 비교하고 있었다. 오(O)를 발음할 때의 입모양을 만들어 금붕어 같은 입술 속으로 카나페를 단숨에 던져 넣는 사랑스러운 동작을 암담한 눈으로 계속할 뿐이었다.

"당신 참 취미가 별나군요."

기토 마키코는 일부러 이마니시 앞까지 가서 말했다.

"당신 제자를 꼬드기는 데 일일이 당신 허락을 받아야 합니까? 저는 어머니를 꼬드기는 느낌이 들어 일종의 신성한 전율까지 느낍니다. 그래도 당신을 꼬드기는 일은 실수로도 일어나지 않을 겁니다. 당신이 저를 어떻게 생각하는지 얼굴에 분명히 쓰여 있으니까요. 저는 당신에게 성적으로 가장 혐오감을 부추기는 타입이지요?"

"잘 알고 계시네요."

마키코는 안심하며 유달리 부드러운 목소리로 말했다. 그리고 다다미의 검은 테두리처럼 침묵의 선을 놓고 이렇게 말했다.

"당신이 설령 꼬드겼더라도 그 사람 아들 역할은 할 수 없습니다. 그 사람의 죽은 아드님은 매우 신성하고 아름답고, 그 사람은 그 신을 받들어 모시는 무녀이니까요."

"글쎄요. 저에게는 모든 것이 의심스럽네요. 살아 있는 사람이 순수한 감정을 계속 유지하거나 대표하는 건 모독이에요."

"그래서 죽은 사람의 순수한 감정을 받들고 있잖습니까?"

"어차피 살아가야 하니까 그 필요에서 나온 행동이잖아요. 그건 또 그것만으로 의심스럽습니다."

마키코는 혐오감을 느낀 나머지 눈을 가늘게 뜨고 웃었다.

"이 파티에는 남자가 한 사람도 없네요."라고 말하자마자 혼다가 불러 자리를 떴다. 쓰바키하라 부인은 붙박이 벤치 한 구석에 비스듬히 앉아 울고 있었다. 창밖 밤공기가 극도로 차가워 유리창에 서린 수증기가 똑똑 흘렀다.

혼다는 마키코에게 쓰바키하라 부인을 보살펴 달라고 부탁하려는 참이었다. 만약 추억 때문이 아니라 술을 소량 마셔서 그러는 거라면 쓰바키하라 부인은 울보인지도 몰랐다.

리에가 창백한 얼굴로 다가와 혼다의 귀에 대고 이렇게 말했다.

"이상한 소리가 들려요. 아까부터 정원에서. ……잘못 들은 걸까요?"

"정원을 봤어요?"

"아뇨, 무서워서."

혼다는 창문 하나에 다가가 유리창에 서린 김을 손으로 닦았다. 마른 잔디밭 저편 편백나무 숲에 달이 크게 떠 있었다. 들개 한 마리가 그림자를 끌며 서성댔다. 그러다 멈추고는 꼬리를 오므리고 하얀 가슴털을 곧게 달빛에 빛내며 애절하고 아득하게 짖었다.

"저 소리지요?"

혼다가 아내에게 확인하며 물었다. 아이 같은 불안의 씨앗이 드러나자 아내는 바로 항복하지 않고 공중에 흩날리는 닭의 깃털 같은 미소를 지었다.

귀를 기울이자 편백나무 숲 훨씬 저 멀리서 이 소리에 대답하듯 아득한 개 울음소리가 두세 번 여기저기서 섞여 들려왔다.

바람이 불었다.

27

늦은 밤 2층 서재의 창문으로 혼다는 하늘을 건너가는 작고 처량한 달을 바라보았다. 월광 공주 잉 찬은 결국 오지 않고 달이 대신 왔다.

파티가 끝난 때는 12시 즈음이었다. 묵고 갈 손님만 남아 몇몇이 모여 담소를 나눈 뒤 각자 침실로 돌아갔다. 2층에 두 개의 게스트룸이 있고 이어서 혼다의 서재가, 그 옆에 부부 침실이 있었다. 리에는 손님들과 떨어지자 피로로 부은 손가락까지 마비되어 남편을 두고 침실로 들어갔다. 혼자 서재에 남은 혼다는 방금 아내가 여봐란듯이 보였던, 둔하게 빛날 만큼 부어오른 손등을 다시 떠올렸다.

안쪽에서 악의가 증식해 손이 부어오르고, 그래서 들어 올려진 하얀 피부가 굴곡을 잃고 이상하게 순진한 어린아이처럼 돼 버린 그 부푼 손등은 늘 시야에서 떠나지 않았다. 자신

은 아내에게 별장 개장 축하 행사를 하자고 제안했지만 아내
는 거절했다. 만약 거절하지 않았다면 무엇이 시작됐을까. 어
떤 쓸쓸한 것이, 메스꺼울 정도의 친절과 위로의 피하지방 아
래로 흘러갔을 것이다.

혼다는 그럴듯하게 꾸민 서양식 명창정궤(明窓淨几) 서재를
둘러보았다. 그가 실제로 일하던 시절 서재는 이렇지 않았다.
살아가는 데서 오는 수습되지 않는 난잡함과 새장 냄새가 있
었다. 지금은 민예품 같은 느티나무 판을 한 장 깐 책상 위에
모로코 가죽으로 된 영국식 필기구 세트가 가지런히 놓이고,
펜 트레이에는 직접 정성스레 깎은 연필 몇 자루가 사관후보
생 옷깃처럼 신선하게 반짝이는 영문자가 새겨진 채 놓이고,
아버지의 유품인 청동 악어 문진과 텅 빈 대나무 편지함이 있
었다.

몇 번이나 의자에서 일어나 커튼이 걷힌 돌출창 유리를 닦
으러 갔다. 실내 온기에 자꾸 달이 흐려지고 일그러지기 때문
이다. 그 달이 명료하게 보이도록 해 두지 않으면 마음 깊은 곳
에 자리한 허무함과 혐오가 점점 커져 그 잡다한 어두운 덩어
리가 그대로 성욕으로 변함을 알기 때문이다. 오랜 생의 끝에
이런 풍경만 남아 있음을 알았을 때의 그 건조한 놀람. ……개
들이 다시 멀리서 짖었고 연약한 편백나무 숲이 바람에 바스
락거렸다.

옆 침실에서 아내가 잠든 뒤 꽤 시간이 지났다. 혼다는 서
재의 불을 끄고 게스트룸 쪽 벽에 붙어 있는 책장으로 걸어갔
다. 서양 책 몇 권을 조용히 꺼내 바닥에 쌓았다. 자기가 객관

성의 병이라고 이름 붙인 것들. 그 병에 사로잡힌 순간 지금까지 자기편이었던 사회를 적으로 돌릴 수밖에 없게 만드는 완고한 강제력.

왜일까. 그것 역시 오랫동안 법정 단상에서 또 변호사석에서 객관적으로 보아 온 인간 군상의 일부일 뿐인데. 하지만 왜 그렇게 보는 것은 법 쪽에 있고 이렇게 보는 것은 법에 위반될까. 그렇게 보면 사람들의 존경의 대상이 되고 이렇게 보면 사람들에게서 경멸과 비난이 쏟아진다. ……만약 그것이 죄라면 쾌락이 죄인 것일 텐데, 판사였던 경험으로 볼 때 혼다는 오히려 사심을 없앴을 때 마음속에서 우러나는 맑은 쾌락 또한 알고 있다. 만약 이 쾌락에 두근거림이 없어서 존경의 대상이 됐다면 범죄의 본질은 두근거림에 있는 것일까. 인간의 가장 사적인 부분, 쾌락에 대한 이 두근거림이 법을 위반하는 가장 큰 요소인 것일까…….

어쨌든 전부 구실일 뿐이다. 서재 책장에서 서양 책을 꺼내며 혼다는 나이를 벗어나 소년 같은 심장 고동을 느꼈고, 고립무원으로 사회 앞에 가냘프고 무력한 존재가 된 스스로를 느꼈다. 자신의 몸을 공중 높이 달았던 고랑이 모조리 벗겨져 모래시계의 모래처럼 끝없이 떨어지기 시작했다. 그때 법과 사회는 이미 그의 적이었다. ……그리고 만약 혼다에게 조금이나마 용기가 있고, 이곳이 자택 서재가 아니라 어린 풀이 무성한 공원 한구석이거나 어둠에 싸인 골목에 얼룩덜룩하게 비치는 인가의 불빛 아래라면, 그때 그는 가장 부끄러운 범죄자가 될 것이다. 사람들은 크게 웃을 것이다. 판사가 변호사가 되고 변호사가 범죄자가 되었다고. 일생을 통틀어 법정을 사랑해 마지않던 남자가 여기에 있다고.

책을 치우고 드러난 공간의 벽에는 작은 구멍이 뚫려 있다. 먼지 가득한 그 어두운 공간은 꼭 얼굴 하나가 들어갈 만한 크기다. 먼지 냄새가 갑자기 어린 시절의 절실한 추억으로 혼다의 가슴을 채우고, 소년기의 비밀이 지닌 쾌락의 가물가물한 붉은 불꽃을 어둠 속에 흩뜨렸다. 잠옷에 달린 진남색 벨벳 옷깃 감촉에 섞인 화장실 냄새, 처음으로 사전에서 발견한 외설스러운 단어 등 우울한 비린내가 나는 모든 것들이 떠올랐다. 그리고 기요아키를 그렇게 데려가 버린 고상한 두근거림의 가장 빈약한 희화를 자신의 두근거림 속에서 발견했다. 어쨌든 그것은 열아홉 살 기요아키와 쉰여덟 살 혼다를 잇는 유일한 어둠의 통로였다. 눈을 감으면 책장 어둠 속을 몸의 붉은 미립자들이 모기떼처럼 사방으로 날아다니는 환영이 나타났다.

바로 옆 게스트룸에는 마키코와 쓰바키하라 부인이, 그 옆 게스트룸에는 이마니시가 있다. 그런데 조금 전 분명 두 방에서 사람이 오가는 기척이 났고 살며시 문 여는 소리, 낮은 목소리로, 마치 수면을 때리는 듯한 꾸짖는 소리가 들렸다. 그 소리들은 멈췄다가 다시 들렸다. 무언가가 가장 깊은 밤을 향해 기울어진 경사면을, 상아 마작패가 구르듯이 굴러떨어지고 있었다.

무슨 일인지 이미 알아차렸다. 하지만 혼다가 본 것은 그 이상이었다.

새벽의 사원

옆 게스트룸에는 이 구멍과 평행하게 트윈 베드가 놓였다. 구멍 바로 아래의 침대는 거의 보이지 않지만 그 옆 침대는 고스란히 보인다. 머리맡 등만 켜져서 그 침대도 어둡다.

혼다는 엿보는 자기 눈과 같은 높이로, 어둑한 방에서 크게 뜬 눈이 마주 보고 있어 깜짝 놀랐다. 마키코의 눈이었다.

그 침대에 마키코는 흰 잠옷을 입고 앉아 있었다. 잠옷 옷깃을 가지런하게 접고 한쪽에서 들어오는 빛에 흰머리를 희미하게 반짝이며 화장을 지운 얼굴은 옛날과 다름없이 차가울 만큼 하얗고 깨끗하다. 살이 붙은 둥근 어깨에 나이가 드러나지만 전체적으로 조금도 흔들리지 않는 존재의 밀도가 규칙적으로 숨 쉬는 가슴께에서 느껴진다. 그것은 밤의 정수가 흰 옷에 덮인 모습이었다. 혼다는 달밤에 후지산을 바라보는 느낌이 들었다. 산기슭 주변은 파란 면이 들어간 이불의 완만한 주름으로 메워졌고, 마키코는 무릎을 반 정도 이불 속에 넣고 한쪽 팔을 이불 위에 나른하게 올려놓았다.

엿보는 혼다의 눈을 알아차린 듯했던 마키코의 눈은 사실 그 구멍을 향한 것이 아니었다. 가만히 시선을 떨구고 벽 쪽에 있는 침대를 지켜봤다.

하지만 그 눈만 보면 마키코가 시 짓는 데 골몰하며 문득 아래에 있는 강을 뚫어지게 보고 있다고밖에 생각되지 않는다. 정신이 어떤 생생한 혼돈을 발견하고 그것을 결정으로 만들려는, 화살을 쏘려는 사냥꾼의 눈을 한 순간이다. 그 눈만 보면 사람은 숭고하다고 느끼게 된다.

마키코가 내려다보는 것은 강도 아니고 물고기도 아니었

다. 어둑한 방에서 꿈틀대는 침대 위 사람의 모습이었다. 혼다
는 정수리가 책장에 닿을 만큼 고개를 들고 작은 구멍을 비스
듬히 내려다보며 벽 하나 너머 침대에서 어떤 일이 일어나는
지 살폈다. 여자의 허벅지에 창백하고 야윈 남자의 허벅지가
얽혔다. 바로 아래에는 그 두 다리가, 결코 생명력이 넘친다고
말할 수 없는 노쇠한 육체가 수생동물처럼 느릿한 운동을 하
는 접점이 보였다. 그것은 어둠 속에서 젖은 빛을 발하고, 먹는
자가 먹히고, 명백한 술수가 진지한 선동과 손잡고, 축축한 두
수풀이 붙었다가 떨어지고, 여자의 흰 배가 빛에 따라 그곳에
흰 종이를 둔 것처럼 공손하게 혼다의 눈을 찔렀다.

이마니시는 가련한 지식인의 허벅지를 수치심도 없이 그
대로 방자하게 내보였다. 그가 말한 대로, 야윈 미골이 드러
난 편평한 엉덩이가 외롭게 잔물결처럼 흔들리며 순간적인 환
영을 그려 낼 따름이었다. 그 성실함의 결여가 혼다를 화나게
했다.

그에 비해 쓰바키하라 부인은 신음 하나하나까지 진지함
그 자체였다. 눈을 돌리면 이마니시의 머리에 손을 뻗어 익사
하는 사람처럼 필사적으로 붙잡은 쓰바키하라 부인의 손가락
이 보인다. ……부인은 드디어 아들 이름을 불렀다. 하지만 얌
전하고 희미한 목소리로.

"아키오…… 아키오…… 용서해."

나머지 말은 흐느낌에 섞였지만 이마니시는 조금도 반응
을 보이지 않았다.

혼다는 갑자기 엄숙하고 꺼림칙한 상황을 깨닫고 입술을

깨물었다. 이제 분명해졌다. 마키코가 명령했는지 아닌지는 별개로 하더라도, 마키코가 보는 앞에서(어쩌면 마키코가 보는 앞에서만) 부인이 이렇게 노골적인 행위를 하는 것은 오늘 밤이 처음이 아닌 것이다. 아니, 이것이 바로 마키코와 부인의 사제 관계의 본질, 헌신과 모멸일지도 몰랐다.

혼다는 다시 마키코를 봤다. 마키코는 그 은백색으로 빛나는 흰머리를 흔들거리며 침착하게 내려다보고 있었다. 성별은 다르지만 마키코는 자신과 완전히 같은 종류의 인간임을 혼다는 깨달았다.

28

다음 날도 쾌청해서 혼다 부부는 묵은 세 손님과 이웃 게이코도 초대하여 후지요시다에 있는 후지센겐(富士浅間) 신사까지 차 두 대에 나누어 타고 산 나들이를 갔다. 게이코를 빼고는 모두 그곳에서 참배하고 도쿄로 돌아갈 예정이어서 별장을 잠그고 나갔다. 문을 잠글 때 문득 혼다는 부재중에 잉찬이 올지도 모른다는 걱정이 스쳤지만 그럴 일은 없을 것이었다.

혼다는 이마니시가 선물로 가져온 『혼초몬즈이』[64]를 오늘 아침 읽은 참이었다. 물론 미야코노 요시카[65]의 「후지산 기행」이 읽고 싶어서 이마니시에게 부탁한 책이었다.

64　本朝文粹. 헤이안 시대의 뛰어난 시와 문장 사백여 편을 모은 선집.
65　都良香. 834~879. 헤이안 시대의 관리이자 한시 시인.

새벽의 사원

'후지산은 스루가국에 있으니, 산봉우리가 깎은 듯이 뾰족하게 하늘 높이 곧게 솟았네.'

이런 구절은 재미없지만,

'875년 11월 5일에 관리와 백성이 모여 축제를 여니. 낮의 해와 더불어 하늘은 아름답고 푸르구나. 산봉우리를 우러러보니 흰 옷을 입은 아름다운 두 여인이 산꼭대기에서 같이 춤을 추네. 산꼭대기보다 1척 더 높은 곳에서. 땅의 사람들 모두 그들을 보았다고 노인이 말했네.'

이 구절은 옛날에 혼다가 읽고 희미하게 기억에 남았는데 그 뒤로 다시 읽을 기회가 없었다.

여러 가지 착시 현상(Optical Illusion)을 일으키는 후지산이 맑은 날 그런 환영을 출현시킨 일은 이상하지 않다. 산기슭에서는 온화하던 바람이 산꼭대기에서 살벌한 강풍이 되어 맑은 하늘로 눈보라를 불어 올리는 광경을 자주 볼 수 있다. 그 눈보라가 우연히 아름다운 두 여인의 형태가 되어 땅에 있는 사람들 눈에 비치는 일도 있을 수 있다.

후지산은 냉정하고 적확하면서도 바로 그 정확한 순백과 차가움으로 모든 환상을 허락했다. 극한의 차가움에도 현기증이 있는 것이다. 극한의 이치에 현기증이 있듯이. 후지산은 형태가 지나치게 단정한 나머지 모호한 정념인 듯 보이기도 하고, 하나의 극한이면서 또 경계였다. 그 경계에 흰 옷 입은 아름다운 두 여인이 춤을 췄다면 있을 수 없는 일은 아니다.

여기에 더해 혼다는 센겐 신사에서 모시는 신이 고노하나사쿠야히메(木花開耶姬) 여신이라는 점에 깊이 매료됐다.

두 대 중 쓰바키하라 부인의 차에 부인과 마키코와 이마니시가 타고, 혼다가 도쿄에 돌아갈 때 타려고 고용한 전용 택시에 혼다 부부와 게이코가 탔다. 이것은 자연스러운 배분이었지만 왠지 마키코와 동승하고 싶었던 혼다는 마음속에 일말의 아쉬움이 남았다. 화살을 쏘기 직전의 긴장한 눈을 차 안에서 어깨를 나란히 하고 한 번 더 유심히 보고 싶었던 것이다.

후지요시다까지 가는 드라이브는 하지만 쉽지 않았다. 스바시리에서 가고사카 고개를 넘어 야마나카 호수를 따라 구가마쿠라 도로를 북상하는 이 국도는 비포장인 데다 험준한 산길이 대부분이었다. 야마나시현과의 경계는 가고사카 고개 능선을 따라 이어졌다.

나란히 앉은 게이코와 리에가 여자들끼리 대화하도록 두고 혼다는 아이처럼 골똘히 창밖을 내다보았다. 게이코가 있어 주면 리에의 불평에서 몸을 보호할 수 있어 크게 도움이 됐다. 리에는 이제 뚜껑을 열기만 해도 거품이 넘쳐흐르는 맥주병 같았다. 아침부터 차를 타고 도쿄로 돌아가는 것에 반대를 외치며 자기는 어릴 때부터 그렇게 길고 무의미하고 사치스러운 드라이브에는 익숙하지 않다고 주장했다.

그런 리에가 게이코와 대화할 때는 온순하고 사랑스럽기까지 했다.

"신장은 그렇게 신경 쓰지 않아도 돼요." 하고 게이코는 투박하게 말했다.

"그런가요? 그런 말을 들으면 오히려 힘이 나요. 이상하죠.

남편처럼 거짓말로 여봐란듯이 하는 뻔한 위로나 걱정을 들으면 화가 나는데."

여기가 미묘한 요령이었는데, 게이코는 결코 혼다를 변호하지 않았다.

"혼다 씨는 이치만 따지는 분이잖아요. 어쩔 수 없어요."

야마나시현과 경계를 넘자 산 북쪽은 온통 잔설로 덮여 있었다. 얼어서 움푹해진 눈에는 오그라진 듯한 뱀가죽 무늬가 얕게 새겨졌다. 부기가 가라앉은 리에의 손등 피부와 비슷했다.

하지만 그때 리에는 혼다가 견딜 만했다. 들으라는 듯이 두 여성이 자기 험담을 하는 장소에 같이 있는 것은(설령 그중 한 사람이 아내라고 해도) 혼다에게 옅은 편안함을 주었다.

가고사카 고개 맞은편은 어디든 눈이 많이 남아 있고, 야마나카 호수의 듬성듬성한 숲은 오돌토돌한 직물처럼 언 눈에 덮였다. 소나무는 노랗고 호수 수면만 밝은색을 띠었다. 뒤돌아보니 후지산의 하얀 피부, 이 지방 모든 백색의 원천은 기름을 바른 듯 반짝였다.

센겐 신사에 도착한 때는 오후 3시 반이었다. 저쪽 검은 크라이슬러에서 세 사람이 내리는 모습을 흘긋 본 혼다는 검은 관에서 사람이 되살아 나온 것처럼 꺼림칙한 기분이 들었다. 오늘 아침 세 사람은 겉으로는 어젯밤 흔적을 깨끗이 씻어 없앴지만, 우연히 세 사람이 일정한 시간 좁은 장소에 갇혀 있다면 아무리 빼내도 다 빠지지 않는 복수(腹水)처럼 기억은 다시 고이고 비열함은 더해 갈 것이다. 차에서 내린 세 사람은 길가의 눈이 반사하는 빛이 눈부셔 당황한 듯 눈을 깜박였다. 마키코는 그래도 가슴을 똑바로 폈는데, 이마니시의 창백하고 탄력 없는 피부를 혼다는 경멸했다. 어제 낮에 의기양양하게 말했던 비극적이고 아름다운 육체의 몽상을 이 남자는 자신의 어울리지 않는 행동으로 모독한 뒤 그것을 끝까지 감추었다고 여겼다.

어쨌든 혼다는 보았다. 보는 자와 그런 줄 모르고 보이는 자는 이미 뒤집어진 세계의 경계에 서로 몸을 맞대고 있었다. 석조 편액에 '후지산'이라고 새긴 거대한 돌 도리이를 올려다본 마키코는 또다시 수첩을 꺼내고 보라색 끈이 달린 가느다란 연필을 뽑았다.

여섯 사람은 서로 도우며 눈으로 눅눅해진 참뱃길을 걸어갔다. 나뭇잎 사이로 비치는 해가 잔설 일부를 장엄하게 보여주었다. 수북이 쌓인 잔설에 갈색 낙엽을 계속 떨어뜨리는 오래된 삼나무 우듬지에는 안개 같은 빛이 고이고, 어떤 우듬지는 초록 구름이 길게 뻗어 있는 듯했다. 참뱃길 안쪽에 잔설에 싸인 붉은 도리이가 보였다.

이 신적인 징후가 혼다에게 이누마 이사오의 추억을 불러일으켰다. 또다시 마키코를 보았다. 마키코는 신적인 힘에 물들면 완전히 변해 어제 한밤중에 보인 그런 눈을 잊는 것 같았다. 이 돌변하는 눈의 사랑을 받은 이사오는 어쩌면 이 눈에 죽임을 당했는지도 모른다.

게이코는 무슨 사물이든 성급해하지 않고 태연하게 대했다.

"와, 아름답다. 굉장하네. 일본적이다."

이 단정적인 말투에 마키코는 조금 못마땅한 기색으로 게이코를 바라보았다. 리에는 그 모습을 얌전하게 남에게 맡긴 승리의 감정으로 한발 물러서서 바라보았다.

참뱃길을 걸어가는 쓰바키하라 부인의 비틀거리는 한 걸음 한 걸음은 슬픈 학이 날개를 늘어뜨리고 걸어가는 듯했고, 도우려는 이마니시를 가볍게 내치고 되레 혼다에게 손을 얹었다. 시를 지을 기분이 아니었다.

그 슬픔은 가장이라고 하기엔 매우 순수하여, 떨군 옆얼굴을 보고 감동한 혼다는 반대편에서 부인의 옆얼굴을 살펴보는 마키코의 눈과 퍼뜩 마주쳤다. 마키코는 눈(雪)이 반사하는 빛을 받은 이 슬픈 여자의 얼굴에서 언제나 그러듯 하나의 시를 발견했다. 시가 만들어진 것이다.

후지산 등산길과 교차하는 신교(神橋)까지 왔을 때 쓰바키하라 부인은 떨리는 목소리로 혼다에게 이렇게 말했다.

"용서하세요. 여기가 후지산 신사라고 생각하니 유키오가 웃으며 반겨 줄 것 같은 느낌이 들어서. ……그 아이는 특히 후지산을 좋아했거든요."

부인의 슬픔은 묘하게 공허하여 사람 없는 정자를 바람이 절로 불며 지나가듯이 슬픔이 그 공허한 부인을 자유롭게 불며 지나가는 느낌이 들었다. 그리고 이상하리만치 조용하다. 영혼이 빙의하여 휩쓸고 지나간 뒤의 황폐함이 드러난, 흐트러진 머리칼 그늘 아래 건조한 얼굴은 마치 화지(和紙)처럼 쉽게 스미는 종이가 됐다. 그곳에 슬픔이 자유롭고 조용하게 드나드는 광경이 보였다. 마치 호흡처럼.

이 모습을 보는 리에는 병도 잊고 건강함 그 자체가 된 상태였다. 아내의 모든 것이 꾀병이고 그 부종조차 거짓이 아닐까 하고 혼다가 의심하는 것은 이런 때이다.

일행은 드디어 60척 높이에 이르는 붉은 대도리이에 도착했고, 그곳을 통과하자 붉은 누각문 앞, 더러워진 눈더미가 높게 에워싼 가구라덴[66]을 맞닥뜨렸다. 가구라덴 처마 삼면에는 금줄이 둘러졌고, 높은 삼나무 우듬지에서 한 줄기 밝은 햇빛이 바닥 위 원목 핫사쿠[67] 상에 세워진 흰 종이를 비추었다. 주변 눈에서 반사한 빛으로 가구라덴은 격자무늬 천장까지 빛났지만 흰 종이에 닿는 빛은 더욱 눈부시고 고상한 종이는 미풍에 살랑거렸다.

순간 혼다는 이 순백의 종이가 살아 있는 듯이 느껴졌다.

쓰바키하라 부인의 눈물이 둑을 터뜨리며 흘렀다. 하지만 아무도 그 울음에 놀라지 않았다.

부인은 이 종이를 보자마자 공포에 짓눌린 듯이 사자와 용의 부조가 수호하는 붉은 배전 앞으로 달려가, 그곳에 엎드려 절하는 동안 울기 시작했다.

전쟁 후 부인의 슬픔이 그토록 오랫동안 치유되지 않은 것을 이제 혼다는 이상하게 생각하지 않았다. 그 슬픔을 어제 일처럼 생생하게 반복해 되살리는 비법을 목격했기 때문이다.

---

66 神樂殿. 신사 경내에 있는 무악을 연주하는 무대.
67 八朔. 음력 8월 1일을 가리킨다. 이날 신사에서는 오곡 풍년을 기원하며 수확이 끝난 신미를 신에게 바친다.

새벽의 사원

29

다음 날 게이코가 고텐바 니노오카에서 혼다가 집에 없을 때 전화를 걸었다. 리에는 파티 때문에 피곤해서 혼고의 집에 누워 있다가 게이코라고 하여 전화를 받았다.

오늘 월광 공주 잉 찬이 혼자 고텐바에 왔다는 내용이었다.

"내가 개를 산책시키러 나갔는데 별장 대문 앞을 서성이는 여성 분이 계시더군요. 왠지 일본인이 아닌 것 같아서 말을 걸었더니 '나는 태국 사람이에요.'라고 대답했어요. 듣자 하니 혼다 씨에게서 초대를 받는데 그날은 사정이 있어서 못 왔고, 오늘 온 것은 아직 다들 별장에 있을 거라고 생각해서래요. 상당히 태평하게 이야기해서 놀랐어요. 혼자서 여기까지 왔는데 그대로 돌아가면 안타까우니 집에서 차를 대접하고 역까지 바래다주고 헤어졌어요. 지금 막 돌아온 참이에요. 도쿄로 돌아가면 혼다 씨에게 사과해야겠다고 말하더군요. 하지만 전화는 좋아하지 않는대요. 일본어로 전화 걸면 머리가 아프다고요. 사랑스러운 분이었어요, 머리가 새까맣고, 눈이 크고."

게이코는 거기까지 이야기하고 다시 파티에 대한 감사 인사를 했다. 오늘 밤 그 미국인 장교가 집에 동료들을 데려와서 포커 게임을 하기 때문에 그 준비로 쉴 틈이 없다고 말한 뒤 전화를 끊었다.

혼다가 집에 돌아왔을 때 리에는 통화 내용을 충실하게 보고했다. 혼다는 연기를 피우는 듯한 얼굴로 이 말을 들었다. 어젯밤 잉 찬의 꿈을 꾼 일은 물론 아내에게 말하지 않았다.

혼다 나이의 한 가지 장점은 무한히 기다릴 수 있다는 것이었다. 하지만 따라야 할 의무도 있고 다소간 할 일도 있으니 잉 찬의 갑작스러운 방문을 집에서 한없이 기다릴 수만은 없다. 반지를 아내에게 맡겨도 되지만 그것만은 자기가 직접 주고 싶어서 양복 안주머니에 넣어 가지고 다녔다.

열흘 정도 지나 혼다가 집에 없을 때 잉 찬이 무작정 찾아왔다고 리에가 보고했다. 리에는 옛 동창 장례식에 가려고 상복을 입고 집을 나서던 중에 문을 열고 들어오는 잉 찬과 만났다.

"혼자였어요?"

혼다가 물었다.

"네, 그런 것 같았어요."

"안타깝게 됐군요. 다음에는 우리가 연락해서 식사 초대라도 해야겠어요."

"글쎄요, 와 주실까요?"

리에는 소리 없이 웃으며 말했다.

전화 연락이 상대방에게 부담이 될 수 있음을 헤아린 혼다는 먼저 마음대로 날짜를 정해 오든 안 오든 잉 찬에게 맡기고 신바시 연무장의 티켓을 보냈다. 마침 분라쿠[68] 도쿄 출장 공연이 있어서 그날 낮 공연을 관람하고 돌아갈 때 최근 일본인 소유로 돌아온 데이코쿠 호텔에서 저녁 식사를 해야겠다고 생각했다.

낮 공연은 「가가미(加賀見)산」과 「호리카와 원숭이 조종사」였는데, 아무리 시간이 지나도 잉 찬이 오지 않는 것에 혼다는 놀라지 않고 혼자서 천천히 '나가쓰보네[69]의 장'을 들었다. 「호리카와」가 시작하기 전 긴 막간에 정원으로 나갔다. 맑은 날이라 바깥 공기를 쐬려고 관객들이 많이 나와 있었다.

새삼스럽지만 이런 곳에 오는 사람들의 몸단장이 말끔해진 것에 혼다는 감탄했다. 몇 년 전에 비할 바가 아니었다. 게이샤가 많아서이기도 하지만 여성들의 기모노는 폐허의 기억도 잊고 화사하고 사치스러웠으며, 특히 전쟁 이후 젊은 사람 늙은 사람 관계없이 취향이 화려해져서 어떻게 보면 다이쇼 시대 데이코쿠 극장 관객들보다 색채가 다채롭게 느껴졌다.

지금 혼다는 마음만 먹으면 이 중에서 가장 젊고 아름다운 게이샤를 골라 보호자가 될 수도 있었다. 사 달라고 보채

---

68 文樂. 에도 시대에 성립한 전통 인형극으로 오사카를 중심으로 발달했으며 인형 조종, 조루리(서사시) 암송, 샤미센 반주로 이루어진다.

69 에도성 안에 있었던 여성 하인들의 거주 시설.

는 물건을 사 주는 기쁨도, 봄 구름처럼 은은한 교태도, 기메코미 인형[70]처럼 장인이 크기를 꼭 맞춰 만든 하얀 버선의 발도 전부 제 것으로 할 수 있다. 하지만 그다음 일도 바로 보인다. 쾌락의 붉은 테를 두른 나무통 안에서 뜨거운 물이 흘러넘치고 죽음의 재가 날아올라 시야를 덮을 것이다.

이 극장의 정취는 정원이 강을 바라보고 있어 여름에 시원한 강바람을 즐길 수 있다는 데 있었다. 하지만 강은 고여 있고, 바지선과 쓰레기가 천천히 흘러갔다. 혼다는 공습으로 해를 입은 수많은 사체가 떠다녔지만 공장 연기가 끊겨 이상하게 맑았던 전쟁 중 도쿄의 강과, 거기에 이상하게 파랗게 비치던 전쟁 막바지의 하늘을 지금도 또렷이 떠올릴 수 있었다. 그에 비하면 이 탁한 강물은 번영의 표시였다.

짧은 하오리를 입은 두 게이샤가 난간에 기대어 강바람을 쐬고 있었다. 한 사람은 손으로 그린 듯한 스미조메자쿠라[71] 무늬 나고야 허리띠에 군데군데 벚꽃 꽃잎이 흩뿌려진 사메코무늬[72] 기모노를 입고, 몸집이 작고 통통한 얼굴이었다. 또 한 사람은 모든 치장이 화려했고 약간 높은 코에서 얇은 입술에 걸쳐 냉소를 띠었다. 두 사람은 끊임없이 떠들다가 서로 과장되

70 오동나무 톱밥을 풀로 굳혀 만든 몸체에 홈을 파고 천을 끼워서 만든 전통 인형.
71 墨染桜. 벚꽃의 한 종류로 비교적 일찍 피는 흰 외겹 꽃이다. 헤이안 시대에 한 왕족이 죽었을 때 친구가 추모의 시를 읊자 시구대로 주위 벚꽃이 상복 색인 묵색으로 폈다는 내용의 전설에서 유래한 이름이다.
72 鮫小紋. 점무늬가 연속적으로 부채꼴 형태를 이루어 전체적으로 상어 피부를 닮은 무늬.

게 놀라거나 했고, 손가락 사이에 낀 가는 수입 금 파이프 담배는 그 놀람에 조금도 흔들리지 않고 조용히 연기를 남겼다.

이윽고 혼다는 여성들이 힐끔힐끔 강 건너편을 보는 것을 알아챘다. 그곳은 옛 제독의 동상이 남아 있는 구 데이코쿠 해군 병원인데 지금은 미군 병원이 되어 한국전쟁의 부상병으로 가득했다. 봄 햇살이 앞뜰에 반쯤 핀 벚꽃을 비추었고 그 아래 휠체어를 타고 지나가는 젊은 미군, 목발에 의지해 걷는 이, 순백 삼각보에 팔을 걸친 산책자가 보였다. 여기 기모노 차림의 아름다운 여인들을 강 건너편에서 쾌활하게 부르는 소리도 없고 미군 특유의 장난 섞인 신호도 없었다. 마치 눈에 비치는 다른 세계의 경치처럼, 오후 햇살이 닿아 유난히 밝은 강 건너편은 짐짓 무관심을 가장한 젊은 부상병의 비틀거리는 그림자만 극심할 뿐 잠잠했다.

두 게이샤는 분명 이 대비에 기뻐했다. 하얀 분과 비단에 파묻혀 봄의 사치스러운 나른함에 몸을 담그고 타인의 상처와 아픔과 잃은 다리와 잃은 팔을 축복한다. 게다가 어제까지만 해도 승리자였던 자들이다. ……이런 상냥한 악의, 정교한 심술궂음은 그들의 천성이었다.

옆에서 바라보며 혼다는 강을 사이에 둔 이 대비에서 어떤 찬란함을 느꼈다. 저편에는 과거 칠 년 동안 지배한 점령군들의 흙먼지, 피, 비참한 고통, 상처 받은 자부심, 회복되지 않는 불행, 눈물, 아픔, 갈기갈기 찢어진 남성성이 있고, 이편에서는 패전국 여성들이 말 그대로 과거 승리자들이 흘린 피에서 이득을 얻어 땀과 상처의 파리를 살찌우고, 검은 호랑나비 날개처럼 새카만 하오리 날개를 펼쳐 과도하게 연마한 사치스러운 여성성을 과시했다. 강바람도 이들의 만남을 잇는 데 소용이 없었고, 미국 남자들이 자신들 손에 들어올 가망이 없음에도 이 무용하고 화려한 치장을 꽃피우기 위해, 그저 이 몰인정하고 여봐란듯한 영화(榮華)를 위해 헛되이 피를 흘렸다고 생각하는 좌절감은 분명 느낄 수 있었다.

"완전히 거짓말 같아."

한 여성의 목소리가 혼다의 귀에 닿았다.

"정말 그래. 쳐다보기도 힘들 정도로. 외국인들은 몸집이 큰 만큼 저렇게 되니 더 가련해 보여. 하지만 이쪽도 힘든 일을 겪었으니 서로 마찬가지야."

"멧돼지를 잡아먹은 보상 같네."[73] 하고 여성들은 냉혹하게 말을 주고받았다. 그리고 점점 강한 흥미를 보이며 강 건너편을 바라보고, 그 흥미가 극에 달해 느슨해지나 싶더니 거의 동시에 콤팩트 뚜껑을 경쟁하듯이 열어 비스듬하게 거울을 들여다보며 코에 분을 칠했다. 향 강한 분은 강바람에 휘날리다가 여성들의 하오리 옷단과 혼다 양복의 소매까지 멀리 와 닿았다. 분이 엷게 덮인 작은 거울이 발치의 수풀을 마치 명주잠자리가 춤추듯 느리게 비추는 것을 혼다는 흘긋 보았다.

개막을 알리는 종소리가 멀리서 들려왔다. 남은 공연은 「호리카와」 1막뿐이다. 이제 올 일은 없다고 생각해 극장 쪽으로 발걸음을 옮기면서, 혼다는 자신이 잉 찬의 명확한 부재를

---

73 미식이나 쾌락만 좇거나 나쁜 행위를 저지른 결과의 보상을 이르는 속담.

새벽의 사원

거의 육감적으로 즐긴다고 느꼈다. 정원에서 스물세 개 계단을 오르면 극장 복도로 이어진다. 복도 기둥 그늘에 잉 찬이 바깥 빛을 피하려는 듯이 서 있었다.

바깥 빛이 부신 눈에는 그 칠흑색 머리칼과 커다란 검은 눈동자가 하나의 연속된 광택을 발하는 어둠처럼 보였다. 머리칼에서는 강한 향유 냄새가 났다. 잉 찬은 아름답고 하얀 치아를 번지듯이 드러내며 웃었다.

|

●

30

그날 밤 두 사람이 저녁 식사를 한 데이코쿠 호텔은 황폐했다. 점령군은 건축가 라이트[74]의 예술을 아는 척하긴 했지만 정원 석등에는 태연하게 흰 페인트를 칠한 것이다. 고딕 양식을 모방한 대식당의 천장은 옛날보다 더 음침하여 줄지은 테이블의 하얀 테이블보만 엄숙하게 눈부셨다.

혼다는 음식을 주문한 뒤 바로 안주머니에서 작은 반지 상자를 꺼내 잉 찬 앞에 놓았다. 잉 찬은 뚜껑을 열더니 환성을 질렀다.

"이건 꼭 당신 손가락으로 돌아가야 하는 물건이에요."

혼다는 되도록 단순한 어법으로 반지에 얽힌 내력을 이야

---

74 Frank Lloyd Wright. 1867~1959. 미국의 건축가로 자연과 조화되는 '유기적 건축'으로 유명하다.

기했다. 들으면서 잉 찬이 이따금 띠는 미소는 혼다가 말하는 문맥과 맞지 않는 데가 있어서 그는 잉 찬이 정말로 알아듣고 있는지 불안해졌다.

잉 찬이 식탁 위로 내민 가슴은 천진한 얼굴과 달리 배 앞 머리에 달린 조각상처럼 당당했다. 학생복 같은 긴소매 블라우스 안에는 보이지 않아도 아잔타 동굴 사원의 벽화 속 여신들의 몸이 감추어졌음을 알 수 있었다.

민첩하게 보이지만 어두운 과일의 묵직함을 띤 몸, 숨 막힐 정도로 검은 머리, 다소 벌어진 코에서 윗입술까지 이어지는 모호하고 의아한 선, ……잉 찬은 혼다 이야기를 들을 때와 마찬가지로 자기 몸이 끊임없이 건네는 말을 건성으로 듣고 흘리는 듯이 보였다. 아주 크고 아주 검은 눈동자가 지적인 정도를 넘어 왠지 눈이 먼 듯이 보인다. 신비한 형태. 잉 찬이 혼다 앞에서 얼마간의 강한 향기를 뿜는 듯이 느껴지는 그런 몸을 가졌음은 여기 일본까지 끊임없이 영향을 끼치는 먼 밀림의 훈륜(暈輪) 때문이고, 사람들이 혈통이라고 부르는 것은 어디를 가도 쫓아오는 깊은 무형의 목소리일 것 같은 느낌이 든다. 때로는 뜨거운 속삭임이 되고 때로는 목쉰 외침이 되는 그 목소리야말로 모든 아름다운 몸의 형태의 원인이자 또 그 형태가 발산하는 매혹의 원천이었다.

잉 찬의 손가락에 진초록 에메랄드 반지가 끼워졌을 때 혼다는 그 멀고 깊은 목소리와 이 소녀의 몸이 비로소 완벽하게 융합하는 순간을 본 기분이 들었다.

"고마워요."

잉 찬은 조금은 그 품위를 손상시킬 수도 있는 아첨하는 미소를 띠고 말했다. 그것은 자기 멋대로의 감정을 상대가 알아줬을 때 짓는 표정임을 혼다는 알았지만, 그 아첨은 바짝 따라가려고 하면 바로 물러나는 파도처럼 도망가 버렸다.

"당신은 어렸을 때 내가 잘 아는 일본 청년의 환생이라고 주장하며 원래 고향은 일본이다, 빨리 일본으로 돌아가고 싶다고 말해 모두를 당혹스럽게 했지요. 그 일본에 와서 이렇게 반지를 손가락에 꼈으니 당신도 하나의 커다란 원을 완성한 셈입니다."

"글쎄, 모르겠어요." 하고 잉 찬은 아무런 감흥 없이 대답했다. "어렸을 때의 일은 아무것도 기억나지 않거든요. 정말로 아무것도! 모두 내가 어렸을 때 정신에 이상이 있었다며 놀리고 당신과 똑같은 말을 하고 웃어요. 하지만 나는 아무것도 기억나지 않아요. 일본하고 관련된 거라면, 전쟁이 일어나자마자 스위스로 가서 전쟁이 끝날 때까지 있었는데 거기서 누군가에게서 받은 일본 인형을 소중히 간직한 일뿐이에요."

그 인형은 자기가 보냈다고 말하려고 하다가 혼다는 그만뒀다. "일본에는 아버지가 일본 학교가 좋다고 말씀하셔서 유학을 왔을 뿐이에요. ……어쩌면. 나는 요즘 그런 생각이 들어요. 어렸을 때의 나는 거울 같은 아이여서 사람 마음속에 있는 것이 전부 비쳐 보이고 그걸 말로 한 것이 아닐까 하고요. 당신이 뭔가를 생각해요, 그러면 그게 전부 내 마음에 비쳐요. 그런 거였으리라고 생각해요. 어때요."

잉 찬은 질문할 때 영어 의문문의 말미처럼 음절을 높여서

새벽의 사원

발음하는 습관이 있었다. 그 음절은 마치 태국 사원의 붉은 중국식 기와지붕 끄트머리처럼, 푸른 하늘로 치솟은 금색 뱀 꼬리를 생각나게 했다.

혼다는 문득 근처 테이블에 한 가족이 둘러앉아 있는 것을 알아챘다. 기업가로 보이는 가장이 가운데에 있고 아내와 성인 아들들이 식사를 하고 있었는데, 옷차림은 멋지지만 어딘가 얼굴에 천박한 데가 있다. 한국전쟁으로 돈을 번 일가이리라고 혼다는 짐작했는데, 아들들의 얼굴은 특히 낮잠에서 깬 개처럼 처졌고 예의 없음이 눈에서나 입술에서나 넘쳐흐른다. 일가는 하나같이 굉장한 소리를 내며 수프를 후루룩거렸다.

아들들이 서로 쿡쿡 찌르며 혼다 테이블 쪽을 보곤 했다. 아저씨가 학생 같은 첩을 데리고 와서 식사 중이다, 라고 그 눈들은 말한다. 눈은 그 외의 할 말이 없는 듯했다. 혼다는 니노오카에서 한밤중에 봤던 이마니시의 뭐라 비유할 수 없는 부적절함과 자신을 비교할 수밖에 없었다.

이 세상에는 도덕보다 더 엄격한 규칙이 있다고 이런 때 혼다는 느꼈다. 부적절한 것은 결코 사람의 꿈을 불러내지 않으며 사람의 혐오감만 부추길 뿐, 이미 벌이 내려져 있다. 인간주의를 모르는 시대의 사람들은 모든 추한 것에 지금보다 훨씬 잔인했을 것이다.

식사 후 잉 찬이 파우더룸에 가서 혼자 로비에 남자 마음이 갑자기 편해졌다. 그 순간부터 아무 거리낌 없이 잉 찬의 부재를 즐길 수 있었다.

문득 의문이 들었다. 니노오카의 별장 개장식 전날 밤에 잉 찬이 어디에서 묵었는지 아직 묻지 못했다.

그나저나 잉 찬은 오랫동안 돌아오지 않았다. 혼다는 예전에 방파인 별궁에서 어린 공주가 여관들에게 둘러싸여 소변을 봤던 일을 떠올렸다. 이어서 맹그로브 뿌리가 뒤얽힌 갈색 강에서 목욕을 하던 공주의 알몸이 생각났다. 그 왼쪽 옆구리에는 아무리 찾아봐도 있어야 할 세 개의 검은 점이 없었다!

혼다가 바란 것은 아주 단순하여 사랑이라고 이름 붙이면 외려 부자연스러운 것이었다. 지금 공주의 실오라기 하나 걸치지 않은 몸을 구석구석까지 바라보고, 그 작고 편평한 가슴이 지금은 얼마나 색이 들었는지, 둥지에서 엿보는 어린 새처럼 고개를 든 분홍 유두가 불복하듯 뾰족해지고, 갈색 겨드랑이가 접힌 곳에 희미한 그림자를 품고, 팔 안쪽에 민감한 모래사장 같은 부분이 드러난, 미명의 빛 속에서 이미 모든 성숙의 준비를 마친 모습을 점검하여, 어린 시절 공주의 몸과 비교해 마음 떨리게 하고 싶을 뿐이었다. 배가 무염의 부드러움으로 표류하는 곳 가운데에 작은 산호처럼 조용히 자리 잡은 배꼽. 수호신 야크샤 대신 깊은 털의 보호를 받는, 예전에는 그저 고지식하고 견고한 침묵이었던 것이 끊임없는 물기 어린 미소로 바뀐 것. 아름다운 발가락 하나하나가 펼쳐지고, 허벅지가 빛이 나고, 성장한 다리가 주욱 뻗어, 생명의 춤의 규율과 꿈을 일심으로 지탱하는 모습. 그 모습을 하나하나 예전 어린 시절의 모습과 대조하고 싶었다. 그것은 '시간'을 아는 것이다. '시간'이 무엇을 만들고 무엇을 성숙하게 했는지를 아는 것이다.

그렇게 공들여 대조한 끝에 왼쪽 옆구리의 검은 점이 여전히 발견되지 않는다면 혼다는 분명 마지막에 잉 찬을 사랑하게 될 것이다. 사랑을 방해하는 것은 환생이며 정열을 차단하는 것은 윤회이기 때문이다.

잉 찬이 로비에 돌아와 문득 꿈에서 깨어난 혼다가 갑자기 한 말은, 본의 아니게 날카로운 질투처럼 들리고 말았다.

"아, 당신에게 물어보는 걸 잊었어요. 고텐바 파티 전날 밤 당신이 유학생 회관에 알리지도 않고 외박을 했다고 들었어요. 일본인 집이었다고 하던데, 맞아요?"

"맞아요, 일본인 집."— 잉 찬은 조금도 겁내지 않고 혼다 옆 안락의자에 걸터앉아 등을 구부리고, 가지런히 모은 자신의 아름다운 다리를 찬찬히 바라보며 말했다.

"태국 친구가 거기서 묵고 있어요. 그 댁 사람들이 묵고 가세요, 묵고 가세요, 하고 말해서 묵었어요."

"젊은 사람이 많아서 재미있는 집이겠군요."

"그렇지도 않아요. 그 댁 아들 두 명, 딸 한 명, 나, 태국 친구 한 명. 다 같이 제스처 놀이를 했어요. 그 댁 아버지가 동남아시아에서 큰 사업을 하는 사람이라서 동남아시아 사람에게 굉장히 친절해요."

"그 태국 친구는 남학생?"

"아뇨, 여학생이에요, 왜요?"

또 잉 찬은 마지막 음절을 하늘 높이 들어 올리며 발음했다.

그리고 혼다는 잉 찬에게 일본인 친구가 적은 것에 아쉬움을 표하며 유학을 온 이상 현지 사람들과 더 폭넓게 사귀지

않으면 의미가 없다고 충고했다. 자기하고만 있으면 불편할 것
이므로 다음에는 젊은 사람들도 데리고 오겠다고 저도 모르
게 미끼를 던지고, 다음 주 같은 요일 7시에 이 호텔 로비에서
만나자고 약속했다. 리에를 생각하면 집으로 잉 찬을 초대하
는 것이 왠지 꺼려졌기 때문이다.

세벽의 사원

집으로 돌아간다. 차에서 내린다. 관자놀이가 느낄 정도의 이슬비가 닿았다.

서생이 나와서 맞이하며 사모님은 피곤해서 일찍 잠자리에 드셨다고 말한다. 한 시간도 넘게 혼다의 귀가를 기다리는 끈질긴 손님이 있어서 할 수 없이 손님이 대기하는 작은 응접실로 들였는데 이누마란 이름을 아느냐고 묻는다. 듣자마자 혼다는 돈이라고 생각했다.

이누마를 만나는 건 이사오의 15주기 제사 이후 사 년 만이었다. 그때부터 전쟁 이후 그의 생활이 곤궁함을 알 수 있었는데 어느 신사에서 행해진 극히 간소한 제사는 좋은 인상으로 남았다.

돈이구나, 하고 혼다가 바로 생각한 이유는 요즘 오랜만에 인사하러 오는 사람들의 용건이 그 외에는 없기 때문이다. 실패한 변호사가 온다. 실패한 룸펜 검사가 온다. 실패한 법원 기자가 온다. ……모두가 혼다의 요행을 들어서 알았고, 그런 요행으로 얻은 돈이라면 자기도 받을 몫이 있다고 굳게 믿었다. 혼다는 겸허한 사람에게만 돈을 내주었다.

응접실에 들어가자 의자에서 일어나 예를 표한 이누마가 낡은 양복 등부터 반백 머리의 목덜미까지 보이도록 깊숙이 인사를 했다. 가난을 연기하는 것이 가난 그 자체보다 더 익숙해 보였다. 혼다는 자리에 앉으라고 권하고 서생에게 위스키를 가져오라고 하였다.

댁 앞을 지나가던 길인데 꼭 얼굴을 뵙고 싶었다고 뻔히 보이는 거짓말을 했다. 유리잔 첫 잔을 마시고 취한 척을 했다. 한 잔 더 따르려고 하자 작은 위스키 유리잔의 실굽을 왼손으로 받치며 양손으로 받들어 혼다는 언짢았다. 쥐가 먹이를 종종 이런 식으로 잡는다. 그리고 이누마는 호언장담을 시작할 기회를 잡았다.

"글쎄요, 역코스, 역코스[75]가 유행어인데 정부는 내년까지 헌법 개정에 착수한다지요. 여기저기서 징병 부활을 말하는 것은 그것을 수용할 만한 국민적 기반이 다져졌기 때문이에요. 하지만 정말 답답한 건 그 기반이 표면에 나오지 않고 밑에서 떠돈다는 겁니다. 한편 적색분자들 기세가 오르는 건 어

---

75 2차 대전 이후 일본에서 일어난 반개혁 움직임을 가리키는 말. 구체적으로는 GHQ(각주 85번 참조)가 1940년대 후반 냉전 속에서 일본을 공산주의와 대결하는 방편으로 삼고 강한 자립과 재군비를 요구하는 방향으로 이전과 다른 방침을 취한 것을 가리킨다.

새벽의 사원

떻습니까. 먼젓번 고베에서 일어난 극심한 징병 반대 데모는 어떻습니까. '징병 반대 청년 대회'라고 했는데 조선인 수가 많았던 점도 이상하고, 돌멩이, 고춧가루뿐 아니라 화염병, 죽창으로 경찰대와 난투했어요. 효고현 경찰서에도 삼백 명에 이르는 학생, 어린이, 조선인들이, 구속된 사람들을 돌려보내라며 들이닥쳤다고 하던데요."

돈이구나, 하고 혼다는 생각하며 건성으로 들었다. 하지만 뉴딜러[76]들이 아무리 사회주의 정책으로 세계 죄려 해도, 적색분자가 아무리 소란을 피워도 사유재산제의 근본은 조금도 흔들리지 않으리란 것을 이누마는 알아야 한다. ······창밖의 비가 몇 겹으로 겹치듯 거세졌다. 집으로 돌아오면서 차로 잉 찬을 유학생 회관까지 바래다줬는데, 그 살풍경한 방까지 숨어 흘러들었을 봄비가 열대에서 자란 잉 찬의 몸에 얼마나 비밀스러운 영향을 주었을까 하는 생각이 떠나지 않았다. 잉 찬은 잘 때 어떤 식으로 잘까. 허덕이듯 똑바로 누워 잘까. 아니면 미소를 머금은 채 웅크리고 잘까. 그것도 아니면 열반 불전의 금색 와불상처럼 옆으로 누워 팔베개를 하고 찬란한 발바닥을 보이며 잘까.

"교토 총평[77] 데모의 '탄압법 분쇄 총궐기 대회'도 폭력적이 됐고요. 이대로라면 올해 메이데이도 그냥 끝나지 않을 것

76 1929년 대공황에 대처하기 위해 프랭클린 루스벨스 미국 대통령이 1930년대에 행한 뉴딜 정책의 관료들을 뜻한다.
77 일본노동조합총평의회의 줄임말. 1950년에 설립돼 일본 사회당을 지지하고 의원을 배출한 일본 노동조합의 중심 조직으로 1989년에 해산했다.

인데 얼마나 흉악할지 예상이 안 돼요. 여기저기 대학에서는 적색 학생들이 학교를 점령하고 경찰과 충돌하고요. 이게 선생님, 미일평화조약[78]이나 안보조약이 맺어진 직후라서 정말 아이러니합니다.

돈이구나, 하고 혼다는 생각했다.

"요시다 수상이 공산당 비합법화를 고려하는 데는 쌍수 들고 찬성합니다. 일본은 또 광풍에 빠졌습니다. 이대로 놔두면 평화조약이 생기자마자 적색혁명으로 돌입하는 꼴이지요. 이제 미군도 거의 없어질 텐데 총파업을 어떻게 퇴치할 수 있을까요? 일본의 장래를 생각하면 잠들지 못할 때가 많습니다. 이 나이가 돼도 '참새는 백 살까지 춤을 잊지 않는다.'[79]는 건가요?

돈이구나, 하고 혼다는 그 생각만 했다. 하지만 잔을 더 기울여도 이야기는 좀체 본론으로 들어가지 않았다.

이 년 전 아내와 이혼한 이야기를 짤막하게 하는가 싶더니, 갑자기 이야기가 옛날로 날아가 혼다가 판사직을 내던지고 나서서 무상으로 이사오를 변호해 줬을 때의 감격은 평생 잊을 수 없다고 집요하게 표명했다. 혼다는 지금 이누마에게서 이사오에 대한 추억 이야기를 듣는 것이 참을 수 없어서 이사오 이야기가 나올 참이면 서둘러 말을 끊었다.

갑자기 이누마가 윗옷을 벗었다. 벗을 정도로 덥지는 않았

---

78 미일안전보장조약. 샌프란시스코 강화 조약이 체결된 1951년에 일본의 안보를 위해 미국과 일본이 맺은 조약을 뜻한다.
79 어릴 때의 습관은 나이가 들어도 변하지 않는다는 뜻의 속담.

지만 취해서 그런다고 혼다는 짐작했다. 이누마는 이어서 넥타이를 풀고 와이셔츠 단추를 끄르고 속옷 단추를 끌러 취기로 벌게진 가슴을 드러냈다. 그 가슴털이 거의 희끗해서 등불 아래 바늘처럼 한 가닥 한 가닥 빛을 흩뜨리는 모습을 혼다는 보았다.

"사실 오늘 밤은 이걸 봐 주셨으면 해서 찾아왔습니다. 이 이상 수치스러운 일은 없어서 원래 평생 숨길 수 있으면 그러고 싶은 심정인데요, 혼다 씨에게만은 꼭 보여 드리고 웃음을 사고 싶다고 예전부터 생각했습니다. 그 실패를 포함해 '이누마란 남자는 이런 남자다.'라고 깊은 곳에서 알아주실 거라고 생각해서. ……정말이지 그렇게 훌륭하게 마지막을 맞은 아들에 비하면 부끄럽기 짝이 없습니다만, 이렇게 수치스럽게 살아남은 것도 뭐라고 말해야 할지."

이누마는 눈물을 흘렸고 말도 흐트러졌다.

"이건 전쟁 직후 단도로 가슴을 찔러 자살을 기도하다 생긴 상처입니다. 배를 갈라도 실패할지 모른다는 걱정이 잘못의 원인인데 아슬아슬하게 심장을 비껴갔습니다. 피는 엄청 흘렸지만요."

이누마는 진보랏빛을 띤 흉터를 만지작대며 과시하듯 보였다. 실제로 혼다가 봐도 거기에는 어떤 회복할 수 없는 귀결이 있었다. 붉고 거친 피부가 응고하고 모여 서툴게 상처를 봉합하고 무리하게 하나의 난해한 귀결을 지었다.

옛날부터 완고했던 이누마의 가슴은 하지만 지금도 허연 가슴털로 덮여 우쭐했다. 돈이 아니구나, 하고 비로소 혼다는 깨달았지만 그렇게 생각한 것에 대한 부끄러움은 털끝만치도 없었다. 이누마는 지금도 옛날과 다르지 않다. 다만 이런 종류의 인간에게도 궁지에 몰리고 더러워지고 욕본 것을 결정으로 만들고, 응결시키고, 그것을 희귀한 옥수(玉髓)로 만들어 반대로 숭고한 것으로 바꾸고, 그것을 가장 신뢰할 수 있는 증인 앞에 내밀고 싶은 기분이 생겼다는 것이 이상하지 않을 뿐이다. 진심이든 광언이든, 결국 가슴에 만들어진 진보랏빛 흉터는 이누마의 인생에 남겨진 하나의 보석이었던 것이다. 그리고 혼다는 지난 고결한 행위의 보수로서 번거롭게도 그 증인으로 선택된 영예를 뒤집어썼을 뿐이다.

옷을 입자 갑자기 술이 깼는지 이누마는 오래 머문 것을 사과하고 대접에 고마움을 표했다. 급하게 돌아가려는 것을 붙잡고 혼다는 지폐 5만 엔을 종이에 싸서 계속 만류하는 그의 주머니에 집어넣었다.

"그럼, 깊은 뜻을 대단히 감사히 받아 세이켄 학원 재건 비용에 보태겠습니다." 하고 이누마는 격식을 차린 인사를 했다.

비 내리는 현관으로 배웅하러 나갔다. 이누마의 뒷모습이 석류 잎 그늘이 진 쪽문으로 사라졌다. 배웅한 혼다는 왠지 그 뒷모습이 어두운 일본 주변에 흩어져 있는 수많은 밤의 섬 중 하나 같다고 느꼈다. 미친 듯하고 거친, 물이라고는 빗물에 의지할 수밖에 없는 굶주린 외딴섬처럼.

32

잉 찬의 손가락에 반지를 맡긴 이후로 혼다는 안도하기는
커녕 외려 마음에 불안이 더해 갔다.

자신의 존재를 지우고 잉 찬을 구석구석 바라보려면 어떻
게 해야 좋은가 하는 난문에 부닥쳤다. 잉 찬이 혼다의 존재
를 알아채지 못하고 생기 있게 움직이고, 방자하게 눕고, 마음
속 모든 비밀을 밝히며 극히 자연스럽게 살아가는 있는 그대
로의 모습을, 마치 생물학자처럼 크고 작은 부분을 놓치지 않
고 관찰할 수 있다면 얼마나 좋을까. 거기에 혼다라는 요소가
하나 더해지면 그 순간 모든 것이 무너진다.

하나의 완결된 수정 결정, 하나의 사랑스러운 주관의 자유
로운 떠돎 외에는 아무것도 들이지 않는 유리그릇. 그 안에 잉
찬은 있어야 한다.

기요아키와 이사오 때는, 그들 인생이 그런 수정 같은 결정

을 완성하는 데 자기가 어느 정도 힘이 됐다는 자부심이 있었다. 혼다는 그 두 인생에 내미는 구원의 손이자 동시에 어떤 도움도 되지 않는 무효한 손이었다. 중요한 것은 혼다가 그 역할을 아무것도 모르고 지극히 자연스럽게 순수한 아둔함 속에서(자신은 지적인 역할을 연기했다고 믿었지만) 연기하여 완료했다는 점이다. 하지만 '알아 버린' 다음에는! 그 타오르는 인도가 준엄하게 그것을 알려 준 뒤에는 그가 '생'에 어떤 도움을 줄 수 있을까? 어떤 간섭이, 어떤 관여가 있을 수 있을까?

더욱이 잉 찬은 여자였다. 매혹적인 빛 없는 어둠을 컵 가장자리까지 찰랑찰랑 채운 몸이었다. 그것은 유혹한다. 그것은 혼다를 부단히 생으로 이끈다. 무엇 때문일까. 무엇 때문인지는 알 수 없지만 아마도 그중 한 가지는 그 생이 발하는 매혹으로 사람 손을 빌려 그 생 자체를 파괴하기 위해서. 또 한 가지는 이번에야말로 철저하게 혼다에게 관여 불가능함을 알려 주기 위해서.

물론 혼다는 잉 찬을 수정 속에 보관하는 것이 자기 쾌락의 본질이라는 생각이 들었지만 그것을 타고난 탐구욕과 분리할 수는 없었다. 어떻게든 이 서로 모순되는 욕심을 조화로 이끌어, 생의 흐름의 진흙 속에서 피어난 잉 찬이라는 한 줄기 검은 연꽃을 극복할 방법은 없을까.

이 점에서 잉 찬이 기요아키와 이사오의 환생이라는 증거가 분명하게 드러났더라면 좋았을 것이다. 그러면 정열은 식었을 것이다. 하지만 반면에 잉 찬이 처음부터 혼다가 봐 온 일련의 환생의 흐름과 아무런 관련 없는 한 명의 소녀일 뿐이었

새벽의 사원

281

다면 틀림없이 이렇게까지 매혹되지는 않았을 것이다. 그렇다면 아마도 정열을 엄하게 모멸하는 힘의 원천도, 이 세상 것 같지 않은 매혹의 원천도 모두 같은 윤회 속에 있을 것이다. 각성의 원천도 윤회, 미혹의 원천도 윤회인 것이다.

이렇게 생각하니, 혼다는 자기가 인생의 마지막이 가깝고 가진 재산으로 자족해 마지않는 초로의 남자이고 싶다는 생각이 절실히 들었다. 그런 남자들을 혼다는 얼마든지 알고 있다. 돈벌이와 출세, 권력 싸움에는 날렵함 그 자체이고 강한 경쟁자의 심리를 누구보다 깊이 읽을 줄 알지만 여자에 대해서는 몇백 명과 동침해도 아주 무지한 무리들. 그런 무리는 돈의 힘과 권력으로 제 주변에 여자들과 방간[80]들로 병풍을 치고 만족한다. 여자들은 모두 달처럼 이쪽으로 한쪽 모습만 보이며 나란히 앉아 있다. …… 그것은 자유가 아니라 우리다, 하고 혼다는 생각했다. 자기 눈에 보이는 것들만으로 이 세상을 완결해 폐쇄해 버리는 우리 안에 스스로 눌러앉아 있는 것이다.

좀 더 현명한 사람들도 있다. 그들은 부자이고 권력자이며 인간을 잘 안다. 인간에 대해서는 무엇 하나 모르는 것이 없고 표면에 드러난 사소한 징후에서 모든 이면을 점칠 수 있다. 여뀌초의 쓴맛으로 인생을 맛보는 탁월한 심리학자. 언제든 원할 때 초목이나 돌의 배치를 바꾸라고 명할 수 있는 작고 아름다운 정원, 세계와 인생을 응결하고 정리하여 질서를 불어

---

80 幇間. 연회나 술자리에서 주인과 손님의 기분을 돋우고 자기 재주를 보이거나 게이샤를 도와 분위기를 흥겹게 하는 남성.

넣는 정교한 호사가 정원의 소유자. 기만을 한 개의 정원석으로, 교태를 한 그루의 배롱나무로, 직정을 속새[81] 수풀로, 아첨을 쓰쿠바이[82]로, 충실을 작은 폭포로, 수많은 배신을 가파른 바위로 배치한 우의적 정원을 하루 종일 눈앞에 두고 그때까지 세계와 인생의 저항을 빼앗아 온 기쁨에 조용히 젖어, 이쪽에서는 인식자의 괴로움과 우월감만을 귀한 찻잔에 따른 묽은 녹차의 초록 거품처럼 확고히 손안에 간직한다.

혼다는 그런 사람들과 동류는 아니다. 자족하지 않고 불안으로 가득 찼지만 그렇다고 무지하지도 않다. 알 수 있는 것과 알 수 없는 것의 경계를 엿보았을 뿐 무지하지는 않다. 그리고 불안이야말로 우리가 젊음에서 훔칠 수 있는 더할 나위 없는 보물이다. 혼다는 이미 기요아키와 이사오의 인생에 관여했고, 손을 뻗어도 전혀 의미가 없는 운명의 형태를 이 눈으로 보았다. 그것은 완전히 속는 것과 같았다. 사는 것은 운명의 관점에서 보면 완전히 사기를 당하는 것과 같았다. 그리고 인간 존재는? 인간 존재가 생각대로 되지 않음을 혼다는 인도에서 혹독하게 배웠다.

하지만 그래도 생의 절대적으로 수동적인 모습, 예사롭게는 보이지 않는 생의 극히 존재론적인 모습, 그런 모습에 혼다는 지나치게 매혹됐고, 또 그러하지 않으면 생이 아니라는 사

---

81 그늘진 습지와 산간 지방에서 자라는 양치식물로 정원 식물로 자주 쓰인다.
82 蹲踞. 일본 정원에 놓는 장식물로 다실에 들어가기 전에 손을 씻는 물이 담긴 돌.

치스러운 인식에 지나치게 물들어 있었다. 그에게는 유혹자 자격이 철저히 결여됐다. 왜냐하면 유혹하고 속이는 일은 운명의 관점에서 볼 때 헛되고, 유혹하려는 의지 자체가 헛되기 때문이었다. 순수하게 운명 자체에만 속는 생 외에 다른 생은 없다고 생각할 때 우리는 어떻게 개입할 수 있을까. 어떻게 해야 그런 존재의 순수한 모습을 보기라도 할 수 있을까. 당장은 그런 존재의 부재에 상상력으로 관계하는 수밖에 없다. 하나의 우주 안에 자족해 있는 잉 찬, 그 자체가 하나의 우주인 잉 찬은 어디까지나 혼다와 떨어져 있어야 한다. 잉 찬은 이따금 일종의 광학적 존재이고 몸의 무지개였다. 얼굴은 빨강, 목덜미는 주황, 가슴은 노랑, 배는 초록, 허벅지는 파랑, 종아리는 남색, 발가락은 보라, 그리고 얼굴 위쪽에는 보이지 않는 적외선 중심이 있고, 발 디딘 아래에는 보이지 않는 자외선 기억의 발자국이 있고. ……그리고 그 무지개 끝은 죽음의 하늘로 녹아든다. 죽음의 하늘로 다리 놓는 무지개. 모르는 것이 에로티시즘의 첫 번째 조건이라면 에로티시즘의 극치는 영원한 불가지일 수밖에 없을 것이다. 즉 '죽음'.

예상치 못한 돈이 들어왔을 때 혼다는 자신의 쾌락을 위해 쓰자고 다른 사람들처럼 생각했지만, 그때 이미 그의 가장 본질적 쾌락은 돈이 필요하지 않았다. 참여하는 것, 보살피고 보호하고 소유하고 독점하는 데는 돈이 들고 유용하지만, 혼다의 쾌락은 그 모든 것을 기피했다.

돈이 들지 않는 쾌락에야말로 몸의 털이 곤두서는 기쁨이 숨어 있음을 혼다는 알고 있었다. 밤의 숲속에서 몸을 숨긴

나무줄기들의 젖은 이끼 감촉, 무릎 꿇은 흙 위 낙엽의 침울한 냄새. 그것은 작년 5월 공원의 밤이었다. 어린잎 내음이 짙고 연인들은 풀밭 위에 흐트러져 있었다. 숲 바깥 차도를 자동차 헤드라이트가 비장하게 오갔다. 그것이 침엽수림을 신전에 늘어선 기둥처럼 비추었고, 기둥의 그림자를 차례차례 비극적으로 쓰러뜨리는 재빠른 빛줄기와 그 빛이 풀밭 위를 달리는 광경에 전율했다. 그 안에 순간적으로 떠오른 걷힌 흰 속옷의 거의 잔혹할 정도로 신성한 아름다움. 단 한 번 그 빛줄기가 희미하게 눈을 뜬 여자의 얼굴 위를 정면으로 스쳐 지나갔다. 왜 눈을 뜨고 있는 것이 보였는가. 빛 한 점이 반사되어 눈동자에 떨어지는 것이 보였으므로 틀림없이 여자는 반쯤이나마 눈을 뜨고 있었을 것이다. 존재의 어둠을 단숨에 떼어 낸 처참한 순간이었기 때문이 보일 리가 없는 것까지 보였던 것이다.

연인들의 전율과 자신의 전율을 똑같이 여기고, 그들의 고동과 자기 고동을 똑같이 여기고, 똑같은 불안을 나누고, 이렇게 동일화한 끝에도 보기만 할 뿐 결코 보이지는 않는 존재로 남는 것. 그 조용한 작업의 집행자들은 여기저기 나무 그늘과 풀숲에 귀뚜라미처럼 숨어 있었다. 혼다도 그 무명의 사람들 중 한 명이었다.

어둠 속에 떠오른, 젊은 남녀가 친밀하게 얽힌 하얀 나체의 하반신. 한층 어둠이 짙은 데서 춤추는 다정한 손. 탁구공같이 하얀 남자의 엉덩이. 그리고 그 한숨 하나하나가 가진 거의 법적인 신빙성.

그렇다. 헤드라이트가 예기치 않게 여자의 얼굴을 비춘 순

새벽의 사원

간, 존재의 어둠을 떼어 낸 그 순간에 멈칫한 사람은 행위자가 아니었다. 멈칫한 사람은 오히려 지켜보는 자들이었다. 밤의 공원에서 훨씬 떨어진 바깥쪽, 불씨처럼 타다 남은 네온사인이 반사되는 곳에서 멀리 서정적인 경찰차의 사이렌이 들리자 엿보는 자들이 숨은 나무 그늘이 공포와 불안에 술렁댔고, 보이는 여자들은 탐닉한 채로 몸을 비키지도 않고, 보이는 남자들은 하나같이 늑대처럼 늠름하게 그 사회적인 상반신의 실루엣을 날렵하게 일으켰다.

혼다는 언제인가 고참 변호사가 경찰서에서 살짝 들은 작은 추문을 점심 식사 자리에서 우연히 들은 적이 있다. 공공연하게 알려지지 않은 채 끝나 버린 그 추문은 법조계에서 모르는 사람이 없는 유명한 노인에 대한 것으로, 명예도 사람들의 존경도 부족하지 않게 누린 이 사람은 상습범으로 경찰에 붙잡혔다고 한다. 그 노인은 예순여섯 살이었다. 젊은 경찰은 명함을 요구하고 수치심에 떠는 노인에게 가혹하게 상황을 캐물으며 엿보았던 행태를 자세히 연기하게 했고 그다음 집요하게 설교를 늘어놓았다. 젊은 경찰은 노인의 신분을 알면 알수록 흥에 겨워 놀렸고, 노인의 사회적 명예와 이 범죄 사이에 놓인 엄청난 크레바스를 과장되게 보였으며, 그 심연에 다리를 놓는 일은 인력으로 할 수 없음을 알면서도 그 가교의 불가능함을 들어 노인을 가볍게 괴롭혔다. 손자뻘 청년에게서 '설교'를 듣는 동안 노인은 비굴한 태도로 고개를 숙이고 몇 번이나 이마의 땀을 닦았다. 이렇게 행정기관 말단에게 진흙을 실컷 얻어먹은 뒤 노인은 선처를 받아 석방됐다. 그리고 이 년 후에

암으로 죽었다.

혼다라면 어떻게 했을까?

혼다는 그 절망의 심연에 손쉽게 다리를 놓는 비결을 알았을 것이다. 그것은 바로 인도의 비법이었다.

그 눈물이 서릴 듯한 쾌락, 이 세상에서 가장 겸허한 쾌락을 노인 법관은 왜 법적 언어로 설명할 수 없었을까. 하지만 혼다도 우스운 잡담으로 그 이야기를 흘려듣는 척했던 점심 식사 동안, 마음속으로는 자기에게 굳이 그런 이야기를 하는 변호사의 심중을 이리저리 추측하고, 중요한 대목의 비웃음에 애써 노력하며 맞추고, 세상 이목 앞에 놓인 더러운 짚신 같은 그 쾌락의 비참함과 어떤 쾌락이든 그 핵심에 숨어 있는 엄숙함의 무자비한 대비에 어지럼증이 났고, 그 한 시간의 점심 식사 동안 오싹한 노고의 대가로 다행히 끝까지 누구에게도 알려지지 않은 그 습관, 그 전율과 완전히 연을 끊었다.

자기 안에서 이미 공공연하게 이성을 욕보이게 했던 그가 위험을 돌아보지 않을 수는 없다. 왜냐하면 진정한 위험을 저지르는 것은 이성이며 그 용기도 이성에서만 나오기 때문이다.

돈으로 안전을 보장할 수 없고 진정한 전율을 살 수도 없다면, 날것의 본래 삶에 대해 혼다의 나이로는 도대체 무엇을 할 수 있을까. 게다가 그에 대한 갈증은 나이가 들수록 심해지기만 하고 닳거나 약해질 기색이 없었다.

그렇다면 혼다는 바라던 바가 아니라도 어떤 매개물이 필요할 것이다. 잉 찬이 설령 혼다와 동침한다 해도 결코 혼다에게는 보여 주지 않을 어떤 것이 혼다가 욕망하는 유일한 것인

새벽의 사원

이상, 그것을 손에 넣으려면 간접적이고 에두른, 인공적 수단이 필요할 것이다.

……이런 생각에 시달리며 잠 못 이루던 어느 날 밤, 혼다는 책장 구석에서 먼지 쌓인 채로 방치된 그『대금색공작명왕경』을 꺼내 보았다.

공작의 성취를 뜻한다는 '마유라길라제사가'라는 진언을 읊어 보기도 했다.

그것은 그저 난해한 놀이일 뿐이었다. 이 경 덕분에 그가 무사히 전쟁 이후를 살아남았다고 한다면, 그런 식으로 유지된 그 생은 더더욱 가공의 것으로 느껴졌다.

33

혼다가 한 공작명왕경 이야기에 게이코는 굉장한 흥미를
보였다.

"뱀에 물렸을 때 효과가 있다고요? 그거 꼭 배우고 싶네요.
고텐바 집 정원에는 뱀이 많아요."

"다라니경 첫 부분을 조금 기억해요. 타도야타잇치밋치치
리밋치치리비리밋치(怛儞也他壱底蜜底底里蜜底底里弭里蜜底)였
어요."

"치리비리빈[83] 노래 같네요." 하고 게이코는 웃었다.

이런 불성실한 반응에 혼다는 어린아이 같은 불만을 느끼
고 이야기를 그만뒀다.

게이코는 자기 조카라며 게이오 대학 학생을 데리고 왔다.

83 Ciribiribin. 1898년 알베르토 페스탈로차가 작곡한 이탈리아 가곡.

수입 양복을 입고 값비싼 수입 손목시계를 찼다. 눈썹이 가늘고 입술이 얇았다. 이렇게 겉만 화려한 요즘 젊은이를 보면 자신의 눈이 어느새 옛날 '검도부 정신'의 눈과 다름없어진 것 같아 혼다는 스스로도 놀랐다.

게이코는 하지만 태연하고 침착한 데가 있었다. 차분한 어조로 지시를 했다. 게이코에게 한번 뭔가를 부탁하면 처음부터 끝까지 지시를 받게 되어 버렸다.

사실 혼다는 그저께 도쿄에 온 게이코에게 도쿄 회관에서 점심 식사를 대접하며 잉 찬에게 좋은 남자 친구를, 그것도 되도록이면 행동이 빠른 청년을 소개하고 싶다고 말했다. 이 한마디로 게이코는 모든 것을 알아챘다.

"알겠습니다. 그 여자 분이 처녀란 점이 당신에게 불편하다는 거네요. 다음에 제 만만치 않은 조카를 데리고 오죠. 그 아이라면 뒤탈이 생길 일도 없고요. 나중에 당신은 상냥하고 지나치게 친절하고 위로하는 역할을 맡아 천천히 그 여자 분과 즐길 수 있을 거예요. ……멋진 계획이네요."

하지만 게이코가 '멋진'이란 말을 할 때 그것은 언제나 멋진 것이 아니었다. 게이코는 쾌락에 대해서라면, 만약 그 대상이 성매매라면 억지로라도 가장하려는 정서가 전혀 없고 지나치게 착실한 데가 있었다.

게이코는 그 시무라 가쓰미라는 조카가 얼마나 멋쟁이인지 설명하며, 아버지에게 미국인 친구라는 연줄이 있어 자기치수를 뉴욕으로 보내 사계절 내내 브룩스 브라더스의 정장을 주문한다고 말했다. 이 이야기만으로 청년의 풍모를 알 수

290

있었다.

　─ 공작명왕경의 이야기를 하는 동안 가쓰미는 지루한 듯 딴 데를 쳐다봤다. 데이코쿠 호텔의 로비는 묘지 입구 같아서 돌출된 오야이시[84]가 중2층의 경계를 낮게 나누고, 또 로비 한쪽 매점에는 미국 잡지와 손바닥 크기 책들의 화려한 표지 색깔이 그곳에만 시든 헌화가 놓인 묘지처럼 어지럽게 피어 있었다.

　다른 사람 이야기를 진지하게 듣지 않는다는 점에서 이모와 조카는 매우 닮았는데, 조카의 태도는 그저 무례했고 이모는 그 자체가 예의인 듯한 태도였다. 게이코는 뼈에 사무치는 무서운 참회 앞에서도 아마 똑같이 흘려들을 것이다.

　"문제는 잉 찬이 확실히 올지 안 올지 모른다는 점이에요." 하고 혼다가 말했다.

　"별장 개장식 이후 공포증에 걸렸네요. 느긋하게 기다립시다. 오지 않으면 오지 않은 대로 셋이서 식사하러 가면 그것도 즐겁잖아요. 가쓰미도 별로 오래 기다리는 성격이 아니고요."

　"아…… 뭐…… 그렇죠." 하고 가쓰미는 지나치게 시원시원한 말투로 모호하게 대답했다.

　게이코는 갑자기 뭔가가 생각난 듯이 손가방에서 고체 향수를 꺼내 비취 귀걸이를 늘어뜨린 귓불에 발랐다.

　그것이 어떤 신호가 된 듯이 로비 등불이 남김없이 꺼졌다.

---

84 大谷石. 도치기현 우쓰노미야시에서 채굴되는 경석 웅회암 석재로 부드럽고 가공이 쉬워 외벽 등의 건축 자재로 쓰인다.

새벽의 사원

"에잇, 정전이네."

가쓰미의 목소리가 들렸다. 정전일 때 정전이라고 하는 게 도대체 무슨 말일까, 하고 혼다는 생각했다. 나태함의 변명으로만 말을 하는 인간이 있다.

게이코는 역시 한 마디도 하지 않았다. 어둠 속에서 고체 향수가 다시 들어가고 손가방 잠금 소리가 기분 좋게 울렸다. 그 소리가 또 하나의 어둠을 열었다. 그 어둠 속에서 게이코가 크게 퍼져, 떠도는 향수 향과 함께 단단하고 넉넉한 엉덩이, 여성의 지배적인 살을 비밀스럽게 무한대로 부풀리는 기적이 났다.

하지만 침묵도 잠시뿐, 조난자들은 어둠을 헤치듯 부자연스러운 쾌활함으로 가득 찬 대화를 시작했다.

"점령 중에는 그나마 빈약한 전력을 주둔군이 우선적으로 썼기 때문에 계속 정전이 일어나도 포기한 상태였는데, 앞으로도 이 상황이 이어질까요?"

"언제인가 대정전이 일어났던 밤에 마침 요요기 근처를 지나가고 있었는데, 요요기 하이츠에만 밝디밝은 불이 켜져 있는 걸 보고, 그 어둠 속에 떠오른 불빛 취락이 왠지 다른 세계에서 온 사람들의 마을처럼 보여서 아름다우면서도 섬뜩했어요."

어둡긴 하지만 앞뜰의 연못 너머 차도를 오가는 차들이 입구 회전문에 헤드라이트를 비추었다. 누군가가 나갔는지 느린 움직임을 남긴 유리 회전문은 그 헤드라이트를 어두운 물속 깊이 닿은 빛줄기처럼 흔들었다. 혼다는 밤 공원의 정경을 떠올리고는 가벼운 전율을 느꼈다.

"어둠 속에서는 정말 자유롭게, 편하게 숨 쉴 수 있어."

게이코의 말에 낮에도 편하게 숨 쉴 수 있는 사람이? 하고 혼다가 응수하려 했을 때 게이코의 그림자가 크게 떠오르다가 벽으로 흘렀다. 호텔 종업원이 양초를 가지고 왔기 때문이다. 여기저기에 있는 재떨이에 양초를 연달아 세워 놓자 로비는 완전히 묘지처럼 됐다.

택시가 입구 앞에 섰다. 소녀다운 카나리아색 밤 의상을 입은 잉 찬이 들어왔다. 혼다는 그 기적에 놀랐다. 약속 시간에 십오 분밖에 늦지 않았다.

촛불 빛 속에서 보는 잉 찬은 아름다웠다. 머리칼은 어둠에 섞이고 눈동자에는 수많은 불꽃이 흐늘거렸다. 웃을 때 치아의 반짝임도 전등 빛으로 볼 때보다 밝았다. 카나리아색 옷감의 가슴은 그림자를 과장하며 숨 쉬고 있었다.

"기억하시나요? 히사마쓰예요. 고텐바에서 뵀었지요." 하고 게이코가 말했다. 잉 찬은 그때 일에 대한 감사 인사는 하지 않고 다만 사랑스럽게 "네."라고만 대답했다.

게이코는 가쓰미를 소개하고 가쓰미가 의자를 양보했다. 가쓰미가 잉 찬의 아름다움에 강한 인상을 받았음은 혼다도 바로 알 수 있었다.

잉 찬은 혼다에게 굳이 보이지는 않지만 아무렇지 않게 에메랄드 반지를 낀 손가락을 펼쳐 보였다. 촛불 빛을 받은 그 초록은 날아온 딱정벌레의 앞날개처럼 비쳤다. 수호신 야크샤의 우람한 황금 얼굴은 그림자로 가득하고 노한 채였다. 그 반지를 끼고 온 것은 정말로 잉 찬의 상냥함의 발로라고 혼다는

293

새벽의 사원

받아들였다.

게이코는 바로 반지에 주목하고 그 손을 거칠게 끌어당겼다.

"와, 특이하네요. 당신 나라의 반지인가요?"

고텐바에서 반지를 미리 감정해 준 일을 잊었을 리 없을 텐데 게이코의 예의는 정말로 잊어버린 것처럼 지극히 자연스러웠다.

자신에게 받았다고 잉 찬이 말할지 어떨지 혼다는 한 양초의 불꽃을 바라보며 마음속으로 내기했지만, "네, 태국이요."라고만 말한 잉 찬의 대답에 안도하고, 스스로 가장한 아무렇지 않은 태도의 미덕에 취했다.

지금 본 반지는 벌써 잊어버린 듯 게이코는 의자에서 일어나 지휘를 시작했다.

"마누엘라 가게로 갑시다. 다른 데서 식사하고 또 나이트클럽으로 몰려가는 수고를 생각하면 처음부터 클럽에 가는 편이 좋지 않을까요? 그곳은 꽤 맛있어요."

가쓰미는 미국인 명의로 산 폰티악을 끌고 왔다. 다 같이 타고 가면 마누엘라의 가게까지 이 분도 걸리지 않는다.

조수석에 잉 찬이 타고 뒷좌석에 혼다와 게이코가 탔다. 차에 탈 때 게이코의 기가 막힌 자세는 볼만했다. 기억을 더듬으면, 다른 사람보다 먼저 차에 타는 습관이 있는 게이코는 스커트를 의자에 문지르며 안까지 옮겨 앉지 않고, 자신이 앉을 자리를 정하고 그 꽃병 같은 엉덩이를 단숨에 지체 없이 움직여 앉았다.

뒤에서 조수석의 잉 찬을 바라보니 의자 등받이에 흘러내린 검은 머리칼이 훨씬 멋있었다. 그것은 무너진 성벽에 흘러 내려 우거진 검은 담쟁이덩굴을 생각나게 했다. 낮에는 그 그늘에 도마뱀이 쉬는…….

미스 마누엘라는 NHK 건너편 빌딩 지하에 세련되고 아담한 나이트클럽을 운영하고 있었다. 이 거무레한 피부의 혼혈인 무용가는 계단을 앞장서서 내려오는 게이코와 가쓰미를 보자 단골 손님들에게 친구처럼 인사했다.

"어머, 어서 오세요. 어머, 가쓰미 씨도. 상당히 일찍 오셨네요. 오늘 밤 부디 이 자리를 점령해 주세요."

이른 시각의 클럽은 사람 하나 없는 댄스 플로어에 그저 음악만 북풍처럼 휘몰아쳤고, 심야의 길가에 흩어진 하얀 종잇조각처럼 미러볼 빛이 얇은 파편을 흩날렸다.

"멋지네요. 우리끼리 점령할 수 있다니요."

게이코는 반지가 빛나는 두 손을 어두운 공간으로 펼치며 말했다. 이 포옹하는 듯한 외침 너머로 관악기가 슬프게 빛나며 울렸다.

"됐으니 우선 앉아 쉬세요." 하고 웨이터 대신 주문을 받으려는 마누엘라를 말리며 게이코가 말했다. 가쓰미가 일어서서 의자를 권했다. 게이코가 처음으로 잉 찬과 혼다를 마누엘라에게 소개했다. 그리고 혼다를 소개하며 "이분은 내 새로운 친구. 나, 일본 취향이 됐어."라고 말했다. "그거 잘됐네. 자기는 너무 미국식이야. 조금 냄새를 빼는 편이 좋지." 하며 마누엘라는 과장되게 게이코의 냄새를 맡는 몸짓을 했고 게이코는 과장되게 간지럽다는 몸짓을 했다. 잉 찬은 이 장난이 재미

새벽의 사원

있다는 듯 진심으로 웃어 테이블에 놓인 컵의 물을 거의 쏟을 뻔했다. 혼다는 조금 당황스러운 눈빛을 가쓰미와 교환했는데 생각해 보니 이번이 처음으로 가쓰미와 눈을 마주 본 때였다.

게이코가 갑자기 생각났다는 듯 위엄을 되찾고 시시한 질문을 했다.

"아까 있었던 정전, 곤란하진 않았고?"

"전혀 곤란한 일 없었어. 우리 가게는 캔들 서비스를 하고 있거든."

마누엘라는 거만하게 대답한 뒤 어슴푸레한 빛 아래 입가에 하얀 치아를 드러내며 혼다 쪽을 향해 친근한 미소를 지었다.

밴드 단원들이 떠나며 게이코에게 인사했고 게이코가 하얀 손을 흔들어 답했다. 모든 것이 게이코를 중심으로 돌고 있었다.

그러고는 네 사람은 이곳에서 식사를 했다. 혼다는 어두운 곳에서 무얼 먹는 것을 좋아하지 않았지만 할 수 없었다. 샤토브리앙 단면에서 엿본 피의 색은 선명한 붉은색이어야 했지만 음울한 검은빛을 띠었다.

손님이 늘기 시작했다. 젊은 척하며 이런 노는 장소에 있는 자신을, 혼다는 순간 의식을 잃을 듯한 느낌으로 상상했다. 세상 사람들이 말하듯 하루라도 빨리 혁명이 일어나면 좋은 것이다.

테이블의 세 사람이 전부 일어서서 혼다는 무슨 일이 일어났는가 싶어 놀랐는데, 게이코와 잉 찬이 함께 파우더룸에 가려고 일어서고, 가쓰미는 여성들이 자리에서 일어나자 예절의 표시로 일어섰을 따름이었다. 가쓰미가 다시 자리에 앉고 처음으로 남자 둘만 남았다. 음악과 댄스 속에 놓인 쉰여덟 살과 스물한 살 남자는 이야기할 거리가 없어서 서로 딴 데를 쳐다보며 말없이 있었다.

"굉장히 매력적이네요." 하고 갑자기 가쓰미가 약간 쉰 목소리로 말했다.

"마음에 드셨나 보죠?"

"저는 저렇게 거무스름하고 체구 작고 게다가 육체미까지 있는 일본어가 서툰 여성을 늘 동경했어요. 뭐라고 할까요? 저는 조금 특이한 취미가 있어요."

"그렇습니까."

그 한마디 한마디에 혐오감이 일었지만 혼다는 부드러운 미소를 띠고 맞장구를 쳤다.

"당신은 육체란 것을 어떻게 생각하세요?"

이번에는 혼다가 물었다.

"글쎄요, 생각해 본 적이 없네요. 육체주의 얘기입니까." 하고 청년은 경박하게 대답하며 혼다의 담배에 재빨리 던힐 라이터로 불을 붙였다.

"예를 들어 당신이 포도 한 송이를 손에 쥐어요. 너무 강하게 쥐면 포도는 뭉개지죠. 하지만 뭉개지지 않을 정도로 쥐면 이번에는 포도 겉껍질이 묘한 반항을 하며 손가락을 거스르죠. 그때의 느낌이 제가 말하는 육체입니다. 아시겠어요."

"조금 알 것 같아요." 하고 어떤 자신감에 회상의 묵직함을 더하며, 열심히 어른 티를 내고 싶은 나이대의 학생은 의미심장한 대답을 했다.

"아시면 됐어요. 그 말만 아시면 충분해요."라고 말하고 혼다는 이야기를 끊었다.

— 나중에 처음으로 잉 찬에게 춤을 청하고 세 곡을 연달아 추고 자리로 돌아왔을 때, 가쓰미는 모른 척하는 얼굴로 혼다에게 이렇게 말했다.

"아까 혼다 씨가 한 포도 이야기, 저는 기필코 떠올리고야 말았네요."

"무슨 말이야, 그게?"

게이코가 따져 물었다. 이 모든 대화는 시끄러운 음악 속으로 흔적도 없이 사라졌다.

춤추는 잉 찬! 댄스를 모르는 혼다는 그저 바라보기만 해도 질리지 않았다. 춤추는 잉 찬은 타국살이의 속박에서 벗어나 본래의 기질이 행복으로 숨김없이 드러나고, 몸에 비해 가느다란 목이 잘 움직이고(그 목과 발목은 섬세하고 민첩하게 만들어져 있었다), 나풀거리는 치마 아래로는 멀리 보이는 섬의 높은 야자나무 두 그루처럼 아름다운 다리가 까치발을 섰고, 살의 나른함과 활력이 끊임없이 교차하고, 망설임과 약동이 순간순간 바뀌고, 춤추는 동안 멈추지 않고 웃는 얼굴이 지터버그를 추는 가쓰미의 손끝을 따라 빙글빙글 돌 때, 자세는 빠르게 뒤를 돌아보려고 하지만 웃고 있는 입가와 하얀 이의 반짝거림은 여전히 반달처럼 보였다.

34

세상은 불안한 징후로 가득했다.

메이데이에 황궁 앞에서 소란이 일어났다. 경찰이 군중에게 발포하여 술렁임이 커졌다. 시위대는 예닐곱이 한 무리가 되어 미국인 승용차에 달려들어 차를 뒤집고 불을 질렀다. 흰 오토바이의 교통경찰을 습격하고, 버리고 도망간 오토바이에는 불을 질렀다. 해자에 빠진 미 해군은 얼굴을 들면 돌이 날아오는 통에 헤엄쳐 나오지도 못하고 십여 분간 물에 떴다가 잠겼다가 했다. 광장 곳곳에 불길이 일었다. 그러는 동안 히비야의 GHQ[85], 메이지 생명 빌딩 등의 건물은 총검을 든 미군 대열이 지키고 있었다.

이 소란은 보통 일이 아니었다. 여기서 끝난다고는 아무도

---

85 General Headquarters. 2차 세계대전 후 일본을 점령한 연합군 총사령부.

생각하지 않았으며 미래에는 더 큰 봉기가 연이어 일어날 것이라고 느꼈다.

5월 1일 마루노우치 빌딩 사무실에 가지 않아 자기 눈으로 보지는 않았지만, 혼다는 자초지종 일부를 라디오와 신문으로 접하고 심상치 않은 일이라고 생각했다. 전쟁 때는 오히려 무관심하게 지냈지만 요즘 와서는 세상에서 일어나는 일을 모른 척할 수 없게 됐다. 재산에 대한 고전적 삼분법[86]에 불안을 느끼고 재무 문제를 도와주는 친구에게 앞으로의 방침에 대해 자주 상담을 청해야겠다고 생각했다.

다음 날 집에 가만히 있을 수 없어 산책을 나갔다. 혼고 3번지 부근은 초여름 햇빛이 오래된 길을 비추고 아무런 이변이 없었다. 법률 서적 등을 파는 딱딱한 가게를 피해 잡지류를 가게 앞에 잡다하게 늘어놓은 한 서점으로 들어갔다. 산책할 때 서점에 들르는 것이 오랜 세월의 습관이었다.

수없이 늘어선 책등의 글자가 마음을 달랬다. 모든 것이 관념의 형태로 이곳에 담겨졌다. 인간의 애욕도, 정치적 소란도 모두 활자로 정연하게 배열됐다. 게다가 이곳에는 모든 것이 있다. 뜨개질 입문서부터 국제 정치까지.

왜 서점에 있으면 마음이 차분해지는지, 혼다는 어릴 때부터 그런 습관이 있었기 때문이라고밖에 말할 수 없다. 기요아키에게도 이사오에게도 그런 습관은 없었다. 그것은 무슨 습관일까. 끊임없이 세계를 요약하지 않으면 불안한 마음. 아직

---

86 재산을 부동산·현금·주식으로 나누어 관리하는 것.

기록되지 않은 현실은 집요하게 인정하지 않는 완고한 마음. 스테판 말라르메[87]는 아니지만, 무엇이든 언젠가는 표현되고 세계가 한 권의 아름다운 책으로 끝난다고 한다면, 끝나고 나서 서점으로 서둘러 달려가도 늦지는 않을 것이다.

그렇다. 사건은 이미 어제 끝났다. 여기에는 화염병 불길도 없다. 고함도 없다. 폭력도 없다. 유혈의 먼 여파조차 없다. 얌전한 시민이 아이를 데리고 와서 내놓은 책들을 뒤적이고, 쇼핑백을 든 연두색 스웨터 차림의 통통한 여인이 불손한 목소리로 여성지 이달 호가 아직 나오지 않았느냐고 묻는다. 가게 안쪽에는 서점 주인장의 취미인 듯 붓꽃을 꽂은 꽃병이, 문인이 서툰 붓글씨로 '독서는 마음의 양식'이라고 쓴 시키시[88] 액자 아래 놓여 있다.

혼다는 좁은 가게 안을 손님과 부딪치며 한 바퀴 돈 다음 마음에 드는 책이 없는 채로 통속 잡지가 놓인 진열대 앞까지 왔다. 그곳에 학생으로 보이는 한 청년이 서서 스포츠 셔츠 차림으로 열심히 잡지를 읽고 있다. 보통이 아닌 집중력으로 계속 같은 페이지를 뚫어지게 쳐다보는 모습이 멀리서 눈길을 끌었다. 혼다는 청년의 오른쪽 옆으로 가서 그가 보는 잡지 페이지에 무심하게 시선을 던졌다.

밧줄에 묶여 다리를 옆으로 하고 앉은 나체 여성 사진, 조악하게 인쇄된 흐린 청자색 화보 페이지가 눈에 들어왔다. 아

---

87 Stéphane Mallarmé. 1842~1898. 폴 베를렌, 아르튀르 랭보와 함께 19세기 프랑스 상징주의 시인으로 불린다.
88 色紙. 와카, 하이쿠 등을 쓰는 두꺼운 사각형 종이.

새벽의 사원

까부터 청년은 눈도 돌리지 않고 왼손에 쥔 잡지의 그 페이지를 뚫어지게 쳐다보고 있었다.

하지만 청년 바로 옆까지 오자 그 자세가 이상하게 경직되어 있고 목의 각도나 옆얼굴, 눈이 어떤 이집트 부조 입상처럼 양식적으로 부자연스러움을 혼다는 알아챘다. 그리고 바지 오른쪽 주머니에 넣은 청년의 손이 격렬하게 기계적으로 움직이는 것을 생생하게 봤다.

— 혼다는 바로 서점을 나왔다. 모처럼 산책을 나왔는데 우울해졌다.

'그놈은 왜 사람들 앞에서 그런 짓을 할까. 그 잡지를 살 돈이 없었나? 그러면 내가 당장이라도 아무 말 없이 돈을 내고 사 줘야 했다. 그렇다. 왜 나는 즉시 그렇게 하지 않았을까. 정말로 아무런 주저 없이 책값을 내주면 좋았을 것을!'

전봇대 두 개 정도의 거리를 걷는 동안 그의 생각은 바뀌었다.

'아니다, 그렇지 않다. 정말로 그 잡지를 가지고 싶었다면 만년필만 담보로 잡아도 얼마든지 살 수 있었을 것이다.'

절대로 책을 사서 집으로 돌아가면 안 됐다. 그 한 가지로부터 혼다의 상상은 방자하게 넓어졌다. 왠지 그 청년의 일이 남의 일처럼 생각되지 않았기 때문이다.

이런 수심에 잠긴 채 집으로 돌아가 아내의 인사를 받고 싶지 않았기 때문에 산책에서 돌아갈 때는 우회로를 따라 감리교회의 모퉁이를 돌지 않고 걸었다.

아마도 잡지를 집으로 가져 가지 않은 이유는 집에서 뭐라고 하기 때문도 아니고 잡지를 둘 곳이 없어서도 아닐 것이다. 그 청년이 하숙집에 혼자 산다고 혼다는 멋대로 정했다. 하숙 방으로 돌아가자마자 기다리고 있던 고독이 가축처럼 달려들 것을 알고 있었고, 묶인 나체 여자의 사진을 펼쳐 그 고독과 즐거움을 나누는 일이 분명 두려웠을 것이다. 그곳에는 아마 도 청년이 설비해 온 감옥 안의 절대적 자유가 있어서 그 삭막 한 자유의 작고 네모난 공간, 그 정액으로 가득한 어두운 둥 지 안에서 유방이 밧줄에 눌려 몸부림치는 청자색 나체 여자 의 얼굴, 뒤로 젖힌 한 쌍의 비둘기 날개 모양 콧구멍과 대면 하는 것이 분명 무서웠을 것이다. 그런 완벽한 자유 안에서 묶 인 여자와 마주하는 것은 살인과 다름없으리라. …… 그래서 그 청년은 타인의 눈에 드러나기를 선택한 것이다. 자신마저 타인의 눈앞에 밧줄이 묶인 남자로 만들어 그 위험과 굴욕의 한가운데에서 묶인 여자와 마주하기를 바란 것이다. 이렇게 선택된 역겨운 조건은 모든 성애에 숨겨진 명주실처럼 섬세하 고 미묘한 '시네 쿠아 논'[89]을 나타냈다.

지극히 특수하고 달콤하기 그지없는 어떤 비천함의 매혹. 그것이 아름다운 모델의 예술 사진이었다면 청년은 분명 그렇 게 욕망에 사로잡히지 않았을 것이다. 이 대도시에 밤낮으로 휘몰아치는 폭풍 같은 성(性). 어둡고 거대한 과잉. 화염병 불 길이 내달리는 거리와 지하의 정념의 큰 도랑. ……혼다는 아 버지 대부터 위풍당당하게 서 있던 돌 문기둥을 멀리서 보고,

---

89 Sine qua non. 라틴어로 '필수 조건'이라는 뜻.

세
벽
의

사
원

자신은 아버지 같은 노년과 아주 동떨어진 삶을 살아가야 한다고 생각했다. 그리고 쪽문을 밀고 들어가 그 안쪽에서 커다란 하얀 양옥란이 가지 끝에서 다투듯 정신없이 핀 모습을 보자니 갑자기 산책의 피로를 느끼며 자신은 하이쿠라도 지으며 살아가면 좋겠다고 생각했다.

35

────────

●

　게이코에게 부탁해 두었던 엽궐련을 받을 겸 가쓰미까지 셋이서 이야기를 나누고 싶다고 혼다가 말해 가쓰미가 차를 몰고 마루노우치 빌딩으로 데리러 왔다. 초여름 햇빛이 강렬한 오후였다.

　본고장 바나나는 없지만 미국 플로리다산 엽궐련 정도는 PX에서 구할 수 있다. 구 마쓰야 백화점이었던 PX 앞으로, 엽궐련을 사서 나오는 게이코를 차로 마중 나가려고 한다.

　물론 혼다는 마쓰야 PX 안으로 들어갈 수 없다. 가쓰미가 그 앞에 주차하고 차 안에서 입구를 지켜본다. 하얀 커튼이 드리워진 PX 창문 앞에는 수많은 초상화 화가들이 왔다 갔다 하며 나오는 미군들을 따라다녔다. 조선에서 돌아온 듯한 젊은 미군들은 대체로 거절하지 않고 초상화 모델로 섰다. 그중 쇼핑하러 나온 청바지 차림의 미국인 여자아이도 창문의 황

새벽의 사원

305

동 난간에 앉아 자기 초상화를 그리게 했다.

차 안에서 심심풀이로 바라보기에 재미있는 풍경이었다. 사람들 앞에서 부끄러워하지도 않고 진지한 얼굴로 모델로 선 미군들은 마치 직업적 의무를 다하는 듯 보이기도 하여 어느 쪽이 손님인지 알 수 없었다. 구경하기 좋아하는 사람들이 이 광경을 둘러싸고 보다가 지겨워져서 자리를 떠나면 바로 다른 사람이 채웠고, 그 사람들 속에서 키 큰 미군의 장밋빛 목이 조각상의 목처럼 쑥 튀어나왔다.

"늦네요." 혼다는 가쓰미의 어깨 너머로 말하고는 햇볕을 쬐며 기지개를 켜고 싶어 차 밖으로 나왔다.

사람들 속에 섞여 모델로 선 미국인 여자아이를 바라봤다. 아름답지는 않다. 청바지 입은 다리를 달랑달랑 흔들며 남자용 같은 체크무늬 반소매 셔츠를 입고, 주근깨 흩어진 뺨의 절반을 빌딩을 스치는 햇빛이 비스듬히 비추는데, 추잉검을 씹고 있어 그 선이 때때로 비뚤어진다. 거만하지도 않고 냉정하지도 않다. 구경거리가 된 상황에도 전혀 자연스러운 자세를 흐트러트리지 않고, 한데 묶인 것처럼 깊은 눈의 갈색 눈동자가 어떤 각도로 고정되어 거의 움직이지 않는다.

타인의 시선을 공기로만 바라보는 여자아이에게서 혼다는 어쩌면 이 사람이야말로 자신이 원하던 여자아이일지도 모른다고, 불붙은 머리카락 끝이 오글오글 말려 올라가는 듯한 감흥을 갑자기 느꼈다. 그때 옆에 있는 남자가 말을 걸었다. 아까부터 혼다의 얼굴을 자꾸 엿보는 기색이 있었는데 급기야 말을 건 것이다.

"어디선가 뵙지 않았나요?"

쳐다보니 초라한 양복을 입은 쥐같이 작은 남자였다. 관자놀이 근처에서 바짝 자른 듯한 머리에 침착하지 않은 눈은 아첨과 두려움이 섞인 빛을 띤다. 그를 보자마자 혼다는 불안을 느꼈다.

"누구실까요? 실례입니다만……"

혼다는 차갑게 말했다. 남자는 혼다 귀에 입을 가져가려고 발돋움을 하더니, "이보세요, 밤에 공원 나무 그늘에서 자주 보던 엿보기 동료잖습니까."라고 말했다.

혼다는 창백해지지 않으려고 했지만 창백해졌다. 그리고 차가운 말투로 되풀이했다.

"그게 대체 무슨 말이에요? 사람 잘못 보셨어요."

이 말을 들은 작은 남자의 얼굴에 갑자기 매서운 조소가 새겨졌다. 지층의 희미한 균열 같은 그 조소가 때로는 아무리 큰 건물이라도 즉시 무너뜨리는 힘을 발휘함을 혼다는 알고 있었다. 하지만 우선 어떤 증거도 없었다. 그리고 더 좋은 일은 혼다에게는 이제 그렇게 소중히 여길 명예도 없다는 점이다. 그 결여를 생생하게 일깨워 준 것은 그 조소의 공적이라고 할 만했다.

혼다는 어깨로 그 남자를 밀어내고 걷기 시작했다. PX 입구 쪽으로 갔다. 마침 게이코가 나타났다.

게이코는 보라색 정장을 입고 당당하게 나왔고, 얼굴을 가릴 정도로 커다란 종이 가방을 양손으로 껴안은 미군이 뒤따랐다. 애인 잭인가, 하고 생각했지만 아니었다.

새벽의 사원

도로 한가운데서 게이코는 혼다를 미군에게 소개했다. 그리고 미군을 "이쪽은 이름을 몰라요. 짐을 들고 차에 실어 주겠다고 한 친절한 사람이에요."라고 설명했다. 미군과 이야기하는 혼다를 본 그 작은 남자는 도망가 버렸다.

게이코는 국화 훈장처럼 찬란한 금색 브로치를 가슴에 달고 있었다. 5월 햇살 속을 차를 향해 걸어가자 가쓰미가 장난스레 공손한 태도로 차 문을 열어 주며 인사했다. 미군은 종이 가방을 차례대로 가쓰미에게 넘겨주었고 가쓰미는 휘청거리며 간신히 받았다.

그것은 하나의 구경거리였다. PX 앞에 몰린 사람들은 초상화 화가는 뒷전으로 한 채 입을 멍하니 벌리고 이 광경을 바라봤다.

차가 움직이자 게이코는 친절한 미군에게 손을 흔들어 인사하고 미군도 여기에 응했는데, 군중 속에서도 손을 흔드는 남자가 두세 명 있었다.

"인기가 굉장하네요!"

혼다는 아까 있었던 정신적 동요를 극히 짧은 시간에 잠재웠음을 자기 자신에게 과시할 필요가 있었기에 다소 경박하게 흥분한 투로 말했다.

"후후." 하고 게이코는 만족스러운 듯 웃으며 "살아가는 세상에 나쁜 귀신은 없다[90]더니, 정말이네요."라고 말하고 나서

---

90 이 세상에는 무정한 사람만 있지 않고 어려울 때 도와주는 자비로운 사람도 있다는 뜻의 속담.

서둘러 중국식 자수가 묵직하게 놓인 손수건을 꺼내 서양식으로 소리 높여 코를 풀었다. 풀고 난 뒤 코는 멋지게 아무 일도 없다는 듯 솟아 있었다.

"매일 밤 알몸으로 자서 그래요."라고 가쓰미가 운전하면서 말했다.

"이런, 실례되는 말을. 마치 봐 왔던 것처럼. ……그건 그렇고 어디로 갈까요?"

긴자 근처를 돌아다니면 또 그 작은 남자를 마주칠 것 같은 불안이 들어서 혼다는 "그 새로 생긴 히비야 모퉁이에 있는…… 뭐라고 하더라……." 하며 이름을 잊어버린 것에 애를 태웠다.

"닛카쓰 호텔 말이죠?"

가쓰미가 말하고는 이윽고 북적이는 사람들 사이로 탁한 녹갈색 강물을 흘긋 보며 스키야 다리를 건넜다.

게이코는 지극히 친절하고 지적이었지만 어떤 고상함이 눈에 띄게 부족했다. 문학, 예술, 음악 이야기를 할 때도, 심지어 철학 이야기를 할 때조차도 향수나 목걸이 이야기를 하듯 여성스러운 사치와 쾌락의 멋을 담아 말하고, 예술도 철학도 결코 아는 척하는 태도를 그대로 드러내지 않으면서 지식이 풍부하고, 굉장히 편차가 있지만 또 부분적으로는 아주 정확했다.

메이지, 다이쇼 시대의 상류층 여성이 딱딱하고 정숙한 척하는 사람이거나 못 말리는 말괄량이이거나 둘 중 하나에 치

새벽의 사원

우쳐 있었음을 생각하면 게이코가 가진 중용은 놀라울 정도였다. 하지만 게이코를 아내로 둔 남자의 어려움은 짐작할 수 있었다. 결코 가혹하진 않지만 어떤 미묘한 것을 용서하지 않는 성격이 늘 느껴지기 때문이다.

갑옷일까? 무엇을 위한? 굳이 갑옷을 입을 필요 같은 것은 조금도 느끼지 않고 자랐을 게이코는 세상을 적으로 돌려 싸운 적이 없었을 것이다. 게이코 앞에 서면 늘 세상이 하인이 되고, 일종의 순진무구함이 권력으로서 사람들을 압박하는 것이 느껴졌다.

게이코 자신이 은혜와 애정을 구별할 줄 모르는 성품이라면, 게이코에게서 은혜를 입은 사람은 우선 사랑받고 있다고 믿어도 되었다.

지금도 똑같아서 새 럭비 경기장 같은 로비의 중2층에서 셰리주를 앞에 두고 게이코가 지휘를 시작했을 때, 혼다는 잉찬이라는 새를 프랑스식으로 어떻게 요리할까 하는 이야기를 듣는 것 같은, 너무하다면 너무한 기분이 들었다.

"그때 이후로 너랑 두 번 만났지? 어떤 느낌이야? 어디까지 갈 것 같아?" 하고 게이코는 우선 가쓰미를 신문했다. 신문한 뒤 지금까지 잊고 있었던 엽궐련이 든 두껍고 큰 나무 상자를 종이 가방에서 꺼내어 혼다의 무릎에 가만히 놓았다.

"어떤 느낌이라뇨. 이제 슬슬 때가 무르익은 것 같아요."

금화가 연달아 이어지고 금색 글자가 쓰인 분홍 리본이 초록 바탕 위에 빛나는, 유럽의 어느 작은 나라의 지폐를 생각나게 하는 도안의 상자를 혼다는 오랜만에 맡을 엽궐련 향기를 상상하며 손끝으로 어루만지면서, 가쓰미의 말 한 마디 한 마디에 다시 날카로운 혐오감을 느꼈다. 게다가 이 혐오감을 어떤 예감처럼 즐기고 있는 자신에게 놀랐다.

"키스 정도는 한 거야?"

"네, 한 번."

"어땠어?"

"어땠냐니요. 유학생 회관까지 바래다주고 문기둥 아래에서 잠깐 했을 뿐이에요."

"그러니까 어땠냐고."

"왠지 당황해서 허둥대는 것 같아 보였어요. 분명 처음이었겠죠."

"어울리지 않게 너도 솜씨가 없구나."

"그 아이는 특별하잖아요. 어쨌든 공주니까요."

게이코는 혼다 쪽으로 몸을 돌리고 이렇게 말했다.

"역시 고텐바로 데리고 가는 게 가장 좋아요. 파티라고 거짓말하고 하룻밤 묵는다는 약속으로 되도록 밤늦게요. 외박할 수 있다는 건 요전에 증명이 됐고, 한 번 초대받았는데 오지 않았던 일을 갚는 의미가 있으니 그분은 거절할 수 없죠. 가쓰미와 둘이 멀리 가면 경계할 테니까 당신이 함께 있어야 해요. 물론 가쓰미가 운전하고요. 내가 거기서 기다린다는 식으로 거짓말해도 괜찮아요. 나는 별로 곤란할 일 없으니까요. ……그리고 별장에 도착하면 사람이 아무도 없어 이상하겠지요. 아무리 이상하게 여겨도 외국인 공주님이 혼자서 도망갈 수야 있겠어요, 그건 가쓰미 솜씨에 달려 있지요. 그날 밤 혼다 씨

세벽의 사원

는 가쓰미에게 모든 걸 맡기고 유유히 카나르 아 로랑주[91]가 완성되기를 기다리기만 하면 돼요."

---

91 오렌지를 곁들인 오리 가슴살 요리.

36

●

― 고텐바 니노오카 한밤중 12시, 혼다는 거실 벽난로 불을 끈 김에 우산을 쓰고 테라스로 나갔다.

테라스 앞에는 벌써 수영장 형태가 만들어져 콘크리트의 거친 표면이 비를 맞고 있었다. 완성되려면 아직 멀려서 사다리도 달려 있지 않다. 비가 스민 콘크리트는 테라스의 전등 빛 속에서 습포제 같은 색을 머금었다. 수영장 공사만은 어떻게든 도쿄에서 사람을 불러야 해서 일이 좀처럼 진척되지 않는다.

수영장 바닥의 배수가 좋지 않음이 어둠 속에서도 눈에 분명히 보여서 도쿄에 가면 바로 알려야겠다고 생각했다. 바닥에는 점점이 물웅덩이가 생겨 빗물을 튕긴다. 그 물방울이 테라스 전등 빛을 멀리서 받으며 처량하게 반사한다. 정원 서쪽 끝 계곡에서 피어오른 밤안개가 잔디밭 중간에 머물러 하얗

새벽의 사원

게 떠돈다. 굉장히 춥다.

미완성 상태의 수영장은 점차 인골을 아무리 많이 던져 넣어도 남을 만큼 거대한 묘 구덩이처럼 보였다. 점차 그렇게 보인 것이 아니라 처음부터 그렇게밖에 보이지 않았다. 이 바닥으로 차례차례 인골을 던져 떨어뜨리면 뼈가 물을 튀겼다가 조용해지고, 그전까지 불에 바싹 말라 있던 것이 금세 물을 품고 윤기 있게 부풀 듯이 느껴진다. 옛날이라면 수장[92]을 만들어도 이상하지 않을 나이의 혼다가 하필이면 수영장을 만들고 있는 것이다. 가득 찬 파란 물에 노쇠해 늘어진 살을 띄우려는 잔인한 시도. 어떤 악의에 찬 농담을 위해서만 돈을 쓰는 습관이 혼다에게 생겼다. 파란 물에 비치는 하코네의 산들과 여름 구름은 그의 노년을 얼마나 눈부시게 만들까. 여름이 되어 오로지 잉 찬의 알몸을 가까이서 보려고 판 수영장임을 알면 잉 찬은 어떤 얼굴을 할까.

혼다는 문을 잠그려고 돌아오다가 우산을 쓰고 2층의 전등을 올려다봤다. 창문 네 개에 전등이 켜졌다. 서재 전등은 끄고 왔기 때문에 네 개 창문의 전등은 서재에 이어진 두 게스트룸이다. 서재 옆에는 잉 찬이 묵는다. 그 옆에는 가쓰미가 묵는다…….

우산을 비켜난 빗방울이 바지를 적시며 무릎 관절에 스며드는 것 같았다. 밤 냉기 속에서 여기저기 관절에 은근하게 고통의 작고 붉은 꽃이 피었다. 혼다는 눈에 보이지 않는 그 고

---

92 壽藏. 살아 있을 때 미리 만들어 놓는 무덤.

통의 꽃을 작고 동그란 만주사화 같은 것이라고 상상했다. 산스크리트어에서 말하는 천상의 꽃. 젊을 때는 살 속에 얌전하게 몸을 숨기고 조심스럽게 그 역할을 다했던 뼈가 점점 목소리 높여 존재를 주장하고, 노래하고, 불평을 늘어놓고, 노쇠한 살을 뚫고 찢어 이 살의 집요한 어둠을 벗어나 늘 햇빛을 받는 어린잎과 돌, 나무들과 동등한 자격으로 마음껏 햇빛을 쬐려고 바깥으로 뛰쳐나갈 기회를 엿보고 있었다. 아마도 그날이 멀지 않았음을 알고서……

2층 전등을 바라보던 혼다의 가슴은 잉 찬이 옷을 벗는 모습을 생각하자 갑자기 뜨거워졌다, 뼈가 열기를 띠었을까? 관절의 붉은 꽃이 화분증[93] 열을 일으켰을까? 혼다는 재빨리 문을 잠그고 거실의 불을 끄고 발소리를 죽여 2층으로 올라갔다. 서재에 소리 내지 않고 들어갈 수 있도록 바로 앞 침실 문을 열고 들어갔다. 그리고 손을 더듬어 어둠 속에서 책장이 있는 곳으로 갔다. 두꺼운 서양 책을 한 권 한 권 꺼낼 때마다 손이 떨렸다. 드디어 책장 안쪽 엿보기 구멍에 눈을 대었다.

흐릿한 빛의 원 안으로 잉 찬이 콧노래를 흥얼거리며 들어오는 그 순간만큼 애타게 기다리던 것이 없었다. 그것은 여름 저녁 땅거미가 질 무렵 박꽃이 피기를 기다리는 마음. 혹은 펴면 점차 그림이 나타나는 부채를 지금 막 편 순간이었다. 혼다는 그곳에서 아무에게도 보이지 않을 때의 잉 찬을, 즉 그가 이 세상에서 가장 보고 싶은 것을 볼 것이다. 그가 봄으로써

---

93 花粉症. 꽃가루가 점막을 자극하면서 일어나는 알레르기.

새벽의 사원

이미 '아무에게도 보이지 않을 때'라는 조건은 무너지겠지만. 절대로 보이지 않는 것과, 보인다는 것을 알아차리지 못하는 것은 닮은 듯해도 사실 아주 다르지만…….

— 이곳에 따라와 파티가 거짓말임을 안 뒤에도 잉 찬이 보인 침착한 모습은 충분히 놀라웠다.

별장에 도착했을 때부터 혼다는 상대가 아무리 이국의 여자아이여도 어떻게 속여야 좋을지 난감했고, 가쓰미도 이 상황에서 좋은 사람으로 남기 위해 모든 설명을 혼다에게 맡겼다. 하지만 설명은 필요 없었다. 벽난로에 불을 지피고 혼다가 마실 것을 권하자 잉 찬은 지극히 행복하게 미소 지으며 아무것도 묻지 않았다. 어쩌면 자기가 일본어를 잘못 알아들었다고 생각했을지도 모른다. 이국에서 누군가에게 초대를 받았는데 어떤 엇갈림이 생겨 뒤죽박죽된 상황에 처하는 것은 자주 있는 일이다. 처음 잉 찬이 일본에 와서 혼다와 다시 만났을 때, 일본의 태국 대사가 혼다가 옛날에 태국 궁전과 연이 있었음을 전해 듣고 새로 소개장을 보내오며 공주의 일본어 숙달을 위해 가능하면 일본어만 써서 말해 달라고 부탁한 바 있었다.

태연한 얼굴의 잉 찬을 보는 동안 혼다는 일종의 애처로운 감정에 휩싸였다. 낯선 타국에서 상냥함과 거리가 먼 육체의 계략에 말려들어 지금 여기서 갈색 한쪽 뺨에 난로 불길을 비추고, 머리카락이 탈 기세로 몸을 웅크리고 불 가까이 다가와 앉은 모습이, 끊임없이 짓는 미소와 그 아름답고 하얀 윤기 나는 치열이 뭐라 말할 수 없이 애처로웠다.

"당신 아버님은 일본에 계실 때 겨울이 오면 굉장히 추워해서 안타까웠어요. 여름이 오기만을 기다리셨지요. 당신도 그렇죠?"

"맞아요. 전 추운 건 좋아하지 않아요."

"음, 이 추위도 일시적이어서 두 달만 지나면 일본 여름도 방콕 여름과 크게 다르지 않아요. ……지금 그렇게 추워하는 모습을 보니 아버님이 생각나네요. 그리고 내 젊은 시절도."라고 말한 혼다는 엽궐련 재를 난로에 떨어뜨리러 갔고 위에서 잉 찬의 무릎을 훔쳐보았다. 그러자 벌려 있던 무릎이 자귀나무 잎처럼 민감하게 닫혔다.

모두 의자를 멀찌감치 두고 난로 앞 카펫에 앉아 있었기에 그동안 잉 찬의 여러 자세를 볼 수 있었다. 잉 찬은 의자에 몸을 바로 하고 품위 있게 앉아 있거나, 아름다운 다리를 모아 옆으로 하고 앉아 서양 여성의 조금도 빈틈없는 나태한 모습을 연기할 줄 알았지만, 갑자기 규칙을 벗어나 혼다를 놀래키곤 했다. 처음으로 난롯가에 왔을 때가 그랬다. 으스스한 추위에 몸을 움츠려 턱을 내밀고 목도 초라하게 파묻고 가는 손목을 높이 들어 나풀대며 말하는 모습에는 일종의 중국식 경박함이 있었다. 또 마침내 불 가까이 왔을 때는, 열대 지방의 오후 시장에서 짙은 초록 나무 그늘 아래 간신히 자리 잡고 과일을 파는 여인이 눈앞까지 닥쳐온 뜨거운 햇빛을 대하듯 불 앞에 앉는 것이었다. 그때는 두 다리를 세우고 허리를 띄우고 풍만한 가슴과 탄탄한 허벅지가 맞붙을 정도로 등을 구부리고, 짓눌린 유방과 허벅지의 접점이 중심이 되어 그 주변 몸이 약간 흔들리는 아주 천한 자세를 취했다. 그럴 때는 근육의 긴장이 엉덩이, 허벅지 등에 이르기까지 지극히 품위 없는 곳으로 넘쳐흘렀고, 혼다는 밀림의 썩은 낙엽 더미에서 나는 듯한 날카로운 야생의 냄새를 맡았다.

가쓰미는 브랜디 유리잔의 무늬를 하얀 손에 비춰 평정심을 가장하면서 애태웠다. 그 성욕을 혼다는 경멸했다.

"오늘 밤은 괜찮아요. 당신 방만은 충분히 덥혀 놓을 테니까요." 하고 아직 묵을지 안 묵을지 이야기가 나오기도 전에 혼다는 선수를 쳤다. "큰 전기스토브를 두 대 놔 드릴게요. 게이코 씨가 힘을 써 줘서 이 집 전기 용량이 주둔군이 쓰는 만큼 늘었거든요."

하지만 혼다는 왜 이 서양식 건물에 온돌이나 방고래 같은 난방 장치가 설비돼 있지 않은가에 대해서는 입을 다물었다. 기름을 입수하기 어려워 석탄을 사용하는 벽 온돌을 권유 받기도 했다. 아내도 찬성했지만 혼다는 승낙하지 않았다. 벽 온돌은 이중벽을 통해 집으로 온기를 통과시키는 장치다. 혼다에게는 벽이 한 겹이어야 하는 점이 중요했다.

……조용한 곳에서 알아볼 게 있어서, 라고 말해 두고 혼자 여행 가는 척하고 이곳에 온 혼다지만, 집을 나설 때 아내가 말했던 세상 평범한 배려의 말이 마치 저주 문구처럼 머릿속 깊은 곳에 검게 그을어 남아 있었다.

"거기는 추우니까 감기에 걸리지 않도록 조심하세요. 이렇게 비 오는 날엔 고텐바 추위가 상상 이상일 테니, 부디 감기에 걸리지 않도록."

— 혼다는 엿보기 구멍에 눈을 눌러 대었다. 속눈썹이 뒤집어져 얇은 눈꺼풀을 찔렀다.

잉 찬은 아직 옷을 갈아입지 않았다. 손님용 잠옷은 침대 위에 놓인 채였다. 화장대 의자에 앉아 무언가를 열심히 보고 있다. 처음에는 책인가 싶었지만 훨씬 작고 얇은 것이 사진 같다. 무슨 사진인지 보일 만한 각도가 나오기를 계속 기다렸지만 보이지 않았다.

입속에서 단조로운 노래를 흥얼거린다. 태국 노래 같다. 혼다는 호궁을 연주하는 듯한 새된 목소리로 노래하는 그런 중국식 유행가를 예전에 방콕에서 들은 적이 있다. 그 노래가 갑자기 밤의 은행 건물에 찬란하게 줄줄이 달려 있던 금 사슬과 아침 운하의 떠들썩한 수상 시장 정경을 생각나게 했다.

잉 찬은 사진을 손가방에 넣더니 침대 쪽으로, 즉 엿보기 구멍 쪽으로 두세 걸음 똑바로 걸어왔다. 혼다는 그대로 잉 찬이 엿보기 구멍을 부수고 다가올 것 같아 기절할 듯이 놀랐다. 하지만 잉 찬은 트윈 베드 중 침대보를 깐 먼 쪽의 침대에 뛰어오르더니 날씬한 다리를 올려 잠자리를 마련해 둔 벽 쪽 침대로 옮겨 왔다. 혼다의 눈앞에는 잉 찬의 다리만 있었다.

잉 찬은 두세 번 침대 위에서 뛰어올랐다. 뛰어오를 때마다 방향이 바뀌고 스타킹 뒷면의 선이 비뚤어진 것이 보였다.

나일론의 은은한 광택에 싸인 아름다운 다리는 종아리 곡선이 탄탄한 발목까지 완만하게 가늘어지고, 발바닥이 스프

새벽의 사원

링의 탄력에 붙은 채로 무릎을 가볍게 접으며 뛰어오르면 스커트가 펄럭이며 순간 허벅지 훨씬 위쪽 부분까지 보였다. 옷감이 바뀐 스타킹 위쪽 진한 주황색 부분에는 콩깍지에서 알맹이가 하나 나온 희푸른 콩과 식물 같은 가터 클립이 보인다. 그 위쪽에는 채광창으로 엿보이는 새벽하늘처럼 어스레한 허벅지의 맨살이 있었다.

뛰어오르는 잉 찬은 당장이라도 균형을 잃을 듯해 혼다 눈앞의 다리가 실신한 듯 오른쪽으로 쓰러지려고 했지만 끝내 쓰러지진 않고 침대에서 내려왔다. 이런 동작은 아마 어린아이 같은 습관에서 나온, 익숙하지 않은 침대의 스프링 상태를 시험해 본 것일 테다.

그리고 잉 찬은 혼다가 준비한 여성용 유카타 잠옷을 자세히 살펴봤다. 옷 위에 입어 본 다음 거울 앞에 서서 여러 각도를 잡으며 바라본다. 이윽고 유카타를 벗고 화장대 의자에 앉자 목덜미 뒤로 양손을 능숙하게 놀려 금목걸이를 풀었다. 이어서 거울에 손가락을 비추며 반지를 빼려고 하다가 그만뒀다. 그동안 혼다에게 등을 보이며 잉 찬이 취한, 뭔가에 조종되는 듯하고 바닷속 동작을 생각나게 하는 나른하고 느린 움직임과 표정은 거의 전부 거울에 비쳐 눈에 들어왔다.

잉 찬은 빼려다 만 반지를 천장 전등을 향해 높이 올렸다. 손가락에서 지나치게 눈에 띄는 남성용 반지의 에메랄드 불꽃이 초록으로 타오르고 황금 수호신 야크샤의 기괴한 얼굴은 빛을 발했다.

드디어 잉 찬은 양손을 등으로 돌려 지퍼 위의 작은 호크를 풀려고 했다. 혼다는 숨을 멈췄다.

그때 잉 찬이 퍼뜩 손을 내리고 오른쪽 문으로 얼굴을 돌렸다. 잠겨 있을 문이 열린 이유는 가쓰미가 혼다에게서 받은 여분 열쇠로 문을 열었기 때문이다. 하지만 가쓰미가 등장한 때가 좋지 않아 혼다는 입술을 깨물었다. 이삼 분 뒤에 왔다면 잉 찬은 이미 옷을 벗었을 것이다.

엿보기 구멍의 흐릿한 둥근 액자 안에서 순진한 여자아이의 갑작스러운 불안은 찰나의 어떤 궁극의 그림이 됐다. 이 찰나에 문을 열고 들어올 사람이 누군지도 아직 알지 못한다. 방안에 백합 향기를 가득 채우며 하얀 수컷 공작 한 마리가 거만한 걸음으로 들어올지도 모르는 것이다. 그리고 공작새의 퍼덕임과 그 도르래의 삐걱거림 같은 울음소리가 방 전체를 인기척이 없는 오후 장미궁의 한 공간으로 바꿔 버린다…….

하지만 들어온 사람은 한 명의 젠체하는 평범한 청년이었다. 가쓰미는 말없이 문을 연 것에 대한 변명도 하지 않고 잠이 오지 않아 이야기를 하러 왔다고 서툴게 말했다. 여자아이는 미소를 되찾고 의자를 권했다. 두 사람의 긴 대화가 있었다. 가쓰미가 여자아이의 기분을 맞춰 주며 영어로 말해서 잉 찬은 갑자기 수다쟁이가 됐다. 들여다보는 혼다는 하품을 했다.

가쓰미가 여자아이의 손 위에 손을 얹었다. 그대로 여자아이가 손을 되돌리지 않아 혼다는 유심히 봤는데 목덜미가 굳어서 오랫동안 볼 수가 없었다.

책장에 몸을 기대고 이번에는 기색만 따라가려고 했다. 어둠이 상상력을 풀어 주자 상상은 훨씬 더 논리적으로 하나하

새벽의 사원

나 계단을 올라갔다. 잉 찬은 이미 옷을 벗기 시작해 찬란한 몸을 드러냈다. 그리고 미소와 함께 왼손을 올렸을 때 왼쪽 옆구리에 그 관능적인 열대의 밤하늘 같은 몸의 표시로 별, 연이은 세 개의 검은 점이 나타났다. 혼다에게는 불가능을 뜻하는 표시가. ……혼다는 눈을 가렸다. 별의 환영은 어둠 속에서 곧바로 부서졌다.

어떤 기색이 있었다.

혼다는 또 서둘러 엿보기 구멍에 눈을 댔다. 그때 책장 모서리에 머리가 부딪혀 아픔보다 소리가 걱정이었지만, 엿보기 구멍 건너편의 광경은 그런 소리를 신경 쓸 계제가 아니었다.

가쓰미가 잉 찬을 껴안고 여자아이는 저항했다. 두 몸은 흔들리고 흔들리며 엿보기 구멍의 원형 빛 안에 들어왔다가 나갔다가 했다. 여자아이의 등 지퍼는 내려지고 땀이 난 날카로운 갈색 등과 브래지어 끈이 드러났다. 잉 찬이 오른손을 흔들다가 주먹 쥐었고, 초록 에메랄드는 날아가는 딱정벌레처럼 빛났다. 그러고는 가쓰미의 뺨을 때렸다. 가쓰미는 뺨에 손을 대고 물러났다. ……가쓰미가 그대로 문을 열고 나가는 기색이었다. 잉 찬은 숨을 헐떡이며 주위를 둘러보았는데, 의자 하나를 끌고 간 것은 문 앞에 세워두기 위함인 듯했다.

거기까지 보고 혼다는 당황했다. 어른스러운 척하면서도 응석받이인 가쓰미가 구급약이라도 빌리러 오지 않을까 하는 생각이 들어서였다.

그 뒤 혼다는 굉장히 바쁘게 움직였다. 소리 내지 않으며 책장에 두꺼운 서양 책을 한 권 한 권 도로 넣었고, 일종의 범

322

죄자 같은 면밀함으로 한 권이라도 책등 제목이 거꾸로 되지는 않았는지 어둠 속에서 살펴보고, 그러고 나자 서재 문이 잠겼는지 확인하고, 서재 스토브 불을 끄고, 살금살금 걸어 침실로 가 잠옷으로 갈아입고, 입은 옷은 장롱에 던져 넣고, 침대에 기어들어 언제 가쓰미가 문을 노크해도 잠을 방해받아 내키지 않게 일어나는 모습을 가장할 준비를 했다.

이것이 사람들에게 알려지지 않은 혼다의 '젊음'의 경험이 됐다. 이 신속함, 이 민첩함은 마치 기숙사 학생이 규칙을 어긴 행동을 한 뒤 훌륭하게 수습해 시치미 뗀 얼굴로 잠을 청하는 듯했고, 이렇게 허둥댄 다음에는 언뜻 조용히 베개에 머리를 놓은 것 같아도 베개가 살아 움직여 튀어 오를 것 같은 격렬한 고동이 잠시 동안 멈추지 않았다.

가쓰미는 아마 혼다를 찾아갈까 어쩔까 생각했을 것이다. 이렇게 긴 망설임은 충동에 맡겨 혼다를 찾아갔을 때의 득실을 생각해서가 틀림없다. ……막연하게 기다리는 동안 혼다는 잠들어 버렸다.

─ 다음 날 아침은 비가 그치고 동쪽 창문 커튼 사이로 금란[94] 햇빛이 비쳤다.

젊은 사람들의 아침 식사를 준비하기 위해 혼다는 두꺼운 가운을 입고 옷깃에 스카프까지 두른 뒤 부엌으로 내려갔다.

---

94 金襴. 황금색 실을 섞어 짠 바탕에 명주실로 봉황이나 꽃무늬를 수놓은 비단.

새
벽
의
사
원

로비 의자에 먼저 와서 단정한 차림으로 앉아 있는 가쓰미의 모습을 발견했다.

"일찍 일어나셨네요." 하고 혼다가 먼저 청년의 창백한 뺨을 쳐다보며 계단 중간에서 말을 걸었다.

난로는 이미 가쓰미의 손으로 불이 올라 있었다. 청년은 굳이 왼쪽 뺨을 감추지는 않았지만 불빛 속에서 재빨리 훔쳐본 혼다는 생각만큼 상처가 없다는 데 실망했다. 그것은 물어보면 얼마든지 둘러댈 수 있는 가벼운 찰과상의 한 선에 지나지 않았다.

"좀 앉으시겠어요?" 하고 가쓰미는 주인인 것처럼 의자를 권했다.

"좋은 아침입니다." 혼다는 다시 말하고 의자에 앉았다.

"선생님하고 둘이서 이야기할 필요가 있다고 생각해서요. 매우 일찍 일어났습니다." 하고 가쓰미는 은혜라도 베풀 듯 말했다.

"그래서…… 어땠어요?"

"좋았어요."

"좋았다는 말은?"

"예상대로였어요." 청년은 의미심장하게 보이고 싶다는 듯 말없이 미소 지었다. "어린 사람처럼 보여도 그렇게까지 어리지는 않네요."

"처음인 것 같았나요?"

"제가 첫 번째 남자이니…… 나중에 미움받겠죠."

그 이상의 대화는 바보스럽게 느껴져서 혼다는 말을 자르려 했으나 곧 덧붙였다.

"저기. 모르셨나요? 그 아이의 몸에 특징이 있는 것을. 왼쪽 가슴 아래 옆구리에 세 개, 인공적일 정도로 멋지게 연달아 검은 점이 있잖아요. 못 보셨어요?"

청년의 점잔 빼는 얼굴에 순간 당혹이 스쳤다. 거짓말을 들키지 않기 위한 몇 가지 기로, 체면 문제, 큰 거짓말을 위해 작은 거짓말은 희생하는 편이 낫다는 판단, ……여러 가지 생각이 찰나에 청년의 눈앞을 스쳐 지나가는 광경을 보는 일은 재미있는 구경이었다. 갑자기 가쓰미는 의자 등받이에 과장되게 몸을 기대고는 높은 목소리로 말했다.

"졌다! 선생님도 사람이 나빠요. 나도 참 둔하구나. 처음이라고 영어로 한 말에 속다니. 선생님은 그 아이의 몸을 이미 다 알고 계시잖아요."

이번에는 혼다가 말없이 미소 지을 순서였다.

"……그래서 묻는 거예요. 그 검은 점을 봤느냐고."

청년은 숨을 멈추고 대답했다. 이번에는 그 자리에서 자신의 가장된 냉정함을 입증할 필요에 부닥쳤다.

"봤지요. 살짝 땀이 서린 채 흐린 빛 아래에서 그 검은 점 세 개가 모여 빛나는 모습은, 피부가 피부였던 만큼 잊을 수 없이 신비로운 아름다움이었어요."

— 그리고 혼다는 부엌으로 가서 커피와 크루아상만으로 유럽식 아침 식사를 준비했다. 가쓰미가 나서서 거들었는데 그렇게 바지런히 거드는 것은 보통 때라면 상상이 가지 않는

새벽의 사원

모습이었다. 어떤 의무감에 사로잡힌 듯 접시를 놓고 티스푼이 어디 있는지 물어보고 가지런히 놓았다. 혼다는 이 청년에게 처음으로 어떤 연민과 비슷한 우정을 느꼈다.

누가 잉 찬의 방으로 아침 식사를 가지고 가느냐를 의논했다. 혼다가 가쓰미를 저지하며 그것은 주인의 특권이라고 우겼다. 그리고는 접시를 놓은 쟁반을 들고 천천히 2층으로 올라갔다.

잉 찬의 방을 노크한다. 대답이 없다. 혼다는 일단 쟁반을 바닥에 내려놓고 여분 열쇠로 서둘러 열었다. 문이 뭔가에 막혀 있어 여는 데 난항을 겪었다.

혼다는 아침 햇빛이 가득한 방 안을 둘러보았다. 잉 찬은 없었다.

37

쓰바키하라 부인은 요즘 이마니시와 자주 만났다.

그런데 부인은 전혀 보는 눈이 없는 사람이었다. 남자에 대해서도 주관이 없어, 남자를 봐도 우선 눈으로만 판단해 그 남자가 어떤 부류에 속하는지, 즉 돼지인지 늑대인지 채소인지를 구별하지 못했다. 그런 부인이 하필이면 시를 짓겠다고 한다.

적합성의 자각이 자랑스러운 연애의 표시라면 모든 적합성에 맹목적인 부인만큼 이마니시의 자의식을 위로할 사람은 없을 것이다. 부인은 이 마흔 살 남자를 '아들처럼' 사랑하기 시작했다.

육체적 젊음, 산뜻함, 늠름함에서 이마니시만큼 동떨어진 남자는 이 세상에 없었다. 위가 약하고, 곧잘 감기에 걸리고, 탄력 없는 허연 피부를 가졌고, 그 장신의 어디에도 근육이 탄

탄한 데가 없고, 전신이 길게 풀어진 끈 같고, 걸을 때도 흔들 흔들했다. 즉 이마니시는 지식인이었다.

그런 남자를 사랑하는 것은 매우 어려웠을 텐데 쓰바키하라 부인은 서툰 시를 술술 쓰듯이 사랑에 빠져 버렸다. 어디서든 부인의 졸렬함은 빛이 났다. 시에 대한 비평을 듣는 것이 더없이 좋다는 솔직함 때문에 부인에 대한 이마니시의 끝없는 인간 비평을 기쁘게 들어야 했다. 비평을 듣는 것은 어쨌든 숙달의 지름길이라는 생각을 부인은 모든 면에 적용했다.

실제로 침실에서 문학과 시를 진지하게 논하는 부인의 여학생 기질을 조금도 시끄럽게 여기지 않을 뿐 아니라 자기 또한 관념적 고백을 하는 기회로 선택할 만큼, 이마니시는 부인의 기질과 맞붙는 면을 자기 안에 가지고 있었다. 극심한 냉소주의와 미성숙의 이 이상한 혼합이 이마니시의 얼굴에 번득이는 어떤 병든 젊음의 원인이었다. 지금 쓰바키하라 부인은 이마니시가 곧잘 사람에게 상처 주는 말을 하는 이유는 그가 원래 순수하기 때문이라고 믿었다.

— 두 사람은 언제나 시부야 고지대에 최근에 생긴 조촐한 여관을 이용했다. 각 객실은 서로 떨어져 있고, 게다가 작은 개울이 그 사이를 흐르면서 개울 일부가 별채의 중정을 흐르도록 돼 있다. 목재도 새것이고 청결하고 입구가 사람 눈에 띄지 않는다.

6월 1일 6시쯤 그리로 향하던 택시는 시부야 역 앞에서 군중에 막혀 그 이상 나아가지 못했다. 거기서 걸어서 오륙 분거리였으므로 이마니시는 부인과 함께 차에서 내렸다.

군중이 「인터내셔널가」를 부르는 합창 소리가 두 사람의 귀를 압도했다. '파방법[95] 분쇄'라고 쓰인 노보리[96]가 언뜻 보였고, 다마가와선 철교에는 '잘난 미군은 돌아가라.'라고 크게 쓰인 천이 걸려 있었다. 광장에 모인 사람들의 얼굴은 상기돼 있고 어떤 파괴를 향해 달려가는 듯 들썩이는 기운이 풍겼다.

쓰바키하라 부인은 벌벌 떨며 이마니시 등 뒤로 숨었다. 이마니시는 공포와 불안 때문에 다리가 저도 모르게 군중 쪽으로 이끌려 감을 느꼈다. 광장에 움직이는 사람들의 다리 사이로 새는 불빛이 섬광을 짜내고 흐트러지는 모습, 갑자기 소나기처럼 몰려드는 발소리, 그리고 합창 소리를 찢고 나오는 절규가 들렸고, 불규칙적인 박수 소리가 커지면 소란의 밤이 사람들 사이를 가로막고 섰다. 그것은 이마니시에게 잦은 감기에 걸려 갑자기 열이 오를 때의 심상치 않은 오한을 상기시켰다. 한 사람 한 사람의 몸 안에서 토끼 가죽이 벗겨지듯 갑자기 빨간 피부가 노출돼 바깥 공기에 드러나는 느낌이 일었다.

"경찰이다! 경찰이다!"라는 목소리가 전파되더니 군중이 뿔뿔이 흩어졌다. 그때까지 하나로 연결된 거대한 파도 같았던 「인터내셔널가」 합창이 조각조각 찢어져 비 온 후 물웅덩이처럼 여기저기에 고였다. 게다가 그 물웅덩이는 고성으로 흩어져 러시아워의 군중과 합창하는 군중이 더는 분간되지 않았

---

95 파괴활동방지법의 줄임말. 1952년 7월에 제정된 형법으로 폭력적 파괴 활동을 하는 단체를 규제했다.
96 幟. 가로가 짧고 세로가 긴 사각형 막을 장대에 고정한 현수막.

새벽의 사원

다. 흰 경찰 트럭이 돌진해 충견 하치코 동상[97] 옆에 멈췄고, 거기서 메뚜기 떼가 날아 흩어지듯 진남색 헬멧을 쓴 경찰 예비대가 뛰어내리는 모습이 보였다.

이마니시는 서로 밀치며 도망치는 군중 속을 쓰바키하라 부인의 손을 잡고 헐떡이며 달렸다. 건너편 상점 처마 아래까지 와서 한숨 돌렸을 때 그는 자신의 생각지 못한 달리기 실력에 혀를 내둘렀다. 자신도 달릴 수 있었던 것이다. 그렇게 생각하니 갑자기 부자연스러운 고동이 치면서 가슴이 아파 왔다.

여기에 비해 쓰바키하라 부인의 공포에는 그 슬픔과 마찬가지로 어떤 양식화된 면이 있었다. 부인은 핸드백을 가슴에 껴안고 어쩔 줄 모르는 모습으로 이마니시에게 붙어 있었는데, 하얀 분이 침전한 뺨에 보라색 네온사인이 점멸하여 공포가 그대로 나전으로 바뀌는 것 같았다. 하지만 부인의 눈은 두려워하지 않았다.

이마니시는 상점 처마에서 장신을 발돋움을 하여 떠들썩하고 어수선한 역 앞 광장을 바라봤다. 성난 목소리와 비명이 들끓고 역을 밝히는 대시계가 조용히 시간을 가리켰다.

종말을 알리는 진하고 향긋한 냄새가 났다. 세계는 수면 부족의 눈처럼 새빨개지고 있었다. 이마니시는 서로 질세라 뽕잎을 먹어 대는 누에들이 잠실에서 내는 이상한 바스락거림이 들리는 기분이었다.

---

97 기르던 주인이 죽은 뒤에도 역 앞에서 주인이 오기를 기다렸다는 일화 속 충견을 본뜬 동상.

그때 멀리서 흰 경찰 트럭에 불길이 솟았다. 화염병을 던진 것일 테다. 순간 불길이 이지러져 활활 빨간빛을 비추었다. 비명이 일고 하얀 연기가 더해졌다. 이마니시는 자신의 입술이 웃고 있음을 알았다.

……겨우 그 자리를 떠나 걷기 시작했을 때 쓰바키하라 부인은 이마니시가 손에 뭔가 들고 있음을 알았다.

"뭐야, 그게."

"아까 주웠어요."

이마니시는 검은 쓰레기 같은 것을 걸으면서 보여 주었다. 그것은 검은 레이스 브래지어였다. 부인이 쓰는 것과 형태가 전혀 다르고 유방에 유난한 자신감이 있는 여자의 것이 틀림없었다. 사이즈도 크고 스트랩이 없으며, 주위에 끼워진 고래 뼈가 그렇잖아도 크게 부푼 한 쌍을 위압적이고 조각처럼 보이게 했다.

"와, 끔찍하다. 어디서 주웠어?"

"아까 저쪽에서요. 상점 처마 아래에서 사람들한테 밀려 도망갈 때 뭔가 발에 엉키는 게 있었는데, 나중에 생각나서 집어 봤더니 이거였어요. 심하게 밟힌 듯이 보여요. 봐요, 진흙 투성이에요."

"더럽네. 그냥 버려."

"그런데 이상해요. 아무리 생각해도 이상해." 하고 이마니시는 지나가는 사람들의 호기심에 찬 눈에 응하며 브래지어를 든 채로 걸었다. "왜 이런 게 떨어져 있을까요. 그런 일이 있

새벽의 사원

을 수 있다고 보세요?"

그런 일은 있을 수 없었다. 스트랩이 달려 있지 않더라도 브래지어는 몇 개의 호크로 단단히 고정됐을 터였다. 아무리 가슴이 파인 옷을 입어도 브래지어가 풀려서 떨어지지는 않을 터였다. 군중에 밀리며 자기가 잡아 뺐든지 다른 사람이 잡아 뺐을 텐데 후자가 일어나기 어려운 일이라면 스스로 기꺼이 그렇게 한 여성이 있었다고밖에 생각되지 않았다.

무엇을 위해? 어쨌든 불길과 어둠의 고성 속에서 한 쌍의 큰 가슴이 잘려 떨어진 것이다. 그것은 말하자면 유방의 빈 새틴 껍질일 뿐이었는데, 그것을 받치고 있던 유방의 팽팽함, 단단한 탄력은 오히려 검은 레이스의 주형이 생생하게 말하고 있었다. 바로 그 자랑스러움 때문에 여성은 고의로 벗었고, 달무리가 벗어 던져져 소란의 어둠 속 어딘가에 달이 나타난 것이다. 이마니시가 주운 것은 그 달무리에 지나지 않았지만 유방 자체를 주운 것보다 더 정확하게 그 유방의 따뜻함, 교활하게 도망가는 촉감, 또 그 주변에 몰려 있는 나방 같은 정념의 기억을 모조리 손에 넣은 느낌이 들었다. 이마니시는 문득 코를 대었다. 진흙이 묻어도 지워지지 않은 값싼 향수 냄새가 독하게 배었다. 미군을 상대로 하는 성매매 여성이 분명하다고 이마니시는 상상했다.

"끔찍한 사람."

쓰바키하라 부인은 진심으로 화를 냈다. 말로 하는 괴롭힘에는 늘 비평의 풍미가 섞여 있었지만 이렇게 불결한 행동으로 하는 괴롭힘은 용서할 수 없었다. 게다가 그것은 비평이 아니라 빈정거리는 조롱이었다. 흘긋 보고 스트랩이 없는 큰 사이즈임을 눈으로 가늠한 부인은 자신의 노쇠한 유방에 대한 이마니시가 가진 무언의 경멸을 느꼈다.

역 앞 광장에서 한 걸음 벗어나 폐허 속에 급조한 작은 상점이 늘어선, 도겐 언덕 아래에서 쇼토로 이어지는 거리 풍경은 평상시와 무엇 하나 다르지 않았다. 이렇게 이른 시간에도 술 취한 사람들이 어슬렁댔고 네온사인이 금붕어 떼처럼 머리 위에 있었다.

'서두르지 않으면 지옥이 되돌아온다. 지금 바로 모든 것이 파멸을 향해 서두르지 않으면.'

이마니시는 생각했다. 위험에서 벗어나자마자 이제 걱정할 것 없어진 위험이 그의 뺨에 홍조를 띠게 했다. 검은 브래지어는 부인이 나무랄 필요도 없이 이미 그의 손가락에서 무덥고 습기 고인 땅 위로 미끄러져 떨어졌다.

이마니시는 조금이라도 빨리 파멸이 닥치지 않으면 몸을 좀먹는 일상의 지옥이 기세를 얻고, 하루라도 빨리 파멸이 오지 않으면 그 하루만큼 자신이 어떤 환상의 희생물이 된다는 강박관념에 싸여 있었다. 환상이라는 암에 잡아먹히기보다 한 번에 종말이 오는 편이 더 좋다. 어쩌면 그것은 빨리 자기 몸을 끝내지 않는 한, 자신의 의심할 바 없는 평범함이 드러나 버린다는 무의식의 공포에 지나지 않을지도 모른다.

이마니시는 아주 사소한 현상에서도 세계 붕괴의 징후를 맡았다. 사람은 바람직한 징조를 결코 놓치지 않는 법이다.

새벽의 사원

혁명이 빨리 일어나기를 바란다. 좌 혁명이든 우 혁명이든 이마니시가 알 바 아니다. 자기처럼 아버지 증권사 덕에 무위도식하는 남자를 혁명이 단두대에 데리고 가 준다면 얼마나 좋을까. 하지만 아무리 자신의 추함을 선전해도 군중이 그를 미워해 줄지 어떨지 불안했다. 만약 그들이 그것을 회개의 표시로 받아들이면 어쩌나! 번화한 역 앞 광장에 단두대가 세워지고 피가 일상의 한가운데에 흘러넘치는 날이 온다면, 어쩌면 자신도 죽음을 통해 '기억되는 자'가 될지도 모른다. 그는 상점가에 '중원[98] 대세일'이란 현수막이 걸리고 복권 가게의 홍백 천에 싸인 목재로 세워진, 또 그 칼날에 '특가 판매' 가격표가 붙어 가장 저속하게 고안된 단두대에 자신이 매달리는 모습을 상상하자 소름이 끼쳤다.

― 쓰바키하라 부인은 공상에만 빠져 걸어가는 이마니시의 소매를 슬며시 끌며 여관 문에 왔음을 알렸다. 문 옆 대기소에 있던 하인이 아무 말 없이 먼저 일어서서 그들을 평소의 방으로 안내했다. 둘만 남게 되자 개울 소리가 아직 혼란스러운 이마니시의 뇌에 스며들었다.

닭백숙과 술을 주문하고 상당히 준비가 느린 이곳 급사를 기다리는 동안, 여느 때라면 몸의 인사를 할 참이지만, 지금 쓰바키하라 부인은 억지로 이마니시를 세면대로 데려가 물을

---

98 中元. 음력 7월 15일로 일본의 백중날을 가리킨다. 가까운 친척이나 지인에게 감사의 선물을 보낸다.

틀어 놓고 옆에서 감시하며 꼼꼼하게 손을 씻게 했다.

"아직, 아직." 하고 부인은 말했다.

처음에는 왜 손을 씻게 하는지 알지 못했던 이마니시도 부인의 진지한 표정을 보고 나서는 브래지어를 주웠기 때문임을 알았다.

"안 돼. 더 깨끗이 씻어."

부인은 옆에서 미친 듯이 이마니시의 손에 비누를 칠하고 적동[99]으로 된 세면대가 무시무시한 소리를 내며 물을 튀기는 것도 아랑곳없이 수도꼭지를 크게 틀었다. 결국 이마니시의 손은 거의 마비됐다.

"이제 됐잖아요."

"되지 않았어. 당신, 그 손으로 나를 만지면 어떻게 된다고 생각해. 날 만지는 것은 다시 말해 내 몸에 가득한 아들의 추억을 만지는 거야. 신성한 아키오의 추억을 만지는데, 그러니까 신을 만지는데 그런 더러운 손으로……."

거기까지 말하더니 황급히 얼굴을 돌리고 손수건을 꺼내 눈을 가렸다.

이마니시는 쏟아지는 물에 손을 격렬하게 비비며 곁눈질로 그 얼굴을 살폈다. 부인이 큰 소리로 울기 시작했다면 그것은 '이제 됐다.'는 신호, 무언가가 이미 싹터 휩쓸고 모든 것을 받아들일 준비를 마쳤다는 신호였다.

---

99 赤銅. 구리에 금을 섞은 합금으로 일본에서 주로 사용한다.

— 드디어 술잔을 주고받으며 이마니시는 감상적인 말투로 말했다.

"빨리 죽고 싶어요."

"나도 그래."

부인도 하얀 이즈모지[100] 같은 눈꺼풀 아래의 피부에 취기로 발그레해진 빛을 드리우며 그렇게 동의했다.

후스마[101]를 열어 둔 옆방에는 하늘색 비단 이불이 희미하게 숨 쉬듯 오르락내리락하며 빛나고, 이쪽 탁자에서는 물이 담긴 그릇 안에 전복 조각이 그을은 듯 주름진 곳에 인공 착색 같은 버찌의 붉은색을 띠고, 전골냄비에는 백숙이 끓으며 중얼대고 있었다.

이마니시도 쓰바키하라 부인도 말없이 있는 동안 서로 뭔가를 기다림을 알았다. 아마도 같은 것을.

쓰바키하라 부인은 마키코에게는 비밀로 하고 이렇게 몰래 만나는 일, 그 죄에서 오는 떨림과 징벌의 기대에 취해, 지금 당장이라도 이곳에 마키코가 붉은 먹이 묻은 첨삭의 붓을 치켜올리고 들어오는 모습을 꿈꿨다. '그렇게는 시가 되지 않습니다. 내가 보고 있을 테니 시를 짓는다고 생각하고 온몸으로 가련함을 체현해 보세요. 그러기 위해 제가 있는 겁니다, 쓰카비하라 씨.'

이마니시는 이마니시대로 마키코의 시선을, 그 혐오의 소

---

100 出雲紙. 시마네현 야쿠모초에서 만드는 전통 화지.
101 襖. 나무틀 양쪽에 두꺼운 종이나 헝겊을 바른 문.

나기를 온몸에 맞으며 행위를 하고 싶다고 마음속으로 바랐다. 고텐바 니노오카에서 보낸 첫 밤은 쓰바키하라 부인과의 관계가 다시 도달하려 하는 꿈의 절정이 됐다. 그 정상에서, 그 절정에서 마키코의 꿰뚫는 눈은 별처럼 차가웠다. 그 시선이 꼭 한 번 더 필요했다.

그 눈이 없다면 이마니시와 쓰바키하라 부인의 결합에서는 가짜 냄새가 지워지지 않고 불륜의 열등감이 없어지지 않는다. 그것이야말로 가장 권위 있는 중매인의 눈이었기 때문이다. 어슴푸레한 침실 한구석에서 빛나던 그 여신 같은 날카로운 눈동자야말로 결합하면서 거절하고 허락하면서 경멸하는 증인의 눈, 이 세상 어딘가에 안치된 어떤 신비로운 정의가 마지못해 승인을 내리는 눈이었다. 그곳에만 두 사람의 정당성의 근거가 있고, 그 눈을 벗어나면 두 사람은 그저 현상 위를 떠다니는 시든 부초에 지나지 않으며, 두 사람의 결합은 결코 되살아나지 않는 과거의 환영에 사로잡힌 여자와 결코 오지 않을 미래의 환영에 집착하는 남자의 일시적인 무기질의 접촉이고, 용기 속 바둑돌이 서로 닿는 것과 비슷한 일일 뿐이었다.

그러자 이마니시는 옆 침실에, 이 방의 불빛이 닿지 않는 곳에 벌써 마키코가 가만히 앉아 기다리고 있을 것 같은 느낌이 들었다. 이 느낌은 점점 긴박해졌고 어떻게든 확인해야만 해서 이마니시는 일부러 엿보려고 일어섰는데, 쓰바키하라 부인이 조금도 나무라지 않았던 점을 보면 부인도 같은 기분이었던 것 같다. 엿본 다다미 네 장 반짜리 방에는 한구석의 쓰리도코[102]에 보라색 붓꽃이 날아가는 제비처럼 떠 있을 뿐이었다…….

* * *

일이 끝나자 늘 그러듯 두 사람은 각각 난잡한 자세를 취한 채 여자 친구들처럼 끝없는 수다에 빠졌다. 이마니시는 기세가 살아 마키코를 나쁘게 말했다.

"당신은 마키코 씨에게 보기 좋게 이용되고 있어요. 당신은 마키코 씨를 벗어나면 시인으로서 도저히 홀로 설 수 없다는 공포에 사로잡혀 있죠. 사실 지금까지는 그런 면이 없지 않았지만, 이제부터는 과감히 마키코 씨를 벗어나 독립해야지, 그러지 않으면 시인으로 대성할 가망이 없는 중요한 갈림길에 있음을 자각하셔야지요."

"하지만 우쭐해서 독립하면 내 시는 바로 발전을 멈출 것이 분명해."

"왜 그렇게 믿어 의심치 않는 건데요?"

"믿어 의심치 않는 게 아니라 사실이야. 운명이라고 말하면 될까."

이마니시는 그렇다면 지금까지 당신의 시는 '발전'해 왔느냐고 반문하고 싶었지만 그가 자라 온 유복한 환경이 그런 무례를 삼가게 했다. 게다가 그렇게 마키코와 부인 사이에 찬물

---

102   釣床. 다다미 바닥과 같은 높이로 만든 약식 도코노마.

을 끼얹는 말 자체가 이마니시의 진심이 아니었다. 부인도 그것을 잘 알고 대답하고 있다는 느낌이 들었다.

이윽고 부인은 시트를 끌어올려 목 주변까지 가려지도록 감고서, 어두운 천장을 바라보며 근작 시 한 편을 읊조렸다. 이마니시는 바로 비평했다.

"좋은 시지만 뭔가 작게 완성되고 일상 감각 속에 웅크리고 있어 우주 감각 같은 게 부족한 점이 신경 쓰이네요. 그 원인은 아마도 '푸름은 연못'이라는 마지막 구가 비약이 없고 개념적이어서라고 생각해요. 사생을 기초에 두고 있지 않잖아요."

"그렇지. 생각해 보면 당신이 말한 대로야. 시를 지은 그 자리에서 이렇게 혼나면 슬프지만, 열흘쯤 지나면 나도 그 점을 알게 돼. 하지만 마키코 씨는 이 시를 칭찬해 주셨어. 당신과 반대로 마지막 구가 좋다고 했지. '푸름은 연못'보다 '푸름이 연못'이 더 안정적이지 않느냐고 말씀해 주셨어."

쓰바키하라 부인은 하나의 권위를 다른 권위와 손바닥 위에서 마음껏 싸우게 하듯이 자부심으로 가득한 기분을 어조로 드러냈다. 그리고 기분 좋은 여세를 몰아 늘 이마니시를 기쁘게 하는 지인들에 대한 자세한 소문 이야기를 했다.

"요전에 게이코 씨를 만났는데 재미있는 이야기를 들었어."

"무슨 이야기요?"

이마니시는 재빨리 응하며 그때까지 엎드리고 있던 몸을 비틀어 길게 타 들어간 담뱃재를 부인이 가슴에 만 시트 위로 떨어뜨렸다.

새벽의 사원

"혼다 씨와 태국 공주님의 이야기야." 하고 쓰바키하라 부인은 말했다. "요전에 니노오카에 있는 별장으로 혼다 씨가 그 공주님하고, 공주님의 남자 친구이자 게이코 씨의 조카 가쓰미란 학생 두 사람을 몰래 데려갔대."

"세 사람이 같이 잤나요."

"혼다 씨는 그런 행동을 하지 않아. 조용하고 지적인 분이니 젊은 연인 둘을 중매해 줄 관대한 생각이었을 거야. 혼다 씨가 공주님을 귀여워하는 건 알려진 사실이지만 그렇게 나이 차가 많이 나서야 이야기를 나누기도 힘들지."

"그보다, 게이코 씨는 그 이야기에서 어떤 역할이었는데요?"

"그게 완전히 불똥이 엉뚱하게 튀었어. 게이코 씨는 마침 그때 니노오카의 자기 별장에 있었고 잭은 비번이라 그곳에 함께 묵고 있었는데, 새벽 3시 정도에 갑자기 문 두드리는 소리가 들리더니 공주님이 뛰어 들어오더래. 게이코 씨도 잭도 잠을 설치고, 아무리 사정을 물어봐도 공주님이 완고하게 입을 다물어 단념했대. 오늘 밤만 재워 달라고 해서 재워 주고, 아침에 혼다 씨 별장으로 연락해 보자 했대.

그랬는데 늦잠을 자 버려서 커피 한 잔만 마시고 캠프로 돌아가는 잭을 얼른 내보내 지프차에 타는 것을 문밖에서 배웅하는 참에, 반대편에서 새파랗게 질린 얼굴로 오는 혼다 씨를 만난 거야. 혼다 씨가 그렇게 혼란에 빠진 모습을 보는 건 처음이었다고 게이코 씨가 웃으면서 말하더군.

어차피 잉 찬을 찾는 중인 것은 알고 있으니 조금 놀려 주자는 기분으로 '음, 무슨 일이에요? 산책이라기에는 바빠 보이시네요.' 하고 물었대. 혼다 씨는 잉 찬이 실종됐다고 목소리까지 흥분해 말씀하셨대. 몇 마디 주고받으며 약 올리다가 이윽고 포기한 혼다 씨가 돌아가려고 하자 '사실 잉 찬이라면 우리 집에서 잤어요.' 하고 게이코 씨가 말했어. 그러자 그 예순에 가까운 혼다 씨가 얼굴을 약간 붉히더니 '정말입니까.' 하고 굉장히 기쁜 목소리로 말했다는 거야.

게이코 씨를 따라 게스트룸으로 올라가 아직 새근새근 자고 있는 공주님 얼굴을 보고 혼다 씨는 허탈해서 주저앉아 버렸어. 이런 소동의 와중에도 잉 찬은 전혀 깨지 않고 사랑스러운 입을 엷게 벌린 채 시커먼 머리에 뺨을 파묻고 긴 속눈썹을 덮고 계속 주무셨대. 바로 네다섯 시간 전에 뛰어들어 왔을 때의 무서울 정도로 허약한 모습은 벌써 사라지고, 순진한 활기가 뺨에 되돌아오고 잠자는 호흡도 규칙적이고, 얼마나 좋은 꿈을 꾸는지 자면서 어리광 부리듯 몸을 뒤척이더래."

새벽의 사원

38

혼다에게 월광 공주는 다시 부재하는 사람이 됐다. 달이 보이지 않는 장마가 나날이 이어졌다.

그날 아침 월광 공주의 자는 얼굴을 보고 잠을 깨우고 싶지 않아 게이코에게 뒷일을 부탁하고 도쿄로 돌아온 후, 혼다는 스스로가 부끄러워서 한동안 공주를 만나지 않았다. 또 공주 쪽에서도 연락이 없었다.

겉으로는 평온하고 무사한 이 시점에 리에는 질투를 하기 시작했다.

"요즘 태국 공주님은 연락이 없네요." 하는 말을 식사 중에 아무렇지 않게 꺼낸다. 말에는 냉소가 배었지만 눈은 열심히 탐색한다.

리에는 눈에 아무것도 비치지 않는 하얀 벽을 마주 보고 외려 자유자재로 상상의 그림을 그리기 시작했다.

혼다는 아침저녁으로 착실하게 이를 닦는 습관이 있었는데 문득 칫솔모가 닳기도 전에 칫솔이 빈번히 교체되는 것을 알아차렸다. 아마 리에가 신경 써서 같은 모양, 같은 색, 같은 경도의 칫솔을 사 두고 적당한 때에 교체하는 것일 텐데 그래도 너무 빈번하다. 사소한 일이지만 어느 날 아침 혼다는 리에에게 주의를 줬다. 그러자 리에는 "인색하네요, 인색해! 억만장자가 그런 말을 하다니, 이상하지 않아요?" 하고 더듬거리며 격하게 말했다. 왜 그러는지 알 수 없어서 혼다는 내버려 두었다.

나중에 알아차린 사실이 있다. 칫솔이 바뀌는 때는 혼다의 귀가가 약간 늦은 다음 날 아침으로, 리에는 전날 밤 혼다가 잠든 후에 몰래 칫솔을 바꾸는 것 같다. 다음 날 먼젓번 칫솔을 자세히 보며 립스틱 자국, 희미한 젊은 여자의 향기가 있는지 없는지를 빛나는 칫솔모 하나하나를 튕기며 뿌리까지 살살이 검사한 뒤 버리는 것 같다.

혼다도 때때로 잇몸에서 피가 날 때가 있다. 틀니를 할 나이는 아니지만 이뿌리가 흔들려 불평할 때가 있다. 그런 때 리에는 칫솔모 뿌리를 물들인 분홍색을 무엇이라고 생각할까.

이것들은 모두 억측을 벗어나지 않는데, 혼다는 리에가 억측에 져서 공기 중의 산소와 질소를 추출하여 어떤 화합물을 만드는 작업에 열중한 듯이 느껴질 때가 있었다. 나른하게 여가를 보내는 듯 보이면서도 눈과 오감은 바쁘게 움직인다. 늘 두통을 호소하면서도 유난히 꺾는 복도가 많은 낡은 집 안을 걷는 발걸음은 활기차다.

우연히 별장 이야기가 나와서 혼다가 그 별장은 처음부터

새벽의 사원

당신 신장의 요양을 위해 지었다고 말하자, 리에는 "혼자 오보스테산[103]에 가라는 말이에요?" 하고 곡해해 눈물을 흘렸다.

혼자 고텐바에서 자고 온 날부터 잉 찬의 이름을 일절 말하지 않은 남편에게서 연심의 징후를 알아차린 리에는 옳았다. 다만 리에의 오해는, 남편이 그때 이후로 잉 찬을 만나지 않았다고는 꿈에도 생각지 않고, 몰래 만나며 자신의 눈과 귀가 닿는 곳에서 잉 찬의 이름을 지우고 있다고 생각한 점이다.

이 정적은 보통 일이 아니었다. 그것은 추격자를 두려워하는 감정의 은신처에 도사린 가짜 정적과 다르지 않았다. 리에는 자신이 결코 초대받지 못할 작고 비밀스러운 연회가 지금 막 어딘가에서 열렸음을 직감했다.

도대체 무슨 일이 일어난 것일까.

혼다가 막 끝났다고 느끼는 참에 리에는 뭔가가 시작했다고 느꼈다는 점에서도 리에 쪽이 옳았다.

— 리에가 조금도 외출을 하지 않게 되어 혼다는 용건도 없이 외출하는 일이 잦아졌다. 몇 번이나 권해도 병을 핑계로 집에 틀어박혀 있는 리에와 얼굴을 마주하는 일이 괴로웠기 때문이다.

리에는 혼다가 집을 나가면 갑자기 활기차다. 원래라면 어디로 외출하는지 신경이 쓰이겠지만 혼다가 곁에 없으면 오히려 자신과 가장 친한 불안과 깊게 사귈 수 있다. 말하자면 질

---

103   姨捨山. 노인을 버렸다는 전설에서 비유적으로 사용되는 산의 이름.

투가 리에의 자유의 근거가 됐다.

사랑과 똑같아서 마음이 언제나 달라붙어 있고 집착한다. 기분 전환으로 붓글씨 연습을 해 보지만 저도 모르게 손이 '달그림자(月影)', '달이 비치는 산(月の山)' 등 달과 관련된 글자를 쓰고야 만다.

여자아이인데도 큰 유방을 가진 것에 대한 불쾌함과 꺼림칙함에 생각이 미치면 리에는 저도 모르게 쓴 '달이 비치는 산'이란 글자에서 달빛 아래 고요히 있는 유방 형태의 쌍둥이 산을 떠올렸다. 그것은 교토에서 본 나라비카오카(双ヶ丘) 언덕의 기억과 이어졌는데, 아무리 천진난만한 기억이라도 기억이 무언가를 파내는 것이 리에는 두려웠다. 그 나라비카오카를 본 것은 여학교 수학여행 중이었는데, 흰 여름 교복 아래로 땀이 찬 자신의 작은 유방이 미세하게 흔들리는 것을 느꼈던 기억을 떠올리면 몸이 뒤틀리는 듯한 기분이었다.

혼다는 리에의 아픈 몸을 고려하여 하인을 몇 명이라도 고용하고 싶었지만, 사람을 많이 두면 그만큼 잔걱정도 늘어난다는 이유로 리에는 부엌에 여자 하인만 두 명 두기로 했다. 그래도 여러 해 동안 애정을 가졌던 부엌일이 적어졌고 차가운 곳에 장시간 서 있는 것도 피해야 한다고 말려서 할 수 없이 리에는 자기 방에 앉아 바느질을 시작했다. 응접실 커튼이 오래돼서 다쓰무라[104]에 쇼소인[105]의 복제 천을 주문해 손수 새

---

104 竜村. 1984년에 교토에 설립된 미술 직물 제조사.
105 正倉院. 8세기~12세기의 나라·헤이안 시대에 중요 물품을 보관했던 관청의 창고에서 유래한 건축물로 많은 미술 공예품을 보관하고 있다.

새벽의 사원

커튼을 만들었다.

리에는 두꺼운 검은색 차광막 천을 정성껏 여기에 봉합했다. 작업하는 것을 본 혼다가 "전쟁 때도 아니고."라며 놀려서 더욱 고집이 생겼다. 리에는 내부의 등불 빛이 새는 것이 두려운 것이 아니다. 외부의 달빛이 새어 들어올까 봐 두려웠다.

리에는 남편이 없을 때 일기를 훔쳐 읽고 잉 찬의 이름이 적힌 곳을 어디에서도 찾을 수 없어 화가 치밀었다. 혼다는 젊을 때부터 자신에 대한 수치심 때문에 서정적인 내용은 전혀 일기에 적지 않는 성격이었다.

남편의 일기장에 더해 아주 오래된 일기장 한 권, '꿈 일기'라는 제목이 붙은 것을 발견했다. 마쓰가에 기요아키라는 이름이 쓰여 있다. 그 이름은 남편에게 들어 친숙하나 이런 일기가 있다고 남편이 말한 적도 없고 하물며 보는 것은 처음이다.

잠시 훑어본 뒤 그 황당무계한 내용에 놀라 주의 깊게 원래 자리로 돌려놓았다. 리에는 어떤 환상도 좋지 않았다. 자신을 치유할 수 있다고 생각하는 것은 사실뿐이었다.

서랍을 닫을 때 기모노의 소매가 끼인 것을 모르고 가려다가 멈칫하여 야쓰쿠치[106]의 틈새가 벌어질 때가 있다. 그런 마음의 경험이 여러 번 쌓이면 마음은 틈새투성이가 된다. 무언가에 완전히 사로잡혀 있는 듯하면서도 마음이 공허하고 멍하다.

비는 밤낮으로 계속 내렸다. 창밖으로 흠뻑 젖은 수국이

106　八ツ口. 기모노 소매의 겨드랑이에서 아래쪽 봉합하지 않은 부분.

보였다. 리에는 낮의 어둠에 뜬 그 둥근 연보랏빛 꽃의 공이 헤매는 자기 영혼처럼 느껴졌다.

이 세계 어딘가에 월광 공주가 있다는 생각만큼 참기 힘든 상념이 없었다. 그 때문에 세계는 금이 갔다.

리에는 이 나이가 되기까지 정념의 무서움을 거의 모르고 살아왔기 때문에 자기 안에 날뛰는 고독이 생겨난 것에 놀랐다. 이 불임 여성은 처음으로 기괴한 무언가를 낳았다.

— 리에는 이렇게 자기에게도 상상력이 있음을 알았다. 지금까지 한 번도 사용하지 않고 안온한 생활 한구석에서 오랫동안 녹슬었던 것이 필요에 의해 갑자기 깨끗이 닦였다. 어쨌든 필요에서 생겨난 것에는 필요의 고통이 따른다. 이 상상력에는 감미로운 데가 조금도 없었다.

만약 사실 위에서 날갯짓을 하는 상상력이라면 마음을 편안하게 펼쳤을 텐데, 사실에 무한히 다가가려는 상상력은 마음을 비열하게 하고 고갈시킨다. 하물며 그 '사실'이 없었던 것이라면 그 순간 모든 것이 헛되게 된다.

그러나 사실이 확실히 어딘가에 있다고 형사의 상상력을 펼친다면 자신을 좀먹지 않아도 된다. 리에의 상상력에는 두 가지가 동시에 있었다. 즉 사실이 확실히 어딘가에 있다는 기분과 그 사실이 없어졌으면 하는 기분. 이렇게 질투의 상상력은 자기 부정에 빠졌다. 상상력이 한편에서는 결코 상상력을 용인하지 않았다. 위산 과잉이 서서히 자기 위를 좀먹듯이 상상력이 그 상상력의 근원을 좀먹는 동안, 비명과 비슷한 구원의 소

새벽의 사원

망이 나타난다. 사실이 있다면, 사실만 있다면 자기는 구원받는 것이다! 공격법을 탐구한 끝에 이렇게 나타나는 구원의 소망은 자기 처벌의 욕망과 비슷해진다. 왜냐하면 그 사실은(만약 있다고 한다면) 자신을 타격하는 사실과 다름없기 때문이다.

하지만 바라서 얻은 처벌에는 당연히 부당한 처벌이라는 느낌이 뒤따른다. 왜 검사가 처형되어야 하는가. 그것은 일이 거꾸로 된 것 아닌가. 애타게 기다렸던 것이 이루어졌을 때는 만족의 기쁨 대신 억울하게 처벌받았다는 불만과 분노가 타오를 것이다. 아아, 화형의 뜨거운 불이 벌써부터 이 몸에 느껴진다. 그렇게 부당한 일이 일어나서는 안 된다. 그렇게 비교할 수 없는 극심한 고통에 몸이 노출되어서는 안 된다. 의심의 고통으로 이미 충분한데 왜 죽을 듯한 인식의 고통을 거기에 더해야 하는가?

사실을 구하면서도 결국에는 그것을 부정해 버리고 마는 기분. 사실을 부정하고 싶지만 결국에는 사실에 유일한 구원의 희망을 잇는 기분. 이런 기분은 원을 만들어 돌며 결코 끝나지 않는다. 산중에 길을 잃은 여행자가 앞으로 앞으로 나아가지만 어느새 다시 원래 자리로 돌아오고 말 듯이.

안개에 휩싸였다고 생각하면 한 곳에서만 기분 나쁠 정도로 사물의 형체가 뚜렷하게 떠오른다. 안개 속 빛줄기를 따라가면 거기에는 달이 아니라 달의 등이 반대편에 그림자를 드리우곤 한다.

리에는 하지만 하나부터 열까지 자성의 마음을 잃은 것은 아니었다. 자신의 이런 기분에 심히 질려서 그 초라함에 얼굴을 가리고 싶을 때도 있었는데 그것이 결코 자기 탓이 아니라고 생각하면, 지금 사랑받지 못하는 추한 자기를 만들어 버린 사람은 결국 남편인 것이고, 실은 남편이 리에를 사랑하고 싶지 않기 때문에 추한 존재로 바뀌었는지도 모른다. 그렇게 생각하면 가슴을 찌르는 증오가 샘물처럼 솟는 것 같다.

하지만 이런 기분에는, 설령 자기가 질투 때문에 추해지지 않았더라도 추해진 원인이 그 밖에도 많이 있기에 그대로였어도 더는 사랑받지 못한다는, 더 괴로운 사실을 회피하고 싶은 심정이 있었고, 증오해야 할 사람은 남편이지만 리에의 매력에서 일부러 몸을 돌릴 필요가 생긴 만큼, 일부러 리에를 사랑받지 못하는 존재로 만들 수밖에 없었다는 한 가지 용서할 만한 여지가 남아 있었다.

거울을 오랫동안 유심히 보는 일이 많아졌다. 귀밑머리는 정말이지 귀밑머리답게 잔뜩 미움으로 뺨을 가렸다. 리에의 얼굴에는 부종을 포함해 어느 하나 고의적이지 않은 것이 없었다.

예전에는 얼굴에 부종이 생겼음을 알면 두껍게 화장을 했다. 눈이 졸려 보이는 것을 원치 않아 눈썹먹을 약간 진하게 칠했고 분도 두껍게 발랐다. 젊은 시절 남편은 그런 리에의 얼굴을 달님이라고 부르며 놀렸다. 병을 야유해서 처음에는 화가 났지만 달님이라고 부른 날 밤에는 남편의 사랑도 특별히 세심해, 병이 더욱 사랑스럽게 보이게 만든다고 생각하면서 리에는 어느새 그 얼굴에 자부심을 가졌다. 하지만 지금 생각하면 젊은 시절부터 아내의 부종을 좋아하던 남편의 색정에는 어떤 미묘한 잔인함이 숨어 있었던 것 같다. 그런 날 밤에는 확실히 관계도 면밀했지만 리에에게 절대로 움직이지 말라고 명령했던 것을 보면 그 얼굴에서 며칠 지난 사체의 환영을 봤는지도 모른다.

하지만 지금 거울 속에서 보는 그 얼굴은 살아 있으면서도 황폐했다. 광택 없는 머리카락 아래로 딱딱한 악의가 둥그런 얼굴에 부채의 뼈대처럼 나타났다. 점점 여자의 얼굴이 아니게 되고, 여성스러운 곡선은 부종으로만 남아 있을 뿐이다. 그것도 낮달처럼 싸늘하고 부연, 권태로 가득한 곡선이었다.

지금 와서 화려한 화장은 패배일 뿐이기 때문에 할 수 없다. 하지만 추한 얼굴 또한 패배다. 지금 상태 그대로의 함몰을 어떻게 고칠까 하는 의욕도 없어서 함몰은 함몰대로, 추함은 추함대로 모래사장의 기복처럼 잠잠히 머물러 있다. 리에가 생각하기에 자기가 질투에서 도저히 벗어나지 못하는 것은 어쩌면 남편 때문이 아니라 자기 몸을 침구처럼 무겁게 감싼 커다란 성가심 때문인지도 몰랐다. 그것을 떨쳐 내리면 무서운 힘이 필요할 것 같아서 떨쳐 내지 않은 채 나태하게 있다. 하지만 나태함이라면 나태함대로 왜 그동안 순간의 안식조차 없었는가.

리에는 문득 결혼한 지 얼마 안 됐을 때 이 집의 2층에서 바라봤던 겨울 후지산의 아름다움을 떠올렸다. 시어머니 말을 듣고 2층 난도[107]로 신년 식사를 가지고 올라갔을 때였다.

---

107 納戸. 가재를 보관하는 방.

리에는 그때 빨간 다스키[108]를 묶었다.

리에는 비가 그치고 저녁 빛이 맑은 지금 후지산을 보며 마음을 개운하게 하고자 오랜만에 2층 난도로 올라갔다. 겹겹이 쌓인 이불 위로 올라가 불투명 유리 창문을 열었다. 전후의 하늘은 예전 하늘과 달리 빛났지만, 운모[109] 같은 흐릿함을 땅에 깔았다. 후지산은 보이지 않는다.

---

108 襷. 어깨에서 겨드랑이를 지나 등에서 엑스 자로 교차하게 묶어 옷소매를 고정하는 끈.
109 雲母. 화강암의 주된 광물.

39

·

……혼다는 소변이 보고 싶어 꿈에서 깼다.

갑자기 끊긴 꿈의 단면에 거스러미가 인다.

자신은 울타리가 연이은 작은 주택가 여기저기를 헤맸던 것 같다. 정원 선반에 분재를 놓거나 조개껍데기로 화원을 두른 집, 정원 전체가 축축하고 달팽이가 가득한 집, 툇마루 끝에 두 아이가 마주 앉아 설탕물을 마시며 모서리가 부서진 웨이퍼를 아껴 먹는 집. ……이제 도쿄에서는 흔적도 없이 타 없어진 한 구획이다. 울타리 사이에 낀 길이 막다른 곳이 되어 그 끝에 허름한 사립문이 있었다.

사립문을 열고 한 걸음 들어서자 고풍스럽고 찬란한 호텔의 앞뜰이 나타났다. 넓은 앞뜰에서 연회를 벌이고 있었고, 콜먼 수염[110]을 기른 지배인이 앞에 나와 혼다에게 정중하게 인사했다.

그때 연회 천막 안에서 눈부시고 비통한 나팔 소리가 들렸다. 그러자 발밑의 땅이 갈라지고 금색 의상을 입은 월광 공주가 금색 공작새의 날개를 타고 나타났다. 갈채를 보내는 사람들 머리 위를 공작새는 종소리 같은 날개 소리를 내며 날아다녔다.

금색 공작새의 몸통에 올라탄 월광 공주의 빛나는 갈색 허벅지를 모두 눈부시게 우러러보았다. 그러는 동안 월광 공주는 우러러보는 사람들 머리 위로 향기 진한 소변의 소나기를 퍼부었다.

왜 화장실에 가지 않고? 하고 혼다는 의아해했다. 이 어처구니없는 행동을 나무라야 한다. 화장실을 찾아 호텔 안으로 들어갔다.

떠들썩한 바깥과 반대로 호텔 안은 조용했다.

방은 전부 잠기지 않은 채 문이 약간 열려 있다. 혼다는 하나하나 열어 보고 어떤 방에도 사람이 없고 침대 위에 반드시 관이 놓여 있는 것을 보았다.

그것이 네가 찾고 있는 화장실이라는 목소리가 어딘가에서 들린다.

그는 소변을 참을 수가 없어 결국 한 방에 들어가 관 속에 소변을 보려고 했지만, 신성 모독을 범할까 두려워 그러지 못했다.

거기서 잠이 깼다.

110　영화배우 로널드 콜먼의 수염에서 따온 말로 짧은 콧수염을 가리킨다.

……이런 꿈은 소변을 자주 보는 노년의 애처로운 표상일 뿐이다. 하지만 화장실에서 침상으로 돌아와 잠이 맑게 깨 버린 혼다는 방금 꾼 꿈의 실을 다시 잇는 데 마음을 뺏겼다. 왜냐하면 거기에는 의심할 수 없는 행복이 있었기 때문이다.

그 찬란한 행복을 한 번 더 이어지는 꿈에서 맛보고 싶다고 혼다는 간절히 바랐다. 거기에는 거리낌 없는 기쁨의 눈부신 순진무구함이 넘쳐흘렀다. 그 기쁨이야말로 현실이었다. 한낱 꿈에 지나지 않는다 해도 혼다 인생에 결코 다시 일어나지 않을 어느 시간을 점령한 기쁨을 현실이라고 생각하지 않는다면 무엇이 현실일까.

우러러보는 하늘에 황금 공작새를 타고 날아가는 공작명왕의 화신을 혼다는 친화와 공감의 완전한 융화 속에서 포착했다. 잉 찬은 그의 것이었다.

— 다음 날 아침 눈을 뜨고 나서도 이 행복이 생생하게 온몸을 비추어 혼다는 기분이 좋았다.

물론 다시 잠들었을 때 꾼 꿈은 떠올릴 내용도 없을 만큼 막연해서 처음에 꾼 꿈의 행복의 편린도 없었다. 꿈의 눈더미 같은 그 퇴적을 뚫고 처음 꾼 꿈의 빛이 아침까지 기억에 남았다.

그날도 잉 찬의 부재를 지렛대 삼아 잉 찬을 생각하는 날이 되었다. 혼다는 일찍이 알지 못했던 소년기의 풋풋한 연심 비슷한 것이 쉰여덟 살인 자기 몸에 침투해 깜짝 놀랐다.

혼다가 사랑에 빠지는 일은 곰곰이 스스로를 돌이켜 보아도 이례적일 뿐 아니라 우습기까지 했다. 혼다는 마쓰가에 기요아키 옆에 있었기에 사랑은 어떤 인간이 해야 하는가를 잘 알았다.

그것은 외면의 관능적 매력과 내면의 정리되지 않음과 무지, 인식 능력의 부족이 맞물려서 타인을 환영으로 그려 낼 수 있는 인간의 특권이었다. 실로 무례한 특권. 혼다는 그런 인간과 정반대에 있는 인간임을 젊은 시절부터 잘 분별했다.

무지하기 때문에 역사에 관여하고 의지가 있기 때문에 역사에서 미끄러지는 인간의 여의치 않음을 철저히 봐 온 혼다는, 원하는 것을 손에 넣지 못하는 가장 큰 이유는 그것을 손에 넣고 싶다는 바람이라고 생각한다. 한 번도 바라지 않았기 때문에 3억 6천만 엔은 그의 것이 된 것이다.

그것이 그의 생각이었다. 원하는 것을 손에 넣지 못하는 이유가 결코 자신의 모자람이나 선천적 결점, 혹은 자신이 안고 있는 비운이라고 생각하지 않고 그것을 법칙화하고 보편화하는 일이 혼다의 천성이었으므로, 이제야 그 법칙의 뒷면을 파헤치는 시도를 시작했음은 이상하지 않다. 무엇이든 혼자 해내는 인간이었으므로 입법자와 탈법자를 겸하는 일쯤은 쉽게 할 수 있었다. 즉 자신이 바라는 것은 결코 손에 넣을 수 없는 것으로 한정할 것, 만약 손에 들어온다면 틀림없이 와해되므로 바라는 대상에 최대한 불가능성을 부여하고 조금이라도 거리를 두려고 노력할 것. ……말하자면 열렬한 무관심(Apathy)이라고 할 만한 것을 마음속에 간직할 것.

잉 찬에 대해서는 이 꽃잎 두꺼운 시암 장미를 신비화하는 작업은 고텐바에서의 하룻밤 만에 거의 완성됐다. 그것은 잉 찬을 결코 손이 닿지 않는(애초에 그의 손의 길이와 인식의 길이는 같았으므로), 결코 인식이 닿지 않는 곳으로 멀리 보내는 작업이었다. 봄으로써 얻는 쾌락도 볼 수 없는 영역이 전제돼야 가능하다. 인도에서 겪었던 그 같은 체험에서 이 세상 끝을 봐 버렸다고 느낀 혼다는, 사냥감을 인식의 손톱이 닿지 않는 영역으로 멀리 둠으로써, 양지에 누워 송진이 붙은 털을 핥고 있는 나태한 짐승의 욕심을 제 것으로 하고자 했다. 그런 나태한 짐승의 모습과 자기 몸을 닮게 하려고 했을 때, 혼다는 자기 몸을 신과 닮게 하려고 한 것이 아니었을까?

자기 몸의 욕망이 인식욕과 완전히 병행하고 겹치는 일은 매우 참기 힘든 사태였으므로 그 둘을 분리하지 않으면 사랑이 생겨날 여지가 없음을 혼다는 잘 알았다. 서로 엉킨 한 쌍의 흉하고 큰 나무 사이에서 어떻게 한 줄기 장미가 피어나겠는가. 사랑은 뻔뻔하게 뿌리를 늘어뜨린 그 나무들 어느 쪽에서도 기생 난초처럼 피어나선 안 되었다. 무서운 인식욕에서도, 쉰여덟 살의 썩은 내 나는 육욕에서도. ……잉 찬은 그의 인식욕 저편에 위치하고, 또 욕망의 불가능성하고만 관련돼야 했다.

부재야말로 그러기 위한 최상의 질료였다. 그렇지 않은가. 그것이야말로 그의 사랑의 유일하고 순수한 소재였다. 부재가 없으면 인식이란 이름의 야행성 짐승이 바로 눈을 번득이며 모든 것을 그 발톱과 이빨로 찢을 것이 뻔했다. 미지의 것을 덥석 물어 전부 낯익은 사체로 만들고, 그것을 사체 안치소로 보내 버리는 인식의 무섭고 지루한 질병을, 일찍이 인도가 한 번

치유해 주지 않았던가? 인도가, 또 바라나시가 가르쳐 준 것은 바로 인식의 끝의 끝으로 달아난 끝에 겨우 하나 남은 장미만은 인식의 눈을 모면하게 하므로 낯익게 꾸며, 먼지투성이 흑단 선반 깊숙이 자물쇠를 채워 숨겨야 한다는 사실이 아니었던가? 혼다는 그 작업을 했다. 스스로 자물쇠를 잠갔으므로 그것을 열지 않은 것은 그의 의지의 힘이었다.

옛날에 기요아키가 완전한 불가능에 매혹되어 불륜을 저지른 것과 반대로 혼다는 저지르지 않기 위해 불가능을 만들었다. 왜냐하면 혼다가 저지르면 아름다움은 더 이상 이 세상에 존재할 여지가 없어지기 때문이다.

…… 그날 아침의 상쾌함이 떠오른다. 잉 찬이 실종된 날 아침.

마음은 불안에 휩싸였지만 혼다는 어느 정도 그 불안을 즐겼다. 잉 찬이 방에 없음을 알고 나서도 곧바로 당황해서 가쓰미를 부르지는 않았다. 실종된 잉 찬이 남긴 향기를 방 여기저기에서 음미하는 데 열중했다.

쾌청한 아침이었고 침대는 흐트러진 채 내팽개쳐져 있었다. 그 시트의 미세한 주름에서도 잉 찬이 괴로움에 뜨거운 몸을 뒤척인 흔적이 엿보였다. 구겨진 이불 아래 숨겨진 곱슬머리 한 올을 혼다는 주웠다. 그것은 귀여운 한 마리 짐승이 괴로워한 흔적이 남은 둥지 같았다. 베개 움푹한 곳에 잉 찬의 투명한 타액 흔적이 없는지 혼다는 찾았다. 베개는 순진한 형태로 움푹했다.

그런 뒤 가쓰미에게 말하러 갔다.

가쓰미의 얼굴은 창백했다. 혼다는 자기가 전혀 놀라지 않았음을 숨기는 데 어려움이 없었다.

두 사람은 나뉘어 찾기로 했다.

그때 혼다가 잉 찬이 죽기를 꿈꾸지 않았다고 한다면 거짓말이다. 만일, 그런 일은 없겠지만, 죽음은 장마가 잠깐 갠 그날 아침 소용없어진 커피의 향기로운 냄새 안에도 떠돌고 있었다. 어떤 비극적인 일이 미세한 은빛 테두리처럼 아침을 감쌌다. 그것은 바로 혼다가 꿈꿨던 은총의 증거였다.

그럴 마음은 조금도 없이 그는 경찰에 신고해야 한다고 가쓰미에게 말하고, 가쓰미가 극히 경계 어린 표정을 짓는 것을 보고 즐거워했다.

우선 테라스로 나가 빗물이 고인 수영장 안을 들여다보았다. 파란 하늘이 비친 수영장에 혹시 잉 찬의 몸이 누워 있지는 않을지 혼다는 전율 속에 상상하면서, 이 현실 세계에서 비현실 세계로 거뜬히 넘어갈 만큼 지금 경계의 유리가 산산이 부서진 느낌이 들었다. 이 아침, 이 세상에는 무슨 일이든 일어날 수 있었다. 죽음도, 살인도, 자살도, 세계의 파멸마저도. 눈에 들어오는 밝고 신선한 풍경 속에서.

가쓰미와 함께 흠뻑 젖은 잔디밭 경사면을 따라 계곡 쪽으로 내려가면서, 혼다는 빠른 상상력으로 자신이 예전에 누렸던 사회적 명예가 신문을 장식한 자살 사건과 추문 덕에 소리내며 무너지는 장면을 떠올리고는 기쁨을 느꼈다. 하지만 그것은 바보 같은 과장이었다. 사건은 가쓰미와 잉 찬을 둘러싸고 일어났을 뿐, 세상의 그 누구도 혼다가 엿보기 구멍으로 보았음을 알지 못했기 때문이다.

오랜만에 후지산이 앞에 보였다. 그것은 이미 여름의 후지산이었다. 눈 치맛자락은 의외로 높이 들렸고, 아침 해를 받은 흙의 색은 비에 젖은 벽돌처럼 빛났다.

계곡도 보았다. 편백나무 숲도 보았다.

집 문을 나선 뒤 혼다는 게이코가 혹시 있을지 모르니 옆집에 가자고 가쓰미에게 권했으나, 가쓰미는 완강하게 거부하고 차를 타고 역으로 가서 주변 길을 걸어다니며 찾아보겠다고 나섰다. 그는 이모와 얼굴을 마주하는 것을 극도로 두려워했다.

그렇게 이른 아침에 게이코의 집을 방문하기는 꺼려졌지만 상황이 상황인 만큼 할 수 없다. 혼다는 벨을 눌렀다. 의외로 화장을 완전히 마치고 에메랄드빛 원피스에 카디건을 걸친 게이코가 나와 평상시와 다름없이 응대했다.

"안녕하세요. 잉 찬 때문에 왔지요? 오늘 아침 아직 어두울 때 집으로 뛰어 들어와서 잭 침대에서 자고 있어요. 잭이 없어서 다행이에요. 있으면 난리가 났을걸요. ……왠지 흥분한 것 같아서 샤르트뢰즈를 마시게 하고 재웠어요. 그리고 저는 완전히 잠이 깨 버려서 그대로 일어났죠. 그런 꼴이라니. ……그래도 무슨 일이 있었는지 한 마디도 묻지 않았어요. 사랑스러운 자는 얼굴이라도 보실래요?"

새벽의 사원

* * *

혼다는 아직 만나지 말자, 아직 만나지 말자, 하고 생각하며 인내심을 가졌다. 잉 찬은 물론이고 게이코에게서도 그 뒤로 어떤 연락도 없었다.

그는 자기 안의 진정한 광기가 싹트기를 기다렸다.

이성이 어떤 이유로 극도의 초조에 달했고, 마치 교겐 「여우 사냥」[111]의 늙은 여우가 함정의 위험을 충분히 알면서도 결국 미친 듯이 먹이로 뛰어들 듯이, 경험, 지식, 숙달, 노련함, 이성과 객관적 능력 그 모든 것이 무효가 될 뿐만 아니라 외려 그 모든 것의 집적이 다짜고짜 사람을 무분별로 몰아넣는 그 순간을 기다렸다.

소년이 자신의 성숙을 기다리듯이 쉰여덟 살 또한 자신이 무르익기를 기다려야 한다. 그것도 파국을 향해 무르익기를. 11월의 완전히 말라 버린 덤불 속에서 나무들은 모조리 낙엽 지고, 잡초는 시들고, 쓰러질 듯이 밝은 겨울 햇빛에 그곳이 하얗게 메마른 정토처럼 보일 때, 마른 덩굴 속에서 한 점 생생한 빨간색을 띤 쥐참외처럼 오로지 파국을 향해 홀로 무르익기를.

실제로 자기가 추구하는 것이 불 같은 무분별인지, 아니면

111　釣狐. 노가쿠에서 막간 희극인 교겐으로 올리는 극. 늙은 여우가 사냥꾼의 친척인 백장주라는 승려를 찾아가 여우의 무서운 집념을 말하며 사냥꾼이 여우 사냥을 멈추게 해 달라고 한다. 돌아오는 도중 밧줄에 달린 유부의 함정에 빠지지만 도망친다.

죽음인지, 혼다의 나이는 이를 구분하지 못하도록 만들었다. 어딘가 자기가 알지 못하는 곳에서 무언가가 천천히, 신중하게 준비되고 있었다. 그리고 이제 미래에 있는 단 한 가지 확실한 것은 죽음이다.

어느 날 마루노우치 빌딩 사무실에 가서 젊은 직원이 주위를 살피며 개인적인 통화를 하는 목소리를 들었을 때, 혼다는 격렬한 고독에 휩싸였다. 그것은 분명 여자에게서 온 전화였고 젊은 직원은 주위를 신경 쓰며 무심한 응대를 가장하고 있었는데, 혼다에게는 멀리 있는 그 여자의 정감 가득한 목소리가 생생하게 들리는 것 같았다.

아마 두 사람 사이에는 묵계가 있어 사무적 용어로 의사소통을 했을 것이다. 늘 사뿐한 머리 손질을 게을리하지 않는 청년, 나른한 눈빛과 불손한 입술이 그다지 변호사 사무소와 어울리지 않는 그 청년을 잘라 버리자는 계획이 혼다에게 떠올랐다.

도쿄에 있는 동안 점심 심사, 칵테일, 저녁 식사 초대로 바쁜 게이코를 전화로 붙잡기에는 오전 11시인 지금이 가장 좋은 시간이다. 젊은 직원의 통화를 들은 이후로 좁은 사무실에서 큰 목소리로 개인 전화를 걸기 어려운 구속감이 혼다에게 결단을 내리게 했다. 물건을 사러 간다고 말하고 사무실을 나왔다.

마루노우치 빌딩 1층 상점가는 전쟁 전의 도쿄가 남아 있는 몇 안 되는 곳 중 하나로 혼다는 여기서 넥타이 가게를 둘러보거나 종이 가게에서 서예 종이를 즐겨 사곤 했다. 누가 봐도 전쟁 이전 사람들인 노신사들이 비 온 뒤 특히 미끄러지기 쉬운 모자이크 바닥을 신중히 걸으며 뭔가 호주머니에 부담이 가지 않을 만한 물건을 찾고 있었다.

혼다는 빨간 공중전화에 달라붙어 게이코를 불렀다.

게이코는 늘 그러듯 좀체 전화를 받지 않았다. 집에 있는 것은 확실하므로 혼다는 게이코가 전화를 내팽개치고 거울 앞에 한가롭게 있는 뒷모습을, 특히 점심 식사 약속에 나가기 전 옷 고르기를 끝내고 슬립 차림으로 화장을 하는 풍만하고 건장한 등의 살을 상상했다.

"기다리게 해서 미안해요." 하고 전화를 받은 게이코가 유창하고 윤택한 목소리로 말했다. "정말 오랜만이네요. 별일 없고요?"

"별일은 없지만. 조만간 식사라도 같이 했으면 해서요."

"오, 친절하셔라. 하지만 정말로 만나고 싶은 사람은 제가 아니라 잉 찬이지요?"

혼다는 바로 말이 막혀서 게이코의 명령을 기다리는 기분이 됐다.

"그때는 정말 폐를 끼쳤네요. 그런데 저한테는 당연히 연락이 없는데, 당신은 만났나요?"

"아뇨, 그때가 마지막이에요. 무슨 일일까요? 시험이라도 있나."

"그분이 그다지 공부를 할 것처럼 보이지는 않는데요."

혼다는 굉장히 여유 있는 대화를 하는 자신에게 놀랐다.

"어쨌든 보고 싶은 거지요."라고 말한 게이코가 생각에 잠긴 듯 잠시 시간이 흘렀다. 그 시간도 중요한 무거운 시간이 아니라, 오전의 침실로 창밖에서 쏟아져 들어오는 빛의 띠 안에 하얀 분이 가득 날리는 느낌의 시간이었기에, 상대가 그럴 듯하게 꾸미는 사람이 아님을 아는 혼다는 마음을 놓고 기다렸다.

"하지만 한 가지 조건이 있을 거예요."

"조건이라니 무슨?"

"잉 찬은 저한테 도망 올 정도로 저를 완전히 신뢰해요. 그러니 제가 동석하는 조건으로 제가 부탁하면 절대로 거절하지 않을 거예요. 좋아요?"

"좋고 나쁘고가 아니에요. 그게 제가 부탁하고 싶었던 겁니다."

"원래는 두 사람만 만나게 해 드리고 싶었지만 당분간은요. ……그래서 답변은 어디로 드리면 되나요?"

"사무실로 해 주세요. 앞으로 매일 오전 중에는 반드시 사무실에 있을 테니까요."라고 말하고 혼다는 전화를 끊었다.

그 순간부터 세계는 변했다. 다음 한 시간, 다음 하루를 어떻게 기다릴 수 있는가, 하고 혼다는 생각했다. 그리고 마음속으로 한 가지 작은 내기를 했다. 만약 만날 때 잉 찬이 그 에메랄드 반지를 끼고 온다면 혼다를 용서한다는 표시가 틀림없고, 끼고 오지 않는다면 아직 화가 났다는 표시라고.

새벽의 사원

40

　

·

　

　게이코의 집은 아자부 고지대에 있었고 현관에서 깊숙이 들어가 차를 대는 저택이었다. 일찍이 게이코의 아버지가 영국 브라이튼의 추억을 위해 지은 건물로 프린스 리젠트 스타일[112]의 곡선이 외관을 장식했다. 6월 말 어느 더운 날 오후, 차를 마시자는 초대를 받아 이 저택으로 들어서면서 혼다는 다시금 전쟁 전 일본으로 돌아온 느낌을 받았다.

　태풍에 더해 뇌우까지 내리고, 장마철 중간의 급격한 휴식 기간에 여름 햇빛을 받은 앞뜰의 조용한 나무숲 사이에는 한 시대의 회상이 감돌고 있었다. 이제부터 애틋한 음악 속으로 들어간다고 혼다는 생각했다. 폐허 속에 고립돼 남아 있는 이

112　프린스 리젠트로 불린 영국 왕 조지 4세의 섭정기인 19세기 초반의 건축 양식.

런 유의 저택은 그 고립 때문에 더욱 특권적인 죄와 우수를 품었다. 마치 시대에서 남겨진 사상이 시대가 지나면서 갑자기 그 풍취를 더해 가듯이.

잉 찬과 재회할 수 있도록 부탁했는데 그 이야기는 하지 않고, 그저 '자택이 접수 해제[113]됐으므로 축하의 뜻으로 다회를 열고 싶다'는 공식적인 초대장이 와서 혼다는 꽃다발을 들고 훌쩍 나갔다. 접수 중에는 원래 집사의 집이었던 별채에서 어머니와 둘이 산 게이코는 지금까지 도쿄의 자택으로는 손님을 초대한 적이 없었다.

흰 장갑을 낀 급사가 혼다를 맞이했다. 원형 로비는 돔형 천장이었으며 로비 한쪽에는 학이 그려진 삼나무 문이, 다른 한쪽에는 2층으로 가는 대리석 나선형 계단이 이어져 있었다. 그 계단 중간의 어둑한 니치[114]에 청동 비너스가 고개를 숙이고 있었다.

가노파[115]화풍의 학 삼나무 문은 좌우 양쪽으로 반쯤 열려 거실로 들어가는 입구로 돼 있었다. 들어가니 아무도 없다.

거실은 줄지은 작은 창문으로 들어온 빛으로 밝았고, 유리창은 전부 고풍스럽게 모서리를 깎아 무지개색을 입혔다. 안

---

113 1945년 7월 포츠담 선언 이후 일본을 점령한 GHQ는 건물과 토지를 접수해 약 십 년 동안 연합국군의 각종 시설로 사용했다. 1951년 샌프란시스코 강화 조약 이후 접수 해제가 실시돼 이전 소유자와 임차인에게 반환됐다.
114 벽을 오목하게 파서 장식물을 설치하는 공간.
115 狩野派. 15세기부터 19세기까지 일본 회화의 주류 양식이었던 유파로 고전적이고 서정적인 그림이 특징이다.

새벽의 사원

쪽에 도코노마처럼 만든 벽에는 금 구름떼가 전면에 그려졌고, 가느다란 족자가 걸렸고, 모모야마식 격자무늬 천장에는 샹들리에가 늘어졌고, 작은 탁자와 의자도 모두 루이 15세 양식으로 된 찬란한 골동품이고, 하나하나가 그림이 모두 다른 자수가 놓인 의자 좌판은 연달아 이어지며 와토[116]의 「전원의 연회」 무늬를 이루었다.

둘러보는 혼다의 등 뒤로 익숙한 향수 향기가 나서 뒤돌아보니, 유행하는 두 겹 스커트로 된 명주 소재 녹갈색 애프터눈 드레스를 입은 게이코가 서 있었다.

"어때요, 보통 구닥다리가 아니죠?"

"이렇게 태연한 일본과 서양의 훌륭한 절충이 있을까요?"

"아버지 취미는 모두 이런 식이었어요. 잘도 깨끗하게 보존했다는 생각이 들지 않아요? 접수된 건 어쩔 수 없지만 저도 열심히 뛰어다니며 생판 모르는 사람이 지내면서 이 집을 망치지 않도록 쓸 수 있는 수는 다 썼어요. 결국 군에서 VIP 손님의 게스트 하우스로 쓴 덕에 이렇게 깨끗한 상태로 돌아왔지요. 이 집 구석구석까지 제 어린 시절 추억이 있어요. 오하이오 시골 사람 같은 이가 망쳐 놓지 않아서 다행이에요. 오늘은 그런 곳을 보여 주고 싶었어요."

"그래서, 다른 손님들은요?"

"다들 정원에 있어요. 덥지만 바람이 서늘하잖아요. 나가

---

116 Jean-Antoine Watteau. 1684~1721. 로코코 미술의 대표적 화가로 귀족 문화를 우아하고 화려하게 표현했다.

시지 않을래요?"

게이코는 잉 찬의 잉 자도 꺼내지 않았다.

방 한구석 문을 열자 정원으로 이어지는 판석 길이 나왔
다. 잔디밭에는 큰 나무의 그늘이 닿는 곳에 등나무 의자와
작은 테이블이 흩어져 있었다. 구름은 매우 아름답고, 여자들
의 옷 색깔은 초록 잔디밭 위에서 광채가 났으며, 모자의 꽃이
여기저기서 흔들렸다.

가까이 다가가니 대부분 노파였고 게다가 남자는 혼다 한
명뿐이다. 소개를 받으며 자기가 그곳에 어울리지 않는 느낌
이 들어 혼다는 내민 손들, 연분홍 살결에 기미가 있는 주름
투성이 손가락을 볼 때마다 악수하기를 주저했고, 그 손들의
퇴적이 자기 마음을 마치 커다란 말린 과일이 쌓인 선창처럼
어둑하게 만드는 것을 느꼈다.

서양 노파들은 등의 지퍼가 열린 것도 모르고 넓은 허리를
흔들고, 껄껄거리며 웃고, 움푹 들어간 찌를 듯한 날카로운 눈
속에 어디를 보는지 모를 파란색과 갈색 눈동자를 띠고, 발음
에 따라서는 편도선이 보일 정도로 어두운 입을 벌리고, 천박
할 정도로 대화에 몰두하고, 빨간 매니큐어를 바른 손톱으로
작고 얇은 샌드위치를 두세 점 움켜쥐어 먹었다. 그러고는 갑
자기 혼다를 향해 자기는 세 번 이혼했는데 일본인도 많이 이
혼하느냐고 물었다.

더위를 피해 나무숲을 가르는 그늘 길을 산책하는 손님들
의 화려한 옷 색깔도 나뭇잎 사이로 언뜻언뜻 보였다. 그중 두
세 명이 숲 입구에 모습을 드러냈다. 좌우로 서양 부인들에게

싸여 다가오는 사람은 잉 찬이었다.

혼다의 가슴은 발이 걸려 넘어진 듯 빠르게 뛰었다. 이거다, 이거다, 이 고동이 중요하다! 이 고동 덕분에 인생은 고체이기를 그만두고 액체가 되고 기체까지 되는 것인데, 이 일이 일어난 것만으로 혼다는 이미 득을 봤다. 각설탕은 이 고동의 순간에 홍차에 녹고, 모든 건물은 불안정해지고, 모든 교량은 엿처럼 흐물흐물해지고, 인생은 번개나 양귀비의 살랑거림이나 커튼의 흔들림과 동의어가 됐다. ……지극히 이기적인 만족과 숙취 같은 불쾌한 수치심이 서로 교차하며 혼다를 단숨에 꿈꾸는 기분에 빠뜨렸다.

혼다가 느낀 이중의 기쁨은, 키 큰 두 노부인 사이에 있는 잉 찬의 소매 없는 연분홍 원피스를 입은 어린 모습, 나무숲 그늘에서 나와 갑자기 햇빛을 받으며 흑요석 광택을 띤 검은 머리칼이 어깨까지 흘러내린 모습까지 그 모든 것이 곧바로 공주와 어렸을 때 갔던 방파인 별궁 나들이, 여관들이 시중들던 옛 모습을 떠올리게 했다는 사실이있다.

어느새 혼다 옆에 게이코가 서 있었다.

"어때요? 제가 약속을 정확히 지켰죠?" 하고 귓가에 대고 말했다.

혼다 안에 어린 여자에 대한 정이 생겨, 오로지 게이코에게 의지하고 부탁하지 않으면 이 자리를 견딜 수 없다는 공포가 일었다. 이 이해하기 어려운 공포를 향해 잉 찬은 한 걸음 한 걸음 미소를 띠고 다가왔다. 이쪽으로 오기 전에 공포를 진정시켜야 한다고 생각하는데, 다가올수록 공포는 커졌다. 뭔가 말하기도 전에 말문이 막혔다.

"당신은 태연하게 행동하면 돼요. 고텐바 일은 아무것도 말하지 않는 편이 좋아요." 게이코는 또 귓가에 속삭였다.

다행히 잉 찬은 잔디밭 중간에서 다른 여성이 말을 걸어 걸음을 멈추고 섰다. 아직 혼다는 알아보지 못한 것 같다. 불과 이삼 간 앞에 보이는 잉 찬은 아름다운 한 알의 오렌지처럼 조금만 손을 뻗으면 닿을 것 같은 시간의 가지에 매달려, 무르익어 관능적이고 짙은 향기를 생생하게 띠며 흔들렸다. 그 가슴, 그 다리, 그 미소 짓는 흰 이를 혼다는 하나하나 점검했다. 모든 것은 저 격렬한 여름 태양 아래에서 재배됐다. 그리고 그 내부는 분명 이가 시릴 정도로 차가울 것이다.

몇 개의 의자에 나눠 앉은 이 무리에 드디어 잉 찬이 합류했을 때 정말로 알아보지 못했는지 아니면 알아보지 못한 척을 하는 것인지 아직 모호한 그 얼굴을 향해 "혼다 씨예요." 하고 게이코가 재촉하듯 말하자 "아." 하고 혼다를 돌아본 그 얼굴에는 완전한 미소가 있었고 경직된 데가 조금도 없었다. 여름 햇빛 아래에서 보는 잉 찬의 얼굴은 다시 생기가 돌고, 입술도 평상시보다 훨씬 흐트러지고 풀어졌으며, 눈썹도 더욱 흘러내리고, 갈색이라기보다는 호박색으로 빛나는 얼굴에 크고 검은 눈동자가 또렷하다. 얼굴은 계절을 맞이했다. 여름이 잉 찬을, 마치 넓은 욕조에서 마음껏 몸을 풀 듯 편안히 쉬게 해 주었다. 그 자연스러운 온몸은 방자할 정도였다. 유방과 브래지어 사이가 난실처럼 물쿨 것을 상상하면 그 심오한 곳에 머물러 있는 여름을 알 수 있었다.

새벽의 사원

악수의 손을 뻗는 잉 찬의 눈에는 하지만 어떤 표정도 없었다. 혼다는 약간 떨리는 손으로 그 손을 잡았다. 손가락에 에메랄드 반지는 없었다. 자기 멋대로 한 내기지만 이 모습을 보자 자신이 정말로 바랐던 것은 내기에 지는 것이고 이렇게 서늘한 거절을 겪는 것임을 깨달았다. 왜냐하면 그 거절조차 이토록 기분 좋고, 뻔뻔하게 꿈꾸는 마음을 조금도 어지럽히지 않음에 혼다 자신도 놀랐기 때문이다.

잉 찬이 빈 홍차 찻잔을 들어서 혼다는 테이블에 손을 뻗어 앤티크 은색 찻주전자 손잡이를 건드렸는데, 그 은의 열기가 그를 망설이게 했다. 어쩌면 앞으로의 자기 행동이 불안정한 안개에 막혀, 손이 떨릴 뿐 아니라 어떤 심한 실수를 저지를지 모른다는 공포에 사로잡혔기 때문인지도 모른다. 바로 그때 흰 장갑을 낀 급사의 손이 뻗어 와 혼다의 걱정을 덜었다.

"여름이라 건강해 보이시네요." 하고 드디어 혼다가 말을 했다. 알지 못하는 사이에 말투가 정중해졌다.

"네. 여름을 좋아하거는요."

잉 찬은 부드러운 미소 속에 교과서 같은 대답을 했다.

주변의 노부인들이 흥을 돋으며 방금의 대화를 통역해 달라고 혼다에게 부탁했다. 혼다는 테이블 위 레몬 향과 노쇠하고 집요한 액취, 향수 섞인 냄새가 신경을 가늘게 간질이는 느낌을 받으며 통역을 했다. 노부인들은 의미도 없이 웃고, '나쓰(夏)'라는 일본어에서는 단정하는 듯한 더위가 느껴지니 아마 열대 지방에서 기원한 말일 것이라며 멋대로 추측했다.

잉 찬의 권태가 직접적으로 혼다에게 전해졌다. 주위를 둘러보니 게이코는 이미 자리를 뜨고 없었다. 잉 찬의 권태는 열띤 풀내 속에서 말 없는 동물이 슬프게 몸을 비비듯이 점점 커졌다. 이 직감은 혼다의 유일한 유대감이었고, 잉 찬은 가볍게 몸을 돌리며 미소 지으며 영어로 대답했는데, 점점 혼다는 잉 찬이 권태를 자신에게 전하고 싶은 것이 아닌가 하는 느낌이 들었다. 그것은 잉 찬의 묵직한 가슴 부근에서 흘러나와 날렵하고 아름다운 다리에 이르는, 여름의 나른함의 집적 그 자체인 살이 발산하는 일종의 음악으로, 여름 하늘을 날아가는 벌레들의 희미한 퍼덕임처럼 그 날개 소리가 높게 또는 낮게 끊임없이 혼다의 귓가에 맴도는 듯했다.

하지만 이것이 반드시 잉 찬이 파티에 질렸다는 의미는 아닐지도 모른다. 오히려 몸이 발산하는 권태의 기운이야말로 여름이 다시 생기 돌게 만든 잉 찬 본연의 모습일지도 모른다. 과연 잉 찬은 그 안에서 자유롭게 떠다녔다. 나무 그늘로 조금 물러나 노부인들에 둘러싸여 손에는 홍차 찻잔을 들고 '전하(Your Serene Highness),'라는 경칭으로 불리면서 활발히 이야기하던 잉 찬은 갑자기 신발 한쪽을 벗어 스타킹을 신은 뾰족한 발끝으로 다른 한쪽 정강이를 아무렇지 않은 얼굴로 잠시 동안 긁었다. 플라밍고처럼 절묘한 균형을 잡고 손에 든 홍차 찻잔을 완벽하게 수평으로 유지하며 접시에 한 방울도 흘리지 않고.

이 모습을 본 순간, 혼다는 용서받든 받지 못하든 잉 찬의 마음속으로 곧장 미끄러져 들어갈 수 있다는 자신감을 얻었다.

새벽의 사원

"지금 약간의 곡예를 봤어요." 하고 혼다는 대화의 틈을 타일본어로 비집고 들어갔다.

"무슨?"

잉 찬은 전혀 모르겠다는 눈으로 올려다보았다. 어떤 수수께끼를 냈을 때 수수께끼를 풀려는 노력은 전혀 하지 않고 수면에 갑자기 뜬 거품처럼 바로 "무슨?" 하고 되물을 때의 잉 찬의 입가만큼 사랑스러운 것은 없었다. 잉 찬은 이해하기 어려움을 전혀 개의치 않았으므로 이쪽도 그 용기를 가져야 했다. 혼다는 수첩 한 장을 찢어 연필로 쓴 작은 편지를 아까부터 준비해 두었다.

"낮이라도 좋으니 둘이서만 만날 수 있을까요. 단 한 시간이라도 좋으니. 오늘은 어때요? 여기로 와서……." 하고 혼다는 말했다.

잉 찬은 사람 눈을 능숙하게 피해 작은 종이를 햇빛에 비추어 보았다. 그 짧은 순간 사람 눈을 꺼린 기색이 혼다를 행복하게 했다.

"시간 있나요?"

"네."

"와 줄 거예요?"

"네."

잉 찬은 지나치게 명확한 '네'와 함께 그 대답을 바로 부드럽게 녹일 듯한 아름다운 미소를 지었다. 잉 찬에게 아무 생각도 없음은 명백했다.

애증이나 원한은 어디로 갈까. 열대 지방의 구름 그늘과 격

372

렬하게 쏟아지는 돌멩이 같은 소나기는 어디로 사라질까. 자신의 괴로움의 무효를 깨닫는 일은 어쩌다가 느끼는 행복의 무효를 깨달을 때보다 혼다의 마음에 와 닿았다.

— 주변에서 사라진 게이코는 두 손님을 맞아 혼다가 왔을 때와 마찬가지로 거실을 지나 정원으로 안내하는 중이었다. 두 여성 손님의 연두색과 남색의 아름다운 전통 의상을 멀리서 본 한 노부인이 앵무새처럼 딱딱하고 마른 혀를 츳츳 치며 감탄한 소리가 혼다를 그쪽으로 돌아보게 했다. 쓰바키하라 부인을 동반한 마키코였다.

잉 찬의 칠흑 같은 머리가 갑자기 바람에 휘날리는 모습을 넋 놓고 보고 있던 혼다는 때가 때였던 만큼, 두 사람의 도착이 유쾌하지는 않았다. 하지만 두 사람은 다가와 먼저 혼다에게 인사했고, 마키코는 "오늘 혼다 씨는 청일점이라 운이 좋네요." 하고 주변 노파들을 둘러보며 차갑게 말했다.

물론 이 두 사람은 차례차례 서양인들을 소개받고 사교적 대화를 나누기도 했지만, 틈날 때마다 혼다가 있는 곳으로 돌아와 일본어로 이야기하고 싶어 했다.

구름이 움직여 그 백발에 그림자가 깊게 드리워졌을 때 마키코는 이런 말을 했다.

"요전의 6월 25일 데모를 보셨어요?"

"아뇨. 신문으로만."

"저도 신문으로만 봤어요. 신주쿠에서 화염병을 던져 대서 경찰서도 불타고, 굉장했던 것 같지 않아요? 이 기세대로라면 언젠가 공산당 천하가 될 거예요."

"저는 그렇게 생각하지 않지만요."

"하지만 직접 만든 총까지 나오고 다달이 더 심해지는 것 같아요. 언젠가 도쿄 전체가 공산당과 조선인 때문에 불바다가 될지도 몰라요."

"그렇게 된다면 그렇게 되는 것이고, 할 수 없지 않습니까."

"그런 상태이니 오래 사시겠네요. 하지만 저는 요즘 세상을 보면 이사오 씨가 혹시 살아 있다면 어떻게 했을까, 하고 생각할 때가 많아요. 그래서 저는 '6월 25일 연작'이란 작품을 쓰기 시작했어요. 시를 쓸 수 없게 된 최악의 상황을 시로 쓰고 싶어서, 결코 시가 될 법하지 않은 것들을 찾다가 결국 여기에 부닥쳤지요."

"부닥치다니, 직접 보지는 않으셨잖아요."

"시인은 당신들보다 멀리 볼 수 있거든요."

마키코가 자작시에 대해 이렇게 솔직한 태도로 이야기하는 일은 드물었다. 하지만 이 솔직함은 말하자면 일종의 복선으로, 마키코는 주위를 둘러보더니 흘긋 혼다의 눈을 웃으며 보았다.

"언젠가 고텐바에서 크게 당황하셨다면서요."

"누구에게서 들으셨나요." 하고 혼다는 지금은 태연하게 반문했다.

"게이코 씨에게서요." 하고 마키코도 태연하게 그 이름을 말했다.

"……하지만 생각해 보면 아무리 위급한 상황이어도 밤중에 남의 집에 뛰어들어 부부 침실 문을 두드린 잉 찬의 배짱도

대단해요. 친절하게 맞이한 잭도 사람이 좋고요. 정말 좋은 환경에서 자란 매력 있는 미국인이에요."

혼다는 기억에 착오가 생겨 마음이 혼란스러웠다. 그날 아침 분명 게이코는 "잭이 없어서 다행이에요. 있으면 난리가 났을걸요." 하고 말했다. 그런데 마키코는 잭이 그 집에 묵고 있었던 듯이 말하는 것이다. 그렇다면 마키코가 잘못 전해 들었거나 게이코가 거짓말을 했거나 둘 중 하나여야 한다. 게이코 역시 그런 무의미한 거짓말을 할 수 있다는 발견은 혼다에게 은밀하고 작은 우월감을 주어, 그 발견을 흔쾌히 마키코와 나누기는 망설여졌고, 여성들의 소문에 휘말리는 우(愚)는 피하고 싶었다. 게다가 상대는 판사 앞에서 당당하게 거짓말을 했던 마키코다. 혼다는 결코 거짓말은 하지 않지만 때에 따라서는 눈앞 도랑에 쓰레기가 흘러가는 것을 보고도 넘어가듯, 하찮은 진실이 흘러가도 못 본 척하는 버릇이 있었다. 그것은 판사 시절부터 이어진 작은 나쁜 버릇이라고 해도 좋았다.

혼다가 화제를 바꾸려고 할 때 마키코의 비호를 구하는 듯한 몸짓으로 쓰바키하라 부인이 다가왔다.

잠시 못 본 사이에 수척해진 얼굴에 혼다는 놀랐다. 슬픈 표정 자체에 황폐함이 담겼고, 눈이 멍하고, 입술을 주황색 연지로 격하게 가득 바른 모습이 말할 수 없이 기괴한 느낌을 주었다.

마키코는 눈가에 웃음을 띤 채 이 제자의 희고 둥근 턱을 갑자기 손가락으로 만져 올리며 혼다에게 보이듯이 말했다.

"이분은 정말 저를 힘들게 했어요. 죽을 거야, 죽을 거야,

새벽의 사원

말하며 저를 위협했지요."

쓰바키하라 부인은 언제까지고 그렇게 계속 있고 싶은 듯 턱을 맡겼지만 마키코는 바로 손을 뗐다. 부인은 탁한 목소리로 이윽고 저녁 바람이 부는 잔디밭 위를 멀리 바라보며 딱히 혼다를 향하지 않고 이렇게 말했다.

"아니, 재능도 없이 언제까지고 살아 봤자 아무 소용이 없지요."

"재능 없는 사람이 모두 죽어야 한다면 일본 전체의 사람들이 죽어야 해요." 하고 마키코는 재미있다는 듯이 대답했다.

혼다는 이 대화를 오싹한 느낌으로 바라보았다.

41

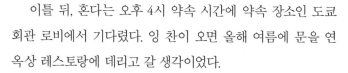

　　이틀 뒤, 혼다는 오후 4시 약속 시간에 약속 장소인 도쿄 회관 로비에서 기다렸다. 잉 찬이 오면 올해 여름에 문을 연 옥상 레스토랑에 데리고 갈 생각이었다.

　　가죽이 깔린 안락의자가 널찍하게 배치된 로비는 철한 신문이라도 얼굴 앞에 펼치고 있으면 사람을 기다리는 것을 속기에 좋았다. 혼다는 드디어 손에 넣은 하바나의 수제 몽테크리스토 담배 세 개비를 안주머니에 넣어 가지고 있었다. 이것을 피울 동안에는 잉 찬이 올 것이다. 한 가지 걱정은 여기 의자에 앉고 나서 창문이 어둑해진 탓에, 혹시 비가 내려 옥상이 젖으면 잉 찬과 그곳에서 식사를 못 하게 되지 않을까 하는 점이었다.

　　이렇게 또 쉰여덟 살 부자 남자가 태국 여자아이를 기다린다. 이렇게 생각하니 혼다는 겨우 불안에서 해방되어 자기 본

새벽의 사원

래의 일상생활로 돌아온 기분이 들었다. 그것은 일종의 항구
상태였으며 혼다는 천성적으로 배는 아니었다. '잉 찬을 기다
림'이라는 혼다의 유일한 존재 형태가 돌아왔다. 따라서 그것
은 거의 그의 정신 형태 그 자체였다.

　　돈을 많이 가지고 있고 나이가 들었고 단순한 남성의 쾌락
에는 관심도 없는 한 명의 남자. 이것은 완전히 성가신 물건으
로, 자기 권태를 지구와 맞바꿀 결심도 태연하게 하지만, 표면
은 얌전함의 덩어리로 오목한 일정 부분에 몸을 두기를 선호
하는 하나의 정신이었다. 역사나 시대에 대해서도 그랬고 기적
이나 혁명에 대해서도 그렇다. 양변기에 앉듯 심연에 뚜껑을
덮은 곳에 앉아 담배를 피우고 상대방의 의지에 맡기며 그저
기다리기만 할 때, 비로소 몽상은 뚜렷한 형태를 띠고 정체불
명의 행복을 희미하게 엿본다. 죽음은 이런 상태에서 행복으
로 이끌어 갈 수 있을까. …… 그렇다면 처음부터 잉 찬은 죽
음이지 않은가.

　　불안도 절망도 모두 모여 이쪽의 패 안에 준비되어 있다.
파란 조개의 나전처럼 수많은 걱정이 박힌, 검게 옻칠한 바탕
색 같은 기대의 시간…….

　　같은 층에 있는 움막 같은 '그릴 로시니'에서는 저녁 식사
시간에 맞춰 나이프, 포크를 놓는 챙그랑 소리가 들린다. 아직
급사의 손에 어지러이 섞인 은도금 나이프와 포크처럼 혼다
마음속 감정도 이성도 어지러이 섞였고, 어떤 계획(이성의 사악
한 경향!)도 없이 의지를 방기했다. 혼다가 인생 늘그막에 발견
한 쾌락은 그야말로 이 칠칠치 못한 인간 의지의 방기이며, 방

기한 동안은 젊은 시절부터 그렇게나 골치 아프게 했던 '역사에 관여하려는 의지'도 공중에 떠 버려 역사는 어딘가 허공에 매달렸다.

……그 역사 없는 어두운 시간의 아찔한 높이를 서커스 그네를 타는 여자아이가 하얀 타이츠를 빛내며 날아간다. 그것은 다름 아닌 잉 찬이었다.

— 창밖은 희미하게 어두워졌다. 가족을 동반한 손님들이 혼다의 귀 바로 옆에서 정신이 아득해질 정도로 긴 인사를 주고받았다. 약혼자로 보이는 사람들은 광인처럼 입을 꾹 다물고 있었다. 창문으로 가로수의 술렁거림이 보였지만 비는 오지 않는 것 같았다. 신문철의 나무 심이 굉장히 긴 정강이뼈처럼 혼다의 손에 닿았다. 담배를 세 개비 피웠다. 잉 찬은 오지 않았다.

* * *

결국 혼자서 내키지 않은 식사를 하고 혼다는 유학생 회관으로 갔지만 이는 조심성 없는 행동이었다.

아자부 한쪽에 있는 간소한 사 층짜리 건물, 거무스름한 피부에 날카로운 눈을 가진 청년 두세 명이 성긴 체크무늬 반소매 셔츠를 입고 인쇄가 조악한 어떤 동남아시아의 잡지를 읽고 있는 현관 로비에서, 혼다는 프런트에 있는 사람에게 잉 찬이 어디 있느냐고 물었다.

"여기 없어요." 하고 사무원은 반사적으로 대답했다. 혼다는 그 대답이 너무 빠르다는 불만을 느꼈다. 두세 번 문답을 하는 동안 문득 날카로운 눈의 청년들이 일제히 이쪽을 보고 있음을 알아차렸다. 밤 무더위 때문에 열대 지방의 작은 공항 대합실에 있는 느낌이 들었다.

"방 번호를 알려 주시겠어요?"

"규칙이라 알려 드릴 수 없습니다. 면회는 본인 승낙을 얻어야 이곳 로비에서 가능해요."

혼다가 포기하고 프런트에서 떨어지자 청년들은 일제히 잡지 페이지로 눈을 돌렸다. 꼰 다리의 맨발 발목에는 갈색 복사뼈가 가시처럼 날카롭게 튀어나와 있었다.

앞뜰은 자유롭게 거닐 수 있지만 인적이 없다. 혼다는 무더위에 창문을 연 3층 환한 방에서 기타를 연주하는 소리를 들었다. 기타라 해도 선율이 호궁과 비슷하고, 높은 목소리로 잔잔하게 부르는 노랫소리가 그 음악에 노란 담쟁이덩굴처럼 감긴다. 그 슬프고 끈끈한 목소리를 들으며 혼다는 잊지 못할 전쟁 직전 방콕의 밤을 떠올렸다.

어떻게든 몰래 들어가서 방을 하나하나 점검하고 싶었는데, 왜냐하면 혼다는 잉 찬이 방에 없다는 것을 결코 믿지 않았기 때문이다. 장마철의 찌든 땅거미 속 모든 곳에 잉 찬이 흩어져 있었다. 잉 찬의 기운은 유학생들이 손질한 듯한 앞뜰 화원의 밤에 노랗게 보이는 글라디올러스나 그 연보랏빛이 어둠 속에 섞인 수레국화 등이 풍기는 옅은 꽃향기 속에도 있었다. 가는 곳마다 떠도는 잉 찬의 미립자가 점점 굳어져서 형태를 이루고 있는지도 몰랐다. 희미한 모기 소리 속에서도 그런 예감이 들었다.

구석진 방이 많아 어두운 창문에 둘러싸인 3층에서 유독 밝게 레이스 커튼이 흔들려서 고상한 느낌을 받은 혼다는 그쪽을 바라봤다. 사람 그림자가 커튼 뒤에 서서 앞뜰을 내려다보고 있었다. 바람에 커튼이 흔들려 그 모습이 보였다. 그것은 슬립 차림으로 바람을 쐬는 잉 찬이었다. 자기도 모르게 창문 아래로 가까이 달려간 혼다가 외등의 빛을 받았다. 그때 확실히 혼다를 알아본 잉 찬이 놀란 기색을 보였고, 바로 방의 등이 꺼지더니 창문이 닫혔다.

혼다는 건물 구석에 몸을 기대고 오랫동안 기다렸다. 시간이 뚝뚝 떨어졌고 관자놀이에서 피가 일렁였다. 떨어지는 '시간'도 피 같았다. 콘크리트에 엷게 자란 파란 이끼에 뺨을 대고 그 이끼의 차가움으로 달아오른 늙은 뺨을 식혔다.

이윽고 3층 창문에서 뱀의 혀 소리 같은 마찰음이 들렸는데 창문을 조금 여는 소리 같았다. 혼다의 발밑에 하얗고 부드러운 뭔가가 떨어졌다.

손으로 주워 둥글게 말린 하얀 종이를 폈다. 그 안에는 손바닥 크기의 천이 들어 있었는데 무리하게 누른 듯 종이를 펴자마자 생물처럼 부풀어 올랐다. 혼다는 천 안쪽을 더듬었다. 금 야크샤가 수호하는 에메랄드 반지가 나왔다.

올려다본 창문은 다시 굳게 닫혔고 희미하게 새는 빛도 없었다.

새벽의 사원

유학생 회관을 나와 정신이 돌아오자 혼다는 여기서 게이코의 집까지 걸어서 2정(丁)도 되지 않음을 깨달았다. 누구를 몰래 만나는 데 집 차를 쓰지 않기로 했기 때문에 택시라도 잡으면 될 텐데, 아픈 등줄기와 허리를 채찍질해 걸어서 가는 고행을 스스로에게 부과했다. 설령 게이코가 집에 없어도 게이코의 집 문을 두드리지 않으면 도저히 이대로 집으로 돌아갈 수 없을 듯했다.

걸으면서 혼다는 만약 자신이 젊었다면 소리 높여 울면서 걸었을 것이라고 생각했다. 만약 젊었다면! 하지만 젊은 시절 혼다는 결코 울지 않았다. 눈물을 흘릴 시간에 이성을 움직이는 편이 자타에게 도움이 된다고 생각했던 유망한 청년이었다. 얼마나 달콤한 슬픔인가, 얼마나 서정적인 절망인가. 그렇게 느끼면서 그 느낌을 '만약 젊었다면'이라고 가정한 과거에만 허용한 혼다는 눈앞 감정에서 신빙성을 뿌리째 뽑아 버렸다. 만약 자기 나이에도 달콤함이 허용된다면! 하지만 지금도, 옛날에도, 자신에게 달콤함을 허용하지 않았던 것은 혼다의 천성으로, 그나마 가능한 것은 과거와 다른 자신을 꿈꾸는 일이었다. 어떻게 다른 자신을? 혼다가 기요아키나 이사오처럼 되는 일은 처음부터 완전히 불가능했다.

젊었다면 이렇게 되지 않았을 것이라는 상상력에 탐닉하는 것이 모든 나이에 상응하는 감정의 위험에서 혼다를 보호했음이 확실하다면, 반대로 현재 있는 그대로의 감정을 인정하지 않으려는 수치심은 그 극기했던 청춘의 먼 흔적일지도 모른다. 어쨌든 혼다가 소리 높여 울면서 걷는 일 따위는 옛날이나 지금이나 있을 수 없는 일이었다. 누가 보든 버버리 코트를 입고 보르살리노 중절모를 쓴 초로의 한 신사의 걸음은 변덕스러운 밤 산책자의 모습일 뿐이었다.

이렇게 불쾌한 자의식이 모든 감정을 간접 화법으로 말하게끔 지나치게 길들인 결과, 이제 자의식이 없어도 될 정도로 안전한 처지가 된 혼다는 어리석거나 파렴치한 모든 행동을 할 수 있었다. 혼다의 행동 하나하나를 따라간다면 '감정대로 움직이는 남자'라고 오해할지도 모른다. 지금 게이코의 집에 가려고 비가 내릴 듯한 밤길을 급하게 걷는 것도 바로 그 어리석은 행동 중 하나였다. 걸어가면서 혼다는 자기 목에 손을 집어넣어 심장을 꺼내고 싶은 기분이었다. 마치 조끼 주머니에 손가락을 집어넣어 회중시계를 끄집어내듯이.

*　*　*

이런 시각에 집에 없을 것 같았지만 게이코는 집에 있었다.

혼다는 바로 요전의 찬란한 거실로 안내됐다. 루이 15세 양식의 의자는 똑바른 등받이 때문에 편한 자세가 허용되지 않았고 혼다는 피곤해서 기절할 것 같았다.

삼나무 문은 요전처럼 반만 열려 있다. 밤중의 거실은 압도적인 샹들리에의 빛 때문에 적막이 두드러졌다. 그는 창문을 통해 정원 나무숲에서 떨어진 마을의 불빛을 보았지만 창

새벽의 사원

문까지 가서 그것을 살필 여력이 도무지 없었다. 땀으로 몸이 썩는 것 같은 너절한 더위를 참는 편이 나았다.

로비의 대리석 나선형 계단을 치맛자락이 끌릴 정도로 긴 화려한 무무[117]를 입고 내려오는 게이코의 발소리가 들렸다. 거실에 들어온 게이코는 손을 뒤로 하여 학이 그려진 삼나무 문을 닫았다. 검은 머리가 폭풍처럼 곤두섰다. 머리가 굴레를 벗어나 사방팔방으로 멋대로 부푼 만큼 평상시보다 화장이 옅은 그 얼굴은 유난히 작고 창백해 보였다. 게이코는 의자 사이를 돌아 금 구름떼를 그린 도코노마를 뒤에 두고 앉아서 코냑을 놓은 작은 탁자 너머로 혼다와 마주했다. 치맛자락 아래로 맨발에 신은, 열대 지방의 말린 과일이 대롱대롱 달린 실내 샌들이 보였고, 발톱에 칠해진 매니큐어는 무무의 검은 천에 흩뿌려진 커다란 히비스커스와 똑같이 붉은색이었다. 그럼에도 금 구름떼를 배경으로 방대하게 곤두선 검은 머리는 여전히 암울했다.

"미안해요, 이런 정신없는 머리로. 갑작스럽게 오셔서 머리까지 깜짝 놀랐지 뭐예요. 내일 세팅하려고 먼저 감아 버린 것이 운이 다했네요. 남자 분들은 모르는 어려움이죠. …… 그런데 무슨 일이에요? 얼굴색이 안 좋아요."

혼다는 간추려서 방금 일어났던 일을 이야기했지만, 구두 변론 같은 그 말투에 스스로도 염증이 났다. 자기에게 일어난 눈앞의 문제를 말할 때조차 논리적으로 얼개를 잡는 버릇에

---

117 화려한 색의 무명으로 만든 하와이 전통 의상.

서 벗어날 수 없었다. 혼다의 말은 사물에 질서를 세우는 데만 도움이 됐다. 이곳에 오면서까지 호소하고 싶었던 것은 말로 할 수 없는 외침이었을 텐데.

"뭐 서두르면 일을 그르친다는 견본이 될 법한 이야기네요. 저한테 맡기라고 그렇게나 말했는데. ……저도 몰라요. ……하지만 잉 찬도 상당히 실례되는 처사네요. 그런 면이 남쪽 나라의 방식인 걸까요. 하지만 당신이 그런 면에 빠졌던 것도 잘 알아요."

게이코는 코냑을 권하며, "그래서 저보고 어쩌란 건가요?" 하고 조금도 귀찮아하지 않고 독특한 나른함 같은 열의를 담아 말했다.

아까 꺼낸 반지를 장난으로 새끼손가락에 끼웠다 뺐다 하며 혼다는 말했다.

"이것을 당신이 잉 찬에게 돌려주며 꼭 받아 달라고 말씀해 주셨으면 해요. 이 반지가 그분 몸에서 떨어지면 그분과 내 과거가 영원히 단절될 것만 같아요."

아무 대답도 하지 않고 묵묵히 있는 게이코가 화를 내지는 않을까 혼다는 두려웠다. 게이코는 코냑 잔을 눈의 높이까지 든 다음 기리코[118] 유리의 곡선 면에 코냑이 찰랑인 여파가 투명한 점액질 구름을 그리며 서서히, 서서히 미끄러져 내려오는 움직임을 지켜보았다. 검고 숱 많은 머리 아래 그 커다란 눈동자는 독기 어려 보일 정도였다. 조소를 겉으로 드러내지

---

118 切子. 유리 표면에 홈을 파 무늬를 만드는 공예 기법.

않으려 노력하지만 그 표정이 극히 자연스럽게 진지해 짓밟은 개미를 바라보는 아이의 눈 같다고 혼다는 생각했다. 재촉하듯 거듭 말했다.

"그것만 부탁하고 싶어요. 그뿐이에요."

혼다는 이 사소한 과장의 극한에 어떤 내기를 했다. 아무리 바보 같은 일이라도 소홀히 하지 않는다는 일종의 윤리적 경향 말고 어디에 혼다의 쾌락이 있을까. 쓰레기통 같은 이 세상 속에서 혼다는 잉 찬을 주웠고 아직 손가락 하나 닿지 않은 여자아이 때문에 괴로워하고 있었다. 그는 이 어리석음을 높이 끌어올려, 자신의 성욕과 별의 궤도가 맞닿는 접점을 찾으려고 했다.

"그런 아이, 이제 내버려 두면 어때요?"

게이코가 드디어 입을 열었다. "요전에도 소문으로 들었는데, 무도회에서 어떤 품위 없는 학생한테 기대 뺨을 맞대며 춤을 추는 잉 찬을 봤다고 하더군요."

"내버려 두라고요? 그릴 수는 없어요. 내버려 두면 성숙을 허용하는 것 아닙니까."

"당신에게 그것을 허용하지 않을 권리가 있다는 말이네요. 그렇다면 그 아이가 처녀여선 안 된다는 요전의 마음은 어떻게 됐나요?"

"저는 단번에 그분을 성숙시켜 다른 사람으로 만들려고 했지만 실패했습니다. 당신의 얼간이 조카 때문에요."

"얼간이죠, 가쓰미는. 정말로."

게이코는 피식 웃고 나서 잔 반대편의 손톱을 샹들리에 빛에 비추어 보았다. 길고 뾰족한 빨간 매니큐어를 바른 손톱은 기리코를 투과한 안쪽에서 보자 작고 신비로운 일출 같았다.

"해가 떴어요, 봐요." 하고 혼다에게 보여 줄 만큼 게이코는 취했다.

"잔인한 일출이네요." 하고 혼다는 마음과 다른 말을 중얼거리며 흉함과 비상식의 안개가 이 지나치게 밝은 방에서 한 치 앞도 보이지 않게 하길 간절히 바랐다.

"아까 이야기 말이죠, 만약 제가 단호히 거절하면 어떻게 돼요?"

"제 노후가 암흑이 돼요."

"과장된 말씀을 하시네요."

게이코는 잔을 탁자에 내려놓고 잠시 생각했다. 왜 나는 언제나 사람을 돕는 역할을 하는 걸까요, 하고 입속으로 중얼거렸다. 이윽고 이렇게 말했다.

"마음 깊은 곳에 있는 진짜 문제는 언제나 유치하죠. 사람이 한번 이러고 싶다고 생각하면, 한 장의 잘못 인쇄된 우표를 찾으러 아프리카 탐험까지 가요."

"저는 잉 찬을 사랑한다고 생각해요."

"와." 하고 게이코는 거짓말만 한다는 눈빛으로 껄껄 웃었다.

게이코가 그다음에 한 말에는 결연한 데가 있었다.

"알았어요. 지금 당신은 어떤 오싹할 정도로 바보 같은 행동을 할 필요가 있어요. 예를 들면." 하고 무무 치맛자락을 가볍게 올렸다. "예를 들면, 저의 이 발등에 입 맞춰 보시면요? 분명 그걸로 마음이 개운해질 거예요. 조금도 사랑하지 않는

새벽의 사원

여자의 발등을 뚫어지게 쳐다보신다면요. 하지만 제 발의 아름다운 정맥은 유명해요. 걱정 마세요. 목욕하고 깨끗이 닦았으니까. 몸에 해로울 건 없을 거예요."

"아까 한 부탁을 들어 주신다는 교환 조건이라면 기꺼이 이 자리에서 그렇게 하지요."

"그럼, 해 보세요. 당신의 자존심 역사상 한 번쯤 이런 일을 해 봐도 되잖아요. 그러면 훌륭한 역사가 더 돋보일 거예요."

게이코는 분명 교육자의 정열에 사로잡혔다. 휘황찬란한 샹들리에 바로 아래 섰다. 심하게 곤두선 머리를 귀찮다는 듯 양손으로 눌러 놓아서 머리카락이 코끼리 귀처럼 양쪽에서 크게 펄럭였다.

혼다는 웃으려고 했지만 웃을 수 없었다. 주위를 둘러보고 천천히 허리를 굽혔다. 허리의 통증이 급격히 커져서 웅크리고, 과감히 카펫 위에 엎드렸다.

그렇게 보는 게이코의 샌들은 존귀한 제구(祭具) 같았는데, 힘주어 밟고 있는 다섯 발가락의 붉은 매니큐어 위로 비스듬히 달린 적갈색, 갈색, 보라색, 하얀색의 말린 과일들이 엄숙하게, 약간 힘줄이 당겨진 예민한 발등을 보호하고 있었다. 혼다가 입술을 가까이 가져가려 하자 샌들을 신은 발이 교활하게 뒤로 빠졌다. 결국 히비스커스 꽃무늬 치맛자락을 올려 그 안으로 머리를 집어넣지 않으면 입술이 발등에 닿을 수 없었다. 헤치고 들어간 무무 속에는 희미한 향기와 온기가 어려 있었다. 갑자기 혼다는 다른 낯선 나라로 들어갔다. 발등에 입 맞추고 눈을 드니 빛은 전부 히비스커스 꽃들을 통과한 어두운 붉은색에, 두 개의 희고 아름다운 기둥이 미세한 정맥의 얼룩을 보이며 높이 솟았고, 아득한 하늘에는 작고 새까만 태양이 검은 빛줄기를 흩뜨리며 걸려 있었다.

혼다는 몸을 비키며 겨우 일어섰다.

"네. 확실하게 했습니다."

"약속은 지키죠."

게이코는 반지를 받고 나이에 어울리는 침착한 미소를 지으며 말했다.

새벽의 사원

42

"뭐해요?"

한참 동안 아침 식사를 하러 식탁에 오지 않는 남편을 리에가 집 안에서 재촉했다.

"후지산을 보고 있어요."

테라스에서 혼다가 대답했다. 목소리는 여전히 실내를 향하지 않고 정원 서쪽 끝의 정자 너머 후지산을 향했다.

여름날 아침 6시, 후지산은 포도주색으로 물들고 윤곽도 흐릿했지만 8부 능선 근처에 한 점, 축제 중에 어린아이의 콧대에 칠한 하얀 분처럼 붓으로 한 번 칠한 구름이 있었다.

아침 식사가 끝나자 혼다는 다시 눈부신 아침 하늘 아래로 반바지와 폴로셔츠만 입고 나가 수영장 옆에 몸을 뉘인 후 가득 찬 물을 장난삼아 손으로 펐다.

"뭐해요?" 하고 아침 식사 정리를 하던 리에가 다시 불렀다. 이번에는 대답이 없었다.

리에는 창밖으로 쉰여덟 살 남편의 광기 어린 작태를 노려 보았다. 무엇보다 그 옷차림이 마음에 들지 않는다. 적어도 법에 종사하는 사람이 반바지 따위를 입으면 안 된다. 그 아래로 노쇠하고 탄력 없는 하얀 다리가 비어져 나왔다. 셔츠도 마음에 들지 않는다. 젊고 건장함이 넘치는 육체도 아니면서 폴로셔츠를 입은 탓에 셔츠의 소매도 등도 해조를 입은 것처럼 축늘어졌다. 남편이 어디까지 어울리지 않는 짓을 할지 리에는 반대로 흥미를 가지고 보게 됐다. 자기 감각 전체에 생긴 비늘을 거꾸로 쓰다듬는 듯한 일종의 쾌감.

— 리에가 포기하고 실내 깊숙이 돌아간 것을 등 뒤로 느낀 혼다는 아침 수영장에 비치는 풍경의 아름다움에 마음껏 도취했다.

편백나무에서 매미가 울기 시작했다. 혼다는 눈을 들었다. 아까 그렇게나 취한 듯한 색깔을 띠던 후지산은 8시인 지금 전체가 가지색이 됐고 산기슭 쪽의 흐릿한 연두색 안에 희박한 숲과 촌락이 떠 있었다. 이렇게 진한 남색의 여름 후지산을 보면서 혼다는 자기 혼자 즐기는 작은 장난을 발견했다. 그것은 한여름 속에서 한겨울의 후지산을 보는 비법이다. 진한 남색 후지산을 잠시 보다가 갑자기 바로 옆에 있는 푸른 하늘로 눈을 옮기면 눈의 잔상이 새하얗게 변해 순간 시로무쿠[119]를 입은 후지산이 푸른 하늘에 떠오른다.

---

119 白無垢. 위아래가 흰색인 전통 혼례 의상.

어느 사이에 이 환영을 나타내는 법을 터득한 후 혼다는 후지산이 두 개라고 믿게 됐다. 여름 후지산 옆에는 언제나 겨울 후지산이, 현상 옆에는 언제나 순백의 본질이.

수영장 안으로 눈을 돌리니 수면에 하코네가 가득 비친다. 초록으로 덮인 산괴의 여름은 숨 막힐 듯 덥다. 물의 하늘을 작은 새들이 날아가고 모이 주는 곳에는 나이 든 꾀꼬리가 찾아왔다.

그렇다. 어제는 정자 옆에서 뱀을 죽였다. 2척 정도 되는 줄무늬뱀이었는데 오늘 손님을 위협하는 사태가 발생하지 않도록 돌로 그 머리를 쳐서 죽였다. 이 작은 살육 때문에 혼다에게 어제는 하루 종일 충실한 날이었다. 마음속에 검푸른 강철 스프링이, 죽음에 맞서는 뱀이 몸부림치는 뜨거운 몸의 잔상으로 남았다. 자신도 무언가를 죽일 수 있다는 느낌이 암울한 활력을 키웠다.

그리고 수영장. 다시 혼다는 손을 뻗어 수면을 휘저었다. 여름 구름이 불투명 유리의 파편처럼 됐다. 완성된 지 엿새가 되어 가지만 아직 여기서 수영한 사람은 아무도 없다. 혼다도 리에와 함께 사흘 전에 이곳에 왔지만 물이 차다는 평계로 한 번도 들어가지 않았다.

오로지 잉 찬의 나체를 보기 위해 만든 수영장. 다른 목적은 아무것도 중요하지 않다.

멀리서 못질하는 소리가 들려왔다. 옆 게이코의 집이 보수 공사를 하는 중이다. 도쿄 저택이 접수 해제된 이후로 게이코는 고텐바에 뜸하게 왔고 잭과의 관계도 어쩐지 식은 듯했는

데, 혼다의 새집에 경쟁심이 싹터 거의 신축과 다름없는 대공
사를 시작했다. 여름 동안은 도저히 머무를 수 있을 만큼 완
공되지 않을 듯하니 올여름은 가루이자와에서 보낼 예정이라
고 게이코는 말했다.

혼다는 수영장 옆에서 몸을 일으켜 점점 강해지는 햇빛을
피해 테이블 위로 튀어나온 비치파라솔을 간신히 펼치고 그
늘진 의자에 앉아 다시 수영장 수면을 바라봤다.

아침 커피가 후두부가 마비된 듯한 각성을 느끼게 했다. 9미
터 폭에 25미터 길이의 수영장 물밑에 표시된 하얀 선이 파란
페인트의 출렁임 속에서 먼 젊은 날 운동 경기의 부속품이었
던 석회질의 하얀 선과 살로메틸[120]의 박하 향을 떠올리게 했
다. 모든 것에 하얗고 청결한 선이 반듯하고 기하학적으로 그
어졌고, 거기서 모든 것이 시작하고 모든 것이 끝났다. 하지만
그것은 거짓 추억이었다. 혼다의 청춘은 경기장 따위와 아무
런 연관도 없었기 때문이다.

하얀 선은 오히려 밤의 차도 중앙에 그어진 선을 떠올리게
한다. 그는 갑자기 밤의 공원에서 늘 지팡이를 짚고 걸었던 체
구 작은 노인을 상기했다. 한번은 자동차 헤드라이트가 눈부
시게 스쳐 지나가는 보도에서 맞닥뜨렸다. 노인은 가슴을 펴
고 상아 손잡이가 달린 지팡이를 팔에 걸고, 그대로는 팔에
건 지팡이가 땅에 끌리니 구부린 팔의 팔꿈치를 부자연스럽

---

120 살리실산을 주재료로 만든 피부약 상품명. 근육통 완화 등의 효과가
있다.

게 세워 한층 거만한 자세로 걷고 있었다. 보도 한쪽은 향기로운 5월의 숲이었다. 체구 작은 노인은 명백히 퇴역 군인처럼 보였고, 지금은 폐물이 된 훈장을 소중히 옷 안주머니에 숨긴 듯하였다.

두 번째는 숲의 어둠 속에서 마주쳤다. 게다가 지팡이의 용도를 가까이에서 봤다.

보통 남녀가 숲에서 대화할 때는 여자의 등을 나무에 밀어붙이고 남자가 포옹을 한다. 그 반대는 좀처럼 보이지 않는다. 젊은 남녀가 선 자세로 나무 그늘에 다가오자 체구 작은 노인은 그 나무줄기 뒤편에 붙었고, 마침 혼다가 보는 곳에서 그리 멀지 않은 어둠 속에서 지팡이의 U자형 상아 손잡이 부분이 나무줄기 뒤편에서 매우 천천히 나왔다. 혼다는 주의 깊게 응시하며 어둠 속에 떠오른 하얀 형체를 보았는데 그것이 상아 손잡이임을 안 순간 그 주인도 바로 알았다. 여자의 두 손은 남자의 목을 감았고 남자의 두 팔은 여자의 등을 안았다. 멀리서 비치는 자동차 헤드라이트에 남자 뒷머리의 기름기가 빛났다. 지팡이의 하얀 상아 손잡이는 잠시 어둠 속을 떠돌았다. 드디어 결정한 듯이 U자 부분이 여자의 스커트 자락에 걸렸다. 한번 걸리자 지팡이는 극히 익숙한 속도로 스커트를 허리 부근까지 단숨에 올렸다. 여자의 하얀 허벅지가 드러났지만 차가운 상아가 피부에 닿아 들키는 실수는 하지 않았다.

여자는 작은 목소리로 "안 돼, 안 돼."라고 말하고 마지막에는 "추워."라고 말했는데 열중한 남자는 대답도 하지 않고, 여자는 여자대로 남자의 두 팔 모두 자기 등을 안는 데 열중하고 있음을 알아차리지 못한 것 같았다.

……이 지극히 냉소적인 모독의 장난, 이 굉장히 헌신적이고 사심 없는 협력을 떠올릴 때마다 혼다는 입가에 미소를 띠었는데, 언젠가 마쓰야 PX 입구 앞에서 한낮에 말을 걸었던 남자의 존재가 생각나 사소한 유머마저 어떤 냉랭한 불안 속에 뒤섞여 버렸다. 자신의 진지한 쾌락이 어떤 사람들의 혐오감을 불러일으킨다는 이유만으로 이십사 시간 그 혐오감을 받아야 하는 것, 그뿐 아니라 혐오감 자체가 언젠가는 그 쾌락의 불가결한 요소가 되는 것보다 어처구니없는 일이 있을까.

소름 끼칠 정도의 자기혐오가 가장 달콤한 유혹과 하나가 되어, 자기 존재의 부정은 결코 치유되지 않는다는 불사의 관념과 결합된다. 존재의 치유 불가능이야말로 불사라는 감각의 유일한 실질이었다.

그는 다시 수영장 옆으로 가 등을 구부리고 흔들리는 물을 쥐었다. 이것이 그가 인생 말년에 쥔 부의 감촉이었다. 숙인 목덜미에 쏘는 듯한 여름 태양을 느꼈을 때 그는 일생 동안 쉰여덟 번 되풀이된 여름의 엄청난 악의와 조소의 화살을 맞은 듯했다. 그렇게 불행한 인생도 아니고 모든 것은 이성의 노를 따라 파멸의 암초를 교묘하게 피했으며 행복한 시간이 없었다고 하면 과장일 뿐이지만, 그래도 얼마나 지루한 항해였는가. 오히려 과장을 범해 자기 인생은 암흑이었다고 말하는 편이 거짓 없는 감각에 부합한다.

자기 인생이 암흑이었다고 선언하는 일은 인생에 대한 어떤 절실한 우정이라는 생각마저 든다. 당신과의 교유에는 어

새벽의 사원

떤 결실도 없고 어떤 환희도 없었다. 당신은 내가 부탁하지도 않았는데 집요한 교우를 밀어붙이며 '산다'라는 터무니없는 줄타기를 강요했다. 도취를 절약하게 하고, 과잉으로 소유하게 하고, 정의를 폐휴지로 바꾸고, 이치를 가재도구 값으로 바꾸고, 아름다움을 참으로 수치스러운 양상으로 밀어 넣어 버렸다. 인생은 정통성을 유배 보내고, 이단을 병원에 넣고, 인간성을 우매함으로 떨어뜨리는 데 큰 공헌을 했다. 그것은 농분[121] 위 피고름이 묻은 더러운 붕대 뭉치였다. 즉 불치의 환자들인 늙은이도, 젊은이도 똑같은 고통의 비명을 지르게 하며 나날이 교환하는 마음의 붕대.

그는 이 산지의 눈부신 푸른 하늘 어딘가에 이렇게 나날이 허무한 치료를 하며 거친 업무에 종사하는, 하얗고 웅장한 간호사들의 거대하고 부드러운 손이 숨겨져 있다고 느꼈다. 그 손은 그를 부드럽게 만지고, 또 그에게 살아가라고 북돋았다. 오토메 고개 위 하늘에 걸린 흰 구름은 위선적일 정도로 위생적인, 희고 새롭고 눈부신 붕대의 신란이었다.

다른 사람이 본다면? 혼다는 자신이 충분히 객관적인 시야를 가질 수 있는 인간임을 알았다. 다른 사람이 본다면 혼다는 가장 부유한 변호사이고 유유히 여생을 즐길 수 있는 환경에 있으며, 그것 또한 오랜 판사와 변호사 생활에서 불공정한 처사 하나 없이 공정하고 깨끗한 정의를 완수한 데 대한 보

---

121 膿盆. 고름이나 수술로 적출한 장기 조직 등을 놓는 콩 모양의 의료용 접시.

상이므로 누구 하나 부러워할지언정 비난할 수 없는 입장이었다. 그것은 시민사회가 때때로 시민적 인내에 부여하는 뒤늦은 보상 중 하나였다. 지금 와서 설령 혼다의 작은 악덕이 드러나도 모두 흔히 있는 죄 없는 악덕으로 여기며 미소 짓고 용서할 것이 틀림없다. 요컨대 세상눈으로 보면 혼다는 '모든 것을 가졌다'. 다만 아이를 빼고.

양자라도 들일까, 하고 부부끼리 일찍이 대화를 나눈 적도 있고 그러라는 권유를 받은 적도 있다. 리에는 이 이야기를 하고 싶지 않아 했고, 혼다도 재산을 얻은 뒤로 관심이 옅어졌다. 돈을 노리고 다가오는 타인이 무서웠기 때문이다.

— 집 안에서 이야기 소리가 들렸다.

이런 아침에 손님이 왔나 싶어 귀를 기울였지만 리에와 운전기사 마쓰도가 이야기하는 것이었다. 이윽고 두 사람이 테라스로 나왔고 잔디밭의 기복을 멀리 바라보며 리에가 이렇게 말했다.

"보세요. 저쪽이 울퉁불퉁해요. 정자로 올라가는 경사면이 후지산을 보기에 가장 좋은 곳인데 잔디밭을 저렇게 깎아 놓으면 창피하지요. 왕자님도 와서 보실 텐데."

"네. 다시 깎을까요?"

"그렇게 해 주세요."

혼다보다 한 살 위인 운전기사는 테라스 바깥쪽 원예 도구 등을 넣어 놓는 작은 창고로 잔디깎이를 가지러 갔다. 혼다는 마쓰도가 그렇게 마음에 들지는 않았다. 그저 전쟁 때부터 계속 관청의 운전기사로 일했다는 이력을 높이 샀다.

심하게 느린 말, 약간 거만한 말투, 일상생활에서도 안전 운전에 철저한 이 남자의 결코 꿈쩍하지 않는 태도가 짜증이 났다. 인생이 차 운전과 똑같이 신중하기만 하면 성공한다고 생각할 수 있는가? 마쓰도를 보면 아마도 고용주 혼다를 자기와 같은 종류의 인간이라고 믿는 듯 느껴져 혼다는 늘 자신이 무례하게 희화화되는 느낌이 들었다.

"아직 시간이 많이 있으니 여기서 쉬세요." 하고 혼다는 리에에게 권했다.

"네, 하지만 슬슬 요리사와 웨이터가 올 시간이에요."

"어차피 늦게 와요."

잠시 물속에 실이 풀린 듯이 나른한 망설임을 보이더니 리에는 쿠션을 가지러 다시 집으로 들어갔다. 철제 의자에 앉아 있어 신장과 몸이 차가워질까 봐 두려운 것이다.

"요리사든 웨이터든 집 안을 타인이 어지럽히는 건 질색이에요."

그렇게 말하며 혼다는 옆 의자에 앉았다.

"내가 긴킨(欣々) 여사처럼 화려한 걸 좋아하는 여자였다면 이런 생활을 얼마나 좋아했겠어요?"

"옛날이야기를 꺼내는군요."

다이쇼 시대 일본 제일의 변호사 아내로 예전에 게이샤였던 긴킨 여사는 미모와 사치로 유명해, 승마에 능해 백마를 타는가 싶으면 장례식에 갈 때도 잔뜩 멋을 부린 상복으로 이목을 끌었는데, 남편이 죽은 후 더 이상 사치를 누릴 수 없음을 비관하여 자살했다.

"긴킨 여사는 뱀을 귀여워해 늘 핸드백 속에 살아 있는 작은 뱀을 넣어 다녔다지요. 아, 깜빡했다. 어제 당신이 뱀을 죽였다고 했던가요. 왕자님 계실 때 뱀이 나오기라도 하면 큰일이에요. 마쓰도 씨, 뱀을 발견하면 반드시 처리해 주세요. 단절대로 저한테 보여 주지는 마시고요." 하고 잔디깎이를 들고 멀어지는 마쓰도를 향해 소리쳤다.

그렇게 소리치는 아내의 늙은 목이 수영장 물에 박정하게 비치는 모습을 바라본 혼다는 문득 전쟁 중 시부야 폐허에서 만났던 다데시나를 떠올렸다. 그리고 또 다데시나가 주었던 그 공작명왕경을.

"뱀에게 물리면 이 주문을 외우면 돼요. 마유라길라제사가."

"어머."

리에는 조금도 흥미를 보이지 않고 다시 의자에 앉았다. 바로 작동한 잔디깎이의 엔진음이 두 사람에게 말없이 있을 자유를 주었다.

혼다는 고루한 아내가 왕자의 방문을 기뻐함은 물론이고 잉 찬의 방문을 알면서도 평온한 모습에 놀랐다. 하지만 리에는 오랜 고민이, 오늘 현실 속에서 남편 옆에 있는 잉 찬을 보고 풀리기를 바랐다.

남편이 아무렇지도 않게 "내일 수영장 개장식에 게이코가 잉 찬을 데리고 와서 묵고 갈 거예요." 하고 알렸을 때, 리에가 느낀 것은 일종의 얼얼한 기쁨이었다. 질투가 너무도 깊고 불확실했기 때문에 리에는 마치 번개를 먼저 보고 천둥을 기다

새벽의 사원

리는 동안의, 매순간 옅어지는 불안이 자기 것이 된 듯했다. 두려웠던 것과 애타게 기다리던 것이 똑같아졌고, 이제 기다릴 필요가 없다는 것이 마음을 개운하게 했다.

리에의 마음은 자신을 좀먹을 정도로 느린 속도로 우회하던 강이 강어귀에 와서 광대하고 황폐한 평야에 마음껏 진흙 퇴적물을 던지고는 드디어 낯선 바다로 향하는 것과 비슷했다. 자기는 거기서 경계의 담수이기를 멈추고, 쓴 바닷물이 되는 변신을 이룰 것이다. 어떤 감정의 양이 극한까지 늘어나면 저절로 성질이 바뀌어 자기 몸을 멸망시킬 것 같던 고민의 축적이 갑자기 살아가는 힘으로 바뀐다. 극도로 쓰고 극도로 격렬한, 하지만 갑자기 전망이 넓어지는 푸른 힘, 즉 바다로.

혼다는 아내가 그때 일찍이 알지 못했던 쓰고 강인한 여자로 변하고 있음을 알아차리지 못했다. 언짢음이나 말 없는 탐색으로 혼다를 괴롭혔던 리에는 사실 그동안 번데기에 지나지 않았다.

이 쾌청한 아침, 리에는 지병인 신장염도 상당히 가벼워진 느낌이었다.

— 멀리서 들리는 잔디깎이의 나른한 소리가 말 없이 앉아 있는 부부의 귓불을 떨리게 했다. 이야기할 필요가 없는 부부라는 어떤 그림 같은 상태와 이렇게 동떨어진 침묵은 없을 것이다. 그것은 서로 기댄 신경 다발이 서로 기댐으로써 땅에 떨어져 날카로운 금속성을 내지 않을 수 있음을 암묵적으로 서로 그럭저럭 인정하는 상태라고 혼다는 다소 과장해서 생각

했다. 자신이 만약 눈부신 악을 저질렀다면 적어도 혼다는 아내보다 높은 곳을 날고 있다고 느낄 수 있었을 것이다. 하지만 아내의 고민도 자기의 기쁨도 어디까지나 같은 키라고만 생각되는 점이 그의 자부심에 상처를 입혔다.

수면에 비치는 2층 게스트룸 창문이 바람이 통하도록 열려 있어 하얀 레이스 커튼이 펄럭인다. 오늘 밤 잉 찬이 묵을 예정인 그 창문. 예전에 잉 찬은 그곳에서 한밤중에 지붕으로 뛰어나와 가볍게 땅으로 내려와 섰다. 날개가 돋았다고밖에 생각되지 않는 행위. 잉 찬은 혼다가 보지 않는 곳에서 정말로 나는 것이 아닐까. 혼다가 보지 않을 때 잉 찬이 존재의 속박에서 풀려나 공작새에 올라타고, 시공을 초월해 변환하지 않는다고 누가 말할 수 있겠는가. 그 확정할 수 없음, 증명 불가능에 혼다가 매혹된 것은 분명하다. 거기까지 생각하자 혼다는 자기 사랑의 오묘한 성질을 깨달았다.

수영장 표면은 빛의 투망을 던져 놓은 듯하다. 아내는 궁전 인형[122]처럼 부푼 작은 손을 비치파라솔 그림자가 반쯤 어둡게 드리운 탁자 끝에 올려놓고 잠자코 있다.

혼다는 그렇게 자유롭게 생각에 깊이 빠질 수 있었다.

……하지만 현실의 잉 찬은 혼다가 보는 한도의 잉 찬이다. 아름다운 검은 머리를 지니고 늘 미소를 띠고 약속은 늘 지키지 않기 마련이지만, 그런가 하면 굉장히 결연하고 감정의 소

---

122 御所人形. 피부가 새하얗고 통통한 아기 얼굴의 삼등신 관상용 인형으로 에도 시대 궁정에서 출산이나 결혼 같은 경사가 있을 때 장식했다.

재가 불투명한 소녀이기도 하다. 하지만 보는 한도의 잉 찬이 전부가 아님은 분명하고, 보이지 않는 잉 찬을 애타게 그리워하는 혼다에게 사랑은 미지(未知)와 관련 있으며 당연하지만 인식은 기지(旣知)와 관련 있다. 인식을 계속 밀고 나가 미지를 인식으로 약탈하고 기지 부분을 넓혀 가면 사랑이 이루어질 수 있는가. 그렇게 되지는 않는다. 혼다의 사랑은 인식의 손톱이 되도록 닿지 않는 곳에 점점 잉 찬을 멀리 두려 하기 때문이다.

젊은 시절부터 혼다의 인식의 사냥개는 극히 기민했다. 그렇기 때문에 아는 한도의, 보는 한도의 잉 찬은 거의 혼다의 인식 능력에 부합한다고 봐도 된다. 그 한도의 잉 찬을 존재하게 하는 것은 다름 아닌 혼다가 가진 인식의 힘이다.

그래서 사람들에게 알려지지 않은 잉 찬의 알몸을 보고 싶은 혼다의 욕망은 인식과 사랑의 모순에 양다리를 걸친 불가능한 욕망이었다. 왜냐하면 보는 것은 이미 인식의 영역이고, 설령 잉 찬이 알아차리지 못했더라도 그때 책장 안쪽 빛의 구멍으로 엿본 순간부터 이미 잉 찬은 혼다의 인식이 만든 세계의 주민이 됐기 때문이다. 그의 눈이 보자마자 오염되는 잉 찬의 세계에는 혼다가 정말로 보고 싶은 것이 결코 나타나지 않는다. 사랑은 이루어질 수 없는 것이다. 만약 보지 않는다면 다시 사랑은 영원히 도달 불가능한 것이었다.

비상하는 잉 찬을 보고 싶으나 혼다가 보는 한도의 잉 찬은 비상하지 않는다. 혼다의 인식 세계의 피조물에 머물러 있는 한 잉 찬이 이 세계의 물리 법칙에 반하는 일은 없기 때문이다. 어쩌면 (꿈속을 제외하고) 잉 찬이 벌거벗고 공작새에 올라타 날아가는 세계는 그러기 일보 직전에 혼다의 인식 자체가 흐림이 되고 티끌이 되어 하나의 미미한 톱니바퀴에 고장을 일으켰기 때문에 바로 그 원인으로 작동하지 않는 것인지도 모른다. 그렇다면 그 고장을 수리하고 톱니바퀴를 교체하면 될까? 그것은 혼다를 잉 찬과 공유하는 세계에서 제거하는 것, 즉 혼다의 죽음을 뜻한다.

이제 분명한 점은 혼다의 욕망이 바라는 궁극적인 것, 그가 정말로, 정말로 보고 싶은 것은 그가 없는 세계에서만 존재한다는 점이다. 정말로 보고 싶은 것을 보려면 죽어야 하는 것이다.

엿보는 자가 언젠가 엿보기라는 행위의 근원을 말살해야만 광명이 비칠 수 있음을 인식할 때, 그것은 곧 엿보는 자의 죽음이다.

인식자의 자살이라는 의미가 혼다의 마음속에서 무게를 가진 것은 태어나서 처음이라 해도 좋았다.

만약 사랑이 향하는 대로 인식을 부정하고, 인식에서 무한히 벗어나려 하고, 잉 찬을 인식이 결코 도달할 수 없는 영역으로 데려 가려 한다면, 그 인식 측에서 하는 반항은 바로 자살이다. 그것은 또한 혼다가 인식으로 오염된 세계는 물론 잉 찬까지 남겨 두고 떠나는 것이기도 하다. 하지만 바로 그 순간에 눈부시게 빛나는 잉 찬이 나타난다는 것만큼 확실한 예측은 없었다.

현재의 이 세계는 혼다의 인식이 만든 세계이므로 잉 찬도 함께 이곳에 살고 있다. 유식론에 따르면 그것은 혼다의 아뢰야식이 만든 세계였다. 그러나 혼다가 유식론에 완전히 무릎을 꿇을 수 없었던 이유는 그가 그 인식에 집착하고, 자기 인식의 근원을 저 영원한 곳에 순간순간 미련 없이 세계를 폐기하며 갱신하는 아뢰야식과 동일시하는 데 동의할 수 없었기 때문이다.

오히려 혼다는 마음속으로 장난으로 죽음을 생각하고 그 감미로움에 취하며, 인식이 부추기는 자살의 순간에 간절히 보기만을 바랐던, 누구에게도 보이지 않은 잉 찬의 호박색으로 빛나는 순진무구한 나체가 찬란한 달이 떠오르듯 나타나는 행복을 꿈꿨다.

공작 성취란 바로 이것을 의미하는 것이 아닐까?『공작명왕화상의궤(孔雀明王畫像儀軌)』에 따르면 그 본원을 나타낸 삼매야형[123]에는 공작새 꼬리 위에 반달이, 또 그 위에 보름달이 있고, 반달이 보름달이 되듯 수법(修法)을 성취함을 나타낸다.

혼다가 원했던 것은 바로 이 공작 성취였는지도 모른다. 만약 이 세상의 사랑이 모두 반달로 끝난다면, 공작새 꼬리 위에 보름달이 뜨기를 누가 꿈꾸지 않겠는가?

— 잔디깎이 소리가 멈추고 "이 정도면 될까요?" 하고 멀리서 부르는 소리가 들렸다.

---

123 三昧耶形. 부처, 보살, 명왕 등의 상징물로 탑, 연꽃, 칼, 구슬 등을 말한다.

부부는 횃대에 있는 지루한 두 마리 앵무새처럼 둔하게 그쪽으로 몸을 틀어 돌아보았다. 벌써 구름에 반쯤 덮인 후지산을 등 뒤로 하고 카키색 작업복 차림의 마쓰도가 서 있었다.

"뭐 저 정도면 괜찮겠죠." 하고 리에가 낮은 소리로 말했다.

"그래요. 노인에게 무리한 요구는 할 수 없잖아요." 하고 혼다가 대답했다.

혼다가 양손으로 원을 만들어 보이자 마쓰도가 이해하고 천천히 잔디깎이를 굴리며 돌아왔다. 그때 하코네 쪽 문에서 엔진음이 들리더니 스테이션왜건 한 대가 들어왔다. 요리사와 세 명의 웨이터가 도쿄에서 요리 재료를 가득 싣고 온 차였다.

새벽의 사원

43

니노오카 대산장(對山莊)에 제일 최근에 온 사람인데도 불구하고 혼다는 이제까지 다른 오랜 별장 주민들을 초대하지 않았다. 고텐바 주변의 미군을 상대로 하는 바, 거리의 여자들, 호객꾼들, 또는 미군 모포를 들고 훈련장을 서성이는 여자들이 풍기를 매우 문란하게 했다는 소문에 겁을 먹고 별장을 멀리했던 사람들이 올여름부터 드문드문 돌아와서 수영장 개장식을 계기로 처음 초대했다.

그중 가장 오래된 주민은 가오리(香織) 왕자 부부와 마시바(真柴) 은행의 마시바 간에몬과 사별한 그의 아내였다. 마시바 씨는 손주 셋을 데리고 온다고 말했다. 그 외에도 별장지 손님이 몇 명 더 있고 게이코와 잉 찬에 더해 도쿄에서 이마니시와 쓰바키하라 부인도 오기로 돼 있었는데, 마키코는 외국 여행을 간다고 일찍 불참 의사를 밝혔다. 평소라면 쓰바키하라 부인이 여행에 동행해야 했을 텐데 마키코는 다른 제자를 동행자로 택했다.

집에서 고용한 사람에게는 꽤 가혹한 대우를 하면서 밖에서 도움을 주는 사람에게는 요리사든 웨이터든 자애로운 미소를 끊임없이 짓는 리에를 혼다는 이상하게 보았다. 정중한 말씨로 만사에 배려를 보이고 세상 사람들에게 이렇게 사랑받는 사람임을 다른 사람에게도 자신에게도 입증해 보이려 했다.

"사모님, 정원의 정자는 어떻게 할까요? 그쪽에도 음료수를 준비해 놓을까요?" 하고 벌써 흰 유니폼으로 갈아입은 급사가 말했다.

"그렇게 해 주세요."

"다만 저희 셋으로는 조금 손이 부족할 것 같아요. 셀프 서비스로 보온병에 얼음을 넣어 놓아두는 편이 좋을 것 같은데요."

"그러네요. 그렇게 먼 곳까지 가는 분들은 대개 아베크(Avec)일 테니 방해하지 않는 편이 좋겠지요. 그만큼 해가 지기 시작하면 모기향 피우는 일도 잊지 마시고요."

혼다는 아내가 이렇게 말하는 소리를 듣고 마음속 깊이 놀랐다. 목소리가 올라갔고 말은 공중에 떠다녔다. 리에가 오랫동안 가장 경멸했을 겉만 화려한 모습이, 비꼬듯 들릴 정도로 목소리에도 말에도 스며 있었다.

흰 유니폼을 입은 급사들의 기민한 움직임은 집 안 공기에 갑자기 많은 직선들을 흩뜨려 긋는 듯이 느껴졌다. 풀 먹인 흰

새벽의 사원

재킷, 젊고 바지런한 동작, 공손한 겉모습, 직업적 예의가 집 안을 왠지 모르게 타인의 상쾌한 세계로 만들었다. 사적인 일은 전부 치우고 협의, 조사, 지휘명령이 그곳을 마치 나비 모양으로 접은 흰 냅킨처럼 날아다녔다.

수영장 사이드에는 손님이 옷을 벗은 채로 점심 식사를 할 수 있도록 뷔페가 마련되었고, 1층에 설치한 손님용 탈의실 표시가 여기저기에 붙여졌다. 이렇게 주위 정경이 순식간에 달라지고, 혼다의 비장의 콘솔은 흰 테이블보에 덮인 채 야외 바가 됐다. 자기가 지도했지만 막상 움직여 보니 어떤 일종의 폭력적 변화가 이뤄졌다.

그는 점점 강해지는 햇빛에 사방에서 떠밀리며 멍하니 이 모습을 바라보았다. 누가 이것을 계획했는가? 애초에 뭘 위해서? 얼마간 돈을 쓰고, 훌륭한 손님들을 부르고, 만족스러운 부르주아 역을 연기하며 완성된 수영장을 자랑한다. 실제로 그것은 전쟁 전후를 통틀어 니노오카에 처음으로 생긴 개인 소유 수영장이었다. 게다가 이 세상에는 초대받기만 하면 타인의 부를 용서하는 관대한 사람들이 대단히 많이 있다.

"당신, 이거 입으세요."

리에가 짙은 갈색 서머 우스티드 바지와 와이셔츠, 아주 자잘한 물방울무늬의 갈색 나비넥타이를 가져와서 파라솔 아래 테이블 위에 놓았다.

"여기서 갈아입으란 말이에요?"

"뭐 어때요. 보고 있는 사람은 웨이터들뿐이에요. 그리고 그 사람들에게는 지금 이른 점심을 먹으라고 할 거예요."

혼다는 양 끝이 표주박형인 나비넥타이를 집어 들었다. 그 한쪽 끝을 잡아 수영장 빛에 장난스레 늘어뜨려 보았다. 지극히도 약식인 무정하고 무기력한 끈이다. 간이 법원의 '약식 명령' 절차가 떠올랐다. '약식 절차의 고지와 피고인의 이의'. ……그리고 하나의 궁극적인 핵, 눈부시게 빛나는 분에 맞지 않은 희망의 초점을 제외하면 시시각각 다가오는 파티를 가장 증오하는 사람은 혼다 자신이었다.

— 마시바 씨는 손주 셋을 데리고 가장 먼저 도착했다. 손주라고 해도 나이 지긋한 첫째 손녀와 극히 평범한, 안경 긴 수재 느낌의 대학교 4학년과 2학년의 두 남동생들이었다. 세 명은 곧장 탈의실로 가 수영복으로 갈아입고 조모는 전통복 차림으로 파라솔 아래에 있었다.

"남편이 살아 있을 때는 전쟁 후에, 특히 선거 때마다 싸웠는데, 나는 그저 남편을 괴롭히려고 공산당에만 투표했어요. 도쿠다 규이치[124]의 팬이었습니다."

마시바 씨는 메뚜기가 몸을 굽혀 날개를 비비는 듯한 동작으로 끊임없이 옷깃 언저리를 바로잡거나 소매를 잡아당기고 연이어 불끈 화를 내며 말했다. 굉장히 익살스럽고 재미있는 사람이라는 평판이었는데 연보라색 안경알 뒤에서는 가족 일가를 방심하지 않고 경제적으로 사찰하는 눈이 빛났다. 마시바 씨 앞에 나와 그 차가운 눈빛을 받으면 누구나 그 일가가

124　德田球一. 1894~1953. 일본 공산당 활동가, 변호사.

새벽의 사원

된 느낌이 들었다.

수영복을 입고 나온 세 명의 손주는 전형적인 양가의 얌전하고 모난 곳 없는 몸이었다. 그들은 차례차례 물로 뛰어들더니 천천히 수영하기 시작했다. 혼다는 이 수영장 물에 가장 처음으로 들어간 사람이 잉 찬이 아닌 것보다 비통한 일은 없다고 생각했다.

얼마 지나지 않아 리에가 벌써 수영복으로 갈아입은 가오리 왕자 부부를 안내하며 집에서 나왔다. 혼다는 알아차리지 못해 맞이하러 나가지 못한 점을 사과하고 그 김에 리에를 꾸짖었지만, 왕자는 "아네요, 아네요." 하며 간단히 손만 흔들고 물속으로 들어가 버렸다. 이 오가는 대화를 마시바 씨는 약간 촌스러운 사람들을 보는 표정으로 지켜봤다. 그리고 한차례 수영을 마친 왕자가 수영장 가장자리에 앉자, "왕자님은 참 젊고 혈기 왕성하네요. 하지만 십 년 전이었다면 나도 시합을 신청했을 거예요." 하고 멀리서 날카로운 목소리로 말했다.

"마시바 씨라면 지금의 저도 당해 낼 수 없을지 몰라요. 이렇게 50미터만 수영해도 숨이 차니까요. 그래도 고텐바에서 수영할 수 있다는 게 멋집니다. 물은 다소 차갑지만요."

그러고는 마치 허식을 떨쳐 버리듯이 몸에서 물을 흔들어 털었다. 콘크리트에 점점이 검은 물방울이 뿌려졌다.

무엇이든 전후식으로, 담백함과 무형식으로 행동한 나머지, 왕자는 때때로 사람들이 지나치게 차갑다고 생각한다는 것을 모르고 있었다. 위엄을 유지할 필요가 없어지자 인간관계가 이해할 수 없게 됐다. 누구보다 전통을 혐오할 자격을 가지고 있다는 자신의 특권적인 자신감 때문에 지금 전통을 중히 여기는 사람을 가벼이 여기는 것은 좋으나, '저 사람은 진보적인 면이 너무 없네요.' 라고 말하는 것은 옛날이라면 거의 '저 사람은 태생이 너무 천하네요.'라고 말하는 것과 동의어였다. 왕자는 모든 진보주의자를 왕자와 똑같이 '전통의 질곡에 괴로워하는' 사람으로 평가한다. 그 결과 굉장히 역설적이게도, 왕자가 자기 태생을 민중의 한 사람으로 생각하기까지는 다음 한 걸음만 남았다.

물에 들어가려고 안경을 벗은 왕자의 얼굴을 혼다는 처음으로 보았다. 안경은 왕자에게 상당히 중요한 세상과의 다리였다. 그 다리가 부러지자 왕자의 얼굴에는, 빛에 눈이 부셔서이기도 했지만, 오래전의 존귀함과 현재 사이에 초점이 잡히지 않는 어떤 막막한 비애가 떠올랐다.

이에 비하면 약간 통통한 수영복 차림의 왕자비는 편안한 기품이 흘러넘쳤다. 왕자비가 등을 물에 대고 뜬 채로 한쪽 손을 들어 이쪽을 향해 웃는 모습은 하코네의 산들을 뒤로 한, 기쁘고 순진무구한 아름다운 물새처럼 보였다. 왕자비를 본 사람은 행복이 무엇인지 아는 드문 이 중 한 명이라고 느낄 수밖에 없었다.

물에서 올라와 조모를 에워싸고, 또 왕자와 왕자비에게도 예의 바르게 대하는 마시바가의 손주들이 혼다는 조금 짜증 났다. 이 젊은이들의 화제는 오로지 미국이었는데, 장녀는 자기가 유학했던 고급 사립학교 이야기를 하고, 동생들은 일본 대학을 졸업하자마자 유학을 갈 미국 대학 이야기만 했다. 무

세
벽
의
사
원

엇이든 미국이었다. 미국에서는 이미 텔레비전이 보급됐는데 일본도 그렇게 되면 얼마나 좋을까, 하지만 이 상태로는 앞으로 십 년은 지나야 일본에서 텔레비전을 즐길 수 있다, 등등의 말이었다.

미래 이야기를 좋아하지 않는 마시바 씨는 바로 이 화제를 잘랐다.

"다들 나는 어차피 보지 못할 거라고 생각하고 비웃고 있네. 뭐 좋아. 매일 밤 너희가 보는 텔레비전에 유령으로 나올 테니까."

젊은이들의 대화를 호되게 감독하고, 젊은이들 역시 조모가 어떤 말을 하기 시작하면 입을 다물고 일제히 귀를 기울이는 모습은 이상할 정도였고, 혼다는 이 손주들이 총명한 세 마리의 토끼처럼 느껴졌다.

손님을 맞이하는 솜씨가 점점 숙달되어 가면서 손님들은 차례차례 수영복 차림으로 테라스 입구에 모습을 드러냈다. 이마니시와 쓰바키하라 부인은 같은 별장지 주민인 수영복 차림의 두 쌍의 부부에 둘러싸여 옷을 입은 채로 수영장 건너편에서 손을 들어 인사했다. 이마니시는 전혀 어울리지 않는 큼직한 무늬의 알로하 셔츠를 입었고, 쓰바키하라 부인은 평소처럼 상복으로 보이는 거무죽죽한 로[125] 기모노를 입고 수영장 빛 앞에서 하나의 불길한 흑수정으로 있으려고 했다. 혼다는 이 효과를 바로 알아채고, 단순한 부인이 이렇게 영원히 연

---

125 絽. 하복지로 쓰는 얇고 올이 성긴 견직물.

기를 하고 싶어 하는 주제넘은 아이러니를 일부러 비웃으려고 이마니시가 알로하 셔츠를 입고 왔음이 틀림없으리라 짐작했다.

수영복 차림의 활기찬 손님들보다 늦게 도착한 두 사람은 수영장 물 위로 검은색과 노란색의 그림자를 한들대며 가장자리를 따라 천천히 한 바퀴 돌아 걸어왔다.

왕자 부부는 이마니시와도 쓰바키하라 부인과도 잘 알았다. 특히 왕자는 전쟁 이후 이른바 문화인 모임에 자주 나갔으므로 이마니시하고는 상당히 허물없이 이야기하는 사이였다.

"재미있는 분이 오셨네요."

왕자가 옆에 있는 혼다에게 말했다.

"요즘 전혀 잠을 못 자서요." 하며 자리에 앉은 이마니시는 구겨진 외국 담뱃값을 꺼내서 버리고, 새 담뱃갑을 꺼내 입구를 뜯고 바닥을 두드린 다음 능숙하게 밀어 올려 한 개비를 입에 물며 대수롭지 않게 말했다.

"아니, 무슨 고민거리라도 있어요?" 하고 왕자는 다 먹은 뷔페 접시를 테이블 위에 올려놓으며 말했다.

"딱히 고민거리는 아니지만 밤중에 이야기 상대가 필요해서요. 아침까지 이야기하고, 이야기하고, 날이 밝기 전에 둘이서 음독자살하고 싶은 그런 기분을 느끼다가, 엄숙하게 수면제를 나누어 먹고 잠드는 거지요. 그리고 눈을 뜨면 평소와 다름없는 아침인 거예요."

"그렇게 매일 밤 무슨 이야기를?"

"오늘 밤이 마지막이라고 생각한다면 할 이야기는 얼마든지 있습니다. 이 세상 모든 것에 대해 이야기를 나누는 거지요. 자기가 한 일, 다른 사람이 한 일, 세계가 체험한 일, 인류가 지금까지 해 온 일, 또는 방치된 한 대륙이 수천 년 동안 계속 꿈꿔 왔던 것, 뭐든 좋아요. 이야깃거리는 많습니다. 오늘 밤 세계가 끝나니까요."

왕자는 깊은 관심을 가지며 재차 물었다.

"그러면 다음 날 살아남으면 무슨 이야기를 합니까? 이제 이야기할 거리가 남아 있지 않잖아요."

"문제없습니다. 이야기를 반복하면 되니까요."

상대를 깔보듯 대답하는 말이 어이없어 왕자는 침묵했다.

옆에서 듣고 있던 혼다는 이마니시가 얼마나 진심으로 이야기하는지는 모르겠지만, 언젠가 정말로 이상한 이야기를 했던 일을 떠올리며 이렇게 물었다.

"그건 그렇고 그 '석류의 나라'는 어떻게 됐어요?"

"아, 그것 말이죠." 하고 이마니시는 차가운 눈으로 쳐다봤다. 요즘 들어 한층 거칠어 보이는 얼굴색이 알로하 셔츠와 미국 담배에 맞물려 이마니시를 미군 통역사의 어떤 타입처럼 보여 준다고 혼다는 느꼈다. "그 '석류의 나라'는 멸망했습니다. 이제 없어요."

— 이것이 이마니시가 평소에 말하는 방식이었다. 그 자체는 놀랄 일이 아니었으나 예전에 '석류의 나라'라는 이름으로 불렸던 '성의 천년왕국'이 이마니시의 환상 속에서 멸망했다면, 이마니시의 환상을 경멸한 혼다의 마음속에서도 또한 멸망한 것이었다. 그것은 이제 어디에도 없었다. 게다가 그 환상

을 살육한 하수인은 이마니시이고, 이마니시가 얼마나 관념상의 피에 취해 자신이 건설한 왕국을 멸망시켰는지, 그 하룻밤의 참상을 쉬이 떠올릴 수 있었다. 그는 말로 건설하고 말로 멸망시켰다. 왕국은 한 번도 현실이 되지 않았지만 어딘가에서 일단 나타난 다음 잔인한 자의에 의해 파괴됐다. 이마니시가 쩝쩝거리는, 약품에 닳아 주황색이 된 혀를 보니, 그의 관념 속에 있는 시산혈해가 생생하게 떠올랐다.

이 허약하고 창백한 남자의 욕망에 비하면, 혼다의 욕망은 훨씬 온화하고 얌전했다. 하지만 어차피 불가능하다는 점에서는 같았다. 이마니시가 조금도 감상적이지 않은 태도로 특유의 무심한 척을 하며 "'석류의 나라'는 멸망했다.'라고 해치우는 말을 듣자니 그 경박함이 전에 없이 혼다의 마음에 스몄다.

이 감정을 방해한 것은 바로 귓가에 와서 말을 건 쓰바키하라 부인의 목소리였다. 일부러 낮춘 목소리가 내용이 전혀 중대하지 않음을 미리 알렸다.

"혼다 씨에게만 말하는데요, 마키코 씨는 지금 유럽에 있어요."

"네, 알아요."

"아뇨, 그 말이 아니에요. 그저 그분은 이번에는 저에게 권유하지 않으셨어요. 다른 사람, 뭐 보기에도 끔찍한 천박하고 재능 없는 제자들을 데리고 가셨죠. 그분을 이러쿵저러쿵 비평하고 싶지는 않지만요. 어쨌든 여행에 대해서 그분은 저에게 아무런 이야기도 하지 않으셨어요. 그런 걸 생각이나 할 수 있나요? 저는 공항까지 가서 배웅하긴 했지만 가슴이 답답해

새벽의 사원

서 아무 말도 하지 못했어요."

"왜 그랬을까요. 당신과 그렇게나 떨어질 수 없는 사이였는데요."

"떨어질 수 없는 사이이기만 했나요. 마키코 씨는 저의 신이었어요. 그 신이 저를 버린 겁니다.

이야기가 길어집니다만 그분 집안은 아버지도 역시 시인이자 군인이셔서, 전쟁 후 생활이 어려웠을 때 제일 먼저 도와준 사람이 저이고, 제 쪽에서도 뭐든 그분에게 지도를 구하고, 그만큼 무엇 하나 숨기는 것 없이 그분의 지도대로 살아왔고 시도 지어 온 것이지요. 신과 일심동체라는 기분이 전쟁에서 아들을 잃은 빈껍데기에 불과한 여자를 계속 지탱해 주었어요. 이렇게 유명해진 지금도 내 마음은 조금도 변하지 않았는데, 그저 한 가지 나쁜 점은 그분과 저의 재능이 너무 다르다는 것, 이번에 버려지고 나서 더 분명해졌는데, 재능이 너무 다르다기보다는 저에게 재능이 요만큼도 없다는 것이죠."

"그렇지 않아요."

혼다는 눈을 가늘게 뜨고 수영장 빛을 바라보며 건성으로 말했다.

"아뇨, 이제 알았습니다. 알아서 좋은 일이긴 한데, 지금 와서 분명해진 것은 그분은 처음부터 틀림없이 그걸 알았다는 점이지요. 이렇게 잔인한 일이 있습니까? 재능이 전혀 없는 여자임을 처음부터 알고 있으면서 사람을 끌고 다니고, 모든 명령을 듣게 하고, 때로는 들뜨게 하면서 이용할 만큼 이용하고, 이번에는 헌신짝처럼 버리고 다른 부자 제자들의 시중을 받으며 유럽으로 가신 거예요."

"당신 재능이 있고 없고는 별개로 하더라도 마키코 씨가 뛰어난 재능의 소유자라면, 재능은 본래 잔인하지 않습니까."

"신이 잔인하듯이요. ……하지만 혼다 씨, 신에게 버림받고 어떻게 살아갈 수 있나요? 제가 하는 일 하나하나를 모두 아시는 분이 없어지면 대체 어떻게 해야 하나요?

"신앙을 가지시는 건 어떻습니까?"

"신앙이라뇨. 배신할 걱정 없는 보이지 않는 신 따위는 믿어도 소용없어요. 나 한 사람을 언제나 가만히 지켜보시고 저것은 안 된다, 이것은 안 된다, 하며 끊임없이 손발을 잡아 지도해 주시는 신이 아니라면. 그 앞에서는 아무것도 숨길 수 없는, 그 앞에서는 나마저 정화되고 어떤 수치심을 갖지 않아도 되는 그런 신이 아니라면 무슨 소용이 있을까요."

"당신은 언제까지나 아이이고, 그렇게 어머니이시군요."

"그래요, 맞는 말이에요, 혼다 선생님."

이미 쓰바키하라 부인의 눈에는 곧 흘러넘칠 만큼 눈물이 가득 고였다.

지금 눈앞 수영장에 들어간 손님은 마시바가 손주들과 새로 온 부부 두 쌍이었는데, 여기에 가오리 왕자까지 뛰어 들어가 초록색과 흰색 줄무늬의 커다란 고무공을 서로 던지며 주고받기 시작해, 물소리, 환성, 웃음소리가 산란하는 물의 빛을 더욱 눈부시게 하고, 사람들 사이에서 흔들리는 파란 수면이 곧바로 휘저어 섞이며 거품을 일으키는가 하면, 수영장 구석을 조용히 핥던 물이 빛을 업은 날카로운 등살에 닿아 찢어

새벽의 사원

지며 반짝이는 물의 상처를 보이기도 했다. 하지만 순식간에 나온 그 상처는 흔들리는 부푼 파도가 되어 사람들을 삼키고, 수영장 한쪽에서 비명과 함께 깨끗하게 올라갔던 물보라가 이쪽에서는 수많은 점액질 빛의 고리를 세심하게 늘였다가 줄였다가 했다.

공중을 날아가는 공의 초록색과 흰색 줄무늬에도 날아가는 순간 또렷한 빛과 그림자가 새겨지고, 물의 색도, 수영복의 색도, 노는 사람들 중에도 한 사람의 깊은 감정과 연관 있는 것은 아무것도 없는데, 왜 이렇게 일정한 수량의 약동과 사람들의 웃고 소리치는 소리가 어떤 비극적인 구도를 마음속에 불러일으킬까, 하고 혼다는 생각했다.

그것은 태양 탓일까. 문득 빛이 흔들려 보일 정도로 파란 하늘을 올려다보고 혼다가 재채기를 했을 때, 쓰바키하라 부인은 이미 얼굴을 덮은 손수건 사이로 귀에 익은 울먹이는 소리를 내며 이렇게 말했다.

"즐거워 보이네요, 모두들. 이런 시대가 올 줄 전쟁 때 누가 상상이나 했겠어요. 한 번이라도 좋으니 아키오에게 이런 추억을 주고 싶었어요."

— 게이코와 잉 찬이 리에의 안내를 받아 수영복 차림으로 테라스에 나타난 때는 이미 오후 2시가 지나서였다. 기다림에 지친 혼다는 그 출현이 지금으로서는 지극히 당연하게 느껴졌다.

수영장 건너편에서 보는 게이코의 흑백 세로 줄무늬 수영복에 감싸인 몸은 쉰 살에 가깝다는 것이 믿기 어려운 지극히 풍요롭고 화려한 모습으로, 어릴 때부터 지켜 온 서양식 생활이 다리의 형태든 길이든 일본인과 다른 균형을 만들었고 자세가 매우 좋아, 리에에게 뭔가 말하려고 옆으로 향한 몸에도 조각 같은 곡선이 위엄 있게 흘러내리며, 가슴과 엉덩이의 균형 있는 돌출도 부드럽게 몸에 통합되어 보였다.

옆에 있는 잉 찬의 몸은 게이코와 알맞은 대조를 이루었다. 잉 찬은 흰 수영복에 흰 고무 수영모를 한 손에 들고 다른 한 손으로 머리를 쓸어 올리며 편한 자세로 오른쪽 발을 약간 바깥으로 벌리고 있었다. 멀리서도 보이는, 다리를 바깥으로 비튼 그 모습에는 잉 찬의 자태가 사람들의 가슴을 두근거리게 하는 이유인 일종의 열대식 불협화음이 드러나 있었다. 강인하면서도 가늘고 부드러운 다리에 두툼한 몸통이 올라가 어쩐지 불균형의 위험을 느끼게 하는 면이 게이코의 몸과 가장 눈에 띄게 달랐다. 게다가 흰 수영복이 갈색 피부를 더욱 두드러지게 하고, 수영복에 감싸인 가슴이 담대하게 밀어낸 곡선은 혼다에게 바로 아잔타 동굴 사원의 죽음이 임박한 무희 프레스코화를 생각나게 했다. 흰 수영복보다 더욱 희게 미소 짓는 치아가 수영장 건너편 이쪽에서도 잘 보였다.

혼다는 고대하던 사람이 한 걸음씩 다가오는 것을 맞이하며 의자에서 일어섰다.

"이제 다 모이셨나요." 하고 리에가 종종걸음으로 와서 말했는데 혼다는 대답도 하지 않았다.

게이코는 왕자비에게 인사하고 수영장 안에 있는 왕자에

새벽의 사원

게도 손을 흔들었다.

"모험이 끝나고 녹초가 됐어요." 하고 게이코는 조금도 피곤한 기색 없이 부드러운 목소리로 말했다. "이 운전에 서투른 내가 가루이자와에서 도쿄까지 차를 굴려 잉 찬까지 태우고 여기까지 왔어요. 운 좋게 도착했다고 생각해요. 그런데 왜 내가 운전하면 다른 차들이 비켜 가는 걸까요? 사람 없는 땅에 온 기분이었어요."

"위엄에 눌렸기 때문이지요." 혼다가 말하자 리에도 왠지 소리 높여 웃었다.

그러는 동안 잉 찬은 빛에 흔들리며 출렁이는 물에 매혹되어 들뜬 듯 테이블에 등을 돌린 채 흰 수영모를 가지고 놀았다. 가지고 노는 동안 때때로 반짝이는 흰 고무 안쪽은 기름을 바른 듯 요염하게 빛났다. 잉 찬의 몸에만 사로잡혀 그 손가락의 초록 광채를 혼다가 깨달은 것은 꽤 시간이 지나서였다. 손가락에는 금 수호신이 지키는 에메랄드 반지가 있었다.

그것을 본 순간 혼다의 기쁨은 뭐라 형용할 수 없었다. 용서의 표시가 주어졌고, 반지를 낀 잉 찬은 다시 원래의 잉 찬이 되었으며, 혼다의 젊은 날 가쿠슈인 숲의 바스락거림과, 시암의 두 왕자와, 그 눈동자에 어린 우수와, 여름 종남별업 정원에서 전해 들은 찬트라파 공주의 부음과, 오랜 시간의 흐름과, 방콕에서 어린 월광 공주를 알현했던 일과, 방파인 별궁의 목욕과, 전쟁이 끝나고 일본에서 발견된 반지와, ……혼다의 모든 과거가 열대 지방을 향한 동경으로 이어지는 황금 연쇄에 다시금 짜 맞추어졌다. 바로 이 반지로 잉 찬은 착종된 기억 안쪽에서 끊임없이 혼다가 불러일으키는 어떤 일련의 나른하고 눈부신 음악과 주조음을 이루었다.

혼다는 귓가에 벌들이 윙윙대는 소리를 듣고 명백한 여름 한낮에 밀을 볶는 듯한 바람의 냄새를 맡았다. 누구도 꺾은 꽃을 좋아하지 않는 이 정원에는 패랭이꽃이나 용담꽃이 흐드러지게 핀 후지산 여름 들판의 아름다움은 없었지만, 이 바람의 냄새에는 그 들판의 냄새와 이따금 그쪽 하늘을 노랗게 물들이는 미군 훈련장의 흙먼지 냄새가 희미하게 섞여 있었다.

잉 찬의 몸은 혼다 바로 옆에서 숨 쉬고 있었다. 숨 쉴 뿐 아니라 여름을 맞아 어떤 질병에 특히 감염되기 쉬운 몸처럼 발끝까지 이미 여름에 물들었다. 그 몸의 반짝임은 자귀나무가 짙게 그림자를 드리운 시장에서 팔던 태국의 기이한 과일의 반짝임이자 무르익어 때를 맞이한 하나의 성취, 하나의 약속인 벗은 몸이었다.

생각해 보니 혼다는 이 몸을 일곱 살 이후 십이 년 만에 보는 것이었다. 지금도 눈에 남아 있는 그 어리고 다소 지나치게 큰 아이 같은 배는 작게 오므라들고, 납작하고 작은 가슴은 반대로 폭신하게 넓어졌다. 잉 찬이 수영장의 떠들썩함에 정신이 팔려 테이블에 등을 돌리고 있었기에, 수영복 등의 끈이 목덜미에서 묶였다가 좌우로 떨어져 허리로 이어지는 것과, 드러난 등줄기의 곧고 유려한 홈이 엉덩이가 갈리는 곳까지 곧장 떨어지고, 골 바로 위 꼬리뼈 부분에서 그 낙하가 잠시 쉬는 작고 비밀스러운 폭포 웅덩이 같은 부분도 엿볼 수 있었다. 그리고 가려진 엉덩이의 모양 좋은 둥그스름함은 보름달의 윤

새벽의 사원

곽을 그대로 덧그린 듯했고, 드러난 살에는 밤의 시원한 공기가 담긴 듯이 보이고, 가려진 살에는 밝음이 붙어 있는 듯이 느껴졌다. 매우 섬세한 결의 피부를 파라솔이 양달과 응달로 나누었다. 응달의 한쪽 팔은 브론즈 같은데 햇빛에 드러난 한쪽 팔과 어깨는 잘 닦인 모과의 표면 같다. 게다가 피부의 미세함은 쓸데없이 공기와 물을 튕기는 것이 아니라 호박색 난의 꽃잎처럼 촉촉하다. 멀리서 섬세하게 보이던 골격도 가까이서 보니 작게 균형 잡히고 옹골차다.

"슬슬 수영할까요." 하고 게이코가 말했다.

"네." 하고 잉 찬은 활발하게 뒤돌아보며 미소 지었다. 이 말을 기다리고 있었던 것이다.

잉 찬은 흰 수영모를 우선 테이블에 올려놓고 양손을 들어 검고 아름다운 머리를 쓸어 올렸다. 그 재빠르고 외려 아무렇지 않은 움직임이 일어나는 동안 마침 좋은 위치에 있던 혼다는 왼쪽 옆구리 아래쪽을 눈여겨보았다. 수영복 상반신은 마치 에이프런 같은 모양으로 가슴 부근에서 위로 목을 감은 끈이 등에서 좌우 끝으로 이어졌는데, 가슴 부근은 유방의 산기슭을 드러내 보일 정도로 크게 파였고, 옆구리를 가리는 것은 그저 가슴 양끝에서 가늘어지며 끈으로 이어지는 부분뿐이다. 따라서 겨드랑이 아래쪽은 항상 보이지만 양손을 올리면 끈이 약간 올라가며 그때까지 보이지 않았던 부분도 빈틈없이 보인다. 혼다는 그곳도 다른 곳과 전혀 다르지 않게 긴밀한 피부가 그 어떤 얼룩도 금도 없이 이어지고, 햇빛을 받아도 태연하게, 검은 점이라고는 흐릿한 흔적 하나 없음을 자세히 확인했다. 혼다 마음속에는 희열이 솟았다.

쓸어 올린 머리를 수영모에 꽉꽉 밀어 넣고 잉 찬은 게이코와 함께 수영장으로 향했다. 게이코가 자기 손가락 사이에 담배가 끼어 있는 것을 알아차리고 돌아왔을 때 잉 찬은 이미 물속에 있었다. 주위에 마침 리에가 없음을 확인한 혼다는 담배를 재떨이에 버리려고 고개를 숙인 게이코의 귀에 "잉 찬이 반지를 끼고 와 주었어요."라고 말했다.

게이코는 아무 말 없이 한쪽 눈을 멋지게 감았는데, 평상시에 보이지 않는 작은 주름이 눈가에 희미하게 새겨졌다.

오랫동안 두 사람을 멍하니 바라보는 동안 리에가 돌아와 옆에 앉았다. 돌고래처럼 수면 위로 뛰어오른 잉 찬이 웃는 얼굴이 그대로 순식간에 다시 반짝이는 물속으로 잠기는 모습을 바라보며, "뭐 저런 몸이면 아이를 아주 많이 낳을 것 같네요." 하고 리에는 쉰 목소리로 말했다.

새벽의 사원

44

밤중에 서재에서 시간을 보내는 동안 도저히 책이 눈에 들어오지 않았다.

평소에 열지 않는 서랍에서 내던져 둔 재판 기록 사본을 발견한 혼다는 심심풀이로 그것을 읽었다. 1950년 1월에 내려진, 지금 재산을 혼다 소유로 결정한 판결이다.

검은 끈으로 철한 기록을 혼다는 모로코 가죽으로 된 영국식 필기구 세트의 큰 파일을 열어 그 위에 펼치고 읽었다.

주문

원고에 대해 1902년 3월 15일자 농상무성 지령림 제5609호 국유임야를 반환할 수 없다는 지령을 취소한다.

피고는 원고에게 별지 목록에 기재한 국유임야를 반환해야 한다.

소송비용은 피고가 부담한다.

1900년에 처음 소가 제기되어 1902년에 일단 각하된 다음 반세기 동안 역사적 변화에 관계없이 집요하게 이의 신청을 하여 우연히 혼다가 승리했을 뿐이지만, 생각해 보면 본래 혼다와 아무런 연고도 없는 후쿠시마현 한 지방의 산림이 지금 이렇게 혼다의 부와 부패를 이루고 있다는 사실보다 이상한 일은 없었다. 밤이 되면 지나가는 사람도 없는 삼나무 숲이 그 음습한 잡초와 함께 혼다가 지금 누리는 생활을 불러오기 위해 자연의 생성을 반복한 것이다. 만약 메이지 말기에 낯선 사람이 산길을 가다 푸른 하늘의 눈을 찌르는 호코스기[126] 숲을 보고 그 숭고함에 놀랐을 때, 그 숲이 그저 오십 년 후 어느 어리석고 못난 남자에게 봉사하기 위해 있음을 안다면 과연 무슨 생각이 들까?

……혼다는 귀를 기울였다. 벌레 소리는 아직 많이 들리지는 않고, 아내는 옆 침실에서 잠들고, 집 안은 밤이 되자 갑자기 몰려든 서늘한 공기로 채워졌다.

수영장 개장식은 5시에 끝났고 게이코와 잉 찬 외의 손님들은 남김없이 돌아갈 것이었다. 이마니시와 쓰바키하라 부인은 완고하게 돌아가지 않았다. 처음부터 묵을 작정으로 온 것이다. 그래서 저녁 식사에도 방 배치에도 지장이 생겼다. 쓰바키하라 부인은 그런 부분에 생각이 미치는 사람이 아니었다.

---

126 鉾杉. 창처럼 똑바로 뻗은 삼나무.

오후 8시에 혼다 부부와 게이코, 잉 찬, 이마니시와 쓰바키하라 부인 여섯 명의 저녁 식사가 끝났다. 그것을 신호 삼아 요리사와 웨이터는 돌아갈 준비를 시작했고 손님들은 시원한 바람을 쐬러 정원으로 나갔다. 이마니시와 쓰바키하라 부인은 정자에 가서 잠시 동안 돌아오지 않았다.

혼다의 처음 예정은 게이코를 가장 안쪽 게스트룸으로, 잉 찬을 서재에 인접한 게스트룸으로 배치하는 것이었는데, 이마니시와 쓰바키하라 부인이 묵게 돼서 게이코를 잉 찬과 인접한 서재 옆방으로 배치하고 이마니시와 쓰바키하라 부인을 안쪽 방에 밀어 넣게 됐다. 이미 이때부터 오로지 잉 찬 혼자 자는 모습을 마음껏 즐기려고 했던 혼다의 계획은 무산됐다. 게이코가 옆방에 있다면 잉 찬은 분명 얌전히 잘 것이다.

……재판 기록의 한 글자 한 구절은 조금도 마음에 스미지 않았다.

여섯, 훈령 제4항 제15호에 '그 외에는 막부 및 각 번의 제도에 따라 소유의 사실을 인정해야 한다.'라고 되어 있고, 이것은 1호부터 14호 각각에 규정된 구체적 사항 외에 일반적으로 소유의 사실이 있다고 인정될 경우에는 반환한다는 뜻이다. 이 일반적 소유의 사실이란…….

시계를 보니 12시도 벌써 오륙 분이나 지났다. 갑자기 어둠 속에서 뭔가에 걸려 넘어진 듯 심장이 덜컥거렸다. 뜨겁고 형용할 수 없이 달콤한 고동이 시작했다.

이런 고동은 친숙하다. 밤의 공원에 몸을 숨기고 있을 때, 눈앞에 기다리고 기다리던 것이 드디어 시작할 때 붉은 개미가 한꺼번에 심장에 몰려들어 같은 고동을 일으킨다.

그것은 일종의 눈사태다. 이 어두운 꿀의 눈사태가 세계를 현기증이 날 정도로 달콤하게 완전히 감싸고, 이성의 기둥을 무너뜨리고, 모든 감정을 기계적인 빠른 고동만으로 새겨 버린다. 모든 것이 녹아 버린다. 여기에 반항해도 소용없다.

이 눈사태는 어디에서 습격해 온 것일까. 어딘가에 관능 짙은 거처가 있어 멀리서 지령을 내리면, 아무리 둔한 촉각이라도 민감하게 반응하고, 모든 것을 집어던지고 달려 나가야 한다. 쾌락을 부르는 소리와 죽음을 부르는 소리는 얼마나 닮았는가. 한번 불리면 눈앞의 일도 중요하지 않게 되고, 쓰다 만 항해 일지도, 먹다 남은 식사도, 한쪽만 닦은 구두도, 거울 앞에 지금 막 놓은 빗도, 잇는 중이었던 밧줄도 그대로 두고, 승무원 모두가 떠나 버린 뒤 남겨진 유령선처럼 모든 것을 도중에 멈춰 내던지고 나가야 한다.

고동은 이 일이 일어나리라는 징조다. 거기서 시작하는 것은 흉하고 추악한 일뿐이라고 알려져 있는데도, 이 고동에는 반드시 무지개 같은 풍요로운 화려함이 들어 있고, 숭고함과 구분할 수 없는 것이 번뜩이고 있었다.

숭고함과 구분할 수 없는 것. 그것은 바로 괴물이었다. 그 어떤 고상하고 의기 있는 행위로 사람을 이끄는 힘도, 그 어떤 외설적인 쾌락과 추악한 꿈을 부추기는 힘도 완전히 똑같은 원천에서 나왔고 똑같은 징조의 고동을 일으킨다는 것만큼

새벽의 사원

알고 싶지 않은 진실은 없었다. 만약 비열한 욕망이 비열한 그림자를 드리울 뿐 이 첫 고동에 숭고함의 유혹이 번뜩이지 않는다면 사람은 그런대로 평온한 자부심을 가지고 살 수 있다. 그렇다면 유혹의 근원은 육욕이 아니라 그 그럴듯한, 그 몽롱한, 그 구름 사이에서 보일 듯 말 듯 한 봉우리 같은 은빛 숭고함의 환영이었다. 그것은 먼저 사람을 포획하고 그다음 참을 수 없는 초조가 광대한 빛을 동경하게 하는 '숭고함'의 끈끈이였다.

혼다는 더 이상 참을 수 없어 자리에서 일어섰다. 옆 침실의 어둠 속을 엿보고 아내가 잠든 것을 확인했다. 다시 밝은 서재로 돌아와 혼자가 됐다. 역사가 시작한 이래로 서재에 혼자 있는 남자. 역사의 종말이 올 때도 그는 서재에 혼자 있을 것이다.

서재 불을 껐다. 달밤이었기에 가구는 희미한 윤곽을 띠고 닦은 느티나무 책상 표면은 물이 깔린 듯 반짝였다.

옆방과 맞닿은 벽의 책장에 몸을 기대고 기색을 살폈다. 기색은 있지만 아직 일어나 이야기를 하는 것 같지는 않다. 잠 못 드는 밤에 잠자리에서 이야기하고 있는지도 모르지만 명확한 말은 한 마디도 들리지 않는다.

혼다는 엿보기 구멍의 틈을 들여다보기 위해 서재에서 서양책 열 권을 꺼냈다. 책의 권수도 정해져 있다. 제목도 정해져 있다. 오래된 독일어 법률서로, 아버지 대부터 전해져 온 고풍스러운 금박을 입힌 가죽 장정 책이다. 그 한 권 한 권 두께의 차이도 손으로 정확히 기억한다. 꺼내는 순서도 정해져 있다. 손에 잡히는 무게도 예상이 된다. 내려 쌓인 먼지 냄새도 안다. 그 장엄하고 엄숙한 책 감촉과 무게, 그 배열의 정확함은 쾌락에 필수적인 절차였다. 이 관념의 돌담을 정중하게 떼어 내어 사상의 냉엄한 만족을 상스러운 도취의 절차로 바꿔 버리는 것만큼 중요한 의식은 없었다. 한 권씩 집어 소리 나지 않게 조심스럽게 바닥에 놓았다. 한 권씩 옮길 때마다 고동이 커졌다. 여덟 번째는 특히 무겁고 큰 책이다. 그것을 꺼냈을 때는 먼지 쌓인 쾌락의 금의 무게에 손이 마비됐다.

어디에도 머리가 부딪히지 않도록 엿보기 구멍에 눈을 댈 때도 실수하지 않았다. 이 숙련의 정교함도 중요했다. 사소한 것 하나하나가 추호의 흔들림 없이 중요했다. 하나의 의식처럼 눈부시게 빛나는 다른 세계를 엿보려면 어떤 세부 사항도 소홀히 해선 안 되었다. 그는 어둠 속에 홀로 남겨진 사제였다. 오랜 시간에 걸쳐 머릿속으로 그려 온 의식 순서를 면밀하게 지키며(만약 하나라도 잊어버리면 모든 것이 무너진다는 미신에 사로잡혀) 그는 우선 오른쪽 눈을 엿보기 구멍에 살짝 댔다.

스탠드만 켜져 있는 듯 보이고 그쪽 방에는 어스레한 빛이 얼룩져 있다. 혼다가 마쓰도에게 지시해 벽 쪽의 침대가 조금 벽에서 떨어져 있도록 약간 조작을 해 두었기 때문에 트윈 베드가 모두 시야에 들어왔다.

희미한 빛 아래 복잡하게 엉킨 팔다리가 바로 눈앞 침대에서 꿈틀거렸다. 희고 통통한 몸과 거무스름한 몸이 머리를 반대 방향으로 두어 한없이 방자하다. 그것은 마음이 몸과 연결되고, 사랑을 빚어내는 뇌가 뇌에서 가장 먼 곳으로 조금이라도 다가가 균형을 얻어, 그곳에서 자신이 빚어낸 술을 바로 맛보려고 할 때 자연스럽게 취하는 자태라고 할 수 있었다. 그림자로 가득한 검은 머리가 똑같이 그림자로 가득한 검은 털과 친밀하게 섞이고, 뺨에 붙은 성가신 귀밑머리가 사랑의 표시가 됐다. 불타는 매끄러운 허벅지와 불타는 뺨이 친밀하게 사귀고, 부드러운 배가 달밤의 바다처럼 살그머니 파도쳤다. 분명한 목소리는 들리지 않지만 기쁨도 슬픔도 아닌 흐느낌이 전신에 퍼져, 지금은 각자 상대에게서 버려진 유방이 빛 쪽으로 순진하게 유두를 향하며 때때로 번개를 맞은 듯이 떨렸다. 그 유륜에 담긴 밤의 깊이, 그 유방을 떨게 하는 먼 쾌락은 몸의 각 부분이 미칠 듯이 고독하게 놓였음을 보여 주었다. 더 가깝게, 더 친밀하게, 더 서로에게 녹아들고 싶어 애태우지만 이루어지지 않고, 훨씬 멀리서 빨갛게 물든 게이코의 발가락이 하나하나 그 사이를 벌렸다 닫았다 하며 마치 뜨거운 철판을 밟은 듯이 춤추는데, 그것은 결국 희미한 빛 속 허무한 공간을 밟을 뿐이었다.

그 방에도 시원한 산의 공기가 그득함을 알면서도 엿보기구멍 저편은 마치 난로 속처럼 혼다에게 느껴졌다. 빛나는 난로. 잉 찬이 이쪽에 등을 향하고 있는 것이 유감이었지만 낮에 수영장에서 그렇게 자세히 바라봤던 등줄기 홈에 땀이 조용히 흐르고, 이내 홈을 벗어나 아래에 있는 어두운 옆구리 쪽으로 방울져 떨어졌다. 그는 집요한 열대 과일이 지금 막 껍질이 쪼개져 그 과육의 냄새를 맡은 느낌이었다.

게이코가 약간 덮치는 느낌으로 몸을 비켜, 잉 찬은 게이코의 빛나는 허벅지 사이에 넣었던 목을 움직여 약간 위를 향해 누웠다. 저절로 유방이 보였고, 오른손은 게이코의 허리를 안고 왼손은 게이코의 배를 부드럽게 어루만졌다. 벼랑을 핥는 밤의 작은 파도 소리가 간간이 들렸다.

혼다는 자신의 사랑이 이런 배신으로 귀결되어 놀라는 것조차 잊었다. 처음 보는 잉 찬의 진지함이 그 정도로 아름다웠기 때문이다.

위를 향해 눈을 감은 잉 찬의 이마는 때때로 경련하는 게이코의 허벅지에 반쯤 묻혔고, 차갑게 오므라든 모양이 아니라 지극히 온화하고 사랑스러운 모양으로 숨 쉬는 콧구멍에는 게이코의 털이 자귀나무 잎의 그늘처럼 깊게 덮였다. 잉 찬의 윗입술은 활처럼 열린 채 젖어, 그 입술이 바쁘게 빠는 움직임은 섬세한 턱에서 뺨으로 어둡게 빛나며 이어졌다. 그때 혼다는 잉 찬이 꼭 감은 눈의 긴 속눈썹 그늘에서 나온 눈물 한 방울이 생물처럼 뺨을 타고 흐르는 모습을 보았다.

모든 것은 무한한 파동 안에서 미지의 정상을 향하고 있었다. 누구도 꿈꾸지 않았거니와 희망하지도 않은 그 무상의 경계에 도달하기 위해 두 여자는 필사적으로 힘을 합친 듯이 보였다. 혼다는 그 미지의 정상이 하나의 빛나는 왕관처럼 어스레한 방 안 허공에 떠 있는 모습을 본 것 같았다. 그것은 꿈틀대는 두 여자를 내려다보듯이 매달린 시암 보름달의 왕관으로 아마 혼다의 눈만 꿈꿀 수 있는 것이었다. 하나가 된 두 여자의 몸은 번갈아 가며 경련하다가 길게 뻗는가 하면, 또 무너져 부러졌다가 한숨과 함께 땀 속으로 묻혀 버린다. 조금만 더

뻗으면 손가락이 닿을 듯하지만 닿지 않는 곳에 왕관은 냉엄하게 떠 있다.

그 꿈꿨던 정상, 그 미지의 금색 경계가 나타났을 때 정경은 갑자기 바뀌어, 혼다의 눈에는 아래에서 뒤얽힌 두 여자가 괴로워하는 모습밖에 보이지 않았다. 몸의 여의치 않음에 기력을 잃고, 찌푸린 미간은 고통으로 가득 차고, 뜨거운 팔다리는 몸을 태우는 것에서 조금이라도 도망가려고 몸부림치는 듯이 보였다. 날개는 없었다. 포박에서, 고뇌에서 벗어나려고 헛된 도망을 계속하다가 몸이 그것을 강하게 만류하고 황홀이 그것을 진정시키는 듯했다.

잉 찬의 아름다운 검은 유방은 땀으로 흠뻑 젖었다. 오른쪽 유방은 게이코의 몸에 눌려 일그러지고, 건강하게 숨 쉬는 왼쪽 유방은 게이코의 배를 어루만지는 왼팔에 여유롭게 기대어 있었다. 그 끊임없이 흔들리는 둥근 살덩어리 고분 위에 유두는 잠들고, 땀이 그 적토의 새로운 고분에 비의 밝은 광택을 더했다.

이때 잉 찬은 게이코의 허벅지가 자유로운 움직임에 맡겨진 것을 질투하여 제 것으로 하려는 듯 왼팔을 높이 들어 게이코의 허벅지를 잡더니 자기 얼굴 위에, 마치 숨을 쉬지 않아도 된다는 듯 단단히 올려놓았다. 게이코의 희고 위엄 있는 허벅지가 잉 찬의 얼굴을 완전히 덮었다.

잉 찬의 옆구리가 드러났다. 왼쪽 유두보다 더 왼쪽, 지금까지 팔에 가려졌던 곳에, 저녁놀의 남은 빛을 품고 어두워진 하늘 같은 갈색 피부에 스바루[127]를 연상시키는 극히 작은 검은 점 세 개가 선명하게 드러났다.

　……혼다는 자기 눈이 화살로 찔린 듯한 충격을 받았다.

머리를 움직여 책장에서 몸을 빼려고 했다.

그때 누가 등을 가볍게 두드렸다.

책장 구멍에서 머리를 뺀 혼다는 잠옷 차림의 리에가 험악한 눈빛에 무서울 정도로 창백한 얼굴로 서 있는 것을 보았다.

"뭐하는 거예요? 어차피 이러고 있을 거라고 생각했어요."

혼다는 땀 맺힌 이마를 아내에게 보이는 데 아무런 창피함도 없었다. 이미 검은 점을 봐 버렸기 때문이다.

"보세요. 그 검은 점이……."

"나더러 보라는 거예요?"

"음, 봐 보세요. 역시 그랬던 거야."

리에가 체면과 호기심 사이에서 방황하는 시간은 꽤 길었다. 혼다는 상관하지 않고 돌출창 쪽으로 가 붙박이 벤치에 앉았다. 리에는 엿보기 구멍에 머리를 댔다. 자신이 그러는 모습을 본 적이 없는 혼다는 아내의 한심한 모습을 보니 참을 수 없었다. 하지만 어쨌든 부부는 똑같은 행위를 나누는 지경까지 왔다.

돌출창의 방충망 너머로 구름에 가려진 달의 소재를 찾았다. 빛이 테두리를 싼 구름 뒤편에 달이 내보내는 빛이 사방으로 뻗었고, 몇몇 구름이 똑같이 장엄한 모습으로 잇따랐다. 별

127　昴. 황소자리의 청백색 성단인 플레이아데스를 가리키는 말.

은 적고 편백나무 숲에 닿을 듯 말 듯 한 곳에 강한 빛 한줄기가 보일 뿐이다.

리에는 엿보기가 끝나자 실내등을 켰다. 리에의 얼굴은 환희로 빛났다.

걸어와서 돌출창 벤치의 한쪽 끝에 앉았다. 리에는 이미 치유됐다. 나지막하고 따뜻한 목소리로 이렇게 말했다.

"놀랐네요. ……알고 있었어요?"

"아뇨. 지금 처음 알았어요."

"그런데 아까 '역시 그랬다.'고 했잖아요."

"그건 다른 뜻이에요, 리에. 검은 점이요. 당신 언젠가 도쿄에서 내 서재를 뒤져 마쓰가에의 일기를 읽은 적 있죠?"

"누가 당신 서재를 뒤졌다는 거예요?"

"그건 상관없어요. 어쨌든 마쓰가에의 일기를 읽었냐고 묻는 거예요."

"글쎄요. 남의 일기 따위 관심도 없고 기억도 나지 않아요."

혼다가 침실에서 담배를 가져와 달라고 말하자 리에는 고분고분 충실하게 따랐다. 방충망으로 들어오는 바람을 손바닥으로 막으며 불을 붙여 주기까지 했다.

"그 마쓰가에의 일기에 환생의 열쇠가 있어요. 당신도 봤잖아요, 왼쪽 옆구리에 있는 검은 점 세 개. 그 점은 원래 마쓰가에에게 있었어요."

리에는 다른 생각에 빠져서 혼다의 이야기에는 전혀 반응하지 않았다. 아마 남편이 발뺌하는 말이라고 생각할 것이다. 혼다는 아내와 기억을 공유하길 바라며 한 번 더 확인했다.

"음, 봤잖아요? 검은 점을."

"글쎄요, 어떨까요. 그보다 어쨌든 대단한 걸 봐 버렸네요. 역시 사람 일은 몰라요."

"그러니까 잉 찬이 마쓰가에의 환생이라고……."

리에는 남편을 가련하게 쳐다봤다. 자신을 치유했다고 믿은 여자가 이번에는 치유해 주는 역을 맡으려고 하는 것은 자연스러운 일 아니겠는가. 이렇게 난폭할 정도로 현실을 확인한 여자는 그 해수가 살에 스미는 것 같은 난폭함을 남편에게도 감염시키자고 마음먹었다. 한때는 변신하고 싶은 욕망을 가졌지만 자신이 변하지 않아도, 보기만 해도 세계가 변모함을 배운 이상, 현실을 신뢰하는 편이 현명하다고 생각한 리에는 이제 이전의 리에가 아니었다. 리에는 남편의 세계를 상냥하게 멸시했다. 사실은 봄으로써 남편에게 가담했음을 깨닫지 못하고.

"환생이 어쨌다는 거예요. 바보 같아요. 나는 일기 같은 건 읽지 않아요. 어쨌든 지금은 겨우 진정됐어요. 당신도 이 일로 눈을 떴을 텐데 나도 나대로, ……아주 엉뚱한 일을 가지고 괴로워했네요. 환영을 상대로 씨름했다니. 그렇게 생각하니 갑자기 피로가 몰려오는 것 같아요. ……하지만 잘됐어요. 이제 아무것도 번민할 게 없습니다."

부부는 사이에 재떨이를 두고 벤치 양끝에 앉았다. 리에가 추울까 봐 혼다가 유리창을 닫은 탓에 담배 연기는 점차 등 아래에서 떠돌았다. 두 사람은 아무 말도 하지 않았지만 낮 동안의 침묵과는 달랐다.

새벽의 사원

꺼림칙한 광경을 본 것이 마음을 연결했고, 혼다는 세상의 많은 부부처럼 자신들의 도덕적 옳음을 희고 깨끗한 에이프런처럼 각자 가슴에 걸고서, 하루 세 번씩 식탁에 앉아 자랑스럽게 배를 채우고 이 세상 바깥의 것들을 경멸할 권리를 몸에 지닐 수 있다면 얼마나 좋을까 잠시 생각했다. 하지만 정작 실제로 두 사람은 훔쳐보는 부부가 됐을 뿐이다.

하지만 두 사람이 본 것은 똑같지 않았다. 혼다는 실체를 봤지만 리에는 거짓을 발견한 것이다. 여기에 이르기까지 지나온 과정이 아직 그 피로도 충분히 가시지 않은 헛된 일이라는 점에서는 같았다. 나머지는 두 사람이 서로 위로하는 일뿐이다.

잠시 뒤 지옥 바닥이 보일 듯 하품을 하더니 귀밑머리를 정돈하며 리에가 이렇게 말한 것은 지극히 합당했다.

"저기, 역시 우리가 이제 슬슬 양자를 입양해야 한다고 생각하지 않아요?"

아까 엿봤던 순간부터 혼다의 마음속에서 죽음은 날아갔다. 지금 혼다에게는 자신이 불사(不死)일지 모른다고 믿는 이유가 있었다. 입술에 달라붙은 담뱃잎을 떼어 내면서 단호하게 말했다.

"아뇨. 둘이서만 사는 게 좋겠어요. 후계자는 없는 편이 나으니."

436

* * *

― 혼다와 리에가 격하게 문을 두드리는 소리에 눈을 뜨자 곧바로 연기 냄새가 났다. "불이야! 불이야!" 하고 소리 지르는 여자의 목소리가 들려 부부가 손을 잡고 문밖으로 나가니 이미 2층 복도에 연기가 소용돌이치고 있고, 알려 준 사람의 모습은 없었다. 두 사람은 소매로 입을 가리고 계단을 숨 막힌 상태로 뛰어 내려갔다. 순간 수영장 물이 번뜩 떠올랐다. 어쨌든 조금이라도 빨리 물이 있는 곳으로 가면 될 것이다.

테라스에 나가 수영장을 보니 건너편에서 게이코가 잉 찬을 껴안고 소리치고 있다. 불도 켜지 않았는데 수영장에 둘의 모습이 뚜렷하게 비친 것은 집이 이미 불타고 있다는 증거다. 혼다는 머리가 헝클어진 게이코도 잉 찬도 나이트가운을 잊지 않고 걸친 준비성에 놀랐다. 혼다는 파자마, 리에는 잠옷 차림이었다.

"매캐한 연기 때문에 기침하며 눈을 떴어요. 이마니시 씨 방에서 나온 것 같아요." 하고 게이코가 말했다.

"아까 문 두드린 사람은요?"

"저예요. ……이마니시 씨 방문도 두드렸는데 일어나지 않아요. 큰일이에요."

"마쓰도! 마쓰도!"

수영장을 따라 달려오는 마쓰도를 혼다는 큰 소리로 불렀다.

"이마니시 씨하고 쓰바키하라 부인이 큰일이에요. 도우러

437

세벽의 사원

갈 수 없겠어요?"

2층을 올려다보니 이마니시의 방도 게이코의 방도 창문에서 엄청나게 솟아오르는 하얀 연기에 차츰 불길이 섞여 들고 있었다.

"그건 무리예요, 혼다 씨." 하고 운전기사는 신중하게 생각을 거듭해 대답했다. "이제 손을 쓸 수 없어요. 왜 도망가지 않았을까요?"

"분명 수면제를 너무 많이 먹었을 거예요." 하고 옆에서 게이코가 말했다. 잉 찬은 이 말을 듣자 게이코의 가슴에 얼굴을 묻고 울기 시작했다.

갑자기 불길이 높이 솟는 것을 보니 지붕이 무너진 것 같았다. 하늘은 날아오르는 불티로 가득했다.

"이 물을 어떻게 하죠?"

혼다는 손으로 만지면 뜨거울 것처럼 활활 타오르는 불길과 불티의 그림자가 담긴 수영장 물을 보고 엉뚱한 말을 했다.

"그러네요. 불을 끄기에는 늦었겠지만 거실에 귀중품이 있는 곳에는 얼마간 물을 뿌려 두는 편이 좋을지도 모르겠어요. 양동이를 가져올까요?" 하고 마쓰도는 조금도 움직이려고 하지 않고 주인의 의향을 물었다.

혼다는 이미 다른 생각을 하고 있었다.

"소방차는 어떻게 됐어요? 지금 대체 몇 시입니까?"

아무도 시계를 갖고 있지 않았다. 손목시계를 방에 두고 나온 것이다.

"4시 3분이요. 곧 날이 샙니다." 하고 마쓰도가 말했다.

"잘도 시계를 가지고 나오셨네요."

이런 상황에서 빈정댐을 잊지 않은 자신을 두고 본래의 자기를 회복했다고 생각하며 혼다가 말하자, "오랜 습관이라서 늘 손목시계를 차고 자거든요." 하고 바지도 제대로 챙겨 입은 마쓰도가 대답했다.

리에는 접은 파라솔 옆 의자에 멍하니 앉아 있었다.

혼다는 게이코의 가슴에서 얼굴을 든 잉 찬이 황급히 나이트가운 가슴 주머니를 뒤지더니 한 장의 사진을 꺼내는 모습을 보았다. 사진의 광택은 불길 때문에 더 강해졌고, 무심코 들여다본 혼다 눈에 틀림없이 게이코임을 알 수 있는 사람이 전신 나체로 의자에 기댄 모습이 비쳤다.

"다행이다. 이게 타지 않아서." 하고 잉 찬은 미소 속의 하얀 이를 불길에 반짝이며 게이코를 올려다봤다. 여러 생각이 교차하는 와중에 정확한 기억이 살아나, 혼다는 그 사진이 바로 언젠가 가쓰미가 침실로 쳐들어오기 전에 잉 찬이 유심히 봤던 비장의 사진임을 깨달았다.

"바보네." 게이코는 그 어깨를 요염하게 감싸안으며 "반지는 어떻게 했어?" 하고 물었다.

"반지? 아, 방에 두고 잊어버리고 왔어." 하고 잉 찬이 말하는 소리를 혼다는 또렷이 들었다.

지금이라도 2층 끝 창문에서 불길에 몸부림치는 사람 그림자가 나타나 무시무시한 소리를 지르지는 않을까 하는 공포에 혼다는 사로잡혔다. 지금 확실히 그곳에서 죽어 가고 있다. 아니, 죽었을지도 모른다. 이 삐걱거리는 소리, 이 울리는 소리에도 화재가 적막한 느낌을 깊게 전하는 것은 그 때문일지도 모른다.

소방차는 올 기미가 없었다. 보수 공사 중인 게이코의 집 전화에 생각이 미친 혼다는 마쓰도를 시켜 니마이바시에 있는 고텐바 소방서까지 뛰어가 전화하도록 했다.

불은 2층을 전부 뒤덮었고 1층도 연기로 가득했으나 마침 바람이 북서쪽 후지산 쪽에서 불어와 연기가 수영장 쪽으로 가지 않는 대신 새벽 냉기가 등줄기를 덮쳤다.

화재는 시시각각 변했다. 불길 속을 활보하는 거대한 발소리 같은 삐걱거림에 섞여 물건 터지는 소리가 간헐적으로 들리고, 그때마다 책이 타는구나, 책상이 타는구나 하고 혼다는 점쳤다. 페이지가 넘겨지고 부풀어 장미처럼 되는 책의 연소가 마음속에 그려졌다.

연기에 비해 불의 부피가 커졌다. 수영장 이쪽에도 열이 전해지고 열풍이 올라가 차례차례 재를 흩날렸다. 그것들은 재가 되기 전 잠시 동안 종말의 황금이었던 것이 마치 활기차게 둥지를 떠나는 듯한 황금 날갯짓을 연상시켰고, 무언가가 거기서 일제히 출발하는 것 같았다. 치솟는 불길이 비추는 하늘 한구석에는 새벽어둠에 가려졌던 기다란 구름들의 윤곽이 뚜렷해졌다.

2층에서 귀틀이 떨어진 듯한 굉음이 집 안쪽에서 들렸고, 이어서 외벽 일부가 불길에 찢어지고 불에 휩싸인 창틀이 수영장으로 떨어졌다. 불의 어수선한 장식이, 떨어지는 검은 창틀에 순간 시암의 대리석 사원 창문의 환영을 부여했다. 물보라와 함께 창틀은 부글부글 끓는 소리로 주위의 공기를 찢었다. 사람들은 수영장 한쪽에서 멀찍이 물러났다.

　점차 외벽을 잃어 가는 집은 커다란 새장이 불타는 듯이 보였다. 모든 틈새에서 섬세한 불꽃 누더기가 비어져 나와 반짝였다. 집은 숨 쉬고 있었다. 불길 중심에는 생명 실질의 깊고 격렬한 숨의 원천이 있는 듯하다. 불길 속에서 때때로 친숙한 가구가 예전 생활의 형태 그대로 그림자극이 되어 떠오르지만, 빛나는 것이 이것을 덮으면 즉시 부서져 그 자체로 즐거이 노는 불길이 되었다. 밖으로 드러난 불이 뱀처럼 재빠르게 이동해 연기 속에 몸을 숨기는 모습, 밀집한 검은 연기에서 갑자기 문란한 얼굴로 불길이 드러나는 모습, ……모든 것이 비할 데 없이 빠른 움직임 속에서 불과 불이 손잡고 연기와 연기가 결합하며 하나의 정점을 향해 올라가려고 했다. 수영장에는 불타는 집이 거꾸로 비치며 불의 닻을 깊숙이 내리고 그 안에 엿보이는 불길 끄트머리의 새벽어둠 속 하늘은 맑았다.

　바람이 바뀌어 연기가 이쪽으로 오자 사람들은 수영장에서 더 멀리 물러났다. 연기 냄새 속에, 그 냄새와 분명히 구분해 맡을 수는 없어도 확실히 사람 살을 태우는 냄새가 섞여 있음을 누구도 입으로 말하진 않았지만 마음속으로는 생각하며 고집스럽게 두 손으로 콧구멍을 막았다.

　밤이슬이 떨어지니 차라리 정자로 가는 편이 좋겠다고 리에가 말을 꺼내 여자 셋은 불을 등지고 어제 정리해 둔 잔디밭 경사면을 따라 정자 쪽으로 발걸음을 옮겼는데 혼다만은 남았다.

새벽의 사원

아까부터 이 정경을 어디서 본 것 같은 생각에 깊이 빠졌기 때문이다.

불, 불이 비치는 물, 타는 사체, ……그것은 바로 바라나시였다. 그 성지에서 궁극의 것을 본 혼다가 왜 그 재현을 꿈꾸지 않았겠는가?

집은 장작이 되고 생활은 불이 됐다. 모든 사소한 것들은 불로 돌아갔고 본질적인 것 외에는 아무것도 중요하지 않게 됐으며 숨겨져 있던 거대한 얼굴이 불길 속에서 불쑥 목을 치켜들었다. 웃음소리도 비명도 울음소리도 모두 불의 타닥타닥 소리, 터지는 목재, 몸을 비트는 유리, 집 구석구석마다 울리는 소리에 흡수되어 그 소리 자체가 하나의 정적에 감싸였다. 탄 기와지붕이 금이 가 떨어지고 족쇄가 하나하나 풀려 집은 일찍이 없었던 빛나는 나체가 됐다. 타다 남은 1층 한쪽 외벽의 달걀색 부분이 주위부터 주름지더니 순식간에 갈색으로 변함과 동시에 옅게 배어나는 연기 속에서 불이 흉악한 주먹을 내밀었다. 불 뿜는 입을 벌리는 움직임의 막힘없는 속도에는 꿈보다 교묘한 데가 있었다.

혼다는 어깨와 소매에 덮인 불티를 떨었고, 수영장 수면은 다 탄 나뭇조각, 수초처럼 뭉친 재로 덮였다. 하지만 불의 빛은 모든 것을 관통해 마니카르니카 가트의 불의 정화가 이 작게 한정된 수역, 잉 찬이 목욕하기 위해 만들어진 신성한 수영장에 거꾸로 비쳤다. 갠지스강에 비쳤던 그 화장터 불과 여기가 무엇이 다른가. 이곳에서도 불은 장작과, 태우기 어렵고 아마 불 속에서 몇 번이나 몸이 휘고 팔을 쳐들 것이고 이제 고통은 없지만 그저 살이 고통의 형태를 덧그리기를 반복하며 죽음에 저항하는 두 개의 사체로 만들어지는 것이다. 그것은 땅거미 속에 떠오른 가트의 그 선명한 불과 정확히 똑같은 불이다. 모든 것은 빠르게 사대로 돌아가고 있었다. 연기는 높이 올라 하늘을 가득 채웠다.

단 한 가지 이곳에 없는 것은 불길 저편에서 고개를 돌리고 갑자기 혼다 얼굴을 똑바로 쳐다봤던 그 신성한 하얀 소의 얼굴뿐이다…….

* * *

소방차가 도착했을 때는 불은 거의 꺼져 있었다. 하지만 소방관들은 충실하게 집 전체를 물에 잠기게 했다. 먼저 구조를 시작했는데 검게 탄 두 사체가 발견됐다. 경찰이 와서 현장 검증에 함께할 것을 혼다에게 권했다. 계단이 떨어져서 2층으로 올라가기가 어려웠던 혼다는 포기했다. 이마니시와 쓰바키하라 부인의 성벽을 들은 경찰은 아마 잠자리에서 피운 담배가 화재의 원인일 것이라고 말했다. 수면제를 먹은 때가 3시 정도라고 한다면, 약이 충분히 들었을 시각과 손끝에서 이불 위에 떨어진 담배가 연기만 내다가 점화된 시각이 생전 이마니시가 한 이야기와 맞는다는 것이다. 자살이란 생각에 혼다는 가담하지 않았다. 경찰이 '동반 자살'이란 말을 꺼냈을 때는 옆에서 듣고 있던 게이코가 예의를 차리지 않고 비웃었다.

일단락되면 혼다는 조서를 작성하러 경찰서에도 가야 한

다. 오늘은 이래저래 바쁠 것이다. 아침 식사 대용을 마쓰도에게 사 오라고 해야 하는데 가게 여는 시각까지도 아직 몇 시간 남았다.

달리 쉴 만한 곳이 없어서 다들 저절로 정자에 모였다. 거기서 나온 이야기로, 잉 찬이 더듬거리며 아까 불을 피해 여기로 올 때 잔디밭에서 한 마리 뱀이 나타났는데 그 갈색 비늘에 먼 곳의 불을 기름처럼 비추며 굉장히 빠른 속도로 도망쳤더라는 말을 했다. 이야기를 들으며 특히 여자들은 피부에 스미는 냉기를 더 강하게 느꼈다.

그때 붉은 기와의 색을 띤 새벽의 후지산이 정상 근처에서 붓으로 한 번 칠한 듯한 눈을 빛내며 정자에 있는 사람들 눈에 비쳤다. 이런 상황에서도 무의식적 습관으로 혼다는 붉은 후지산을 본 눈을 바로 옆의 아침 하늘로 옮겼다. 그러자 하얗게 빛나는 겨울 후지산이 뚜렷하게 나타났다.

───
●

45

1967년에 혼다는 우연히 도쿄 미국 대사관의 초대를 받아
간 저녁 식사 자리에서, 방콕 소재 미국문화센터의 장을 맡은
적이 있다는 한 미국인을 만났다. 이 사람의 아내는 서른이 넘
은 태국 여성으로 다들 태국의 프린세스라고 말했다. 혼다는
그 사람이 잉 찬임을 의심하지 않았다.

1952년 고텐바 화재 이후 얼마 지나지 않아 귀국한 잉 찬
은 그 뒤로 소식이 끊겼다. 십오 년 후에 미국인의 아내가 되
어 예기치 않게 도쿄에 왔다는 것을 그 순간 혼다는 믿었다.
이것은 있을 수 없는 일이 아니었고, 처음 소개하는 자리에서
인사할 때 혼다를 옛날에 전혀 몰랐던 척하는 것도 잉 찬이라
면 있을 수 있는 행동이었다.

저녁 식사 중에도 이따금 부인의 얼굴을 보았지만 부인은
완고하게 일본어를 쓰지 않았다. 그 미국식 영어는 미국인과

조금도 다르지 않다. 마음이 다른 데 가 있던 혼다는 옆에 앉은 아내에게는 몇 번인가 엉뚱한 대답을 했다.

식사 후 자리를 옮긴 다른 방에서 식후주가 나왔다. 혼다는 장미색 태국 비단옷을 입은 부인 가까이에 앉아 드디어 둘이서 이야기할 기회를 얻었다.

잉 찬을 아느냐고 혼다는 물었다.

"알다마다요, 내 쌍둥이 동생인걸요. 이제 죽었지만요." 하고 부인은 명랑하게 영어로 대답했다. 왜 죽었는지, 또 언제 그랬는지 혼다는 성급히 물었다.

부인의 이야기는 이러했다.

일본 유학에서 돌아온 이후 그것이 전혀 결실 없는 유학임을 안 아버지는 잉 찬을 다시 미국으로 유학 보내려고 했다. 하지만 잉 찬은 따르지 않고 방콕 저택에서 꽃에 둘러싸여 나태하게 살기를 택했다. 스무 살이 되던 해 봄에 잉 찬은 갑자기 죽었다.

하녀의 이야기에 따르면 잉 찬은 혼자 정원에 나갔다. 새빨간 연기를 피우듯 가득 꽃을 피운 봉황목 아래에 있었다. 정원에 아무도 없을 텐데 그 근처에서 잉 찬의 웃음소리가 들려왔다. 멀리서 이 소리를 들은 하녀는 공주가 혼자서 웃는 것이 이상하다고 여겼다. 그것은 맑고 어린 웃음소리였고, 화창한 푸른 하늘 아래에서 터졌다. 조금 시간이 지난 뒤 웃음이 멈추더니 날카로운 비명으로 바뀌었다. 하녀가 뛰어갔을 때 잉 찬은 코브라에 허벅지를 물려 쓰러져 있었다.

의사가 오기까지 한 시간이 걸렸다. 그동안 순식간에 근육

이완과 운동 실조가 나타났고 졸림과 이중 시야를 호소했다. 연수 마비와 침 흘림이 일어나고 호흡이 느려지고 맥박이 불규칙하게 빨라졌다. 의사가 도착했을 때는 이미 잉 찬이 마지막 경련을 일으키고 숨을 거둔 후였다.

타자들의 출현

'풍요의 바다' 시리즈의 3권인 『새벽의 사원』은 언뜻 보아도 1, 2권과 이질적인 면이 있다. 우선 태국과 인도를 배경으로 이야기가 펼쳐지고, 기요아키가 이사오에 이어 환생한 인물이 성별이 뒤바뀌어 여성으로 등장하고, 레즈비언 여성이 등장한다. 내용 면뿐 아니라 형식 면에서도 일본이 패전한 1945년을 기점으로 1부와 2부로 나뉜다. 제국의 지식인 남성의 아시아 여행기처럼 읽히기도 하고, 갖가지 인물이 참석한 수영장 파티의 결말부는 블랙 코미디 영화의 한 장면처럼 느껴지기도 한다.

기요아키와 이사오의 죽음을 젊은 시절의 한 기억으로 안고 살아가는 혼다는 태국 측에서 수입 의약품의 결함으로 일본 기업에 제기한 소송 때문에 방콕으로 온다. 과거 기요아키의 종남별업 별장을 방문했던 시암의 두 왕자의 안부가 궁금

했던 혼다는 그곳에서 가이드 히시카와의 주선으로 파타나디드 왕자의 막내딸 월광 공주를 만난다. 월광 공주는 자기가 이사오의 환생이라고 주장하지만, 이는 훗날 성장한 월광 공주가 "어렸을 때의 나는 거울 같은 아이여서 사람 마음속에 있는 것이 전부 비쳐 보이고 그걸 말로 한 것이 아닐까 하고요."(269쪽)라고 고백하듯 연기였을 뿐이다. 소송이 태국 측의 취하로 무사히 끝난 데 대한 이쓰이 물산의 보답 선물로 혼다는 인도 바라나시로 여행을 가고 그곳에서 잊을 수 없는 광경을 목격한다. 봉헌할 염소의 목을 자르는 광경, 죽은 육신이 화장터에서 재로 돌아가는 광경, 벌거벗은 몸으로 희열에 젖어 갠지스강에서 목욕을 하는 나병 환자, 갑자기 혼다를 뒤돌아본 신성한 하얀 소…… 이 체험은 혼다에게 자신의 이성과 다른 원리가 세상에 있음을 느끼게 하고 주체의 공허함, 무한히 반복되는 윤회환생의 이미지로 남는다. 2부로 넘어가 전후 일본 사회로 배경이 전환되면 쉰여덟 살 혼다는 토지 관련 행정소송에서 큰 부를 얻어 별장의 소유자가 되었고, 아내 리에 외에도 별장의 이웃 게이코, 이사오의 기일을 계기로 다시 알고 지내게 된 마키코, 시인으로 활동하는 마키코의 제자 쓰바키하라 부인, 부유한 작가 이마니시가 별장 개장 파티의 참석자로 새로이 등장한다. 혼다는 월광 공주 잉 찬과 재회하지만 모든 약속은 불발되고 혼다가 어렵사리 일방적으로 준비한 만남에 그친다. 잉 찬은 공연이 끝나갈 무렵에야 극장에 나타나거나 건네준 편지에 쓰인 장소에 오지 않고, 혼다는 게이코와 계략을 짜고 속여 별장으로 유인하지만 그 일마저 잉 찬의 행방불명으로 끝난다. 잉 찬은 거의 언제나 부재 상태이고 혼다의 손에 닿을 듯 닿지 않는다.

혼다에게 잉 찬은 인식과 연모의 경계에 있는 존재다. 혼다에게 가장 아름다운 잉 찬의 모습은 공작명왕, 즉 꿈속에 황금 공작새를 타고 나타난 모습으로, 인식을 벗어난 미지의 것이다. 한편 혼다가 책장의 구멍으로 관음하는 잉 찬의 몸은 '보는 한도의 잉 찬'(402쪽)으로서 기지인 인식 내에 있는 것이다. 가장 아름다운 잉 찬을 보고 싶지만 보는 순간 그것은 인식 내로 들어와 버리고, 따라서 가장 아름다운 잉 찬의 모습은 혼다의 인식이 없는 곳, 즉 혼다가 죽은 곳에서만 가능하다는 모순이 발생한다. 그래서 혼다는 '인식이 부추기는 자살의 순간에 간절히 보기만을 바랐던, 누구에게도 보이지 않은 잉 찬의 호박색으로 빛나는 순진무구한 나체가 찬란한 달이 떠오르듯 나타나는 행복을 꿈꿨다.'(404쪽)

그러나 이렇게 혼다가 잉 찬을 이상향으로 바라보는 시선은 타자화에 해당하기도 하여, 전후 1세계 일본 사회의 지식인 남성이 3세계 태국의 어린 여성을 이국적이고 성적인 신비한 육체로 묘사하는 것 자체가 에드워드 사이드가 말한 오리엔탈리즘, 즉 서양이 동양에 대해 '권력의 도구로서 갖는 이항대립적 인식'(ナムティップ, 2010: 15)을 일본이 적용하고 변용한 시선이라고 할 수 있다. 일본과 태국의 관계는 1부의 배경이기도 한 태평양 전쟁 시기부터 전후까지 이어져, '대동아공영권 이데올로기에 따른 군사적 무력 지배는 패전으로 약해졌지만 전후에는 원조·개발의 명목에 따른 경제력의 지배로 바뀐

다.'(같은 글, 7)

별장 수영장 개장식에는 게이코와 잉 찬, 이마니시와 쓰바키하라 부인 외에 가오리 왕자 부부와 마시바 씨까지 귀족, 재력가, 예술가 등의 상류 계급이 한자리에 모인다. 그리고 화려한 파티가 끝나면 혼다의 부의 상징이었던 별장은 연소해 사라지고 쓰바키하라 부인과 다소 냉소적으로 묘사되었던 이마니시가 죽는다. 잉 찬과 게이코는 레즈비언 커플로 남는데, 그들이 레즈비언으로 드러나는 것은 혼다의 시선, 즉 전날 밤 어김없이 관음증 만족을 위해 엿본 정사 장면에 의해서다. 잉 찬은 어린 공주였던 1부에서는 보이지 않았던 검은 점을 정사 장면에서 보임으로써 자신이 기요아키, 이사오의 환생임을 드러낸다. 이미 2권에서 이사오가 교도소에서 여자로 변신한 꿈을 꾸는 장면을 통해 이어질 환생의 트랜스젠더리즘을 암시한 바 있다. 하지만 한 선행 연구는 이 장면은 레즈비어니즘을 포르노그래피로 표상했을 뿐이기 때문에, 레즈비어니즘을 의미화하기 위해서는 환생자의 젠더와 섹슈얼리티를 적극적으로 알레고리로서 해석할 필요가 있다고 말한다. 게이코와 잉 찬은 '전후 일본이라는 '자기''가 '동일시해야 할 미국/타자화해야 할 아시아''(武內, 2007: 6-5)를 표현하고, '금기 침범의 형태로 천황이란 신을 사랑한 기요아키, 그 욕망을 계승하듯이 천황을 사랑한 이사오, 그 욕망을 계승한 것은 환생자가 아닌 혼다(……) 호모에로티시즘의 느낌을 풍기는 '그들'의 내셔널리스틱한 욕망 연속체를 '그녀들' 즉 레즈비언인 '내적 타자'가 무너뜨린다(……)'(같은 글, 6-6)라는 것이다. 이 시각에서 볼 때

트랜스젠더리즘이 함의하는 바는 성별 이분법 규범을 비판하는 것이라기보다는 남성의 정치적 유대의 이면을 드러내는 것이 된다. 또 기요아키와 이사오의 죽음의 동기가 각각 사랑과 대의로 뚜렷한 반면 잉 찬이 갑작스럽고 어이없는 사고로 죽는 결말도 환생자이기 때문만은 아닐 것이다.

1부에서 혼다는 태국에서 일본으로 돌아와 전쟁 중에 동서양 서적을 섭렵하며 윤회환생을 연구하는데 특히 대승불교의 유식론에 관심을 가진다. 대승불교는 소승불교와 교리와 실천에서 구분되는 종교 운동으로 '인도에서 서력기원을 전후해서 시작되어 동아시아와 중앙아시아의 여러 지역으로 전파'(안성두, 2008: 36)됐다. 대승불교는 '실재는 언어와 개념을 초월'(같은 글, 47)해 있다는 인식이 밑바탕에 깔려 있고, 이것은 유식론에도 반영된다. 유식론이 보는 세계는 끝없이 흐르는 폭포처럼 '순간순간 생성하고 소멸'(174쪽)하므로 '실유'라는 현재의 찰나만 보고 만질 수 있는 세계인데, 그것을 가능케 하는 것은 아뢰야식이라는 궁극적 의식이 작용해서다. 즉 우리는 아뢰야식이라는 의식을 통해서만 세계를 보고 만질 뿐 세계는 언어와 개념으로 표상할 수 없으며, 찰나가 폭포처럼 흘러가듯 아뢰야식 안에 담긴 과거의 업의 씨앗과 미래를 예고하는 현재의 씨앗이 끊임없이 생성, 소멸하고 그렇게 윤회전생은 반복된다. 세계를 계속 존재하게 하는 아뢰야식이 '일본인 문화의 일체성을 보증하는 궁극의 근거인 천황'(小澤, 1989: 184)을 뜻한다고 할 때, 반복되는 윤회환생은 유유히 흘러내려 온, 천황이 중심에 있는 일본 전통 문화가 된다. 이런 요지의 말은 이미 미시마 유키오의 생전 발언에서도 여럿 찾아볼 수 있고("일본의 역사 전통에는 자유가 충분히 들어갈 만한 그릇이 있고, 그것이 문화적 천황제의 본질이다.", 『문화방위론』 남상욱 옮김, 2013, 268쪽), 문화와 개인을 운명적 관계로 엮어 거기서 영웅주의와 죽음의 미학을 이끌어 내고 문화를 제전으로 묘사하는 예술의 특징은 2권에서도 읽은 바 있다. 결국 19세기 후반 메이지 시대 말기부터 1930년대, 태평양 전쟁, 1960년대 텔레비전이 보급되는 시기를 거치며 혼다가 이상향처럼 그리워했던 환생자들은 작가 미시마 유키오가 자신의 삶 안에 담고 싶어 했고 또 그것과 함께 삶을 다하고 싶어 했던 천황이 있는 일본 문화다.

그러나 문화는 인간 생활과 동떨어져 저 위에서 빛을 비추는 태양이 아니다. 인간이 생활 속에서 관념과의 상호작용을 통해 빚어내는 것이며, 지배 문화와 투쟁하고 또 그것을 모방하고 비틀며 새로운 문화를 창조해 온 것이 인간 역사의 과정이었다. 더욱이 위의 시대적 배경은 일본이 전쟁 범죄를 일으키고 식민지 지배를 한 시기인 만큼, 일본 문화의 정점에 있는 천황은 그 책임으로부터 자유로울 수 없고, 그 문화에 가려진 문화는 더더욱 많다. 『새벽의 사원』은 제한적으로나마, 타자화의 시선으로나마 천황 중심의 지배 문화에 가려진 타자가 드러나 의의가 있고 또 그 점이 기억에 남는 작품이다.

이번에도 원고를 거듭거듭 검토해 주신 박지아 편집자님과 양수현 교정교열자님께 깊이 감사하다. 원고를 멀찍이 놓고 읽을수록 글은 더 불완전하게 보이는 반면 작품은 더 선명하게

작품해설

다가오는 시간은 더없이 즐겁다. 그 각별함이 책에 담겼으면
하는 바람이다.

유라주

인용 문헌

남팁 메타세이트(ナムティップ・メータセート), 2010, 「日本文學に見る
タイ表象: オリエンタリズムのまなざしから観光のまなざしへ」, 『立命館
言語文化研究』21巻, 3號

다케우치 가요(武内佳代), 2008, 「レズビアン表象の彼方に: 三島由
紀夫『暁の寺』を読む」, 『人間文化創成科學論叢』10巻

미시마 유키오, 2013, 『문화방위론』 남상욱 옮김, 자음과 모음

안성두, 2008, 「대승불교의 이념과 보살사상의 특징」, 『대승불교의
보살』 안성두 엮음, 씨아이알

오자와 야스히로(小澤保博), 1989, 「『豊饒の海』の構造(下)-第3巻,
第4巻の分析」, 『琉球大學教育學部紀要. 第一部・第二部(34)』

작가 연보

1925년 1월 14일 도쿄시 요쓰야구에서 농상무성 관료였던 히라오카 아즈사(平岡梓)와 히라오카 시즈에(平岡倭文重)의 장남으로 태어남. 본명은 히라오카 기미타케(平岡公威). 이층집에서 아이를 키우는 것은 위험하다는 이유로 조모 나쓰코(夏子)가 양육한다.

1931년 가쿠슈인 초등부에 입학. 병약하여 결석이 잦았다. 12월 가쿠슈인 초등부 잡지에 단가와 하이쿠를 실은 것을 시작으로 중등부에 진학할 때까지 매호 시와 단가, 하이쿠를 발표한다.

1937년 4월 가쿠슈인 중등부에 진학하여 문예부원으로 활동. 조모의 곁을 떠나 요쓰야구의 본가로 돌아간다.

1938년 3월 첫 단편 소설 「산모(酸模)」와 「좌선 이야기(座禅物語)」를 가쿠슈인 학보인 《보인회 잡지》에 발표.

1939년	1월 조모 나쓰코 사망. 문학적 스승인 시미즈 후미오 (淸水文雄)에게 문법과 작문 수업을 듣는다.
1940년	2월부터 이듬해 7월까지 《산치자나무(山梔)》지에 하이쿠와 시가를 투고. 이후 습작의 일부를 모아 『15세 시집』으로 발표한다.
1941년	시미즈 후미오의 추천으로 《문예문화》 9월호부터 4회에 걸쳐 「꽃이 한창인 숲」을 연재. '미시마 유키오'라는 필명으로 활동하기 시작한다.
1942년	가쿠슈인 고등부에 진학하여 문예부 위원장이 된다. 《문예문화》 동인들과 교류하며 일본 낭만파의 영향을 받는다. 7월, 아즈마 후미히코(東文彦), 도쿠가와 요시야스(德川義恭)와 함께 동인지 《아카에(赤絵)》를 창간하였으나 아즈마의 사망으로 인해 2호로 폐간.
1944년	가쿠슈인 고등부를 수석으로 졸업하고 도쿄 제국대학 법학부에 추천 입학. 첫 단편집 『꽃이 한창인 숲』을 발간. 징병 검사에서 현역 면제, 보충 병역에 해당하는 '제2을(乙)'급 판정을 받는다.
1945년	학도 동원으로 군마현의 비행기 제작소 총무부 조사과에 소속, 「중세」를 집필. 입영 통지를 받지만 입대 전 폐침윤의 '오진' 덕에 귀향한다. 근로 동원으로 가나가와현 해군 공창에서 근무할 무렵 『고사기』, 『일본 가요시집』, 이즈미 교카(泉鏡花) 등을 애독한다. 8월 15일 열병으로 호덕사(豪德寺)의 친척 집에서 머물다 종전 소식을 듣는다. 10월 여동생 미쓰코가 장티푸스로 사망.

1946년   가와바타 야스나리(川端康成)를 처음으로 만남. 가와
         바타의 추천으로 《인간》지에 「담배」를 발표. 「우리 세
         대의 혁명」, 「곶에서의 이야기」 등을 발표. 다자이 오
         사무를 만난다.

1947년   도쿄 제국대학 법학부 졸업. 고등 문관 시험에 합격해
         대장성 은행국 사무관으로 근무한다. 「사랑과 이별」,
         「가루노미코와 소토오리히메」, 「밤의 준비」, 「하루코」,
         「확성기」 발표. 11월 단편집 『곶에서의 이야기』 간행.

1948년   창작 활동에 전념하기 위해 대장성을 퇴직. 연초부터
         왕성하게 작품을 발표한다. 가와데쇼보의 의뢰로 『가
         면의 고백』 집필을 시작. 《근대문학》 동인으로 참가.
         첫 장편 『도적』과 단편집 『밤의 준비』를 발간.

1949년   『가면의 고백』, 단편집 『보석 매매』와 『마군(魔群)의
         통과』 간행. 「가와바타 야스나리론의 한 방법: '작품'에
         대해」 등을 발표.

1950년   마이니치 홀에서 「등대」 상연, 연출을 담당한다. 《개
         조문예》에 「오스카 와일드론」을 발표. 『등대』, 『사랑의
         갈증』, 『괴물』, 『청(青)의 시대』, 『순백의 밤』 간행. 연극
         모임 '구름회'에 참가.

1951년   『성녀』, 평론집 『사냥과 사냥감』, 『금색(禁色)』 1부, 『나
         쓰코의 모험』을 발간. 《아사히신문》 특별 통신원 자격
         으로 북남미와 유럽을 순회, 이듬해 5월에 귀국한다.

1952년   『금색』 2부인 『비악(秘樂)』 연재 시작. 《아사히신문》에
         「일본제」 연재. 기행문집 『아폴론의 잔(アポロの杯)』

간행.

1953년　　　『파도 소리』 취재를 위해 미에 현 가미시마(神島) 방
　　　　　　문. 신초사에서 이듬해 4월까지 『미시마 유키오 작품
　　　　　　집』(전6권)을 출간. 단편집 『한여름의 죽음』, 장편 『비
　　　　　　악』, 희곡 『밤의 해바라기』, 노(能)를 근대극으로 번안
　　　　　　한 『비단북』 간행.

1954년　　　장편 『사랑의 수도』, 희곡 『젊은이여 소생하라』, 『문학
　　　　　　적 인생론』 간행. 6월에 출간한 장편 『파도 소리』로 제
　　　　　　1회 신초 문학상 수상.

1955년　　　장편 『가라앉는 폭포』, 『여신』, 단편집 『라디게의 죽
　　　　　　음』, 평론 『소설가의 휴가』, 「흰개미집」으로 제2회 기
　　　　　　시다 연극상 수상.

1956년　　　1월부터 10월에 걸쳐 《신초》에 연재한 『금각사』를 간
　　　　　　행. 『흰개미집』, 『근대 능악집』, 평론집 『거북이는 토
　　　　　　끼를 따라잡는가』, 단편집 『너무 길었던 봄』 간행. 미
　　　　　　국 크노프 사에서 『파도 소리』 영역판 출간. 단편과
　　　　　　함께 가와바타 야스나리, 모리 오가이에 대한 평론 등
　　　　　　을 발표.

1957년　　　『금각사』로 제8회 요미우리 문학상 수상. 「브리타니퀴
　　　　　　스」로 제9회 마이니치 연극상 수상. 『근대 능악집』 영
　　　　　　문판 간행을 계기로 도미 후 남아메리카, 이탈리아, 그
　　　　　　리스 등지를 경유하여 이듬해 1월에 귀국. 이후 『근대
　　　　　　능악집』이 미국, 독일, 스웨덴, 호주, 멕시코에서 상연
　　　　　　된다. 희곡집 『녹명관(鹿鳴館)』, 장편 『미덕의 비틀거

림』, 평론집 『현대 소설은 고전이 될 수 있는가』 간행. 신초사에서 『미시마 유키오 선집』(전19권) 출간 시작.

1958년   단편집 『다리 순례』, 기행문집 『여행 그림책』 간행. 5월에 간행한 『장미와 해적』으로 주간 요미우리 신극상 수상. 가와바타 야스나리의 중매로 화가 스기야마 야스시(杉山寧)의 장녀 요코(瑤子)와 결혼. 10월에 계간지 《소리(声)》를 창간, 창간호에 『교코의 집』 1, 2장을 발표. 미국 뉴 디렉션 사에서 『가면의 고백』 영문판, 독일 로볼트 사에서 『근대 능악집』 독문판이 간행된다.

1959년   장편 『교코의 집』, 평론·수필집 『문장독본(文章読本)』, 『나체와 의상』 간행. 2월 장녀 노리코(紀子) 태어남. 크노프 사에서 『금각사』 영역본, 로볼트 사에서 『파도 소리』 독역본 발간.

1960년   평론·수필집 『부도덕 교육 강좌』, 장편 『연회 후』, 『아가씨』 간행. 주연 영화 「칼바람 사나이」 개봉. 11월부터 두 달간 아내와 함께 세계 일주. 영국 피터 오웬 사에서 『가면의 고백』 발간.

1961년   1월 《소설 중앙공론》에 「우국(憂国)」을 발표. 단편집 『스타』, 장편 『짐승들의 유희』, 평론집 『미의 습격』 간행. 『연회 후』가 사생활 침해로 기소됨. 『근대 능악집』 뉴욕 상연. 『파도 소리』가 미국, 이탈리아, 유고슬라비아에서, 『금각사』가 독일, 프랑스, 핀란드에서 번역, 발간됨.

1962년   「10일의 국화」로 제13회 요미우리 문학상 희곡 부문

작가연보

수상. 신초사에서 『미시마 유키오 희곡 전집』, 『아름다운 별』 간행. 5월 장남 이이치로(威一郎) 태어남.

1963년   장편 『사랑의 질주』, 『오후의 예항』, 『검(劍)』, 평론 『하야시 후사오론』 간행. 미시마가 모델이 된 호소에 에이코의 사진집 『장미형(薔薇刑)』 발간.

1964년   『육체의 학교』, 『환희의 거문고』, 『미시마 유키오 단편 전집』, 『미시마 유키오 자선집』, 수필집 『제1의 성: 남성 연구 강좌』 간행. 10월 간행된 『비단과 명찰』로 제6회 마이니치 예술상 문학 부문 수상. 5월 '풍요의 바다' 1권 『봄눈』을 구상.

1965년   『봄눈』 취재를 위해 2월에는 나라 현의 원조사(円照寺)를, 10월에는 '풍요의 바다' 3권 『새벽의 사원』 취재를 위해 방콕을 방문. 9월부터 1967년 1월까지 《신초》에 『봄눈』을 연재. 스스로 감독과 주연을 맡은 단편 영화 「우국」을 완성. 소설 『음악』, 희곡 『사드 후작 부인』 간행. 10월 노벨 문학상 후보에 오른다.

1966년   『사드 후작 부인』으로 문부성 제20회 예술제상 연극 부문 수상. 단편집 『영령의 목소리』, 장편 『복잡한 그』, 『미시마 유키오 평론 전집』, 번역서인 『성 세바스티아누스의 순교』, 대담집 『대화·일본인론』 등을 간행. '풍요의 바다' 2권 『달리는 말』 취재를 위해 교토, 나라, 히로시마, 구마모토를 방문. 11월 25일 『봄눈』 탈고.

1967년   2월부터 이듬해 8월까지 《신초》에 『달리는 말』 연재. 가와바타 야스나리, 이시카와 준, 아베 고보와 함께 중국 문화 대혁명에 대한 항의 성명을 발표한다. 4월 자위대 체험 입대. 인도 정부의 초청으로 인도와 라오스, 타이 여행. 소설『황야에서』,『야회복』, 희곡『주작가의 멸망』등을 간행.

1968년   6월 23일『달리는 말』탈고. 9월『새벽의 사원』연재 시작.『오후의 예항』으로 포르멘탈 국제문학상 2위 입상. 2월과 7월 육상 자위대 체험 입대. 이후 매해 3월과 8월, '방패회'(楯の会) 회원들을 인솔해 체험 입대. 《중앙공론》에「문화방위론」발표. 10월 방패회 정식 결성. 평론『태양과 철』, 소설『목숨을 팝니다』, 희곡『나의 친구 히틀러』등을 간행.

1969년   5월 도쿄대 전공투 주최 토론에 참가, 6월『미시마 유키오 VS 도쿄대 전공투』간행.『봄눈』,『달리는 말』, 『문화방위론』,『젊은 사무라이를 위하여』, 희곡『나왕(癩王)의 테라스』등을 발간.

1970년   미국 잡지《에스콰이어》에서 뽑은 '세계에서 가장 중요한 100인'에 들어 '일본의 헤밍웨이'라는 별명을 얻는다. 이즈음부터 궐기를 계획하기 시작, 육상 자위대에서 매월 군사 훈련을 실시. 7월부터《신초》에 '풍요의 바다' 4권『천인오쇠(天人五衰)』연재 시작, 3권『새벽의 사원』간행. 이케부쿠로 도부 백화점에서 '미시마 유키오전' 개최. 11월 25일 새벽 0시 15분, 육상 자위대 이치가야 주둔지 동부 방면 총감실에서 헌법 개정을 위한 자위대의 궐기를 외치며 할복자살. 향년 45세.

1971년   1월 14일 다마 공동묘지(多磨靈園) 가족 묘지에 매장.

2월 신초사에서 『천인오쇠』 간행.

새벽의 사원

1판 1쇄 찍음	2024년 12월 27일
1판 1쇄 펴냄	2025년 1월 6일

지은이	미시마 유키오
옮긴이	유라주
발행인	박근섭, 박상준
펴낸곳	(주)민음사
출판등록	1966. 5. 19. (제 16-490호)

서울특별시 강남구 도산대로1길 62(신사동) 강남출판문화센터 5층(135-887)

대표전화 02-515-2000 팩시밀리 02-515-2007

www.minumsa.com

978-89-374-7985-4   04830

978-89-374-7982-3   04830(세트)